异闻录 2

王雨辰 作品

中南出版传媒 CNS PUBLISHING & MEDIA
湖南文艺出版社 HUNAN LITERATURE AND ART PUBLISHING HOUSE
博集天卷 CS-BOOKY

图书在版编目（CIP）数据

异闻录. 2 / 王雨辰著. —长沙：湖南文艺出版社，2012.9
ISBN 978-7-5404-5727-3

Ⅰ. ①异… Ⅱ. ①王… Ⅲ. ①故事-作品集-中国-当代 Ⅳ. ①I247.8

中国版本图书馆CIP数据核字（2012）第176963号

上架建议：文学/惊悚悬疑

异闻录2

作　　者：王雨辰
出 版 人：刘清华
责任编辑：丁丽丹　刘诗哲
特约策划：张应娜
特约编辑：丁　健
封面设计：吕彦秋
版式设计：李　洁
出版发行：湖南文艺出版社
（长沙市雨花区东二环一段508号　邮编：410014）
网　　址：www.hnwy.net
印　　刷：北京天宇万达印刷有限公司
经　　销：新华书店
开　　本：700mm × 1000mm　1/16
字　　数：410千字
印　　张：21
版　　次：2012年9月第1版
印　　次：2012年9月第1次印刷
书　　号：ISBN 978-7-5404-5727-3
定　　价：29.80元
（若有质量问题，请致电质量监督电话：010-84409925）

目录
CONTENTS

异闻录2
Yi Wen Lu

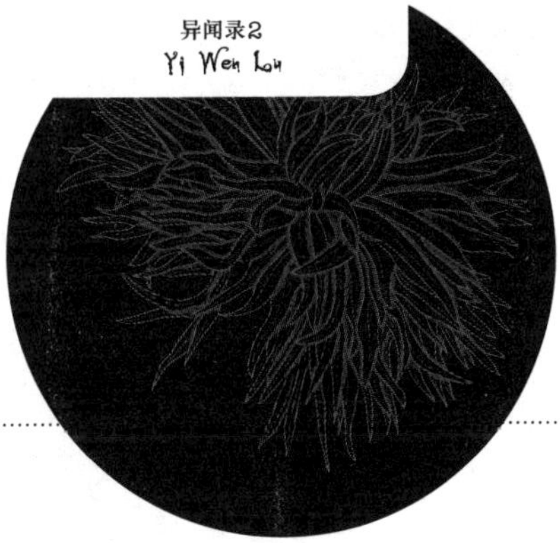

第三十五夜
楼

“几乎是同时，我看见一个人飞快地掉了下来。他通过阳台的时候我看见了他。我们只有不到十厘米的距离，但很快我和他便会在两个不同的世界里。那一刻仿佛定格了一样，我相信他也看见我了，因为我看见他笑了一下。”

早上醒来，发现林斯平和纪颜还在呼呼大睡，估计他们俩这几天还有得聊，无奈我却还要上班，就没这么多空闲来参与了，毕竟我还要保住饭碗。

洗漱停当，刚刚回到报社，发现大家正在讨论最近发生的多起年轻学生自杀事件。我也看了看，今年似乎大学生跳楼自杀已经和矿难、医疗事故一样，大家见怪不怪了。不过这几起事件的主人公还是非常的可惜，大多是因为求职压力太大。我刚想开始一天的工作，却意外地接到了陶涛的电话。

作为不多的几位大学好友，能接到他的消息我还是非常开心的，他比我小一届，在同一个系，两人因为喜欢探险和奇异故事而相识，不过自从我毕业就再也没见过他了。但这次，他却告诉我他正在医院里。

“赶快来吧，我急着要把我毕业后的经历告诉你，我没死已经是万幸了。”听着他没头没脑的一句，我非常奇怪，然后告诉他即便我要过去也得等到中午，他爽快地答应了。上午无聊的工作很快完结了，我按照地址赶到了陶涛说的那家医院。

他在骨科，当我见到他的时候，几乎认不出来了，整个人包得和木乃伊一样，左腿还打着石膏，被吊了起来。他正在努力吸着一瓶牛奶，见我来了，非常高兴。正在照顾他的是他的父母，大学时候见过几次，看上去似乎老了很多。在陶涛的要求下，他的父母退了出去。他住的是单人病房，所以只有我们两个人在了。

开了会儿玩笑，我们便开始了谈话。

“究竟是怎么搞的？被车撞了？”我搬了张凳子坐在床边。

“你先看看这个。”陶涛把一沓报纸扔给我。我随便看了看，标题新闻居然都差不多。《研究生从四楼跳下身亡》《某名牌高校学生压力过大跳楼身亡》，诸如此类。我不愿多看这些，毕竟自己毕业后也曾经历过那段非常痛苦的岁月。

“知道我是怎样受伤的吗？”陶涛忽然打断我的思路。我再次看了看他，惊讶地说：“难道你也是……”陶涛点点头。

“我也从四楼跳下来，弄成这样，不过我命大，只是肋骨和腿骨骨折，而在我跳楼前一个月同样从四楼跳下的那个同事，就没我这么好运了。”说着，陶涛把眼睛看向阳台外。我忽然发现，他已经不是大学时代追着我询问怨灵和怪兽的那个长不大的孩子了，可能痛苦可以使男孩成熟得更快，我几乎不认识他了。陶涛剃掉了以前飘逸的长发，留了一个平头，鼻子看得出曾经被打断过，嘴角上有伤痕，脸上也有多处划伤，虽然他说得如此轻松，但可想而知他当时伤得有多厉害。

（下面以陶涛的口吻记述。）

前辈毕业后不久，我就开始找工作了。可是，并没我想象的那般容易，我们这种三流院校出来的，人家几乎看都不看你的简历，所谓的90%多的就业率都是学校瞎掰的。班上找到工作的，几乎有一半从事的压根不是自己的专业，要么就只能托人找关系。我本打算考研，结果给耽误了没考上，工作也没找成功，所以我决定南下去碰碰运气。（陶涛说这些的时候语速很慢，只是眼睛一直无神。我听得也不舒服，他几乎是在走我一年前的老路，要不是父母卖着老脸，我哪里找得到和我专业根本无关的工作。）

开始自然不顺利，我甚至落魄到不敢出门，朋友和同学的电话也不敢接。前辈你知道我这人脾气很怪，又有着非常不切实际的所谓的自尊。等消息的时候就一直在网上闲逛。其间也应聘过几次，还遇见了几个骗子。直到有天晚上，我无意间在网上看到一则招聘启事。

那则招聘启事我不是在正规网站上面看到的，当时我正盲目地在网上冲浪，在一些论坛里发帖，把自己的资料当寻人广告一样乱发。后来在邮箱里接到了封电子邮件。对方说有个职位缺人，希望我来试试，并附带了详细的公司地址，还说找一个姓徐的考官。我看了看要求和待遇，简直是给我量身定做的一般。我立即准备按照他的电子邮件地址回过去，但系统却说无法找到。

你知道，当一个人身处绝望之中时，即便知道是一个陷阱，也会抱着希望去踩踩。我打定主意，如果让我付什么培训费啊、报名费之类的我就走人，毕竟我也吃过几次亏了，现在大学毕业求职比大学求知难多了，外面骗子比我们这些找工作的还多，他们也指望着从我们身上捞饭钱。

第二天，我拿着简历和资料来到了那家公司，出乎我的意料，事情出奇地顺利，那位姓徐的考官几乎没有问过什么问题就拍板同意了，并让我立即跟他去办公室。我仿佛做梦一般，甚至还傻傻地问他怎么这么容易就答应了。那位考官忽然回头一笑，秃顶的头，连眉毛也几乎掉光了，嘴角往上咧了一下，宛如被砸开一个口子的椰子。我看见他的牙齿是红色的。

“公司里急需人啊，否则也不会这么容易，你的职位可是非常重要的。”说完，他用手整理了一下西服，不再理我，带着我往办公室走。公司还算不错，虽然不大，但看上去很干净，路上我碰见几个职员，都穿戴得非常整齐，一脸着急的样子，似乎很忙碌。我一个个点头打招呼，但他们都不理我，还用怪异的目光看着我，好像又带着几丝同情。

“徐总，就他啊。”一个看上去比我大不了多少的女孩走了过来。她并不十分漂亮，但气质很好，皮肤白皙，看上去很干练。长发盘在脑后，穿着橙色的职业套装，手上拿着个文件夹，我看见她白皙的脖子上挂着一根很漂亮的心形银质项链。

“嗯，就是他。”这个姓徐的考官原来在这里地位很高啊，我暗自高兴，没想到接待自己这样一个无名小卒的还是高管。

这个女孩没说什么，只是上下打量了我一番：“徐总，我和小张去一下客户那里，可能需要几天。”这位徐总应了一下，我看见那个女孩从我身边走过的时候摇着头。我奇怪她的反应，不过也没多想，只是跟紧了徐总。他把我带到四楼的一个小房间，那房间差不多只有几平米大小。

“你只需要负责这里的电脑维护，并帮着清洁一下就可以了。公司宿舍暂时紧张，你就委屈一下，住在这里。”我虽然有点失望，但好歹是个起点，对我来说，这个起点即便再低我也要干，能有工资就不错了，听说还有零工资的。

“工作不累，记得每天等大家下班，去检查一下电脑是否都关了就行了。”我一听，这工作实际上就是所谓的清洁员了。电脑真要出了什么问题，我那点半吊子的水平也处理不了。有什么办法，大学四年学的都是基础，还不如专科好好学门手艺。不过我还是答应了下来，立即开始上班。

这里的办公楼从正面看很不舒服，总给人一股压抑的感觉。第一天晚上就出事了。

那天我正在房间外面吃泡面，这栋楼有十六层，下面六层是有阳台的，所以我如同以前在学校宿舍一样，趴在阳台上一边吃面一边好奇地看着外面的景色。食堂是不对我开放的，因为我只是临时工。一元多一包的方便面最实惠了，反正大学的时候也没少吃。

下面陆续有人下班了，三三两两地结伴而回，天色已经暗淡了下来。不知道为什么，我总觉得那太阳很红，整个天空也很红，我揉揉眼睛，刚要回头把盒子扔掉，却看到阳台上好大一块阴影，而且这个阴影正在迅速地扩大。

几乎是同时，我看见一个人飞快地掉了下来。他通过阳台的时候我看见了他。我们只有不到十厘米的距离，但很快我和他便会在两个不同的世界里。那一刻仿佛定格了一样，我相信他也看见我了，因为我看见他笑了一下。他的身体穿过阳台还不到一秒，但是由于身材比较高大，我还是看见了他的脸。

非常的俊美，虽然只是随意的一瞥，我还是看清楚了，这张脸上并没有太多的表情，反倒是非常的从容。接着就是很大的一声闷响，楼下随即响起了一片尖叫声。我也迅速赶到楼下。那个男人已经死了，惨状让我惊愕了很久，我是第一次亲眼看见死人，尤其是如此突然和如此接近。

那男人居然和我同姓，叫陶炎冰，推销部的。推销部在七楼，他是打开窗子跳下来的，当时他的同事就在不远处，说本来坐在那里不说话的他默默地走到窗户面前，接着打开窗户跳了下去。陶炎冰生前没有任何异状，他的业绩是最好的，人缘也是最好的，据说还正在筹钱结婚。我忽然感觉生命这么脆弱，或许他也有自杀的理由吧，谁知道呢，每个人都戴着面具，面具下面是哭是笑，只有自己知道。

事情很快就过去了，仿佛从没发生过一样。我原本以为大家至少会议论一番，可他们说得最多的却是最近的楼价、车价，或者是股票之类的，仿佛前几天自杀的人压根不是这里的。就连我在这里天天遇见的发信的大妈，一个最爱和我唠叨家长里短的长舌妇都懒得和人谈论，难道是这事太普通了？警察来过，好像鉴定为自杀，他周围的人都避之唯恐不及，警察想找个人了解一下陶炎冰的近况都找不到。一问到他们，他们就摇着手和脑袋，然后推推夹在鼻梁上的金边眼镜，穿着笔挺的西装去工作了。我在旁边收拾东西，并且帮他们解决一些看似复杂但实际上白痴得要命的电脑问题。

时间过得很快，转眼我在那里干了快一个月了。一个月里我见过徐总两次，他表扬了我一下，不过很快接着说，由于公司最近财务紧张，原本几百块的工资也只能先给我一半，然后他又安慰我，等三个月试用期满了，正式签订合同，工资会提高。我自然高兴，虽然每天很辛苦，但好歹还是有些盼头。

在陶炎冰从我面前跳下去后整一个月的那天，我照例在所有人离开后检查电脑并进行清扫。公司里曾经有人把部门电脑的配件包括内存条、硬盘之类的拆回家自己用，所以所有的机箱都被上了锁，想想蛮好笑的，居然会发生这种事。

我巡视到七楼的时候天已经全黑了。我不想去开灯，借着自己的手电照明。我把地上的纸屑捡了起来，并检查是否所有的电源和窗户都关闭了。正要离开办公室的时候，我忽然想到了陶炎冰用过的电脑好像还没搬走，他的桌子也同样在那里没动。我一时好奇，想去看看。

桌子收拾过，抽屉里已经没有什么多余的东西了。我随手翻了一下，只有几张纸，上面很潦草地写着：芮，我爱你。

全部是这句，我无趣地把纸条放回去。看看他的电脑，似乎只有这台没有上锁，我不知道在想什么，居然想把他的电脑硬盘拆下来。我忽然对这位和我同姓的人有着极大的好奇心。

工具不好找，我只有勉强用随身的折叠剪刀。我一边用牙齿咬着手电，一边用力地拆着，现在想想真是愚蠢，如果被别人看到了，还以为我是贼呢。大费一番周章后，我拆下了硬盘，迅速把工作做完。

我自己并没有电脑，只好拿到一个朋友那里。他经常在外面鬼混，这里贼又很厉害，所以他以免费使用电脑为代价让我帮他看家。我拿着硬盘过去的时候，他正好要出门，两下招呼一打，各干各的。

我迫不及待地把硬盘连上去，并启动了电脑。里面东西不多，有些文档，还有些报表。另外还有一些关于股票的文章，看来他正在炒股。这些东西我兴趣不大，倒是一个视频文件引起了我的注意，标题是《楼》。我好奇地点开了。

画面很黑，过了会儿竟剧烈地摇晃起来，看得出是用手提摄像机拍的。画面里是白天，准确说应该是黄昏，画面带着淡红，正好对着那栋办公楼。旁边的声音很清楚，一个非常有磁性的声音。

“芮，你看到这个的时候，我可能已经从那栋楼上跳下来了。我很想和你结婚，真的，或许我们做销售的要撒很多谎，但这一句绝对不是谎言。不过我没有办法了，我只能选择死，或许你会痛苦，但总比跟着我受一辈子苦好，你那么优秀，应该可以找到一个更优秀的男人。真是可笑，我一直在这栋楼拼命工作，连自己的生命也在这里完结。就像那条莫比乌斯带一样，我们像蚂蚁一样自以为可以走出去，但一辈子也没走出这楼。”声音在这里结束了，镜头慢慢转过来。

真的是他，那脸虽然我只见过几次，却印象深刻。科技的力量真是神奇，本来已经死去多日的人，却活生生地出现在那19英寸的显示器里面。他的脸就和那天我看见的一样，俊秀但毫无表情，如死灰一般。

镜头后来晃动得厉害，我一直看到结束，但是我总觉得画面中有什么不妥，于是又开始重复播放。

果然，当我看到镜头转过来，也就是陶炎冰背对着那办公楼自拍的时候，我在后面的画面中看见了奇怪的东西，虽然只是一闪而过，但我确定看到了什么。我立即截取了画面，然后用工具慢慢放大，虽然不是非常清楚，但我还是看见了。

镜头里面，背面的办公楼七楼，我数了一下，正好是他第二天跳下的那个窗户打开了。那里正站着一个人，不是别人，竟然就是陶炎冰自己！面对这种情况我只能说自己看错了，但问题是他那张脸太容易认了。（陶涛说到这里，又看看我。我只好说似乎听说过人在将死之时，可能会看见两个自己，也就是常说的出窍吧。陶涛也说，当时自己就是这样想的。）

我把视频复制下来并保存后，当天晚上又把硬盘放回去了。回去躺在自己那间几平米的房间里，闭上眼睛，陶炎冰的脸就会浮现出来。这样的日子持续了很多天，以致我很长一段时间都神经衰弱。

每次我站在楼下望着那栋楼，似乎总会有那种无所逃遁的束缚感觉，在楼里待久了也会感到很压抑。又过了两个多月，我的试用期满了，徐总找到了我。我自然非常高兴，因为毕竟很快就能成为这里的正式职工了。前三个月每次只能领到一半工资，而且还要扣除住宿费，基本上靠吃面维持着，几个月的方便面把我喂得和面条一样瘦弱了。

徐总依旧老样子，咧着嘴笑着，不过上次红色的牙齿已经发黑了，而且使劲咀嚼着什么。

“小陶，这三个月你表现得不错。”听到这话我很开心，不过徐总很快又说，“但是公司财务很紧张，而且我觉得你这样的学历还是应该找份更好的工作，所以就这样吧，明天你收拾一下。”说完，他把傻子一样的我晾在一边，自己走了。

前辈你能体会我的感受吗？我觉得自己仿佛垃圾一样，被人轻易地扫出去了。以前的雄心壮志突然被击得粉碎，我这么差劲吗，连份打杂的工作都做不了？我沮丧地站在四楼的阳台上，这时正好又接到了同学的短信，他是我在当地的同学，不过我一直没联络他，但今天他却叫我出来聚聚，因为他升职了，想找我庆贺。还有父母也一直在询问我的近况，我只能以谎言敷衍他们。以前好歹有点希望，现在没有希望了，连谎言都无法成立了。

我关上手机，继续立在四楼的阳台上。当时也是黄昏，红色的阳光正好射在我眼睛里，一点也不刺眼，不过我却觉得看什么都是血红色的。我发现自己早已经泪流满面，扶着栏杆的手不自觉地把身体撑了起来，整个人猛地向外一斜，是的，我有想飞下去的冲动。

就在这时，我突然被人拉住了，那人力气很大，一下就把我拉回到里面。我暂时清醒了些，回头望去，居然是刚进公司时候看见的那个比我年岁稍长的女孩。她穿了一身黑衣、黑裤，脸上似乎还有泪痕，正一脸怒气地看着我。我不知所措，只能坐在地上哭泣。

“你像个男人吗？是不是他把你开除了？其实我早该告诉你，你根本不该来，要不是那天着急那笔生意，再加上最近那么多的事……”她忽然不说话了，我看见她雪白的脸毫无生气，嘴唇上也没有涂口红，上边的牙齿紧紧地咬着嘴唇，手里还提了只黑色的公文包。

“我是个废物。”我低下头，说了一句。太阳快完全落下了，我们俩在阳台上的影子被拉得老长，然后在远处又交叠在一起。

“你之前的那几个也是刚毕业不久的大学生，他们都是被徐总骗来的。徐总是台湾人，是总公司委派的。他对谁都极其吝啬，虽然他是销售部和人事部的负责人，但是他经常以试用期和公司效益不好的借口来搪塞你们，最后让你们走人。大部分人都在试用期满前离开，像我都是费了很大功夫才留下来。而且，他还挪用员工的工资和广告费去炒股。我收集了将近三个月的证据。等他走后我会推荐你的，别轻言自杀，要知道你死了最难过的是身边的人，离你越近，你就伤他们越重。”女孩说完，拿起胸前的项链看了看，接着，又拍了拍我的肩膀，然后走了。她的话我想了很久，最后想通了。下楼的时候外面已经全黑了，但是月光很亮。

那天正好是陶炎冰自杀的第99天，也就是说明天就是他的百日祭日了，我不想再待下去了，站在楼下，我向陶炎冰死的地方鞠了个躬。但是当我抬起头来的时候，感觉头顶一阵风呼啸而来，一个人如同麻布袋一样砰地摔在我面前，月光直直地照在她脸上。我呆了许久，才认出正是刚才劝我的女孩。

她仰面躺在地上，眼睛睁得很大，身体如同得了癫痫的病人一样剧烈抽搐着，衣服上有拉扯的痕迹，脑后浓稠的鲜血像蜂蜜一样，缓慢地自身下流出来。她脖子上的项链断了，掉落在一边。那心形的吊坠也摔破了，里面摆了两张很小的照片，一张是她，另外一张是陶炎冰，两人都笑得非常开心。我捂着嘴，过了好久才让自己缓过来，然后打电话报警，接着坐在楼下的砂石地面上守着她的尸体。

原来她叫谭芮，是陶炎冰的恋人。很快，警察鉴定她为自杀，这很容易解释，恋人自杀后的一百天随他而去。同样，谭芮的死也没给这个楼里的人带来太多的震撼，例行公事的询问后，就都各忙各的了。我被徐总勒令离开，但是在现场我找到了一样东西，我没有交给警察，因为我看见徐总和带队的警官亲密地交谈着。

那是一颗槟榔。我打听过，整个公司只有徐总喜欢吃槟榔。我在谭芮的手上找到那颗槟榔，一颗被嚼过的槟榔。谭芮带的那个黑色的包不见了，不用说自然是徐总拿走了。

第二天的下午，我没有离开，而是打电话给徐总。我告诉他，如果不来见我，我就把那颗槟榔交给警察。他先是冷笑，我对他说槟榔我保存得很好，唾液也是可以鉴定的，然后他就不说话了，电话那边传来很大的喘气声，他答应下班后和我见一面。

一百天以前，我站在四楼，看着陶炎冰从我面前跳下去。而现在，站在我面前的是这个秃着脑袋、嘴里咀嚼着槟榔、穿着考究的公司老总。我把徐总约到了陶炎冰跳楼自杀的地方。

“我低估你了，以为你不过是个愣头小子。”徐总笑了笑，这次他整个嘴巴都张开了。他的牙齿全都黑了，背对着红色的阳光，看上去像没有牙齿一样，整个嘴巴就像个黑洞。

“说吧，你要多少钱？一口价，然后拿了赶快滚。”他接着说，我看得出他很急。

“你的普通话说得很标准。”我冷冷地望着他。徐总笑了笑：“不干你的事。”

“我只想知道到底陶炎冰为什么要自杀。”我问。徐总有点吃惊，不过他还是告诉我了。原来他亏空了公款，急于找到一个替罪羊，他看中了结婚急着用钱的陶炎冰，并以自己有内部消息来怂恿他去炒股，接着他把所有的亏空都栽在陶炎冰身上，自然，所有的事都被徐总推得一干二净了。而陶炎冰的性格又非常自闭，他知道即便告也告不过徐总，他不想拖累恋人，只好自杀。之后，谭芮被徐总从楼上推下去。

“是这样啊。”我叹了口气。徐总有点不耐烦。

“你到底要多少，报个价啊。”

“我不要钱，我只是把你交给他们两个而已。”说完，我便转过身，离开了那栋楼。

“你搞什么？别以为吓得到我！我可不怕什么鬼神！”徐总在后面歇斯底里地大喊。太阳沉下去了，楼道里一下就阴暗下来。

“别走，那颗槟榔呢？”他依旧在我身后大喊，我转过身，从口袋里掏出把钥匙，扔给徐总，他疑惑地望着我。

“我把它放在了陶炎冰用过的机箱里，你慢慢找吧。”说完，我便离开了。徐总连忙冲了进去，我听见了他的咒骂声和翻找东西的声音。

我来到楼下，用以前配的钥匙把楼里的所有出口都封了起来。离开的时候，我依稀听见徐总在里面疯狂地大叫：“放我出去。”

陶涛叙述的时候一直很平静。我打断他说：“你把他关在那楼里一晚？”

“是的，然后我离开了那栋办公楼，离开了那座城市。有的说他疯了，有的说他从楼上跳了下来。总之后来的事情我就不知道了。”

“这么说你不是在那里摔伤的啊？”我觉得有点怪异，陶涛终于笑了一下。

“是的，我回到了这里，重新找了份工作。但是繁重的压力依旧使我喘不过气来，可能像陶炎冰说的那样，即使我能走出那栋办公楼，也走不出我心中的楼。但是当我真的跳下去后我又省悟了。既然上天给了我第二次生命，我自然要好好珍惜，所以前辈放心吧，我不会再做傻事了。”说完，我好像又看到了以前那个性情开朗而阳光的小师弟了。

继续聊了会儿，他的父母走了进来，我也要上班了，和他告辞后我走出了医院。不过当我走进报社大院，看着那高耸入云的办公大楼的时候，我忽然感到了一阵恐慌，站在门口老半天也不想进去，我不知道，自己是否也同陶涛说的一样，活在一栋大楼里面。

第三十六夜
跑

“年轻人以飞快的速度穿过了切割机，接着就像慢动作回放一样，年轻人的身体依旧前倾着，但他的脚掌却留在了那里，伤口向外喷涌着鲜血，但他却爬起来，用失去脚掌的伤腿继续跑着。”

林斯平在这里待了几天后就离开了。最近城市里流传着一个说法，那就是在夜晚独自赶路的时候，经常会遇见一个怪人。

说是怪人，是因为他老是从后面猛地冲上来，如果你带了包或者其他东西的话，他会抢走，然后继续跑。

如果去追他，他就会大声高喊：“跑啊，跑啊，来追我啊！”接着便是漫长的赛跑。似乎从来没人追上过，自然也没人看见过他的容貌，而且据那些受害人描述，这个人经常改变穿着，甚至改变个头，总之是非常的奇特。当然，这仅仅是传说罢了，因为起码我和我认识的人都未曾遇见。

周五是比较忙碌的日子，每次都会弄得很晚，因为要把排好版的报纸大样拿去印刷。快过年了，需要写的东西也多，没想到把所有事忙完后居然快十点了，我这才想起连晚饭也没吃，匆匆交付好一切后，就提起外套回家去了。由于肚饿，我没有走往常回家的大路，而是拐了个巷子抄近路，想去吃点夜宵。巷子还算宽敞，但是也很长，整条路上别说人，连条狗都没有，还好我不是女孩子。没有路灯，我几乎是扶着旁边的墙壁走的，走一会儿再用手机照一下，大家冬夜似乎都睡得很早，狭长的路上我居然没有看到一个行人，还好手机刚刚充满电，倒也无所谓。

也不知道走了多久，突然听见身后响起了很急促的脚步声，我感觉到有人快速接近。我刚一转头，一阵夹杂着汗臭味的风便扑面而来。还没等我反应过来，一个人飞快地从我手中抢去了用来照明的手机。手机的光让我稍微看清楚了点，他个头中等，但这么冷的天上身居然只穿了件单衣，下身却穿了条厚实的棉裤。

“来追我啊！”他居然高喊了句，声音听上去异常刺耳，像是在哀求。我下意识地往后退了两步。当他的第二声发出的时候，已经看不到人影了。你可以想象一下，在这样一个冬天的夜晚被人抢走手机是什么感觉，我如同傻瓜一样呆立了几秒后，只好自认倒霉，扶着墙回家。当然，回去后那裤子就无法再穿了，不用猜我都知道，明天告诉纪颜后他会是什么表情。

“你是说真的？太有意思了！”纪颜几乎把喝进口中的啤酒吐出去，一个劲地捂着肚子大笑起来，我则委屈地把手叉在胸前，斜靠在沙发上，没好气地看着他，直到他稍微收敛了一点。

“不要再取笑我了，一个手机倒不贵，不过要重新输入号码，还要通知那么多人太麻烦了，下次遇见抢手机的我直接给他钱算了。”

“嗯，是个好办法。你说会不会是长跑爱好者？”他又在开玩笑了，我没有搭腔，而是央求他陪我去再买个手机。周末的街上行人拥挤，天气似乎也受到了感染，变得燥热起来。我们选择了步行去，纪颜讨厌汽车。当我们经过昨天那条小巷子的时候，我执意一起再走一次。纪颜笑我呆：“难道人家抢了你的手机，还会在原地叫卖吗？这和刻舟求剑有什么分别？”我却极认真地说：“丢掉的东西，应该去丢掉的地方寻找。”

小巷子里只有几个孩子在玩耍，这里原本是城市的中心繁华区，但依旧有几条这样的老巷没有拆除，倒是照顾了这几个小鬼，不至于让他们到马路上玩去了。巷子两边渗着水滴的灰黑色墙壁粗糙得很，在白天看上去也让人感觉不舒服。巷子两边大都是在这里居住了几代的家族了，相互之间熟悉得很，另外还搭了很多竹棚砖房之类的，用来存放杂物，不过这使本来就不宽敞的过道显得更加拥挤了。走在高低不平的旧石板铺成的地面上，我们尽量放慢脚步四处望，还向人打听是否有一个爱跑步的人，结果当然是没有。已经可以看见巷子的出口了，再过去一点就是手机专卖店。看来我真的要破财买个新机子了。

“倒不如我直接打打看，说不定他正在旁边拿着你的机器向人叫卖，我们一边打一边四处走走。”纪颜说完居然真的开始拨我的号码。

我刚想笑他，但很快便笑不出了。

我听见了非常熟悉的铃声，那是我设置的。虽然开始比较微弱，但现在已经非常强烈了，我能清晰地听到。

“今天好运气，老狼请吃鸡，请吃鸡，你打电话我不接，你打它有啥用啊。”纪颜也听到了。声音来自前面。

很奇怪，巷子的出口处好像有个空置的竹棚，门虚掩着，声音从里面传出来。纪颜冲我示意，意思是两人慢慢过去包抄，以免他突然冲出来又跑掉了。

我们如同小偷一样摸了过去，甚至还做好了搏斗的准备，如何闪避，如何左勾拳、右勾拳，让他知道惹毛我的人有危险。我在心里感叹，看了这么多年的动作片终于不必在家里对着镜子“自打”了。等到那小偷一出现我就冲上去，我绝对不是一个人在战斗，李小龙、成龙、释小龙会在那一刻灵魂附体。何况今天还有纪颜在，我自然更不会胆怯。然而事情并没如我想象的一样，直到我们走到门口，里面也一点反应都没有。我拉开了门，阳光透过空隙，恍如拉开了黑色帷幕的舞台一样，里面的东西一下被看了个一清二楚。

里面只有一个人，一个躺在一垛厚厚的草堆上的人，这里的人经常会准备一些干草用来防冻之类的。不过准确点说，那个人应该是具尸体了。

我以前从未见过他，他赤裸着上半身，剃着个平头，脑袋就像仙人掌一样，额头高耸像一个大包，短而稀疏的碎眉如同胶布似的贴在眼睛上面。他就像得了甲亢的病人，本来细长如缝的眼睛硬是被暴出的眼球撑得像铜铃一般大，宽而塌陷的大鼻子微带着赤红色，下面的嘴巴吃惊地张开着，惨白如死鱼肚般的舌头耷拉了出来，嘴角以及胸口有些鲜血。他的脸似被白色油漆刷过，苍白如纸，他的左手拿着还在“唱歌”的手机，正是我昨天被抢的。他下身穿的倒是棉裤，不过奇怪的是，他那双平底胶鞋磨损得太厉害了，几乎快磨没了。在他身体旁边扔着一件内衣，我用脚碰了碰，居然冻上了。他身上没有明显的伤痕，难道是冻死的？

我们很快报了警，本来平静的巷子被弄得热闹非凡。旁边的住户，老的、少的、忙的、闲的都跑出来看热闹，有的手里还拿着挂了肉丝的菜刀，或是抱着叼奶嘴的孩子，看来鲁迅先生所说的国人爱看热闹的心理还真是亘古不变。而这间竹棚的主人可就苦了，哭丧着脸，一个劲地跟警察解释自己从来都是好人，除了偷过邻居家的几串腊鱼、腊肉，没事偷看过裙子太短、领口太低、身材太好的女孩，欺负欺负大人不在身边的小鬼，躲在暗地里咒骂几句工商执法人员，对着马路上的奔驰、宝马排气管吐口水外，他连蚂蚁都不敢踩死一只，更何况杀人。问话的警察不耐烦地打断了他的陈述，对他盘问了几句，就开始调查死者的身份。作为第一个发现尸体的人，我和纪颜也接受了盘问，不过警察对他抢了我的手机比较感兴趣，手机当然被当作证物收进了塑胶袋，我要买部新手机了，我想没谁愿意使用一部被死人握了一整晚的手机。

“你怎么看？冻死的？”我问了问这方面比较专业的纪颜，他从发现尸体开始就没说过一句话，当然，除了应付警察的盘问。如同平时一样，他收起了笑容，一脸严肃地摸着光滑的下巴，眼睛一直望着那具尸体。

异闻录
Yi Wen Lu
里面只有一个人，一个躺在一垛厚厚的草堆上的人……不过准确点说，那个人应该是具尸体了。

“不像。”他终于开口说话了。

“哦？那他是怎么死的？”我好奇地问。

“鲜血。你也说当时他在跑步，我觉得他可能是累死的，夺去你手机的时候是他跑得最快的时候，也正是要油尽灯枯的时候。他最后一头栽进了棚子里，天色太暗，你没发觉。他嘴巴旁的鲜血来自肺部，长时间剧烈奔跑，尤其是在寒冷的冬天夜晚，需要剧烈呼吸，那些冷空气进入肺部，造成肺部毛细血管破裂，导致出血，当然，还有其他症状。不过最令我费解的是，当人累得吐血的时候为什么还在不停地奔跑，这太不可思议了。”他的视线没有离开尸体，不，准确地说，应该是尸体脚上的鞋子。

“看来有必要先弄清楚他的身份。”纪颜忽然走过去和警察交谈了起来。起初警察有点不耐烦，然后纪颜当他的面拨通了一个电话并交给他，很快我从这个警察的脸上看到了惊讶和惶恐的神情。两人谈了会儿，纪颜就过来了。

“好了，我们可以走了，死者的身份还在查，不过他们很快会打电话通知我们。”说完便拉着我回去了，自然，手机也没买成。我很好奇警察为什么对纪颜的态度大变，问起来，他却眨巴眨巴眼睛，笑道：“我只是认识这里警队的朋友罢了。”看来他认识的人还真是不少。

我们回到纪颜家中，很快便接到一个电话，他嗯嗯了几下后挂断了，然后望着我说：“他是个运动员，准确地说是名长跑运动员。”我一听，难怪看上去身体还蛮健壮。纪颜穿好外衣，对我做了个出去的手势。

“去省田径队吧，或许能问到点什么。”他依旧是老脾气，对任何奇异的事一定要查清楚才满意。省田径队离这里不远。很快我们便从队里的主管主任那里了解到，这个死去的运动员叫连富华，22岁，是省里很有希望的长跑运动员。他已经失踪几天了，没想到居然横死街头。除此之外，没有任何别的消息，他平时是个很检点的人，和其他人也无任何冤仇。我们失望地回来后，验尸报告也出来了，算比较快的。和纪颜想的一样，他没有外伤，属于运动过度导致肺部呼吸衰竭。简单地说，他是累死的，或者可以说是跑死的。我见过很多种死法，但这种死法和用双手掐死自己没什么两样。

“你说是什么促使他不停地跑呢？”纪颜的眼睛看着窗外，突然问了句。我当然不知道，总不可能说连富华是在练习长跑吧，这未免牵强了点。

“另外，那个时候他抢你手机却反倒叫你追他，这也很奇怪啊，那种情况下他应该已经接近极限了，却仍能跑那么快。”纪颜继续说，他习惯于把所有问题一一列举出来，这样才能有条理地解决。我和他想了一下午都没个头绪。但是很快另外一名死者也被发现了，死于同样的症状——活活累死的。看来连富华不是唯一的受害者。

当天晚上，纪颜收到了一卷录像带，与其说是他收到的，倒不如说是警察给的，这卷带子是发现第一个死者的时候收到的。我和纪颜坐了下来一起观看。

画面很暗，但还是可以看得清楚。这似乎是一个非常空旷的地方，天色很暗，四周都是黑色的石砾和砂石，还有一条白色的跑道，非常简陋，地面粗糙，勉强可以算是条跑道吧。跑道上有个人在跑步，似乎是个年轻男子。他看上去很辛苦，但还是拼命地奔跑。过了会儿，在年轻男子的前面，不知道怎么出现了两架切割机，并且是发动的，但跑步的人没有丝毫停止的意思，虽然他大声叫嚷着“不”，但是身体却奇怪地一直冲了过去。

下一秒的画面真的令我和纪颜骇然，年轻人以飞快的速度穿过了切割机，接着就像慢动作回放一样，年轻人的身体依旧前倾着，但他的脚掌却留在了那里，伤口向外喷涌着鲜血，但他却爬起来，用失去脚掌的伤腿继续跑着，在白色粗糙的跑道上留下一串圆形的红色印记，每跑一步他都拼命地大喊一声，没过多久，他就倒在了地面上，但是腿却依然做着跑步的动作，只是越来越慢，最后终于没有再动弹了。

“看到了吧，一直在跑，直到死亡。”一个穿着风衣的人出现在镜头前，说了这么一句，他的声音似乎经过了处理，听起来像机器人一样生硬、冷冰冰的。

“人一辈子都在努力向前奔跑，为了前面的目标，名利、金钱、女人或者尊严。反正是要跑的，所以我让他们干脆一齐跑起来。只要你开始跑，你就无法停止；只要你开始跑，你的身体就不属于你了，停下意味着死，不过即使一直跑也会死，除非有人可以……”画面停止了，出现一片雪花。

纪颜站了起来，关闭了电视。

“这算什么，是挑衅吗？”我生气地说，纪颜却似乎若有所思。

“跑，跑到死，或者有人……”看来他想到了一些东西，不过还不完全。

“这个穿风衣的人是疯子吗？或者是看多了《电锯惊魂》系列，把人命当儿戏？”

“不，他不是在开玩笑，也不是玩游戏。”纪颜伸出左手打断了我的话，“吉卜赛人有一种咒语，可以隔着很远控制人的身体。道术也有，以替身的形式，但是那大都是意图操纵别人或者干脆杀死受害者，但这个人却只是让那些人不停地奔跑，这就有点不合情理了。如果是你被操纵，身体不受控制地奔跑，哪怕前面是悬崖或者是火海，你说你会有什么感觉？”纪颜朝我望来。

“当然是憎恨、绝望，抑或是对死的恐惧之类吧。”我靠在沙发上不假思索地回答，忽然转念一想，“你干吗拿我打比方啊，真不吉利。”

纪颜笑道：“你还把我的来电设置成老狼请吃鸡？”我也笑了笑。不过笑过之后当然是要弄清楚这个风衣男子的真正目的。我们回到了警队，咨询了第二名受害者的信息。这个人是个小偷，或者说是惯偷，非常难抓，因为据说他的奔跑速度不亚于职业运动员。当然，他也是死于运动过度，缺水导致了身体发热，并发了急性肾衰竭。也就是说，同样是跑死的。

“似乎和连富华一样，这个人也是个跑得非常快的人。”纪颜翻看了一下他的资料。我也附和了一句，的确，目前除了录像里的那个被截去腿的年轻人之外，发现的两个死者都是运动量很大的人，尤其擅长跑步。线索并不多，至于那盘录像带似乎暂时也看不出什么端倪，整个背景似乎是在郊区的偏僻地带，就算找到估计人也早跑了。切割机的牌子倒是看清楚了，问题是这种机器非常普及，任何人只要有钱就可以买到。

看来，我们唯有守株待兔，等着他继续如同操纵木偶一样让受害者不停地跑起来。反正是周末，我自然陪着纪颜，中午两人随意买了点面包、饮料，权当作午餐。

“你说的那个咒语是怎么回事？”我们站在阳光灿烂的大街上，我喝着可乐问他。纪颜吞下一口面包，向我解释起来。

“作为古老神秘的民族，吉卜赛人其实是非常弱小的。他们四处流浪，据说神怜悯他们，教会了他们使用魔法，其实就是咒语，包括简单的读心术和占卜。但是，也还是有一小撮人利用咒语控制人，吉卜赛人没有使用魔法的介体，也就是血液和契约，所以他们需要靠水晶球或者塔罗牌之类的辅助工具来实现。很早的时候，有吉卜赛人靠使用黑水晶来使他人成为傀儡，所以我说这次有点相像，不过我始终不明白那个人的目的。还有，吉卜赛的魔法通常无法可解，除非施法者死去。而录像的意思好像某种方法可以让人停止奔跑，这才是重点啊。”

我疑惑地表示那或许只是疯子的戏言。纪颜摇头，说他觉得那个人不像是个精神失常的人，这么做一定有自己的目的，而且他把录像带发到警察局，恐怕还会发到电视台或者杂志，可能会弄得人心惶惶。纪颜提议再去仔细看看录像带，虽然我对那断腿的景象不是很难忍受，但好歹刚刚吃完东西，我不想有恶心的感觉。但纪颜还是硬拉着我去看了。

不知道重复了多少遍，我几乎看得厌倦了，纪颜却始终盯着显示屏，不时倒带定格。忽然，他定住了画面，手指着左上角的一个小点叫我看，我眯起眼睛仔细一看，好像是一架飞机。

“准确地说应该是教练机。”纪颜肯定地说。我奇怪他怎么这么确定。他告诉我一般的民航飞机在这个高度我们是看不到的，而这个城市郊区附近有一个大型的军工飞机工厂，有教练机出现不奇怪。看录像带的天气，应该是前几天阴雨的时候。纪颜兴奋地告诉我，只要能查到最近教练机的飞行路线，一定可以找到录像带里的地方。当然，我们必须先去查，因为是军工产业，相对来说不是太好说话，我们费了很大的气力才打听到最近教练机的飞行路线。我们没有告诉警察，纪颜说警察出动的话目标太大，也过于招摇，所以所有的事都是我们独自去做的。

按照收集来的资料，我们分头寻找。将近一个下午过去了，我们终于发现城外一个正在兴建的大学体育中心很符合录像带里的画面。我们赶到那里时，因为是周末，工地上似乎很冷清。果然，在这里我们看到了一条跑道，还有切割机，条件全部符合了。但我总觉得事情似乎太顺利，而且整个施工现场过于安静，一个人都看不到，死气沉沉的。就算是周末，这里也该有些值班的人员吧，况且到处都堆放着钢筋水泥和沙石。

“他们似乎把手头上的事都放下了。”纪颜奇怪地走到一片沙地旁边，一把铁锹正插在沙子上。我大喊了几句“有人吗”，但回应我的只有回声。在不远处，有很多杂乱无章的脚印，我和纪颜决定顺着脚印找找。脚印虽然乱，却一直延伸到好远，看得出这里曾出现过一大群人，地面上还有很多呕吐物。我和纪颜互相看了看，内心涌出一股很不好的预感。

果然，在顺着脚印追了几百米之后，我们看到了。

相信大家都看过南京大屠杀相关的资料，有时候鬼子把要执行枪决的人赶到墙边，然后集体扫射，尸体就像柴草一样，一摞一摞地叠在一起。现在的画面也是一样，只不过看不到那么多的鲜血，却更让我觉得冷。

大约一百多个工人模样的人，个个面白如纸，有的口吐白沫，倒在墙边，全都已经死了，但尸体居然还是温热的。他们重叠在一起，形成了大小不一的尸堆。只是非常奇怪，大部分尸体的额头上或多或少都有擦伤，又红又肿。

我们正准备打电话，这时从墙角处慢慢出现了一张轮椅，上面坐着一个戴着风帽、穿着风衣的男人。

“看来你还是发现了录像带里我故意拍下的飞机啊。”他的声音不再像录像带里的那么难听了，带着磁性，却非常阴沉。纪颜没有说话，只是手指着尸体。

“你干的？”

轮椅上的人摘掉风帽，露出一张残缺不全的脸。他的头发全掉光了，额头上伤口增生形成的丑陋臃肿的肉芽耷拉下来，将左眼完全盖住，巨大的鹰钩鼻歪在一边，上嘴唇只剩下三分之一，盖不住肉红色的牙床和仅有的几颗碎牙齿，右脸上还有道很明显的伤疤。很明显，他受过很严重的伤害。他笑了一下，姑且称之为笑吧，恐怕世界上没有比这更难看、更恶心的笑容了。

接着他摇了摇头。

“不是我杀了他们，我只是让他们跑了起来。你来晚了，几分钟以前还能看见几百人拼命奔跑的场面，何其壮观啊。即便是前方有墙一样的阻碍，他们仍在奔跑着，虽然中国有句俗话‘不撞南墙不回头’，可是这在刚才就不太适用了。”说完，他难以克制地大笑起来，由于没有嘴唇，他的笑声就像漏气的鼓风机一样，呼哧呼哧的。

我和纪颜的脑海里恐怕都同时出现那样的画面，上百人拥挤在一起，拼命地朝墙撞去，他们不愿意，但身体却不听使唤，就如同看不见玻璃的苍蝇一样，一下又一下地往透明的世界撞去，直到气绝身亡。

“你到底想干什么？玩弄人有这么开心吗？”我看得出纪颜一直在克制，但他的眼睛已经充血了，嘴唇也变得鲜红，整个人就像是一头发怒的狮子，看准了猎物正要冲锋一样。轮椅上的怪人也有点警惕，收起了笑容，轮椅朝后退了一下。

“我曾经是个天才运动员，一个非常热爱跑步的人，如果不是那场该死的车祸，不是为了躲避那个反应迟钝、不知躲避的蠢货，我不会搞成现在这样，说不定去奥运会的就不是刘翔而是我了！车祸后我破了相，下半身永远瘫痪。我想过自杀，但上帝是公平的，在我处于最低谷的时候神力出现了。我得到了一块黑色的像云母一样的东西。”说着，他从口袋里掏出了一块巴掌大小、发着暗光的黑色晶体，在晶体的旁边居然起了层厚厚的黑雾。不过很快他又收了起来。

“我获得了神力，是的，我可以控制人的双腿，我可以让他们不停地奔跑到死，除非失去了双腿。你也看见录像了，即便没了脚掌，那个人也在往前奔跑，对一个无法奔跑的人来说，还有什么比看着一群傻瓜跑步更令人兴奋和开心的呢？”他的脸在抽动，看得出他很想笑，却在强忍着。

“你用录像带无非想引我们过来，到底有什么目的？”我大声质问他。怪人不屑地看了我一眼，伸出如枯枝般的手指着纪颜。

“我只是要他，和你无关。”

纪颜听完吃惊地说：“我不认识你。”

“是的，我和你也不熟，但是，一个男人告诉我，只要我把你引诱到这里并杀掉，我就可以获得更多的神力。”

男人？到底是谁？

“好了，废话说完，我们开始做游戏吧。”怪人把手指向了我，“其实我大可以杀了你，不过我始终觉得做游戏才是有意思的，就这样让你们跑到死太无趣了。这个‘眼镜’是你的好朋友吧，现在我就让他跑起来，我说过，想要破除这个诅咒，只要另外一个人跑得超过他，那诅咒自然会落到那个人身上。你们是好友，两个只能活一个，好好选择吧，而且你最好快点，我看这个‘眼镜’的身体，跑上十分钟就会断气了，哈哈哈！”他话音刚落，我就感觉自己的腿没有知觉了，我冲向了跑道，自动跑了起来。纪颜和怪人离我越来越远，我只能看着，却听不见他们的谈话。奔跑的速度越来越快，起初我还能支撑，但大口的呼吸使得大量冷空气灌进我的肺里，我的喉咙、气管、肺像塞了个有着锋利边角的冰块，但身体却热得要命，眼睛也开始充血了。前面的视野开始变得狭窄，大腿开始抽筋，却依然在剧烈地摆动。我浑身每一块肌肉仿佛被针线穿了起来，每次拉扯都产生剧痛，整个身体仿佛在挥发一样。

我的腿已经不属于自己，平时的我绝对跑不出这种速度，看来怪人不但可以让人跑起来，甚至还可以控制速度。我的神志开始不清楚了。大概几分钟后，当我即将丧失知觉的时候，我感觉有什么东西飞速地超越了我，接着我就昏过去了。当我醒来的时候，我躺在了跑道上，纪颜正在用手指蘸着水涂抹我的嘴唇。

嗯？我怎么没再跑呢？而且纪颜也没有动啊。纪颜见我醒了，笑着指了指远处，那个本来坐在轮椅上的怪人居然正在前面飞快地奔跑！

“这个蠢材，我本来想靠杀掉施法者来破除咒语，可是他居然跳了起来开始奔跑，并对我说既然他可以让别人跑，当然也可以使自己的身体跑起来。我自然在后面追他，他不时地回头嘲笑我的愚蠢，可是没想到他的左眼视力不好，居然从你身边跑过去了。结果像他说的，诅咒落到了自己身上，你就没事了。”真是戏剧性的结局。不过我也知道了，为什么连富华要抢我的手机，为什么只有跑得最快的两个人死了，因为没人可以追得上他们。

“不过，还有事情没弄清楚。”纪颜站了起来，走到工地的起重机旁边，拿出一桶汽油泼到跑道上，然后点燃根香烟，站在那里看着跑步的人。

“告诉我，那个人是谁。”纪颜猛吸着香烟，火光一闪一闪。

怪人痛苦地高喊起来：“他是一个留着银发、戴着墨镜的高大男人，肩膀上停着一只模样很怪、有点像蚕的动物。我真不知道他是谁，你饶了我吧，我错了！”他的声音已经模糊不清了，气喘得厉害。

纪颜听完，脸色变了，但那人继续高喊着，请求放过他。

“你要我怎么做？要不杀了你，要不为你找个替身？算了吧，你还是慢慢跑吧，享受一下，反正你喜欢跑步。”说完，纪颜站了起来，扶着我离开了。等走了一段路，怪人跑到汽油那里的时候，纪颜把香烟弹了出去，跑道立即燃起大火。

“以地狱之孽火洗涤尔等之罪。”纪颜低沉着说了一句。顷刻，怪人就变成火人，但他依旧往前跑着，发出痛苦的怪叫声，不过没多久他就躺了下来，不动弹了。我不忍再看，转过了头。

我们捡起地上遗留的那块黑色云母状的东西，可纪颜的手刚一碰，那东西就像冰块遇火一样融化消失了。

“到底是什么？”我看到纪颜愣了老半天，问了他一句。不过纪颜没有回答我，只是说了句“走吧，回去再谈”。路上纪颜说，虽然烧死那人是为了超度以偿还罪孽，可这毕竟是他第一次亲手杀人，心里也非常不舒服。我安慰了他几句，但纪颜依旧愁眉不展，我知道他还在想着那个黑色的东西和银发的男人。

第三十七夜
肉符

“我看了看地上的肉块，非常好奇，刚想过去拾起来，忽然年轻的男子一下挡在我面前，拿走了那块肉。我惊讶地发现，他拿肉的右手手腕上贴着一块很奇怪的东西。”

刚随纪颜回到家，就发现他的邮箱里躺着一封邀请函，包装得非常华丽，打开蜡封的开口，居然还能闻见香味。纪颜看了看，露出了久违的笑容。我问他是什么事情，他笑着说，以前儿时的玩伴希望他可以去参加一个聚会，就在今天晚上。纪颜还说，这个人是他父亲好友的女儿，两家以前住得很近，所以他和那个女孩小时候经常在一起玩耍，不过十岁后女孩便搬家了。

“噢，那倒算是青梅竹马了。”我打趣道。纪颜摆摆手，笑而不答。

良久后他才说：“我只当她是妹妹，不过既然是她请我，这个面子还是要给的，今天发生太多事了，本来打算一起去喝酒，现在看倒不如直接去她家吧。”这等好事我也很感兴趣，再说从邀请函来看这人的来头不小。果然，半小时后一辆黑色的加长林肯轿车停在了纪颜家门口，看得出纪颜也吃惊不小。

车门打开，一个戴着白色丝制网状面罩的女孩走了下来，头上还戴了顶白色的绒毛帽。来人看不清楚相貌，不过从身材来看的确是不错，个儿很高，衣服都是名牌货，果然是富家千金啊。

车上下来的人望了望我们，走到纪颜面前，掀开了面罩，果然非常漂亮，宛如奥黛丽·赫本的鼻子和白皙的皮肤，尤其让人心动的是高雅的气质，让人有种无法言说的愉悦。

“纪颜哥哥，很久没见了。”女孩笑着说了一句，纪颜也笑了笑，随即向我介绍了一下，我这才知道女孩叫齐雅琼。

原来她请纪颜过去是因为她刚刚过世的表哥留下了一大笔遗产，所有有资格的继承人都被邀请到她半年前逝世的姑父家中，等待分配遗产。我毕竟是外人，再加上女孩的家路途遥远，只好暂时和纪颜分开。

车子很快就消失了。看来这几天会比较枯燥了，不过纪颜留下了很多以前探险的笔记以及他父亲的书籍、文稿，没事看看，还是可以打发时间的。我从中随意抽取了一本，就自己回家了。晚上的电视节目很无聊，真不明白网络时代了，电视台的制作水平怎么还停留在20世纪，还在播放着无聊的电视剧和综艺节目。当然，我也无聊，所以早早洗脸上床，怕睡不着，只好把笔记拿来读读了，谁知道读完第一篇就更没办法睡了。

第一篇的名字叫“肉符”，其实感觉和日记一样，只不过没有记录时间罢了。看说话的方式，这应该是纪颜父亲写的。

（下面就是纪颜父亲的笔记。）

昨天刚刚回家，便被告知旁边搬来一户人家。看天色太晚，也不想去打扰人家，没想到他们却主动来了。

我开门一看，是一个孕妇，穿着宽大的米红色长袍，左手扶着肚子，右手被一个年轻的男子托着。年轻的男子看上去非常惶恐，仿佛托着七宝莲灯的卷帘大将，虽然比女子高了半个头，但他弓腰垂首，样子谦卑，反倒比女子看上去矮了不少。

孕妇留着短发，皮肤略黑，总体还算清秀，见我有些惊讶，便爽朗地笑着自我介绍说他们是刚刚搬来的，因为快要生产，所以选一个环境僻静、清新幽静的地方养胎。这我倒也欢喜，自从小颜出世后，已很久未曾听见小孩的笑声了。我告诉妇人，若是有什么麻烦事随时招呼一声，邻里之间一定互相照应。一番自我介绍后，我知道他们是做小生意的，租下我家旁边的房子，一做生产之用，二做铺面，倒也一举两得。

女子说自己叫唐兰，我问起男主人姓名，他却闪烁其词，言语间好像很是为难，倒是唐兰说她家男人最怕见生人，其实非常好相处，然后两人便告辞回去了。望着他们的背影，我忽然想到，既是做小店吆喝生意，怎么会害怕生人？那男子的神情也实在太奇怪了，与其说是丈夫，倒更像是仆人一般，不过世间惧内之人甚多，倒也不足为奇。

可我万万没有料想到，自从这对夫妇搬来，以后的怪事就接踵而来。

对于我来说，要么就在外面旅行，要么就回来忙着整理笔记，我虽然不需要非常安静的环境，但我的新邻居似乎有点过于吵闹了。听上去是在装修，忍耐了一小时后，我决定过去看看，也算是对昨天的回访。我顺便提了些从山东带回来的上好山楂，山楂又叫红果，孕妇吃还是不错的。

（纪颜以前的家处在一片平房区，邻里之间相隔非常近。）出了门，便来到他们家门前。门没关，虚掩着，我站在门外喊了一声，年轻的男子出来了。

他的额头很多汗，眉毛也紧皱着，我想大概是刚才工作繁忙，所以他对叫门的人很厌恶吧，不过他看见是我之后马上调整了神态，而且把右手特意背到身后。天气有点热，他只穿了件背心，下身是花格短裤，左手拿着一把老虎钳，站在门里笑着说："是纪先生啊，有事吗？"

我向他表达了友好的意思，并把山楂递给了他，年轻人有点意外，推托了一下还是接受了。

"是我们装修店面吵着您了吧，我听别人说纪先生喜欢写东西。我虽然是老粗，但知道写字这事一定要静心，环境不安静，心怎么静得了？只是这店面急着开张，一时有些冒犯，希望先生原谅。"他说得非常诚恳，我也不便再继续强调，于是照例问了问他妻子的近况。奇怪的是，年轻人始终不请我进去，而他的右手也一直背在身后。

起初我对这对奇怪的夫妻邻居倒也不觉得如何，店面的装修很快完工了，对大家来说有个杂货铺也是方便之事。后来，唐兰和她丈夫也就和大家混熟了，可是攀谈的时候却始终不肯透露他们是哪里人，他们口音很杂，几乎随时变换，大家人后多有议论，不过两夫妻从来笑脸相迎，一个月过去了，大家也渐渐不再猜测他们的身份。

我有早起的习惯，因为那时候天色最暗，而且也最安静，适合思考和写东西。不过自从唐兰夫妻来后，我却经常在早上听见有人倒东西的声音，其实倒垃圾也不必起得如此之早啊，或者是那所谓的"垃圾"有什么特别的地方。

邻里之间，吃饭的时候大家喜欢坐在一起，互相品尝别人的菜。习惯成自然，谁家做了好吃的都会招呼其他家的孩子来尝尝，有时候孩子自己都会过去，偷偷用手拈上一些，大人们即便看到也装作不知道。

这天唐兰端着饭碗坐在外面，她也是极喜欢小孩的，甚至到了溺爱的地步。无论是谁家的孩子，只要她看见，都要招呼过来好好逗逗，塞点糖、水果之类的。孩子们也很喜欢这位漂亮又和善的阿姨，时间一长，有时候也肆无忌惮，连孩子的父母看得都有点恼，过意不去，但他们两夫妻却始终笑着。大家都奇怪，要做妈妈的人了，居然如此喜欢小孩。

唐兰最喜欢四姑的外甥，小孩长得虎头虎脑，里面男人叫了句，唐兰和孩子逗了下便进去了，饭碗放在了地上。四姑的外甥见碗里似乎有肉，于是自顾自用手拿了一块，刚要放到嘴里，正好被出来的唐兰看到了。

接下来发生的事几乎让在场的所有人都匪夷所思，一向对孩子慈眉善目的唐兰，忽然如母狮一样，猛地冲过去，打翻了孩子手中的肉，然后抓着孩子大吼道：

“这肉不能吃！不能吃！”

孩子当场吓傻了，然后哇地大哭起来。四姑抖着一身的肥肉，踮着小脚跑了过来，一把将孩子从唐兰那里拉过来，然后叉着腰点着对方的鼻子开始痛骂，说孩子吃块肉有什么了不起，四里八乡的孩子哪个不是吃邻居的饭菜长大的。唐兰低头不语，任凭四姑痛骂，还有旁人的指指点点。

“又不是你身上掉下来的！急个什么劲！”不知道骂了多久，四姑还嫌不够。我有点看不下去，刚想过去，一直低头的唐兰忽然猛抬起头，直视着四姑。四姑愣了愣，居然说不出来了。

那一刻我也骇然了，唐兰的眼神如同野兽，那绝对不是人类该有的目光。四姑不敢再看她，低头骂了几句，转而开始数落小外甥，两人一个哭、一个骂地走开了，围观的人见没热闹可看，也散了。这时候唐兰的男人才走了出来，扶着唐兰的肩膀，轻拍了两下，我看见唐兰的眼睛里全是眼泪，夫妻二人相拥着走了进去。

我看了看地上的肉块，非常好奇，刚想过去拾起来，忽然年轻的男子一下挡在我面前，拿走了那块肉。我惊讶地发现，他拿肉的右手手腕上贴着一块很奇怪的东西，但速度太快，实在看不清楚。

日子一天一天过去，似乎唐兰生产的时候也快到了。两人的杂货铺生意倒也还凑合，虽然其他人都对那件事淡忘了，我却是个好奇心极重的人，或许这不该算是个优点吧，说是癖好更恰当。

这段时间我一直借故亲近他们夫妻，没事聊聊天之类的。他们对我还是非常尊重的，可是每当我提到关键问题，比如来历或者他们的身份之类的，两人就含糊其词，一直到今天，我和他们谈到孩子。

我问唐兰是头胎吗，唐兰惊了一下，然后就不说话了。旁边的丈夫叹了口气。

“说到孩子，没人比我们更命苦了。”他似乎还有说下去的意思，可立即被唐兰在下面扯了一下袖子，两人以唐兰要安胎为借口回去了。这反倒令我更加奇怪。而且我从未看见唐兰去医院检查，虽然肚子更大了，走路都非常不便，可她却没提过到底什么时候生产。想想好笑，连夫人都说我怎么比自己儿子出生时还积极。

终于，我有了一个进去他们屋子的机会，不过，我情愿自己没进去更好。

那天唐兰的丈夫找到我，似乎有事相求，但欲言又止。他将右手插在口袋里，天气很热，他却穿着长裤，而且我似乎隐约闻到血腥味。年轻人解释说，刚才给媳妇杀了只鸡，炖了点汤，但自己有急事，一定要出去一趟，还劳烦我帮着照应一下。邻居的这点小忙，我还是没问题的。男人感激地告辞了，顺便告诉我锅上炖着鸡，等唐兰醒了就让她吃下去。

我走进了他们的房间，这还是几个月来第一次受邀拜访我的邻居。房间里很整齐，看来夫妻俩都是爱干净之人，虽然旁边堆放了很多货物，却收拾得井井有条。唐兰在里面休息，我不便打扰，于是坐在门外照看炉子上的鸡汤。（那时候做饭可能没有煤气灶一类的吧，大概和我外婆一样，各家各户都在屋子外面搭造一个棚子，然后堆些煤球之类的。用炉子做饭虽然麻烦，而且有火灾隐患，但却是最好的办法了，每到吃饭时间走到这里，饭菜的香气和煤球特有的燃烧味道混合在一起，真的很令人难忘。）

我看着冒着热气的炉子，肉的香味渐渐通过鼻子传到脑海里，我遍寻自己闻过的各种肉味，却始终想不出这是什么肉香，反正绝对不是鸡肉。虽然好奇，但自己毕竟不是小孩子，翻看人家做菜的锅，被人知道岂不笑掉大牙。然而肉的香味不停地往外散发，仿佛一只手撩拨着我的心。终于，我忍不住走过去，看了看四下无人，感觉自己跟做贼似的。

那是个灰底黑顶的瓦罐，看样子有点年头了，里面的肉已经开始剧烈地翻滚了。白色细嫩的肉丝一缕一缕的，非常薄，而且不大，肉香扑面而来，我更加肯定这不是鸡肉了。

旁边正好有双筷子，我立即夹起了一块，很滑，几乎夹不住，不过我还是成功地夹了出来。夹着肉我迟疑了一下，到底吃下去会发生什么呢？我犹豫地把筷子移到嘴边，可是始终没能吃下去，最后决定还是带回去看看再说，不料突然感觉身后有人。我把肉放回瓦罐，果然，唐兰一只手扶着肚子，另一只手顶着墙，正冷冷地看着我。这种情况，实在是我毕生未曾遇见过的尴尬，两人呆呆地站在那里，半天没说一个字。

“纪先生，这肉是我男人炖的，给孕妇吃的，您不适合。”她终于开口说话了。我也点点头，把刚才年轻人交代的事告诉了唐兰，立即逃也似的回去了。当我踏进房间的时候，看见唐兰已经开始吃了。

大概半个月后，正在熟睡的我忽然被急促的叫门声吵醒，安慰了一下妻儿，我披了件外套便出去开门。虽然白天还算炎热，但秋夜的凉风吹多了还是很伤人的。

开门一看，居然是唐兰的丈夫，他满手鲜血，脸上也有。我吃了一惊，本来还有的一点睡意立刻全无了，我立即问他出什么事了。男人的脸上既有着急的神情，还带着一些兴奋。

“小兰要生了！不过我应付不过来，孩子的头卡住了，我没办法，只好找先生了！”他急得连话都说不清楚，好半天我才弄明白。月光下，我看见他的右手手腕贴着一块火柴盒大小、正方形的东西，而且上面画的似乎是符咒，我看着眼熟，但一时半刻也想不起来。

“为什么不送去医院？”我一边问一边马上叫醒内人，她还是知道些生产方面的事情的。

男人低下头不说话，他洗了洗手，把我拉到一边。

“纪先生，不是我们夫妻瞒您，实在是不好开口，等小兰生完孩子，我们再原原本本告诉您好吗？”他既然这样说，我也不好多问，只是责怪他怎么不注意一下妻子的生产前兆。

两家人几乎忙到了天明，还好，唐兰终于产下一名男婴。孩子很漂亮，像极了唐兰，哭声响亮，而唐兰恢复神志后做的第一件事却让我感到奇怪。

她的视力可能由于出血过量，还不是很好，但却执意要摸孩子，当她的手接触到孩子的眼睛、嘴巴后，才放心地笑笑，接着安稳地睡下。唐兰的丈夫忙完后，便邀请我去他家，并把事情的始末告诉给了我。

“您听过‘天封’吗？”男人忽然问道。我惊讶极了，天封我也只是在民间传说里听过。据说天封是种奇怪的病，一般发生在刚出生的孩子身上，得了天封的孩子，生出来就没有嘴巴，眼睛也无法睁开，过不了多久就会痛苦地死去。而且天封似乎无解，据说是和父母有关，只要生过患有天封的孩子，以后生出来的每个孩子都会重演以前的悲剧。

“我和小兰前面的三个孩子，都得了天封。”虽然说是极普通的一句，却让我非常震惊，难怪唐兰对孩子那么好。可是，我带着奇怪的眼神看了看摇篮里的孩子，那孩子明明正常得很啊。

“我知道您很奇怪，我现在就告诉您这是为什么。”男人站了起来，走进了厨房，等他出来的时候，手里提着一把菜刀。

“纪先生是见过大世面的，不过还是希望您等会儿别慌。”说完他就把裤子卷到大腿处，然后用菜刀从上面割下一大片肉！我顿时有种恶心的感觉，也开始明白为什么唐兰不让四姑的外甥吃肉了。可是，更加奇特的事发生了，刚刚被刀割开的伤口，居然快速地愈合了。我甚至可以看见伤口边上肉芽的蠕动，像触须一样，整个过程如同用针线缝布一样迅速，几乎不到一分钟，伤口就恢复如初，仿佛从来没受过刀伤一样，但男人手上那一大块血淋淋的肉片又提醒我起初看到的不是幻觉。

“肉符！”我终于明白了，不自觉地喊了出来。男子很惊讶，不过随即也坦然道：“果然纪先生还是知道的。”顿了顿，他把右手伸出来，“没错，这就是肉符。”

“肉符在以前的医疗著作里鲜有记载，不过确实有过传闻，本来是用来贴在家畜身上，那肉就取之不竭。后来华佗把它用于伤口溃烂之处，并改良成去腐生肌、治疗外伤的灵药，虽然没有肉符神奇，但也是很有疗效的。可惜药的配法随着狱卒妻子付之一炬，已经无从考证了。但你们是如何知道肉符的？”我问道。

男人摇了摇头，沉默片刻又说道：“小兰在前面三胎都是天封之后，人几乎快疯了，后来她的家乡来了个过路的云游道人，问明情况后居然说天封可解，但必须以丈夫的肉为药引，配成药物，从怀孕之日开始服用，直到产下胎儿。这种办法起初小兰根本不答应，因为这样吃下去，我就算剐成骨头恐怕还不够。后来道人经不住再三央求，又留下一道符，说是肉符，贴在右手手腕处，便不会有生命之虞，还交代，只需等到孩子降生，符咒就可以拿下了。”说着，男人抚摸着手腕上的肉符，似乎有些感慨。

“其实，只要他们母子平安，就算把我全身的肉都切下来又算什么。我本来不打算告诉别人，但我知道纪先生的为人，加上您帮我这么多忙，再瞒着您实在不好意思。其实我们不是本地人，只是怕遇见熟人麻烦，事端太多，所以搬了出来。既然现在没事了，我等他们母子静养一些时日，就要回乡了。”看得出来，孩子的平安到来让他很兴奋。

终于，唐兰夫妇还是搬走了。孩子的名字还是我取的，我本来不肯，但他们坚持，我只好给孩子取名唐晓，希望这孩子不会辜负他父母的一番心血。至于那张肉符，唐兰夫妇说送给我吧，我自然高兴，毕竟这个可是可遇不可求的。有时候我也想把肉符贴上去试验一下，但刀到身上还是放弃了，看来没有那种愿意牺牲的勇气，还是做不到佛祖说的割肉饲鹰啊。

我翻到笔记的后面，果然夹着张符咒，虽然已经发黄了。看着肉符我也有种跃跃欲试的冲动，不过想想还是算了，事情过去这么久，万一这符咒过期了，我连明天的假条都不好打了。

第三十八夜
灵车

“我目瞪口呆地站在原地，直到车门经过我面前。那人头自鼻子下面几乎烂得只剩骨头了，可是闭着的双眼忽然睁开了。”

传说中的神很喜欢坐车，像上古黄帝与蚩尤作战时候乘坐的战车，太阳神阿波罗的火鸟车。1885年德国工程师卡尔·本茨在曼海姆制成了世界上第一辆汽车。它具备现代汽车的基本特点，如火花点火、水冷循环、钢管车架、钢板弹簧悬架、后轮驱动、前轮转向等，是现代汽车的雏形。不过当他得意地把这个铁皮怪物开向街头时，人们对之都唯恐躲避不及。可是现在，汽车已经成为了身份的象征了，成为了你和普通人区别的最好象征。

纪颜父亲的笔记中就记载了一个关于车的故事，当然，这辆车可不是随意就可以买到的，或者说，即便是送给你，你恐怕都不敢要。

（下面就是纪颜父亲的笔记。）

我一直在追寻灵车，一种神话里的东西，虽然说是神话，但世界各地都有它的传说。有人说看见灵车的人会在第二天平静地死去，也有人说灵车会带走作恶人的灵魂，上了灵车就很难再下来了。但是，没人见过灵车，甚至连灵车的样子都无法描述出来。不知道是幸运还是倒霉，我居然成为了见过灵车的人，而且还不止一次。我把它记录下来，也算是弥补一下这方面的空白吧。

那时候，火车票还是非常紧张的，而飞机对普通人来说无异于UFO，所以乘坐小型的客车成为了主要的运输方法，特别是改革开放初期，大量的民工年节返乡的时候，都选择坐客车，既便宜，又舒适。

可能由于太晚了，又是中途站，在夜晚将近十二点的时候，偌大的车站只有两个人，我和一个中年汉子。

他很高大，几乎比我要高一个头，整个人如同门板一样，身上裹了件灰绿色的棉袄，脑袋上戴了顶军棉帽，帽子下露出几缕秋天枯黄野草样的头发，丝丝挺立着，感觉碰一下就要碎掉一样。他四四方方的国字脸，皮肤干得厉害，看来经常在户外工作吧。不过他的眼睛很大，眼神也很灵活，但又不失朴实，与这种眼睛对视，连自己也会无法撒谎了。高而挺拔的鼻子冻得通红，一阵阵的白雾随着他宽厚的红黑色嘴唇的开合而吐出。他肩膀上背着一个宽大的旅行袋，手上还提着一个粗布袋。我坐在冰冷的长椅上，他似乎很急，一双巨大的解放鞋在我眼前晃来晃去，弄得我都快眼花了。

他几次想过来和我攀谈，又都放弃了，倒是最后我主动问他是哪里人。中年汉子很高兴，毕竟等待的时刻能聊天的话，就不会显得太漫长难熬了。

“我是江西人。”他的普通话说得很不错，说完他冲我笑了笑，露出排整齐的牙齿。他看起来非常健壮，看年纪好像还比我大。他说他是来这里打工的，他的老乡早几天就走了。但他想在这几天多干点，加班费多点，赚得自然多点。可是这样又耽误了车程，如果这趟车赶不上的话，回去过年的计划很可能就要泡汤了。

“这车怎么还不来啊。”他转动着滚圆的脑袋。我也看着车子来的方向，我们俩已经等了快一小时了。

“袋子里是什么啊？”我好奇地望着袋子，那袋子还在蠕动，中年汉子腼腆地笑笑。

“是两只鸡，老乡临走时候送我的，又卖不掉，干脆带回去。怕它们吵闹，所以用胶布把嘴封了起来。”他又告诉我，包里还有很多吃的，并拿出块绿豆糕，掰了一半，坚持要给我吃。我推辞不过，只好收下了，还好，非常甜。见我吃得开心，他也很高兴，把剩下的绿豆糕拿在手上，说等上车了再吃。

就在我快睡着的时候，中年汉子推醒了我，说车子来了。我睁开惺忪的睡眼，看见一辆大巴悄然开了进来。我不知道是当时的感觉模糊，还是这车根本就是突然出现在这里，总之在寂静的车站我一点声音也听不到，望望四周，夜色深邃得吓人，仿佛随时会吞没我们。

“上车吧，兄弟。”他费力地拿起行李，催促我道。我迟疑了一下。那是辆再普通不过的客运汽车，虽然灯光不是太亮，但也能依稀分辨出来。车子非常破旧，外面红色的横纹油漆几乎掉光了。我拿着行李，跟着那个汉子，可当我一只脚刚踏上楼梯的时候，耳边忽然听到一句：“下去。”我疑惑地望望四周，一个人都没有，再看正前方，原来司机正看着我。

那是一个留着一字胡须的男人，非常瘦，两边颧骨高耸，巨大的鹰钩鼻，嘴唇鲜红得如同涂抹了口红，夸张地向两边翘起，那种笑容看上去非常令人厌恶，深邃的眼睛在黑夜里居然发着光。他动了动嘴唇，吐出两个字："下去。"

我害怕了，身体不受控制地走了下去，车里面没有一点声音。很快，车子启动，开进了浓浓的夜色里，一下就消失了，好像从没有来过一样。

一直等到将近天亮，我才等到了第二班车。上去的时候大家都很惊讶。司机说本来昨天夜里要到的，因为天气不好，所以改成早上了，原本以为不会有人等的。

"这是末班车了。"司机笑了笑。我忽然开始担心那个和我一起等车的朋友了，但难以抑制的睡意让我没空再想。

这件事过去了一年多，我没想到自己会再次遇见那辆奇怪的汽车。其实从外面看去那车没有任何特别之处，可是我却能一眼把它认出来。

那是个夏天的夜晚，非常闷热。由于急着要去见一位朋友，我只好在深夜独自一人在车站等车。车站后面是一大片一人高的草地，蛐蛐的叫声非常吵人，而车子却一直不来。车子虽然没来，却来了两个混混。

他们中间仿佛放了面镜子一样，高矮胖瘦都差不多，穿着黑红相间的花格衬衣和浅色的沙滩裤，脚踩宽大的拖鞋，嘴角上叼着香烟，双手插在口袋里望着我。准确地说，应该是望着我背着的包。我心里好笑，虽然我不是武林高手，但对付这两个混混还是绰绰有余。不过我不想招惹事端，毕竟是在外地，所以，当那辆车再次无声无息地停靠过来时，我毫不犹豫地上了车，反正是往前开，等到了市区再说。没想到那两个后生也冲了上来，三人上车后，车门砰的一关，车子再次缓缓地向前驶去。

上车后我才发现，车里居然几乎已经坐满了。大家都面无表情地端坐着，冷漠地望着我们几个。车厢非常破旧，但是非常反常的是，车上的人都望着前方，保持着同一个坐姿，而且一点谈话声都没有，如果我闭着眼睛，恐怕还会以为这是辆空车。车上连卖票的都没有，司机是一个头上戴着黄色编织帽的女人，借着车顶昏黄的灯光看去，她面容姣好，不过也应该三十出头了。她的脸上带着奇怪的微笑，从上车到现在她只是专心开车，望着前方，但是车头的灯光微弱得很，几乎被外面无边的黑暗吞噬掉。

越往车后走越暗，不过还是勉强能看见一点。我发现最后一排有两个座位，于是坐了下去，而另外一个空位被刚才的一个混混抢了，就坐在我旁边，叼着烟怪笑着看我。

我厌恶地转过头，却发现了件奇怪的事。

在另外一边，邻座居然穿了件厚厚的棉袄，头上还戴了顶巨大的黑色军棉帽，不过他的脸是冲着窗户外面的，我看不清楚他的相貌。可是如此炎热的天气，穿着一身冬装也太可笑了。

不过我笑不出，因为我脑袋里想到了一件很可怕的事情。

脚边似乎有什么东西，我低头一看，是一个粗布袋子，不过开口被打开了。我好奇地用脚拨弄了一下，一个鸡头掉了出来。

说是鸡头，其实都腐烂大半了，鸡的嘴巴被胶布封了起来。

“是两只鸡，老乡临走时候送我的，又卖不掉，干脆带回去。怕它们吵闹，所以用胶布封了起来。”一年多前那个和我等车的男人的一句话在我耳边回响。

我的额头开始流汗了，是冷汗。我眼睛一眨不眨地看着那个戴着黑色棉帽的脑袋，期盼他能转过来，让我否定心中的想法。这时候，坐在我旁边的混混忽然跳了起来，扯着破锣般的嗓子吼道：“老子是劫道的！”看来这句他演练了很久。说完后他使劲吞了口唾沫，我看见他巨大的喉结动了一下，得意地看着他站在车头的同伴。但接下来发生的情况却令他大为诧异。

车厢里的人没有出现他们预期的慌乱反应，大家仿佛同聋子一样，照旧端正地坐在座位上，当他们是透明人。

混混愤怒了，再次吼了一声，可声音中明显带着战栗。

即便是再愚蠢的人，也该察觉出这车子的诡异了。人在恐惧的时候会做出激烈的行为来显示自己并不恐惧，他们也是。站在我旁边的混混用刀架在我的邻座上，可他并没有回头。

“不见点血你们当我们是说笑啊！”混混把刀使劲插向了他的脖子，但拔出来的时候，刀上面一点血迹也没有。混混看着刀，眼睛都直了。而他，终于慢慢转过了脸。

和一年多前一样，还是那张熟悉的脸，但是瘦得非常厉害，神情更是冷漠，怪异至极。他的眼睛像死鱼一样，本来黝黑的脸庞没有一点血色，在昏黄的灯光映衬下，居然还泛着微微的红光。

他的嘴巴上正咬着半块绿豆糕，一块发霉的、爬着蛆虫的绿豆糕。我见过那绿豆糕，因为另外半块是我吃掉的。

一年多，一年多他都在这辆车子上？

这是传说中的灵车？脑子一片混乱的我已经无法平静地思考问题了。站在我旁边的混混盯着刀，呆呆地坐了下去，脸上再也没有任何表情了。他和其他人一样，以同样的坐姿坐着，无神的眼睛望着前方，他的同伴高声叫他，但没有任何回应。而我迅速地站了起来，奔向车门。

我的那位朋友依旧咬着早就发霉的绿豆糕，目光呆滞地望着我。

车头的混混见同伴不言语了，把刀架在了女司机脖子上。

“停车！你他妈的快停车！”他的话已经不连贯了，一边说一边拿脚跺着地面，女司机嘎一下把车停了下来。

“想下去吗？”她的声音非常好听、空灵，甚至带着诱惑。持刀的混混呆呆地望着她，但又迅速摇晃了一下脑袋使自己清醒了些。他咬着嘴唇大叫道：“快开车门，要不老子扎死你！”女司机顺从地打开了车门。站在边上的我逃似的跑了下来。混混看见车门打开了，犹豫了一下，本来想去叫他的同伙，可最终还是自己一个人向车门走来。

就在他犹豫的几秒，车门关上了。混混刚刚伸出去的头被车门紧紧地夹住了，而身体却还在车子里面。他恐惧地尖叫了起来，用手不停地拍打着车门。

“开门啊，快开门！”那声音像狼嚎一样难听，可不久车子启动了，混混哭丧着脸，带着祈求的目光望着我。

“救我！救我啊！”声音渐渐随着汽车远去，消失了。我被凉风吹了一下，神志才恢复过来。看看四周，坐了那么久的车，我却发现自己依旧在车站，根本没离开半步。地面上还残留着那两个人的脚印和烟头，证明了这一切都不是幻觉。

那的确是灵车，而我却居然接连两次遇见了。

不知道那车下次停下来会是什么时候，不过有一点可以肯定，被门夹住头的那个年轻人，他会一直痛苦下去。

令我费解的是，既然是灵车，那司机又会是谁，是死神吗？我不想再上去求证了，没人能担保我是否还能幸运地下来。不过，灵车会一直开着，偶尔停下来，让新的客人上去。

我合上笔记，看着冷清的车站。要不是老总叫我去这么远的地方来取稿，要不是这些作家都跟动物一样冬眠似的躲在这种偏僻的小镇子，我也不用大冬天的一个人待在车站了。可是看完故事后，我实在没有心情再等车了。正当我犹豫是继续等下去，还是返身回去住一夜，等天明再回去的时候，我感觉身后有东西慢慢靠了过来。

那是辆车，一辆非常破旧的车。车门上夹着一颗人头。车子缓缓地从我面前驶过，我目瞪口呆地站在原地，直到车门经过我面前。那人头自鼻子下面几乎烂得只剩骨头了，可是闭着的双眼忽然睁开了。

“开门啊，快开门啊。”几乎掉尽的牙齿碰撞了一下，说出一句模糊不清的话。

“开门啊，快开门啊。”他不停地重复着，但车子已经开过去了。整个过程只有几秒，对我来说却犹如数小时一样漫长。

“回去找间便宜的旅馆吧。”我把领子裹紧了点，抓着口袋里干瘪的钱包朝不远处的小镇走去。

第三十九夜
乖龙

“一个闷雷直接劈了下来，砸在落蕾家，房子立刻开始燃烧起来。很快第二个也下来了，房门被掀开了。”

习惯了城市的喧嚣，偶尔远离一下还是非常惬意的。这里的旅馆虽然简陋，却十分干净，起码你在使用被褥的时候，不用去揣摩前任房客的身体状况和作风问题。难得的一位客人，让小店的招待员和老板都笑得眼睛不漏光了，恨不得打瘸了我的双腿，让我住这里一辈子。可惜，第二天一早我养足精神就告辞了。

白天应该是安全的，起码人们的共识是这样。那些朋友从来没发过什么公告说自己白天就一定不出来，由此可见，一切的东西还是人的心理作怪，认为有就有，认为无就无。就像前不久看的《怪谈新耳袋》里的那个夜警的报告，你要真达到了里面那位仁兄的境界，视鬼怪如无物，估计它们也奈何不了你了。

去车站要经过一段空旷的田野，偶尔还能看见几个放牛娃，忽然有种“牧童遥指杏花村”的诗意感，可惜这感觉很快就被天上的炸雷打得粉碎。我抬头看了看，纳闷这时候居然还会打雷，天气晴朗得很呢。

前面出现一个牛角。

一个普通的牛角，我好奇地把它捡了起来。牛向来被认为是很通灵的动物，据说农村里后生是不准杀牛的，而且杀牛的时候要背过脸。杀牛的人有规矩，只杀一刀，如若一刀不死，绝对不能补刀，因为这证明这牛命不该绝。传说牛的眼泪涂抹到眼睛上可以开鬼眼，可惜没人试过，倒不是害怕，只是牛眼泪不好搞罢了。

至于牛角，我只听说过犀牛角点灯也有类似涂抹牛眼泪的效果，《晋书》中曾经有这样的记载："旋于武昌。至牛渚矶，水深不可测，世云其下多怪物，峤遂毁犀角而照之。须臾，见水族覆灭，奇形异状。"大意是说：中国古人通过燃烧犀牛角，利用犀角发出的光芒，可以照得见神怪之类。后来被用来形容人的眼光独到。不过牛角有没有这种功能就不得而知了。我捡到的这个牛角似乎刚刚断裂，像是被什么东西烧断的，断裂处居然还非常烫手。我把它小心地收了起来。

总算等来了辆车，坐上去昏沉地颠簸了将近一个多小时才回到市区，虽然迟到了些，不过稿子老总还算满意。落蕾给我留了言，说中午有事找我。

回到家里，我早忘记了牛角的事，只是将包随意地扔到了桌子上。结果不可思议的事发生了。

包居然在蠕动，看样子似乎是条蛇。乡下水蛇多，也不怕人，或许慌乱间跑进了我的包也有可能。可我是非常怕蛇的，对类似的蚯蚓、壁虎、蛆虫等都非常厌恶，但现在也只好硬着头皮上了。我用晾衣架撑开包，不料一道白光从包里冲出，速度太快，居然没看清楚。

白光像有生命似的，似乎很生气，在房间里撞来撞去，过了会儿，看来是累了，趴在了地上。我小心地走过去，这才发现，哪里是什么水蛇，居然是条龙！

是的，是条龙，不过看样子是条没发育完全的龙。

它顶多一尺来长，通体白色，身上有七条黄色的圈纹，大概半个手腕粗细。它紧紧闭着玻璃球大小的眼睛，扁长的嘴巴一张一合，趴在地板上，爪子也收了起来，猛看过去还真像白蛇。不过它头顶上的两只角和长长的胡须证明我没看错，的确是条龙，一条小龙。

"龙有这么小的吗？"我奇怪道。印象里的龙大都是英姿威武、硕大无比、呼风唤雨，它怎么是如此狼狈模样？我觉得好笑，居然冒失地拿手去摸它，但后来证明我犯了大错。

啪！它一下就咬住了我的手指，眼睛也睁开了，是红色的。虽然不算太疼，但总归咬着了，而且死不松口。我甩了半天，忽然想起曾听人说被王八咬住不松口的话，学驴叫能解脱，不知道这龙和王八是不是近亲，我学了驴叫、猫叫、狗叫、蛤蟆叫，却都不见反应，恨得我大喊道："你这有角的长虫，带鳞的畜生！"不料咬得更紧了。这时候，门铃响了起来。我把被咬到的手背到身后，然后去开门。

是落蕾，她手里提着只食品袋，一脸笑容。

"来你家吃火锅！"我正不知道如何是好，忽然感觉手指头一松，这小家伙居然松口了。

几乎是同时，那条白龙停在了落蕾的肩膀上，眯着眼睛拿头在落蕾脖子上蹭来蹭去，跟小猫一样。我心里大喊不妙，落蕾非吓晕不可，正盘算如何向她解释，不料她已经大喊了起来："好可爱啊！"说着，落蕾把东西扔下，一只手捧着小龙，另一只手抚摸着它。而这家伙也心安理得地接受，时不时地拿眼睛瞟一下我，眼神里充满了不屑。

"你，不害怕？不奇怪吗？"我觉得女人真是不可思议。

"不啊，反正和你们待久了胆子也大了，而且我知道它是什么。"落蕾笑了起来，把小龙抱得更紧了点。（好吧，我承认，我很嫉妒那条龙。）

两人把被小龙撞坏的东西收拾了一下，坐在了沙发上。

"你说你知道这是什么？不就是龙嘛。"我轻轻说了句。

"是龙没错，可龙生九子，就像人一样，它们的种类也很多啊。"落蕾摸了摸小龙。

"那这个是什么？看样子好像还没长大。"

"不，它就是这么大的。"落蕾把小龙抛了起来，小龙飘浮在空中。

"它叫乖龙。《搜神记》里记载，乖龙是专门帮助龙王和雨伯行雨的助手，而且只能长这么大。不过小家伙很讨厌单调的工作，所以它会经常旷工，偷跑到人间来玩耍。当然，雷神会四处寻找它，乖龙喜欢躲藏在很狭窄的地方，像墙角、柱子，甚至人的身上，有时候也会躲避在牛角里面，雷神会用雷去震它出来，不过牧童往往因此受到连累，被活活劈死。乖龙是神兽，而且它会选择性地让人看见它。"

"你怎么知道这么多？"我惊讶地问落蕾。落蕾得意地说自己的祖父母留下很多这方面的书，自己也从小就看，自然记得牢。

我思考了一下，难道就是那只牛角把乖龙带回来的？我看了看在半空中游来游去的乖龙，它正一脸的悠闲自得。

"那它不是凡物了，我们怎么把它送回去啊？"我走过去，不过很快乖龙又对着我龇牙咧嘴了。落蕾赶紧过来，把乖龙抱了起来。

"为什么要送走呢，你没看出来它很喜欢我吗？我也喜欢它啊。"落蕾逗着乖龙，它居然还会撒娇。

我说不过她，但总觉得收养神兽不是件容易的事，很快，我遇到了第一个难题——乖龙的饭量。

我很惊讶它个头不大，食量极大。四人份的火锅食物几乎被它一人，啊不，是一龙吃光了。落蕾忙着喂它，女孩子喜欢减肥，少吃一顿家常便饭，可怜我只吃到了几片菜叶，只能眼睁睁地看着它直打饱嗝。

东西吃完了，是该商量一下乖龙的去留问题了。我说服落蕾把它放了，可是乖龙坚持不离开落蕾。

"它很喜欢女性吗？"落蕾奇怪地问我。我看了看正往落蕾怀里钻的乖龙，一把将它提了出来。

“我来证明一下。”我提着它的脖子，这样它也咬不到我。正好，街上过来个女孩子，只是长得不算太好。我把乖龙转了两圈，朝那女孩扔了过去。当快接近女孩的时候，乖龙飞快地逃了回来，一脸后怕地趴在落蕾肩膀上。

“它不是喜欢女性，严格地说是喜欢美女。”我斜了乖龙一眼。它装作看不见，转过头努着嘴，又继续拿头蹭落蕾的脖子。落蕾被逗得哈哈大笑。

“欧阳，我把乖龙带回去养几天好吗？”还没等我说话，那小家伙已经鸡啄米似的点头了，这样我还有什么好说的呢，只好如此了。但我没注意，本来还是晴朗的天空已经慢慢乌云密布了。

送走落蕾后我感到非常饿了。刚接到纪颜的电话，正要埋怨他怎么还不回来，是不是被美女包围乐不思蜀了，纪颜却骂了句：“你以为我是你啊，你看好落蕾就不错了。”他还说，那边的事比较麻烦，可能要等过完年才能回来了。我觉得非常无趣，本来还希望和他过年好好吃顿饭，看来是不可能了。我无意中把乖龙的事告诉了纪颜，他也很诧异，并再三叮嘱我，最好还是赶快把乖龙放了。

“哦？为什么？”

“乖龙属于行雨龙，传说中，一旦乖龙失踪，雷神会来捕捉它的，到时候一个雷打下来，乖龙是没事，旁边的人和东西就难说了。”

我一听大惊，忽然想起了那个牛角上面断裂的、黑色的烧焦痕迹。

现在还是上午，但是窗外就像日食一样，全黑了。

我挂了电话，直奔落蕾家。

靠着微弱的光线我来到她家，房门紧闭着，这时候头顶厚厚的黑色云层仿佛随时会压下来。

我叫了几声，没有任何反应，打电话也没人接。

一个闷雷直接劈了下来，砸在落蕾家，房子立刻开始燃烧起来。很快第二个也下来了，房门被掀开了。

由于冬日干燥，风助火势，落蕾家又是木头老建筑，火很快越烧越猛，当我冲进去的时候，刺鼻的浓烟和火已经把房子包围了。

我在落蕾的房间里找到了她，不过落蕾已经晕过去了。但是这么大的火我们怎么出去啊。

乖龙不知所措地在落蕾的头边飞来飞去，不时地拿头撞，又伸出舌头舔落蕾的脸。我没好气地把它一巴掌打开。

“如果不是你坚持留下来，也不会搞成这样。”我对它喊道，语气似乎有点过重，但事实就是如此，乖龙早点回去的话，也不至于让雷神责难到我们头上。但现在多说无用，关键是如何逃出去。整个房子随时都有坍塌的危险，我抱着落蕾，虽然不重，但一个人都很难出去，何况还抱着一个。

乖龙望了望我，忽然周身放出耀眼的白光，和开始见到它一样，它的整个身体都被白光包围了，不，应该说是整个房间，火焰和毒烟被光从我们身边隔离开了。接着，乖龙冲破了已经在燃烧的屋顶。

下雨了。

如同高压水龙头的迸射一样，不过很奇怪，雨水是热的，并不冷，火很快被浇灭了。这时候警察和消防队也来了，四周的人都赶了过来，乖龙的光芒开始减弱，最后变回了原来的样子，摔倒在我肩膀上。乖龙很虚弱，一点精神都没了。

我和落蕾浑身都湿透了，把她交给赶来的医生后，我自己也裹了条毯子回家了。回头看了看，落蕾的家几乎夷为平地了。

肩膀上的乖龙依旧没醒过来，天上的乌云也没散开，雷声仍能隐约听到。

“你还是回去吧，再这样下去，会连累无辜的人的。”我把乖龙捧了起来。它闭着眼睛点了点头，吃力地飞了起来，慢慢消失了。

很快乌云便散去了，万里晴空重现，人们都诧异怎么快过年时的天气变化得如此之快。

回家换了套衣服，下午去看落蕾的时候她已经醒了。医生说只是被烟呛了，没什么大碍，当天就可以出院的。落蕾知道乖龙走了，低头不再说话。

“它还会回来吗？”落蕾抬起眼睛望着我。我不忍看她难过，但又不知道如何安慰她。

“乖龙不属于我们的世界啊，你要是喜欢小动物，我明天帮你去买只小猫吧。”落蕾摇摇头，背过身躺了下去。

当我接落蕾出院的时候，新的问题又出现了，落蕾睡哪里？

她和纪颜一样，其余的亲人都在老家梵村，这个城市又不认识别人，同事大都回家过年了。还好她经常把资料这些很重要的东西放在办公室，所以只损失了些日常用品和那栋老房子。

“干脆住你家吧。”落蕾对我笑了笑。当时我就脸红心跳呼吸加速，信不信由你，我有一种回家吃斋念佛的冲动。不过当我听完她下面一句的时候，整个人又从赤道被打回北极了。

“纪颜不是不在吗，正好我住你家，你住纪颜家。”落蕾再次笑了笑，我有种被忽悠的感觉。既然她坚持，我也没什么好说的，只是不明白为什么她不直接住纪颜家。

“因为我总觉得他家好阴森。”落蕾小声说。原来如此。

“乖龙应该回去了吧，或许我们以后都不会再看见它了，其实它还是很可爱的。”我抬头看了看天空，一下子离开了乖龙，感觉似乎有点冷清，落蕾更是不说话。

正沉默的时候，忽然看见有什么东西从高处掉了下来。我眯起了眼睛仔细看了看，那物体下落得很快，最后我看清楚了，居然是乖龙。

它又回来了。

不过这次是直接砸在我脸上，速度太快我没来得及躲避，整个人差点被砸晕了。它倒好，根本不看我，直接扑到落蕾怀里去了。我捂着脸站了起来，落蕾高兴地把乖龙抱起来亲了又亲，那小家伙看上去很是得意。

“你这死泥鳅，告诉你我小时候就滑轱辘鞋，经常扒在车子后面，轮子都冒火花了，跟风火轮一样，知道旁边的人叫我什么吗？哪吒！你看我今天不抽了你的龙筋！”我冲了过去，可它绕到了落蕾身后，还冲我喷了一脸口水。

落蕾笑得弯下了腰，用手把我推开。

“好了，别闹了，你和它计较什么。”

“可是你要知道，如果留它在这里，雷神还会来找我们麻烦的。”玩笑开完，我正色告诫落蕾。落蕾也收起了笑容，迟疑地望着乖龙。

街道上很安静，头顶的天空忽然响起了沉闷的笑声，仿佛一个中年大叔用手捂着嘴巴一样。乖龙得意地飞到我头顶，趴在我头上望着天空。

“或许雷神已经允许它在这儿了吧，太好了，我可以天天照顾乖龙了。”落蕾开心地拍起了手。

我有预感，这段时间我的日子不会好过了。

第四十夜
讣告

“我开始旋转，不，应该说是那个所谓的镜头开始旋转。画面中的我带着疑惑和畏惧的神情，我能从上面看到自己的惊愕和恐惧。”

和我想象的略有不同，乖龙似乎并不能长时间待在这里，一天内它只有在早上十点到下午四点这六个钟头能在落蕾身边。但是我依旧非常讨厌它，因为我一天能和落蕾相处的时间也只有这几个小时啊。

今年过年真是非常晚，从昨天晚上开始我就不停受到李多的骚扰。她几乎是每隔十几分钟就打电话问我纪颜的消息。我也不厌其烦地向她解释，她的纪哥哥被人叫走了。当然，我绝对不是傻瓜，不会告诉她叫走纪颜的是一个美丽的女孩子。

“好了好了，你要我说多少次呢？”我终于有点生气了，老总下午才把材料给我，我不得不晚上加班，手头上的稿件还未处理完。

电话那头忽然沉默了，我意识到自己有点过分，刚想和她道歉，李多忽然说：“我不是想烦你，只是忽然觉得自己孤独得害怕，同学都回家过年了，宿舍里只有我一个人。”说完，电话挂断了。嘟嘟的忙音让我有点愣了，我真没想到平日里疯疯癫癫的丫头居然会这样，或许我真的没有考虑过她的感受。对我来说，纪颜只是个要好的朋友，而对她来说，纪颜则是全部。

没有再忙于接电话，工作的速度快了点，忙了整晚终于搞定了专稿。刚才做专题的时候才想起明天是情人节，可报社里根本没氛围，因为大家都忙得要死，闲人们都是领导，个个都正儿八经，没几个说要买礼物给妻子的，似乎情人节是年轻人的玩意。与操作系统相反，当情人升级成老婆的时候，大部分软件、硬件反而更新得没以前勤快了，当然，你也可以选择用盗版，便宜又方便。

我自然不会放过这么好的机会，明天早上起来，就去约落蕾吧。

印象里好像每年的情人节天气都格外的好，今年也不例外。刚刚走到楼下，我发现这年头外国的年节比本国的要吃香得多，就连门口卖包子的大爷都与时俱进，号称今天只卖双数包子，美其名曰“情侣包”。虽然是早晨，但街道上已经能看见很多手拉手、头碰头的情侣，脸上充满了满足和快乐的表情，好像生怕别人不知道他们是一对，就像学雷锋日生怕别人不知道自己是活雷锋。当然，偶尔也能看见些大煞风景的，比如刚才从我旁边就过去一对穿着背后印有“去死去死团”的黑色外套、十指紧扣的大老爷们儿。

“这里有篇讣告，你在6版找个地方登一下。”负责广告的小刘扔给我一张薄纸。我心想谁这么会挑日子，居然在情人节去世。

这张脸好熟悉。

虽然是黑白照，但依旧可以看得出他是个相貌清秀的人。我们一般说女孩子相貌秀丽，用“清秀”来形容一个男人似乎欠妥当，但眼前的这个人就非常适合。瘦而不长的脸，宽却不阔的额头，眉毛细长，眼睛看不太清楚，因为被一副无框眼镜遮挡了，不过这更透着一股书生气，紧闭的薄嘴唇，让人觉得他虽然瘦弱却非常固执。

但怎么说呢，这种人是那种能让女孩子产生亲近感却无法爱上他的类型。

“霍思远。”我轻声读出了名字，越发感到熟悉了。但记忆这玩意儿正是如此，仿佛一个顽皮的孩子，越想找到它，它越是和你捉迷藏。我干脆赌气不想，但这个男人的样子却始终在我眼前晃悠。

在6版找了地方放下他的照片。

“只有22岁啊，好年轻。”我感叹道。霍思远是那种看上去很忧愁的人，连拍照都紧皱着眉头。

讣告一般不登照片，但小刘说那人特意嘱咐要登照片。小刘提醒他价格会高些，但那人一点也不在乎。

霍思远的死因上面写着割腕自杀，而其他的资料却甚少，只有寥寥数笔。

拿去校订后我也没再留意，上午的时间很快就过去了。临近下班的时候老总叫我去了趟资料室，因为临近年关，那边的资料需要搬动一下。我卷起袖子，开始翻腾那些以前的旧报纸，还算保存得不错，报纸没有发霉，但灰尘是免不了了。

我忽然发现了一张报纸，一张去年2月14日的报纸。

我终于知道为什么对霍思远的相貌依稀有些相熟了。在去年的报纸上，同样登载着他的照片，不，准确地说也是一则讣告。我赶紧翻出来，果然，的确是他，死因却是服毒，而且也是22岁。

不是有人说过吗，生命只有一次，难道有人可以不停地死？

是恶作剧吧，不过这人够无聊的，估计是很讨厌这个叫霍思远的。我把报纸随手一扔，忽然脑海中闪过一个念头。

想证明是不是恶作剧，只有一个办法。

我和整理资料的同事商量，以我独自一人整理的代价把他忽悠出去了，接着我把这里能找到的所有报纸都拿了出来，最早的是12年前的。

12张报纸摆在我面前。这下我不禁捂住了嘴巴，连衣服上的灰尘都忘记去拍。这些都是每年2月14号的报纸，上面刊登着一则同样的讣告。望着那一张张黑白照片我的脑子轰地大了。除了每次死亡的原因不同外，这些讣告没有任何区别。12年来这个叫霍思远的男人居然用了12种方式自杀，跳楼、服毒、割腕、上吊、吞枪等。我稍微回过神后，把这12张报纸全部卷起来。

"如果是恶作剧也太过分了点吧。"我看了看那些资料，心中有了想调查清楚的冲动，好奇心的驱动力是惊人的。

似乎我也感染了纪颜的毛病了，看来必须先找到那个来这里发讣告的人。可小刘却告诉我说，那人把自己包得和嘉兴肉粽子一样，还戴了墨镜口罩，哪里还认得出什么样子，我心想要想事情水落石出岂不是要等到明年情人节了。

总能找到点线索吧，我暗自想了想，本来想约落蕾晚上去步行街，看时间还算充裕，不如去查查看究竟是怎么回事。

我去查了下各大医院和丧治会，还找了些从事相关职业的熟人，发现最近去世的人中根本没有叫霍思远的，包括以前几年，难道这真的只是个玩笑？但我一位做片儿警的高中同学在电话中听完我的述说后忽然想起了什么，不过他说电话里不好说，于是我只好去他的管区一趟。

"我来这里之前，听说我们管区里有个怪人。"他拿食指敲击着黄色的木桌子。大部分人都出去了，因为他住得比较近，所以留下来值班。这小子高中时候经常装孙子，没想到把大盖帽一戴就开始装样了。打了几句哈哈，他才开始说正题。

"那时候我也就一傻不啦唧的小警察，跟孙子一样，跟在那帮老油条后面，他们教导我说哪家商户是大户，哪家店的背景深，哪些人你可以高声吆喝，哪些人你必须好生应对。"他得意地点燃根烟，我一看，居然还是硬中华，以他的工资哪里抽得起，估计是别人送的。这片管区属于繁华地带，他们的身价当然也随着看涨。我忍了忍，提醒他快讲。同学不快地瞟了我一眼，清了清喉咙，吐出一口浓痰。

“不过听了那么多教诲，最让我吃惊的一个人，就是那个叫霍思远的家伙。”他声音略有点颤抖，手中的烟灰掉到了干净发亮的名牌皮鞋上。

“哦？那他没死喽？”我好奇地问。同学也惊讶地望着我，我自觉失言，也没再多说，好在这家伙神经比较大，也没多想。

“几乎所有的警察都指着一个叫霍思远的家伙的头像说，不要去招惹他，也不要同他说话，虽然大部分时间他也不会和人攀谈。另外他家也十分奇特，很小很简陋的房子，据说有些年头了。他在这里住了很长时间了，平时总把自己包得严严实实，就是夏天也要戴着帽子和墨镜，弄得自己跟个名人一样。其实这里的老警察都知道，霍思远号称是作家，作家作家，其实就是坐在家里罢了，天天闷头写，可是报纸、杂志上连个屁都没见他发表过，更别提出书了。但是据说他十几年前自杀过一次，被救活后整个人就变那样了。文人都爱瞎琢磨，幻想美好的爱情，可再美好人家姑娘也要吃饭啊，还不如哥们儿我呢，现在多快活。”我见他来劲了，赶紧制止。

“得了，瞧你那点出息，你现在老婆孩子热炕头也就知足了，看你得瑟的。不同你扯皮了，快把那人的地址告诉我。”同学赶紧把霍思远的地址抄给我，不过临走前还是提醒我道：“你最好还是别去，我爷爷以前是看风水的，我略知一二。那小子每到2月份身上就怪怪的，我老远看到他就能闻到他带着一股子‘死气’。”说完，他神秘地闪进屋子。我愣了一下，心里暗骂一句，既然是活人，怕什么。

按照地址，我找到了霍思远的家。果然破旧得厉害，整个房子从外面看上去千疮百孔，真奇怪居然还能住人。

或许住的不是人呢？

我忽然打了个冷战，奇怪自己怎么会冒出这样的想法。但很快我也没多想，走上前敲了敲房门，大声喊着霍思远的名字。很奇怪，房门竟自己开了，而且也没人答应。

我抬腿走了进去，房间里充满了怪味，不过很熟悉，因为自己大学寝室四年都是那股味道，比这里还大呢。房间不小，但杂物太多，拥挤不堪，连站脚的地方都没有。我小心翼翼地绕开那些衣服和啤酒罐子，看来这里的主人非常喜欢喝酒。我把门窗都打开了，空气对流一下，舒服多了。

前面有张书桌，这恐怕是这里唯一看得顺眼的东西了。桌子不大，一米来长，紧贴着墙放下，上面整齐地摞着一堆书，都是小说，古今中外的都有，当然也有我比较喜欢的，像《野性的呼唤》《双城记》等，另外还有很多鬼神异志，看来这位仁兄涉猎很广。桌子上还有一叠书稿，不过没有动笔，旁边的台灯虽然擦拭得非常干净，但已经发黑的灯泡和几乎破掉的橘黄色灯罩，都说明它有些年头了。

"没什么特别之处啊。"我环视四周，典型的单身汉的住所，里面是厨房和厕所，既然人不在，为什么不锁门呢？转念一想，除了那台几乎老掉牙、堆满灰尘的21英寸电视机和录像机，他这里也没什么可偷的。加上这小区治安口碑不错，夜不闭户倒也不是不可能。

但是我找到了点东西。

在那张单人床的床头角落里，堆放着一件黑色外套、墨镜、帽子，还有整套的内衣、鞋。难道刚才去报社刊登讣告的人正是他自己？

居然有为自己发讣告的？简直是荒唐。但这看似荒唐的事随后被证实了，我在外套的口袋中找到了我们报社的证明。

不过我很快意识到自己的行为已经触犯法律了，一时情急居然翻动了人家的私人物品。我刚想退出房间，却又在电视下面找到了一些录像带。我好奇地拿起一盒。

录像带的侧面贴着行标签，我小声读了出来。

"1999年2月14日。"我一惊，连忙把其他的拿来一看，果然，所有的录像带都编排了日期，从12年前的2月14日到今天！

看看吧。我拿着录像带的手不由自主地伸向了机器。

画面很暗，奇怪的是他是如何拍摄的，我拿的是今天的那盒带子。在镜头里，我终于看到了霍思远。

他比照片上的要瘦得多、黑得多，头发很短，稀稀拉拉的，像被羊啃过的草地一般。按理他应该是青年，但看上去很苍老，黑黑的眼圈，半闭的双眼无神地望着镜头。

"又是情人节了，今年是第13个了，你到底要如何才肯原谅我？"他开口说话了，露出一排整齐但是黄得发黑的牙齿。背景似乎就是他家，上身赤裸的他似乎是坐在镜头前面。霍思远的声音嘶哑，看得出好像还哭过，两颊还有泪痕，他手上拿着个刀片，对着自己的动脉就划了下去，鲜血一下就涌了出来。紧接着，他闭起嘴唇不再说话，脸色渐渐变得苍白，然后躺下去了。我仔细看看录像带的时间。

13：40。

我看了看手表，现在是下午两点半，也就是说，差不多一小时前他在这里自杀。我看了看地面，似乎有被擦拭的痕迹，在厕所，我还发现了带着血迹的拖把。

既然他是自杀，那收拾东西的是什么人？而且如果是他自己拍摄的，我也没发现摄像机啊。我刚想到这里，录像带忽然完了，接着是一片雪花，我想去取出来看另外一盘，却卡住了。

我发现，本来开着的窗户和门也全部关了起来。我尝试着去开，结果徒劳无功，看来，我被锁在这里了。

录像带发出嘎吱的声音，接着，本来布满雪花的屏幕出现了新的画面，背景依然是霍思远的家，不过和刚才的有所不同。

我看见一个人站在门旁边，那人我再熟悉不过了，因为那是我自己。

无论是摇晃双手，还是蹦蹦跳，画面中的人也都做着相同的动作。我看见录像带里的时间正是现在的时间——14：40。

但是我没看见摄像机。

针孔？还是微缩？我看镜头的方向似乎是右边，便朝那里走了过去，画面上的我也越来越大，果然，镜头在右边。

右边是堆衣服，一堆霍思远换下来的衣服。我把衣服抖开来，但里面什么都没有，同时电视上的画面再次发生变化。

我开始旋转，不，应该说是那个所谓的镜头开始旋转。画面中的我带着疑惑和畏惧的神情，我能从上面看到自己的惊愕和恐惧。

房间里只有我一个人，录像机发出嘎吱嘎吱的放带子的声音。

终于，画面停住了，我也看清楚了，那个镜头正对着我，而且从距离上看非常近，我甚至可以看见自己脸上的毛孔。由于离得实在太近，我的头已经开始有些扭曲了，仿佛照哈哈镜一般，但我却没心思笑。因为我面前只是空气，我看不见任何东西。我尝试着用手去触碰，结果也只是徒劳无功。

“你到底是什么东西？”我大声喊道。但回应我的只有我自己的声音。电视上的画面又开始动了，仿佛有一双我看不见的眼睛，它绕到了我的背后，无论我怎么转身，就如同粘住了一样，电视上的画面总是我的脖子和肩膀。

它忽然不动了，我也僵立不动，时间过去了几分钟，却如同几小时一样漫长。

电视里的喇叭发出了一声沉重的男人的叹息声。那声音我听过，长期吸烟导致喉咙嘶哑的话，就会发出那种声音。

我盯着电视，在画面中，我看见自己的肩膀上有东西。

是片指甲。

的确是片指甲，我以为自己看错了，居然贴近了电视，但我看见的已经不只是片指甲了。

现在是一根指头，准确地说是一根中指。

我回头一看，真的有半截中指在我的肩膀上。

紧接着，空气中慢慢浮现出一个人来，那情形就好比一个画家拿着笔，在空气中作画，而且速度极快。

现在我已经能看见一条完整的胳膊了，从肌肉线条来看，我判定这是条男性的胳膊。

然后是肩膀、脖子、胸肌、腹部、大腿，最后是整个身体。

太奇妙了，几乎每一个部分都像快进一样，先是白色的骨髓，然后是灰白的骨干，接着是神经、血液、脂肪、皮肤，仿佛一个制作流程一样，一眨眼的工夫，一个大活人就凭空从我面前变了出来。不过我没有眨眼，甚至忘记了恐惧，有什么能比看见造物主制造人类的过程更让人惊讶和兴奋的呢？

这个男人将左手搭在我的肩膀上，低着头，大口地喘着粗气。他没有穿衣服，但是我看见搭在我肩膀上的左手手腕上，有一道明显的疤痕。

我把他扶起来坐到床上。果然，这人就是霍思远。他看起来很虚弱，似乎连呼吸都很费力气。我去后面倒了杯水给他，他看都没看我，端起杯子就喝光了，喝完后把杯子往床上一扔，又躺了下去。我接着为他倒水。他这样喝了四杯后，终于说话了。

“你刚进来的时候我就看见你了。”他抬起眼皮盯着我，“只不过我刚刚死，你看不见我而已。”

“死了？”我惊讶地问他。霍思远还很虚弱，说话一快就会喘气。他随手穿了件外套，毕竟裸着身子和人交谈不是什么雅观的事，我们又不是诗人。

“是的，虽然我很快又会再回到这个世界。从第一次自杀到现在，我可以说死了13次了。”他的表情非常轻松，仿佛和我谈论的是过生日的次数一般。看我依旧迷惑的样子，霍思远忽然自嘲地笑笑。

“你是个记者吧？”他忽然问，我点点头。

“我读过你的文章。你是个相信鬼神的人吧？所以，我的故事你应该会感兴趣。”他既然肯告诉我，自然是求之不得，我拉来张凳子，和他面对面坐了下来。

（下面以霍思远的口吻记述。）

人的生命只有一次，这是大多数，或者说是绝大多数人的想法，14年前我也是这么认为的。

作为一个穷得叮当响的作家，我只能靠着家里仅有的积蓄来维持生计，维持我那个在别人看来虚无缥缈的梦。

只是我没想到，我居然遇见一个女孩子，她的名字我不想再提起了。开始的日子当然很愉快，有一个美丽的女孩子在身边鼓励你，还有什么是比这个更大的支持呢？

可是她的父母极力反对。也难怪，天底下没有哪个为人双亲的愿意自己的女儿嫁给我这么个废物。说是要给她幸福，其实是自欺欺人罢了。（霍思远说到这里咧了咧嘴，摇晃了一下脑袋。）

经历了很长一段时间的折磨，我们甚至还一起私奔过，说出来你别笑，真的和那些俗气的三流电影情节一样，但是一切都是徒劳。

那个女孩子是一个外表柔弱但性格十分刚强，或者说有点偏激的人。

“我们自杀吧，一起死，就像故事里的情侣一样，我相信人死后还是有灵魂的！”她在情人节的前一天晚上抱着我说。我当时被她的话吓了一跳，仔细看了看她的脸，发现她不是在开玩笑。

我不是个坚强的男人，多年的挫败感和别人鄙视的眼光早把我仅有的一点自尊击得粉碎了，既然她都打定主意了，我还有什么可说的。所以我们约好在情人节那天下午13：40的时候双双跳楼自杀。当时我们研究了很多方式，她坚持要跳楼，说死得很快，没有痛苦，而且死亡过程很美好、很华丽。

我同意了。

我们没有选择楼房，而是去了一个比较偏僻的废旧工厂。两人爬到了高耸的烟囱上。

但是真站在了上面，我害怕了，生平第一次有了对死亡的恐惧。

“跳吧。”她整理了一下衣领，一如往常一样漂亮，但此时我看她却觉得很不舒服。

“我们不如想想其他办法，不见得一定要自杀的。”我忍了良久，最终还是说了出来。她听完后面无表情，最后笑了一下。

“你会后悔的。”说完她就从我面前跳了下去。几秒钟后，我听到了啪的一声沉闷的巨响。我的腿不自觉地软了下来，在上面哭了整整一下午，直到天色变暗才走下来。

霍思远的眼睛又红了，我很同情他，自杀的确需要很大的勇气，而在这时候背叛了自己最爱的人，其实他也很痛苦吧。

霍思远的语气忽然变了，高亢而嘶哑，脸也开始充血，眼眶里全是一条条的血丝。

“可是当我爬下烟囱，发现下面根本没有尸体，是的，只有一摊血，没有尸体！”我听得呆住了，难道有人可以从几十米高的地方摔下来不死？就算不死，还能有力气离开？

霍思远接着说，自从那件事后，他天天都做着噩梦。梦里面以前的女友只是看着他不说话，带着嘲讽的笑看着他。女友的家人也没有再来找过她，只是外面都传说她失踪了，但真实的情况只有霍思远了解。

终于，一年过去了，霍思远无法忍受这种折磨，也选择了自杀，不过他是服毒。

“我把一包老鼠药都倒进了嘴里。”霍思远玩笑般地说。

“接着不到几分钟，我的胃开始绞痛，接着是身体翻滚，剧烈地呕吐。然后是抽搐，剧烈地抽搐。我知道毒性发作了，但我没有打电话，我是真的想死，或许我还能见到她，说句对不起。然后我的意识模糊了，倒在了床上。

“但当我醒过来的时候我还在家里，而桌子上却多了盘录像带。我不知道这是从哪里来的，于是把带子放来看。

“你也猜到了吧，那就是我自杀的录像带。甚至我自己都不知道谁拍摄的。但是我明白自己的确应该已经死了。我冲到镜子面前才看见，我只有一半身体可以看到，另外一半还在高速地恢复中，就好像我以前是个隐形人一样。”

几分钟前，我看到的那一幕恐怕也正是如此吧。

霍思远接着说：“我意识到自己应该是死了，可是却又被什么力量救了过来，而且每次我死后，肉体都会慢慢消失，在我重新获得身体前，有段肉眼看不见身体的过程。而且在获得身体后我又会如新生婴儿一样，非常虚弱，刚才你也看到了吧，就是那样。

“录像带忽然结束了，接着上面出现了我的女友的脸，很白，很美。但我却说不出话。

“‘高兴吗？重生的感觉很不错吧，不过你以后就会厌倦了。我不会原谅你，虽然我现在过得很快乐。你在我心里完全是个骗子。记住，每年的情人节你都会再死一次，然后又重新活过来。你永远只有22岁，你永远只能活在我和你决定去自杀的那天，我要你痛苦地活下去。’说完，她就消失了。”霍思远长舒了口气，不再说话了。

过了很久，他才再次开口。

“现在，你都知道了吧，地上的血迹是我擦的，我看见你走进房子，不过无法叫你而已，我把每年自杀的录像带都保存了下来。因为我发现自己的眼睛和那录像机之间有奇怪的联系，于是我不用拍摄，只需要坐在镜子面前就可以了。所以每年的情人节前，我都自己去报社登载自己的讣告，真是滑稽啊。”他指了指墙边的一块镜子，果然，可能先前没仔细看，那真是面擦拭得很亮的镜子，大概一人多高。

“你为什么每年都去报纸登载讣告？”

“很简单，她显然还在这世界上，每年的情人节她就在我身边，如同看着笼子里的小白鼠一样，戏耍着我。所以我把讣告登出来，想乞求她的原谅。”

“原谅什么？”我问道。霍思远猛地站起来，走到窗子前，转过身体，用手指着自己的胸膛。

“原谅我的背叛，让我能真正地死，因为这种折磨太痛苦了。每次临死的体验都是真实的，死一次就足够了，而我却死了13次，还要忍受无休止的自责和内疚，所以我乞求她让我死吧。”霍思远说得很轻松，仿佛说着别人的生死，我还是第一次看见有人这么想死的。

“难道没有办法解决吗？比如说这只是法术，我认识一个朋友，或许可以帮你。”我也站了起来，给他出了个主意。霍思远拒绝地伸出手掌。

“你以为我没去想办法吗？古今中外的我全部都试过了，根本没用。后来一个道士说，那是魂诅。像我女友那样临死前带着不满和愤恨自杀的人很多，但是也只有她没死，我也不知道她是什么，总之自杀后未死的她对我恨之入骨，有什么比用自己的灵魂为代价来诅咒一个人更强大的呢？除非她肯原谅我，否则没有任何办法。一年又一年，我会以各种不同的方式自杀，死去，然后又再次像婴儿一样回到这世界，是不是很有意思呢？”霍思远笑了起来，起初忍着，后来居然哈哈大笑，不过最后他却跪在了地上失声痛哭。我不知道如何安慰他。两人在房间里呆坐了几分钟。哭过之后，他看起来似乎放松了点，然后让我离开，他自己要静一静。我只好走出那个房间。

走到过道的时候，我看见一个女孩，高而瘦，但头发很长，也很秀丽，只是额头上有好大一块疤痕，不过被头发遮住，倒也无伤大雅。

她看见了我，冲着我笑，那笑容令我发毛。

“你从他那里来吗？”女孩忽然没头没脑地问，我也不自觉地嗯了一声。

“今天是情人节。有准备巧克力给女朋友吗？”女孩笑着问，我摇摇头。她从口袋里摸出块东西。

“给，把这个给她吧，没有礼物女孩会不高兴的。”我接了过来，是块榛子巧克力。我刚想说谢谢，但抬头女孩就不见了。

我回到了报社，正巧遇见了落蕾。

“给。”我把巧克力给她。落蕾很开心地收下了。

她看了看巧克力：“哦？是榛子巧克力啊。”我问她有什么不妥吗，她笑而不答，只是把巧克力吃下，然后跑开了。

我也奇怪地去查，原来榛子巧克力代表着忠贞。

忠贞吗？我抬起头，忽然想起了霍思远，明年的情人节，不知道他是不是还会来报社登自己的讣告。

第四十一夜
人棺

“我和那孩子被黑乎乎的死尸围了起来。它们紧紧掐住我的脖子和身体，我只能从缝隙中看到齐老爷从旁边拿起了一把刀。
我眼睁睁看着齐老爷拿着手术刀，颤抖着伸向了雅琼白皙的脖子。”

纪颜终于回来了，我是今天早上接到他的电话的，不过当我来到他家时，开门的却是一个10岁的孩子。

小孩长得很俊俏，但眼神冰冷，穿着件蓝色的运动服，戴着顶粉红色的绒帽。他看了看我，没有太惊讶，双手插在口袋里，对我说了句进来吧。

我满怀好奇地走了进去。纪颜正坐在沙发上。

还没等我问他那个孩子是谁，他竟抢先问我：“你一定很想知道这个少年是谁，不过还是让我先把这几天的经历告诉你吧。”

纪颜的样子有点憔悴，看来这个新年过得并不是十分舒服。我把身体埋进厚厚软软的沙发，尽量摆了个合适的姿势，开始专心听他说。

少年不屑地望着我们，把头上的帽子拉到眼睛处，冷冷地说了句：“我对你们的谈话没兴趣。我去房间休息了，等说完了叫我。”我心想这个孩子还真是爱耍酷，但纪颜没有丝毫的介意，对少年点了点头。不过我始终觉得这个男孩好面熟。

“我没有想到，雅琼找我，居然是为了人棺。”他开始说了，不过声音略有点低沉。我依稀记得雅琼好像就是那个来接纪颜的漂亮女孩子。不过，人棺是什么？

纪颜看出了我的疑问，自然开始为我解释。

“中国人极重视棺材，所谓生老病死，红白二喜。棺材有时候比活着时候的住房还要重要。即使是再穷的人家，老人们都会预留笔钱，所以年轻人存媳妇本，老年人存棺材本。别小看了这不过几尺长的木头盒子，对一些人来说可是看得比其他东西还重要。

“棺材种类很多，自古有‘穿在苏州，玩在杭州，吃在广州，长寿在柳州’的说法。长寿在柳州，实际指的就是柳州的棺木，行行都有翘楚，做棺材的也一样。”听到这里我不免笑了一下，但纪颜一脸严肃地继续讲。

“棺材发展到今天，其实已经不光是为了葬人之用，由于国人迷信棺材，棺材是升官发财的谐音，所以很多人会订制一些精致的小棺材做装饰用。”

我终于忍不住问他，这些和他被那女孩请走有什么关系呢?

“雅琼带我去，就是为了让我看口棺材，一口非常奇特的棺材。”纪颜抬了抬头，用犀利的眼神望向我。

“哦？有多奇特？难不成是金子打造的棺材？”我打趣道。

“若是金子、水晶棺材倒也没啥稀奇的了，有趣就有趣在这口棺材既不是金子，也不是木头，而是人。”他比画了一个长方形的手势。

笑话，棺材装的是人，哪里有人做棺材的道理。我不置可否地歪歪脑袋。

纪颜看出我不相信，继续说：“你别不信，准确地说，所谓的人棺，实际外面还是有口棺材，或者可以这样说，被葬的人其实是包在两口棺材里面。”

“那天在车上一听，我也和你一样哂笑不已，我自认为见多识广，父亲生前也从未提起过关于人棺的事情。但是父亲却说过，永远别觉得自己比别人强，你终究不过是比别人看得多而已。当雅琼把照片拿给我看的时候，我深刻感觉到自己见识还是太浅薄了。”

“照片？”我惊讶道。既然有照片，看来人棺并非空谈了。不过纪颜并没有把照片拿出来的意思，只是摇了摇手。

“你还是不要看的好，那照片即使如我这样的人看了也为之骇然，倒不是多恐怖或者恶心，只是看了之后浑身有说不出的不舒服和诡异。”

（下面以纪颜的口吻记述。）

何谓人棺，从字面来看，当然是以人为棺材。

齐家不是富翁世家，他们家在民国初年发迹。乱世出英雄，齐老爷子虽然谈不上英雄，但绝对算是聪明人。他收集古玩倒卖赚了大钱。据我父亲说，齐家的收集其实就是和盗墓者达成交易，以比市面低得多的价格把古墓中的东西收来再倒手卖出。这活说起来容易做起来难，一来盗墓的都非善类；二来倒买倒卖古玩，被抓住也是要吃官司的，这两处是明的；而第三点，也是最重要的，就是古物离开古墓的净化过程。

我们叫净化，齐家人则称之为“落皮”，指让高人驱除掉上面不干净的东西。不过一切都非常顺利，齐家的财富像滚雪球一样堆积起来，而且齐家人善于避祸，所以在混乱的年代也能全身而退。

汽车载着我和雅琼几乎行驶了半天，才来到这个非常偏远的地方。我依稀记得这里是私人住宅区，没有通行证是不允许进入的。这里地势奇特，是一个凹下去的脸盆状，在旁边有一条小河蜿蜒盘旋，水主财运，而且又像个聚宝盆，所以很多有钱人把家宅建在这里，还有人说这里实际就是个太极八卦图，不过这都是传闻罢了。

但齐家的富裕倒真是令我咋舌。

从下坡开始，我就看到了一片巨大的住宅区，首先是长十米多的带有花纹的铜制大门，门的两边是看不到边际的大理石围墙，围墙的顶部有巨大的圆形玻璃灯，墙壁上刻着精美的浮雕。两个年迈的老人穿着保安服费力地打开了厚重的铜门。我不明白为什么让两个老人干这么重的体力活，还没等我多想，房子的真正外貌才如隐藏在海洋里的冰山一样渐渐露出一角。与其说是房子，不如说是庄园更恰当。

正中间是个巨大的喷泉，高四层，每层都不一样，池子的底部安装了彩灯，不同颜色的光从水底照射上来，和喷出的池水叠映在一起，看上去很漂亮。可这么大一个地方人却极少，纵使外人少，但在这里工作的人也应该有一些吧。两边是半个同心圆的结构，种植了大量的植被草木，整个地势都是倾斜的，房屋被建筑在了最低处，我暗想哪里有这样修建房屋的，下起雨来岂不淹了。

“人棺是家父在数年前托人从老家运送过来的，从父亲开始家里就不再涉足古玩生意了，不过还是有收集的癖好。而这个人棺，却是从祖爷爷那里传下来的，以前都安放在老家，这次建了新家后我们就把人棺运了回来。说是祖传，但家规森严，大人要求绝对不能轻易接触，所以我和父亲对这个都很好奇。我们打开了棺材并拍摄了这些照片，但接着怪事就不断了。”车子绕着喷泉开进了一条狭长的林荫道，旁边的枝叶长得过于茂盛了，难道这里的园丁偷懒吗？最后车停靠在了一栋高大的黑色建筑物前，雅琼从车子上下来，带我进去。阶梯很漂亮，是椭圆形的，也是由黑色的大理石制成，光滑得可以做镜子了。

下车的时候，雅琼看见车子的后备厢开了，便提醒司机。司机解释说刚才停靠在我家的时候他曾经下去拿过清洁工具，但他又奇怪地说自己明明关紧了的。

房子的外面虽然带着中世纪欧洲的皇宫风格，里面却是典型的中国风，只是大多是黑色，看得有点不舒服。墙壁上挂满了古画，四周则摆设了各种陶瓷、铜像等古物，我简直觉得自己身处博物馆了。雅琼和我的脚步声在偌大的房子里回荡开来，除此之外一点声音也没有，安静得可怕，我没有看见一个走动的人。

在左边的房间里，我看到了人棺。

我和你说过了，虽然开始见过照片，但亲眼看见实物仍然觉得非常震撼。外面是暗色的棺木，非常厚重，上面有很多精美的图案，不过年代太久，已经模糊不清了。棺木是四层夹板型，每层中间都是空心的，大概两到三毫米左右，估计中间填充了大量类似石灰之类的防腐剂。而棺木里面躺着两个人，其中的一个自然就是我说的人棺了。雅琼似乎有点害怕，只是远远地立在一边，我则在棺木旁边仔细观察。

我所看见的是一具穿着十分华丽的女尸，大概七八十岁，头戴皮毛暖帽，里面穿着华布衣衫，外套红黑相间的长裙，和宋朝的衣物有几分相像。怎么说，她也死了很长时间了，但居然没有一点腐烂的迹象，相貌还十分清秀，脸庞消瘦，眉宇间却蕴涵着帝王之气。在女尸的身体外，还包裹着另外一具尸体，这个估计就是人棺了。

那是一具身材十分高大的尸体，从中间划开了，整个人的内脏和骨骼均被掏空，也就是说只剩一张皮。女尸犹如穿衣服一样，藏在尸皮中，估计开棺的时候应该是密封的，可能被后来的人把皮扒开了。外面作为人棺的人的皮肤也没有腐烂，包裹女尸头部的皮肤也是被分开的脸，从侧面看的确很不舒服，因为只有一只眼睛、半个鼻子、半个嘴巴的脸实在让人看得有点反胃。

我非常诧异到底如何能将人的皮肤从中间切开，还能如此完整地保留住原貌。从外貌来看，外面作为人棺的男人和里面的女尸，两人似乎都是少数民族，特别是女尸，看起来应该地位很高，而且她的右手腕被生生地切断了。

没有右手腕？我一时纳闷，却又想不起来。

“先去休息一下吧，我还有其他事情告诉你。”雅琼似乎不是很愿意留在这里。两人上了三楼偏厅，那里已经准备好了饭，我和她边吃边聊。

“这口棺材不可能只有这些，看得出主人生前地位比较显赫，应该有大量的随葬品。但奇怪的是，开棺这么久，居然一点也未腐烂，而且外面的人棺也没有腐烂的迹象。”说到人棺，我就想起刚才看见的那张薄薄的人皮，饭菜里居然有海蜇，实在有些恶心。

雅琼点点头：“我正要告诉你，挖掘这口棺材的人把其中的随葬品卖掉后，这口棺材不好处理，祖爷爷这时执意花高价买了下来，并好好地保存在我们的老家祖庙中。但是，自从这口棺材被搬到这里后，事情就变得奇怪了。”

我有些不解，看情形这里好像也没发生什么大事啊。

“首先，父亲解散了很多雇员，并亲自招收了一群女孩子，然后接下来的日子里，经常会有人从这里失踪。”雅琼缓缓地说道。我终于明白这里为什么人这么少了。

“失踪？你没有报警吗？”我问她。雅琼摇头。

“本来这里差不多有一百多人，包括用人、园丁和保安之类的，但发生怪事后，失踪的失踪，逃的逃，除了一些对齐家忠心的老员工愿意留下来外，这个地方已经没几个人了。”雅琼面带悲伤。话说回来，我一直没看见她父亲。

“令尊他还好吗？”我小心地试探着问道。不料雅琼竟站了起来，走到我身边。

“这正是我找你的真正原因。”她苦笑了一下，“家父自从人棺搬到这里后就卧床不起。他几乎不肯进食，也不太说话，把自己关在房间里，即便是我，平日里也是我问三句他才答一句。”

离开了餐桌，我提出见一下齐老爷，但被拒绝了。雅琼也没有办法，她说父亲常把自己关在房间里看书或者看人棺的照片。我对人棺知之甚少，也想不出个所以然，只好在雅琼的带领下四处转转。

庄园很大，呈品字形的建筑格局，前面的主楼是长方形的，这里是齐家父女和重要的古玩收藏的地方以及会客厅，左后方则是工作人员的休息场所。至于右后方，实际上一直处于闲置状态。

人棺搬来才一个月不到，这里已经失踪了十几人，剩下的大都辞职不干了。齐老爷并没有阻止，走的每个人都领到了笔优厚的遣散费，现在留下来的大都是老人。

“失踪人的名单有吗？”我询问雅琼，她把名单和照片给我。这些人大都家境贫寒，他们的家属既然可以得到一大笔赔偿，自然也就没有闹事的。听起来似乎不可思议，但其实暗想一下，那些在城市里打工的人辛苦工作数年，有的还弄得一身是伤，甚至付出性命，却得不到应得的工资，相比较而言，齐家倒显得颇为慷慨仁慈了。

这些人居然全是年轻人，而且大都是女性。

“你说现在庄园里面除你之外大部分是老人了？”我问雅琼。她想了想，点头同意。

雅琼告诉我，人棺是由一个年轻人押运过来的，当时齐老爷很惊讶，如此重要的东西居然是一个人长途跋涉运来。年轻人和齐老爷进房间谈了很久，出来的时候，齐老爷的神情就变了，着急打开人棺，然后就变成现在这样了。

“年轻人？”我问道。

雅琼抬头想了想，肯定地回答道：“是的，一个满头银发、相貌清秀的年轻人，穿着白色的西装，戴着副茶色眼镜，说老实话很惹眼，所以我对他印象比较深刻。不过我总觉得他有点阴暗，而且他的眼睛……”

“眼睛怎么了？”

“没有瞳孔。”雅琼小声回答。

“黎正？”我听到这里忍不住喊道。纪颜点头道：“当时我和你的想法一样，但又不敢肯定。毕竟我只是听了雅琼的描述罢了，所以我没有流露出太多惊讶，结果后来证明了，我的考虑是正确的。”纪颜继续说。

我继续询问那银发年轻人的下落，雅琼为难地说他送来人棺后就走了，不知道他的下落。

既然无法找到那人，我决定还是从人棺中的女尸下手。找到必要的工具和得到齐老爷的首肯后，我开始仔细地检查女尸。

剥落那层人棺实在不是个好活，首先皮肤边缘的脂肪已经牢牢粘在了衣物上，稍微一用力那衣服就会被扯碎，我小心地用暖气片烘烤后才慢慢脱下。

当剥到一半的时候，我看到了外面作为人棺的男子胸部有个奇怪的图腾文身。

是狼头。

准确地说应该是半个狼头，开始的时候被翻到里面去了，所以我没注意，现在，我知道里面躺着的人是谁了。

但这实在太不可思议了，不，简直可以说是荒唐。一个如此有名的人，怎么会以这种方式下葬？而且她的尸体还没有腐烂，她的墓室应该非常奢华，怎么木棺里什么也没有？就算是盗墓人所为，尸体接触空气这么久居然没有一点异样，实在是令人匪夷所思。

我没有把人棺完全剥离，只是把上半部分移开了。在女尸的后颈处，还插着六根银针。

如果和我的想法一样，那么银针以及棺材特殊的夹层防腐设计都可以解释了。问题是齐家人为什么如此看重这个棺材。

“知道了些什么？”雅琼看见我走了出来，关切地问。我摆摆手，因为暂时不想吓着她，她则失望地低下头。

“我的高祖父和祖父虽然富可敌国，却多年病魔缠身，他们常常说是倒卖古物触怒了神灵，所以一直在寻找可以躲避诅咒的办法，但他们最后都在痛苦中死去。齐家人丁并不兴旺，我父亲是独子，而我又是他唯一的后代，所以父亲最大的希望就是我平安地成长下去。可是他现在却卧床不起，而我只能看着，一点办法都没有。”晚饭用过后，我和雅琼在花园聊天，自然谈到了她的家事，说到伤心的地方她居然落泪了。那天正好是年二十九，但齐家一点过节的氛围都没有。雅琼央求我陪她一起过春节，所以我索性没有回来。

也是奇怪，似乎自从我来了之后这里热闹了许多，也平静了许多，当然，厨房的人也会来报告说经常丢失少许食物，可能是饿极的野猫吧。每隔几小时我都会去观察一下人棺，看看有没有什么异样。

这些天一直都没机会拜见齐老爷。终于，年三十的晚上，他说身体好点了，我可以和他见面。

齐老爷的房间几乎和我家一般大小了，从门口走到他床边竟然有十几米远，地面上铺的是高级波斯地毯，走上去一点声音也没有，这也是他要求的，据说得病后齐老爷十分惧怕脚步声。

“坐吧。”齐老爷声音略显疲惫，但还是透着几分长者的尊威，他毕竟是我的长辈，并且曾经是商界赫赫有名的人物，虽然在病中，仍然不失原有的威严。

我弓背行了个礼，坐在他的床头。

“算起来，我和你父亲已经十五年未见了，可惜他却比我早一步驾鹤西行，不过他有你这样一个儿子，也算含笑九泉了。”齐老爷用手肘撑住身体，仿佛随时都会滑下去一般。我谦虚地说了几句，他则笑了笑。

“雅琼也很不错啊，很孝顺您。”我谈到了他女儿，他却面露不快。

“女儿终究是女儿，齐家偌大的家业迟早落在外人手里，要是我能永远保持年轻时的体魄多好，有没有儿子自然无所谓了。”齐老爷的话让我心头一寒，原来雅琼在他心里竟然是这样的地位。

“对了，这个人棺，想必大有来头，小侄从棺内女尸的状态推测，她可能是辽太祖耶律阿保机的皇后。”我把话扯到正题上，齐老爷双眼无神地看着我：“说下去。”

“辽国医术非常发达，尤其在针灸和防腐术上，另外人棺胸前的狼头图案也是辽人特有的吧？而且最关键的是女尸的右手手腕。辽太祖死后到新君主选出，这段时间按照游牧民族的传统习惯，要由皇后主持政务，就是述律后管事，继承人也要由皇后主持召开大会选举产生。所以，阿保机死后，皇后的权力就更大了，她的意见往往会起到决定性的作用。述律后听政，暂时还掌握军政大权。然而，这时的述律后想永久掌握大权，于是，她采取了一系列措施。

“她把阿保机安葬之后，主持了契丹贵族参加的推荐继承人的大会，废掉当初阿保机所立长子耶律倍的太子位，按照自己的意愿选了耶律德光继位。述律后为自己掌握实权打下了基础。

“接着，就是排除异己。

“这位皇后干了一件极漂亮的事，逼得再嗜血的男子都低下了头，由衷地臣服：‘狠，算你狠！’当时有兆思温等元勋重臣不服管制，为了稳定朝局，她以‘亲近臣子应追随侍奉太祖’为由，要沿袭少数民族旧例，命令他们为太祖阿保机殉葬，以此清除政敌。兆思温反驳她：‘亲近之人莫过于太后，太后为何不以身殉？’只见她神色漠然，挥起金刀，砍下自己的右手，放在太祖棺内，说道：‘儿女幼小不可离母，暂不能相从于地下，以手代之。’兆思温等人没有办法，只得全部为太祖殉葬，从而使辽国皇统得以顺利传继。此后萧太后也得到‘断腕皇后’的称号。”我滔滔不绝地说着，暗自注意齐老爷的反应。他低着几乎谢顶的头颅，半天没有说话。

“其实从随葬的物品和衣着服饰上我已经知道她是萧太后了。不过关于她以人棺下葬，倒从来没有听说过。”终于，他开口了，我仔细地在一旁倾听。

“人棺源于辽国古老的传说。只要通过筛选，将一个适合的人的内脏、骨骼、肌肉全部挖去，以皮笼于身外，被埋入人棺的人可以保持住死前的模样，肉身不烂，而且据说如果用活人人棺，还有更奇特的作用。”说到这里，齐老爷忽然精神抖擞起来，两只眼睛泛着攫取的光盯着我。我赶紧起身，说：“不打扰您休息了。”然后从房间退了出来。

看来，齐老爷完全知道人棺的来历和作用。但庄园里失踪的人又去了哪里呢？天色渐渐暗了下来，虽然是过年，但这偌大的地方却空空荡荡，死气沉沉，甚至连一点红色都看不到。天空压下来的黑云仿佛随时都会摧毁这里。

回到卧室后，书桌上居然出现了一张字条，上面的笔迹很漂亮，但绝对不是雅琼的字。

“来中央喷泉，七点整。”没有任何落款。我抬手看了看表，六点半了，现在动身去正好合适。

临走时，雅琼告诉我，父亲又把自己关在了卧室，并叮嘱任何人不准进入，她趴在门边听了一下，父亲似乎在和什么人谈话。我没有工夫去了，必须先知道字条的来历。

字条既然约在喷泉，那里非常宽阔，想暗算恐怕也没那么容易。

六点五十分，从卧室步行来的确要花点时间，我没有告诉雅琼字条的事，只推说想出去走走，而她则叮嘱说快点回来吃晚饭。

但是，我没想到，我见到的却是一个孩子。（纪颜把头转过去，看了看房间，我用手指了指那里，他点了点头。）

我自然要问他是谁，但那孩子一言不发，只是把手插在口袋里，背过身摇了摇手，示意我跟他过去。这样的孩子还真是少见。

他对于庄园的熟悉程度大大超过了我的想象，宛如在自家后花园漫步一样。我们很快来到了齐老爷居住的那栋楼的后面，小孩走了过去，不知道在哪里摸了一下，墙壁上居然多出一个门一样大小的窟窿。下面是深入地下室的楼梯。

“走吧，你需要的答案和我需要的东西都在下面。”那孩子终于说话了，根本不是稚气的声音，与他可爱的脸庞完全不符。我跟着他，走进了地下室。

隧道很暗，我一直往前摸索，但那孩子的脚步声却非常有规律，可见他根本不为黑暗所影响。

前面忽然飘来了很浓的血腥味。那味道充斥在这不大的空间里，即使我使劲堵住鼻子，那气味还是能透过我的毛孔。

啪。

眼前突然亮了起来，我的眼睛暂时还无法适应，原来那孩子点燃了一根火把，接着又点燃了另外的几根。

我看到了一具尸体，是位年轻的女性。但这里只有一具尸体，没有看见失踪的其他人。

“他把所有失踪的人带到这里，进行严格的检查。所有的女员工都是那位齐老爷亲自挑选的，首先是生辰，然后是血型、身体健康程度，还有很多乱七八糟的指标。所有这一切，都是为了选出适合做人棺的人选。”那孩子一步步地在房间里游走。

我惊讶他怎么知道得如此详细，而他却笑了笑。

“我是跟着你来到这里的，当车子停靠在你家门口的时候我进了后备厢。我在锁扣的位置放了一块口香糖，自然可以轻易地打开后盖下车了。不过来得匆忙，只好从厨房拿了点吃的。”

原来那饿极了的野猫是他啊。

“你到底是谁？”我能确定他不是孩子，最起码，他不是普通的小孩。

“等我拿到属于我的东西，你自然会知道我是谁。”他头也不回地说道。

我看了看躺在桌子上的女尸，除了手腕处的伤痕暂时没有发现别的，据我的判断，她是被放光了全身的血而死。

“原来你们在这里啊。”背后传来个声音，听起来不是齐老爷的。我一回头，果然。

银色的头发，白色的西装，而且如雅琼所说，这人的眼睛真的没有瞳孔。最主要的是，他肩膀上停着那只我再熟悉不过的东西，长而肥胖的身体，金色的皮肤——控尸虫。

那孩子也走了过来，冷眼看了看，并没有说话。

跟在后面的是齐老爷，他看上去精神很好，一点也不像有病的人，他还搂着一个人，我仔细一看，居然是雅琼。

“那是你女儿，难道你想拿她做人棺？”孩子的话让我吓了一跳。

齐老爷愣了一下，随即低着头不说话，看来是真的了。

“怕什么，你不是一直担心自己死后没儿子继承吗？如果你能一辈子不老不死，还要后代做什么？到时候你要多少女儿、儿子都可以啊。”那银发的男人戏谑地调侃齐老爷，顺便用手推了推鼻梁上的墨镜。闪烁着昏黄火光的密室里，我们五人对峙着。

“算了，纪颜，我看还是收拾掉你吧，本来想和你多玩玩，虽然没有你的力量事情会麻烦点，但我始终认为你多存在一天，始终是个祸害。”银发的男人挥了挥手，肩膀上的控尸虫碎裂了，变成无数的小虫子往地下钻去，一下就消失了。

我的脚感觉到地面在震动。一只黑色的手从下面伸出来，抓住了我的脚踝。

接着是第二只，第三只，同来的孩子也被紧紧抓住了。

“忘记说了，这个庄园的下面原本是万人冢，控尸虫倒是有用武之地了。”银发男人笑了笑，转过身对正在发呆的齐老爷说：“碎片的力量支持不了多久，你要完全治好你的病，就赶快制作人棺吧。”齐老爷木然地点点头，把昏过去的雅琼放在了台子上。

我根本无法动弹，地面钻出来的死尸越来越多，我和那孩子被黑乎乎的死尸围了起来。它们紧紧掐住我的脖子和身体，我只能从缝隙中看到齐老爷从旁边拿起了一把刀。

我眼睁睁看着齐老爷拿着手术刀，颤抖着伸向了雅琼白皙的脖子。

但那刀没有割下去。

一阵耀眼的光从尸堆中透了出来，所有的尸体都被弹开了。

刀竟然被什么东西打飞了。我忽然感到一阵轻松，原来尸体们散架一样全部摔在了地面上。更奇怪的是，原本散开的控尸虫再次集合在一起，不过这次不是停靠在银发男人的肩膀上，而是停在那孩子身边。那孩子挺直地站立在尸体中间，头上的帽子也掉了，露出一头非常漂亮的头发，居然也是银色的。

银发男人诧异地从地面上拾起一枚钉子，正是这枚钉子打落了手术刀，而且那孩子手上的钉子正对着齐老爷。

孩子一脸不屑地用掉落在地上的手术刀在手心划开一道口子，然后盖在乖乖躺在身边的控尸虫的头上。

“控尸虫只有一个主人，虽然当你提供尸体给它时，它会暂时地服从你，可当真正的主人出现的时候，它就会毫不犹豫地转过来。”孩子一边说，一边拿开手。我看到控尸虫的头部出现了一个“正”字。

我知道他是谁了。不过却依旧无法相信啊。

银发的男人笑了笑。

“原来你也在，没想到居然能同时遇见纪黎两家的传人。”他看了看旁边正在颤抖的齐老爷，冷笑道：“算了，现在的我还没傻到同时和你们两人为敌，反正碎片已经净化得差不多了。”他把放在口袋里的手掏出来，居然是个黑色的小盒子。

银发的男人把盒子打开，对准齐老爷，但见齐老爷的嘴巴一张，一块一寸见方、薄薄的散着黑雾的东西飞了出来，进入了盒子。而齐老爷则仿佛被抽掉了灵魂一样，瘫倒在地。

“虽然上次那块碎片没收回来，不过也无所谓。以后再见吧。”他将盒子放回。

操纵控尸虫的孩子把手中的钉子射了出去，银发男人的身体如同被水冲刷的墨迹一样，渐渐散开，变得透明，当最后一点身体消散的时候，他的声音还在密室里回荡。

“下次，记得一定要在一起，省得我去找你们。”

在密室的暗道里，我们找到了失踪的那些人，不过很可惜，她们似乎都失去了记忆，而且大量失血。齐老爷很快苏醒过来，但很虚弱，后来医生诊断出他得了重病，并惊讶他已经很长时间未曾进食，却还能活到现在。可能他是靠吸食大量的人血得以存活吧。

我们没有查出手术台上死去的那位姑娘的身份，只好将她厚葬，然后根据档案把所有人送回家。事情看上去是结束了，不过我还是想起了那个人棺。

当我再次看到人棺时，发现萧太后的尸体已经迅速腐烂了，很奇怪为什么那时候尸体会恢复正常状态。

人棺或许的确有防腐的作用，辽国虽然存在时间不长，属于少数民族建立的国家，但从遗留下来的文献来看，辽人的医术达到了很神奇的地步，或许，活人使用人棺真的可以长生不老。不过，至于如何选择合适的对象做人棺，恐怕就鲜为人知了。

告别了雅琼，我便和黎正回来了。

纪颜终于说完，而我则糊涂了。

“你是说那个孩子是黎正？”我问道。纪颜还未回答，里面的房门却开了。那孩子，不，应该说黎正走了出来。

他果然不是普通的孩子，难怪我觉得他和大人一样。

黎正跳上沙发，双手插在上衣口袋里：“我饿了，去吃东西吧。”

纪颜点点头，站起身来，转头对我说：“一起去吧，你应该也没吃饭。”

我答应了，不过吃饭在其次，主要是我想知道黎正怎么会变成了小孩。

第四十二夜
母床

“她的眼睛睁得大大地盯着我，长而乌黑的头发一缕一缕地搭在光滑的额头边，嘴边有颗不大的美人痣，微微向上翘起的嘴角带着温暖的笑意。她皮肤细腻白滑，但月光照射之下却令我骇异非常。”

餐桌上摆放了很多菜，看来两人都饿坏了，我看他们恨不得连盘子都吞下去。

“素质，注意素质。”我小声提醒，他们这才有所收敛。

“你怎么会变成这个样子？”我终于忍不住问黎正。对方则毫无反应，继续大吃，直到纪颜把话重新说了一遍，他才停下来。我好像不是外国人吧，难道还要翻译？

“我也不知道，似乎怨崖爆炸后夺走了我一部分的时间，结果我回到了这么小的身体里，当然，我也花了很长时间才适应过来。本来我想第一时间去找纪颜的，却遇见了那辆车，在车子周围我感觉到了控尸虫，所以一路跟了过去，并在齐家的宅院里躲藏了很久。后来的事你都知道了。”

“那个男人到底是谁啊？是你亲戚？”我又问，不过这次黎正神情变了。

“我没有任何亲人，即便是李多，我也希望她和我的关系越少越好，我只希望她平安地生活下去。如果我没有猜错的话，似乎怨崖的爆炸把我身上的时间剥离了，转而加到了那个家伙的身上。”

黎正把筷子一扔，擦了擦嘴巴，往后仰靠在椅子上，舒服地闭着眼睛。

“现在的关键是要恢复我的身体，然后找出那个躲在暗里的小人。”

“再然后呢？”纪颜笑着问。

黎正眯起眼睛，微笑着盯着他，一字一顿地说：“然后就杀了你。我一定要赢你！”

“那好，反正起码现在我们是合作关系了，对吧？”纪颜的脸上毫无变化，依旧笑着。

倒是坐在一边的我，觉得有些紧张。

“算是吧，如果你能先把这顿饭钱结了。”他伸了个懒腰。

“不急，现在没事，干脆聊聊。你应该也遇见过很多事吧，干脆讲来听听。”纪颜的真正目的出来了。黎正奇怪地望了望他，又望了望同样非常好奇的我，不耐烦地说：“好吧，我就说个关于床的故事。”

“床？”我问道。

“是的，床。”

（下面以黎正的口吻记述。）

当我还在读高中的时候，已经从我母亲留下来的书中略微知晓了这方面的事情，例如法术、灵术等，但一直是理论阶段。不过很幸运，我当时一个同学的父亲正好为我提供了个机会，一个练习的机会。

那人四十岁上下，家境富裕，却是个鳏夫。据我同学说，他母亲自从六年前离家出走后就一点消息也没有，他父亲也在当天患上了怪病。

那的确是种非常奇怪的病，从外面看不出任何不妥，只有一点，他父亲无法离开床，那张曾经和他父母一起睡过的床。也就是说，整整六年，那男人都躺在床上，包括吃喝拉撒，简直和瘫痪了没有两样。但医生的诊断却是他一切正常，家里人也曾强行把他拖下床，但只要一离开床，那个男人就开始抽搐和呼吸困难，并高喊着死也不下床之类的话。结果，只好请了个保姆，二十四小时照顾他。

同学也是无意间向我提起，这事他谁也没告诉，毕竟家里有这样一个父亲不是什么光彩的事，高中生又极爱面子，所以他只悄悄告诉过我，并央求我去他家一趟。因为先前帮他解决过一些小问题，我自然应承下来，那时我头脑有点发热，自以为什么事情都难不倒我。

有钱人的家果然装修得非常华丽，我跟着同学，几乎怕自己迷路了。在穿过迷宫一样的过道后，我来到了那个房间的门口。

门一打开，我就有股想吐的冲动。

虽然及时清扫，但人体排泄物气味和长久不通风导致的家具发霉的味道混杂在一起。真难以想象那人居然在这个房间里待了六年，不，准确说应该是身体一动不动，躺了六年。

除了气味难闻外，一眼看去我竟没瞧出什么不妥，反正进去看看人再说吧。

他真的只有四十多岁？

我眼前的这个人如果在外面遇见，说他六十岁也不为过。头发掉得如同秋后的草皮，整个额头像被犁过的地，深深的皱纹把眼皮都压了下去，嘴角还淌着口水。六年没晒太阳，皮肤苍白老化得厉害，如同被漂白多次的衣服，又皱又白，一塌糊涂。

他露在外面的手臂和裸露的胸膛上有多处紫色的淤痕，可能是长时间被压的。不过他的眼睛却非常有神。

我们说一个人眼睛有神，是指看的人可以轻易读出里面的东西，我读到了。

他很慌乱，像非常害怕人的动物一样，费力地尝试把身体往里面挪，但长期不动，脂肪堆积了一大堆，那种样子很像一条想要爬走的蛇。

同学安慰了他父亲几句，大体说了我的身份和来访目的，这才让他安下心来。

“伯父，您是不是在害怕或者逃避什么？这张床有什么特别之处吗？”我小心地坐到床边，看来他没有拒绝的意思，只是眼睛一直盯着我。

“没，我只是不愿意离开罢了，我也不知道，只是觉得一旦离开，我就会死。真的，我有股很强烈的感觉。”他终于开口说话了，还好蛮清楚，我最怕他语言功能也丧失了，沟通起来就会比较麻烦。

我再次站了起来，仔细地观察这床。

很普通的一张双人床，除了比较贵之外。

有钱人的东西有什么不贵呢，连用金子打造马桶也不算新闻，按照他们的看法，“黄金”当然要用金马桶装。不过贵也不能是他害怕的理由啊。

我注意到了男人的旁边部分，双人床的另外一半，那里本来是另外一个人睡觉的地方。

“您经常翻来覆去地睡？”我问道。男人摇头，他自嘲地说自己胖成这样，动动都难，一般只睡这一边。

但我却分明看见床的另外一边有一个深深的人形睡印。

而且从体形来看，是个高个子的女性。

我从房间退了出来。

“你的母亲个子很高吗？”我问同学。他若有所思地想了想，肯定地回答：“是的，我印象中妈妈个子很高，也很瘦。”

我又追问他六年来有无他母亲的任何消息。同学依旧摇头，说母亲是孤儿，朋友也不多，只留下张字条说去外国，然后就杳无音信了。我又问他，既然他父亲不肯离开那床，那他们有没有去看看那床是否有什么问题。同学叹气说，自己的父亲根本不能离开那床，陌生人只要靠近床他都会喊叫，而且那床是他父母结婚时候买来的，从没别人接触过。

看来床可能不是问题的来源了。

我回到家，查遍了所有书籍，甚至还询问了那个人。（黎正的表情有点不屑。）

（“是黎队吗？”纪颜问，黎正不自觉地点点头。我始终不明白他对养大他的黎队为什么如此憎恨。）

不过即便是他，对此也一无所知，反倒追问我是怎么回事。我懒得理会他，只好决定再去一次同学的家中，因为两家离得近，当天晚上吃过晚饭我就去了。

他们家虽然富裕，但很奇怪，不请任何用人。钟点工照顾躺在床上的伯父，绝不在家过夜。所以家里一般只有三个人，同学以及他的父亲和祖母。

他的祖母据说以前在上海是非常著名的出入上流社会的社交名人，所以虽然年岁已大，却依旧保持着干净素雅的风范。上次见过她，老人家不怎么爱说话，皮肤白皙，面目清秀，头发也整齐地梳起来。不过她对儿子依旧非常爱惜，多次进来看望，并爱怜地用瘦骨嶙峋的手抚摸儿子的头发。她说自从儿媳妇走后，儿子就变成这样，老人心里非常难过。老人家一生就这么一个儿子，或许在她看来，即便儿子已经满头华发，在母亲眼里依旧是孩子，依旧需要母亲的照顾。想必她心里也很难受。

我到他家的时候同学显得有些惊讶，不过很快就被高兴代替了，因为我对他说今晚和他一起睡在他父亲的卧房里，既然白天没发现什么异常，就试试看晚上吧。

开始伯父不是很愿意，有些抵触，而同学的祖母进来的时候也很不高兴，但碍不过孙儿。两个孩子便在卧室里铺了两张床，味道虽然难闻，但习惯了也就好了。

我们一直聊天，不过很小声，直到同学也累了，鼾声响起，房间里便只剩下我一个人是清醒的了。

很奇怪，从小我就发现，我有控制自己睡眠的能力。

也就是说如果我不想睡觉，可以连续很久不上床，而且没有一点睡意，精神如常，但前提是以后必须好好休息。所以那天我整个晚上都眯着眼睛，我们的床铺就在伯父床的右侧，也就是空着的那边。

虽然关了灯，但凭着透过窗帘洒进来的月光，还是可以依稀看清楚床。

如果你不是亲眼看见，仅仅凭我的描述，是无法体会到我当时的感受的。

伯父肥硕的身体随着呼吸一起一伏，犹如一座活动的肉山。但是，令我惊异的是，伯父身旁那块没有人睡的位置竟出现了一个印记。

而且是由浅入深的那种，就好像有人慢慢躺下来一样。

但我看不见任何东西。

盖在伯父身上的床单也渐渐鼓了起来，成了个人形。从床单里面伸出一只手臂，修长而白皙，如同古希腊神殿乳白色的大理石柱。

那明显是只女人的手。

那只手穿过了那座巨大的肉山，灵巧如蛇，伸进伯父的腋下，大概会从另外一边伸出来。

接着，原本侧身睡觉的伯父翻了过来，整个人仰面躺着。床单里的人在慢慢蠕动着，把身体缓慢地塞进了伯父的身体与柔软的床中间。

那种运动如同海蜇一般，缓慢而力量巨大。没多久那东西穿过了伯父的后背，换句话说，伯父完全躺在了一个肉垫子上。

被一个如此肥胖的人压着，换谁都不会舒服的。

当然，前提是被压着的如果是人的话。

两只白皙的手臂从伯父的身下伸出来，死死地勒住了他，动作虽然缓慢却异常坚决，似乎根本无法阻止。就仿佛你站在了两块墙壁之间，墙壁缓缓合上，你却丝毫没有办法。

伯父的呼吸开始变得急促了，虽然我看不见他的样子，但胸膛被勒得越来越紧，别说他如此肥胖之人，换了我也受不了。

那手臂柔软坚韧，我纳闷一个女性的手臂如何能勒住一个男性的身体。后来才发现，手臂已经深深陷进了伯父的肉里。

我终于知道白天看见的手臂和胸膛上的紫色淤痕的来源了。

急促的呼吸声像刚停水的水管一样，嘶哑而连续。那手臂仍然死死地箍着同学父亲的身体，如同蟒蛇一样紧紧缠绕。

难道要把他活活勒死？

我试着推醒同学，却发现全然无用，他睡得跟死猪似的。

我只好蹑手蹑脚地爬起来，走近那张床。

我渐渐走近同学的父亲，想帮他挣脱掉身上的手臂。我的手伸向了那只白皙的手臂。

那手臂猛地一松，居然脱离了伯父的身体，转而勒住了我的手腕。我吓了一跳，顿时感觉手腕处疼痛异常。那手臂的力量居然如此之大，跟铁钳一样。

我拼命想掰开那手臂，但修长的指头死死地勒着。窗外的月光改变了角度，直直地射了进来。

从伯父已经勒得发紫的头颅下，探出了半个脑袋。

银色的月光正好照在了那人的脸上，半张脸上。

我不会忘记那张脸。准确地说是张非常美丽的女性的脸。

但那种美丽我情愿从未看过。她的眼睛睁得大大地盯着我，长而乌黑的头发一缕一缕地搭在光滑的额头边，嘴边有颗不大的美人痣，微微向上翘起的嘴角带着温暖的笑意。她皮肤细腻白滑，但月光照射之下却令我骇异非常。

这女人是谁？我心里惊问自己，难道就是同学的母亲？

但还没等我张口喊人，我感觉手腕被抽了一下，整个身体摔倒在床上，正好躺在了伯父旁边，而那张脸离我的脸已经很近了。

我叫不出来了，因为另外一只手已经捂住了我的嘴巴。

嘴唇好像碰到了冰块，冰冷，冻得我有点发麻。她就这样一只手捂着我的嘴，另外一只手拉着我的手腕，我的脸慢慢靠近她的脸。

只有几厘米了，近到应该可以感觉到她的呼吸。

但我没有感觉，眼前的这个女人就像蜡像一般。

她的喉咙动了一下，发出咕噜咕噜的吞咽声，慢慢张开的嘴唇伏到我的耳边轻轻说："麻烦您照顾我儿子，麻烦了。"

声音很好听，充满柔情。

话一说完，我的手腕和嘴巴立即轻松了不少，再抬头一看，哪里有什么女人，伯父正酣睡着，好像一切都没发生过一样。

真的没发生过吗？我摸着自己还在剧烈跳动的心脏问道。带着寒气的嘴唇和手腕上的紫色淤痕，告诉我这不是在梦中。

一夜无眠，倒不是我自己控制，实在是睡不着。日后我经历的事也渐渐多了，比这凶险的也有，却不再有那种心惊的感觉，毕竟那时候年纪尚小，又是第一次亲历这类事情，自然印象深刻。

天亮后伯父先醒了过来，这时候钟点工也准时来了，此后他洗漱吃饭，除了说手臂和胸口酸胀之外，什么记忆都没有。

同学的祖母起得也很早，照例驼着腰来看看，和伯父聊了会儿，好好安慰一番又出去了。同学告诉我他奶奶起得很早，大概是年轻时养成的习惯，所以到这么大的岁数，皮肤和相貌都保养得很好。

"她只担心父亲，每次看见他这样都忍不住摇头掉泪。"同学叹了口气。的确，不怕得病，就怕得的什么病都不知道。我本想告诉他昨天晚上的事，但话到嘴边又咽了下去，贸然说出来，只会徒增人家的担忧罢了。

只是那床实在邪门得紧。换床是不可能了。我认定昨天晚上看见的正是同学失踪的母亲，如果可以找到关于他母亲的资料，或许可以解决这件麻烦事。

异闻录
Yi Wen Lu

她皮肤细腻白滑，但月光照射之下却令我骇异非常。

这女人是谁？我心里惊问自己，难道就是同学的母亲？

但从何查起啊。

我甚至动用了那个人的关系，帮着查了查户籍，但对同学母亲的下落依然一无所知。我脑海里忽然浮现出一个想法。

或许他母亲早就不在人世了，而且那天晚上她不是还叮嘱我吗，希望我帮忙照顾她儿子。

那样子多像一个母亲对儿子依依不舍的感情啊。

黎正说着，忽然咬了咬嘴唇，停顿了一下。我看了看纪颜，他也神色黯淡，我明白两人都想起了自己的母亲，只好低头不语。

拥有者永远体会不到失去者的心理。

平静了会儿，黎正继续往下说。

我寻遍了我所知道的书籍，都没有关于这事的确切答案。每次问同学，他还是叹息地说，他父亲依旧每天早上喊着胳膊和胸口很痛。

我也不说话，自然知道原因是什么。

这件奇怪的事困扰了我半年之久，直到有一天，我接到了一个令我诧异的消息。

我那位高中同学的母亲居然回来了。

当同学兴奋地把这个消息告诉我的时候，我吓了一跳，一再问他是否确定。

"当然确定，一定肯定以及双重否定！"他高兴地回答，并说自己昨天还和从国外回来的母亲一起吃过饭。他还高兴地把和母亲的合影拿给我看。

的确是个很漂亮的母亲。

但绝对不是那晚我见过的女人！

我那天晚上看到的究竟是什么人呢？或者说是什么东西？

同学的母亲是来这里短暂停留的，不久又走了。临走她想去看看前夫，听说他们已经办了离婚手续了，但被祖母拦住了，她也只好回去了。

我依旧被那晚的事所困扰。没过多久，我听同学说他的祖母病重了，又不肯上医院，说是死也要把老骨头撂在家里。他急得没办法了，希望我能过去帮把手，我心想也难怪，他们家早就断了亲戚来往了。

有钱人家要么门庭若市，要么就被亲戚们所唾弃。看来同学家属于后者，据说那些借钱的亲戚大都被他祖母给了笔钱后大骂着回去了，背后没少被诅咒。他们家之所以有钱，其实也全靠老人家将以前辛苦积攒的家产经营得好而已。

老人比上次我见到的时候衰老了不少，虽然处在昏迷状态，但依然喊着儿子的小名。我刚过去，就被她拉住了手。

相当熟悉的感觉。

没想到一个濒临死亡的老人居然有如此大的腕力。

“儿啊！”她声嘶力竭地大喊道，那凄厉而震动心肺的喊声让我吓了一跳。

喊出一声后，老人的意识似乎清醒不少，望了望孙子，又望了望我，带着祈求的眼神。

“麻烦您照顾我儿子，麻烦了。”我听完身躯一震。

老人已经咽气了，临死前抓住我的那只手也无力地松开了。望着她的脸我又充满了疑惑，嘴角并没有痣啊。

帮同学处理完丧事后，我惊奇地发现伯父居然可以下地了。以前赖以生活的床和他之间的纽带仿佛被斩断了，那些不适也消失了，只不过他要花大量的时间来好好锻炼身体和减肥了。

虽然祖母过世了，但父亲重新恢复健康令同学高兴大过悲伤。没多久，他母亲再次回来，虽然没有复婚，但和伯父保持着良好的关系。

等再次来到同学家做客的时候，我忍不住提出是否有老人年轻时候的照片看看。同学想了好久，说有，于是在一阵翻箱倒柜之后，他拿出本老相册。

我看到了一张旗袍像，里面的女人年轻貌美，嘴角有一颗痣，她正是那晚我看到的女人。

“为什么你奶奶后来没痣了？”我指着照片问。

“听说那时候流行美人痣，奶奶喜欢天天戴着个假的。”同学嘟囔着回答。

原来是假的，原来那女人居然就是同学的祖母。

在与同学母亲的攀谈中，我又知道了一些事情。

“我婆婆简直有些溺爱她的儿子，甚至到了对我难以容忍的地步。无论我做什么她都看不上眼，我稍微和孩子父亲发生点口角，她都要出来横加指责。饭菜也老嫌弃我做不好。在她看来，不能有任何人抢走她在儿子心目中的地位。”同学的母亲如实说道。

“据我前夫说，他直到中学前都是和母亲睡的。公公过世早，婆婆拉扯一个孩子，也一直没有再婚，的确不容易，但这样似乎都有点病态了。她很喜欢在床上搂着儿子，哄着儿子睡觉，直到儿子自己都有些厌烦了为止。最后我实在受不了，只好逃出这个家，去了国外。”

我终于明白事情的原委了。

老人过于担心儿子，当儿子由于妻子离去而病倒，她的意念居然附加到了那床上。老人固执地以为，只要和以前一样抱着儿子就没事了。晚上被这样抱着，伯父的身体居然对床产生了依赖，就像孩子依赖母亲的怀抱一样，说来匪夷所思，但又确有道理。当然，既然是意念体也就是所谓的灵魂出窍，力度控制自然差了点。

至于灵体为什么会以那个样子出现，大概是女性年老后脑海里浮现的景象都是自己年轻时最漂亮的样子的缘故。

所以当老人去世后，伯父的病自然不治而愈了。

“事情圆满结束了，最主要的是我解开了心中的疑问。不过还剩下最后一个问题。”黎正停了下来，没再说话。倒是纪颜笑了笑：“你的意思是说，到底人的意念产生的东西是否有实体，是否真的可以接触到真实的物体？”黎正点头。

“我也不知道。其实这世界未知之谜最多的往往就是人自己。有很多人都说，人最让自己舒服的睡觉姿势就是侧着身体把腿和手蜷缩起来，其实这就是人最初在母体子宫内的姿势，因为那种姿势最能让人产生安全感。或许那老人也是这么认为的。”

纪颜的话刚一说完，我看到正前方过来两个熟悉的人。

还没等我开口，一只白皙漂亮的玉手便摸到了黎正戴着的帽子上，因为他头发过于招摇，所以外出一定坚持戴帽子。黎正和纪颜同时回头一看。

手的主人正是李多。我非常期待，兄妹二人相遇，不知道李多还能认出来吗？

第四十三夜
信猫

“简直难以想象，信猫的身体如同吹起的气球般膨胀了起来，一开始耷拉下来的毛都一根根竖了起来。它的样子如同一个巨大的毛绒玩具。
不过，我打赌你绝对没见过像一个房间那么大的。”

李多飞快地跑过来的时候我就看见了她，但开始有点不相信，与平时有些许不同，她一改素面朝天的样子，化了些淡妆。去年是暖冬，搞得这里初春就有二十多度了，穿着红色套裙的她非常惹眼。我依稀记得纪颜曾经摸着她的头说，丫头要有丫头的样子，头发长点才好看，所以她也开始留起了长发，果然是女为悦己者容啊。不过样子虽然变了，但性格依旧，仍然是如同兔子一样蹦跳着过来。这时候，黎正也转过脸，两人打了个照面。

李多呆住了，睁着大眼睛盯着黎正，张着嘴巴不说话，而黎正也有点紧张。我心想果然是兄妹，血缘关系是无法斩断的。

“好可爱的小孩啊！”李多忽然一把抱过黎正，用手大力地摸着他的脑袋。我们忍着笑看着，黎正的表情非常尴尬，想转过去，无奈李多的力气很大，几乎把他抱了起来。

“等等，他看上去好眼熟啊！”李多忽然正色道，然后望了望纪颜，又望望怀里的黎正，我心想果然还是认出来了。

“长得和你很像啊，纪颜哥哥。”李多斜着眼睛看了看纪颜，“该不会是你的私生子吧？”我听完差点把喝到嘴里的可乐喷出来。

纪颜一脸无奈，也不知道如何分辩。我只好出来打圆场，说这孩子是纪颜乡下亲戚的，在这里寄养几天。李多虽然还是一脸的不相信，不过很快又去逗黎正了。只是黎正不太搭理她。

“你过得很快乐就好了。”黎正说完这句，把帽子拉了下来，遮盖住眼睛，然后往后仰着睡觉了。李多见黎正不说话，只好和我们聊起来。

“这小孩好闷啊，干脆纪颜哥哥讲个故事吧，顺便点些吃的给我。”原来她是来吃饭的，结果正好在这儿蹭上一顿了。

纪颜笑了笑。

“讲个信猫的故事吧。”我和李多都竖起了耳朵。黎正也把头侧了侧，虽然依旧没有把帽子拉起来，但看得出他也在听。

（以下以纪颜的口吻记述。）

中国之大，如果靠步行，恐怕穷尽一生也难悉数游阅。不过和我有相同爱好的人不在少数。我曾经去过那些比较偏僻的山村，一来看看有没有比较奇异的故事，二来可以看看不同的民俗民风。

在云贵一带，我遇见了四个比我年纪还小些的大学生。他们还没有毕业，我原以为他们和我一样，都是驴友。没想到他们并不是旅游这么简单。

其中一个高个子、身材单薄、穿黄色运动衫、扎着马尾的女孩子骄傲地对我说，他们四个是为了做件很有意义的事才出来的。

我自然感到好奇，便决定和他们一起上路，这样旅行之中可以有几个伙伴，不至于太孤单寂寞，而且也安全点。

从这个女孩口中，我知道了他们这次行动的原委。

这几个人都是教育基金协会的义工。他们正到处筹钱，打算为这一带的一个比较贫困的农村修建一所小学。这个村子太穷了，别说学校，连村民们居住的房子都是岌岌可危的老旧房。但这里的孩子们渴望读书，看着孩子的眼睛，心肠再硬的人也会受不了。虽然大伙尽力搭造了一个临时学校，但却非常破旧，连课桌都是从别的地方借来的旧木桌子。虽然在这里教书的老师非常想把知识传授给这些孩子，但没有学校，巧妇难为无米之炊啊。这种木棚学校无法正常上课，而且一旦下雨刮风，孩子们的健康和安全也成问题。由于有个记者好心把这里的事情写成文章报道出来，所以这些学生决定成立个基金，帮助这些孩子圆一个拥有真正学校的梦。

但是我不明白这和他们来这里有什么关系，如果我没算错，这时候还是大学上课的时候。女孩子证实了我的想法，的确，他们是请假出来的。

“难道不能等放假再来看这些孩子吗？”我忍不住问道。

我姑且称这个领头的女孩叫马尾吧。

马尾把头发一甩，气愤地说：“别提了，开始筹好的一笔钱，都是我们同学省出来的，还有老师和一些善良的家长捐献的。但是没想到孩子们回信告诉我们，钱根本没到村子里。

问起经手的那些所谓的干部，都推说是遗失了，大家这才想起以前传说希望工程的钱都有被贪污的，看来是真有其事了。真是缺了大德！于是我们只好回信安慰孩子，重新再筹集一笔资金，不过我们不再相信别人了，所以大家自告奋勇说要亲自把钱带来，我们四个就是大家选出来的。”她刚说到这里，忽然意识到有些失言，但随即她和旁边几个男生对视了一下，又用眼睛扫了扫我，然后笑了笑。

估计她怕我也会是对钱有所觊觎的人。话说回来，如果我真有这心思，这四个人都不是对手。

我叫她放心，并告诉她前面就是一片比较荒芜的林地，当然，如果从大路走很容易，但要绕些路，如果直接穿越这林子的话，会比走大路快上三天。

“那当然从这里直接过去啊，我还想早点回家。”一个男生说着站了起来。我摇摇头。

“最好还是我来带路吧，否则在那森林里很容易迷路。而且大家最好养足精神，争取白天就走过去。”四人同意了。第二天，我们开始徒步穿越那片森林。

其实就算不是为了帮助他们，我也会选择去那片森林。

因为传说信猫就在那里出没。

这是一种喜欢帮人运送东西的妖怪，所以被称为信猫。不过谁也没见过。甚至有人传言信猫帮助人运送信件和物品是要收取回报的。至于到底要什么却不得而知。但有一点可以肯定，信猫极少出现在人面前，更别提帮忙运送东西了。

但我还是想碰碰运气，看它到底长什么模样。

森林里如同迷宫，我没想到连自己也会在这里迷失方向。虽然早有准备，但面对四周如同鬼怪般的树，我们还是没能走出去。穿过这片森林按理只需要几小时，但是我们特意早上出发，一直走到下午却还没有看到尽头。这里的天色暗得很快，阴郁的天空加上厚密的树叶把仅有的阳光都遮蔽了。虽然马尾的性格很男孩子气，但也畏畏缩缩地拉着走在最前面的我的外套。

在这里过夜是件非常危险的事，先不说那些毒虫野兽，单是晚上森林里弥漫的毒雾和瘴气都很致命。我也开始后悔过于逞强，把他们带进来。还好这几人都比较热情，并不轻易气馁。

但体力终有耗尽的时候。我们决定在一块比较空阔的地方暂时休息一下，喝点水恢复些体力。光线穿过树叶投下一个个不规则的格子，犹如棋盘一样。这块地方到处都是掉落的树叶，一层层铺垫得非常厚实，坐上去软软的，像弹簧床一样。如此多的树叶腐烂后又重新肥沃了土地，使得这里的树木保持着非常好的生长势头。不过可惜，像这样保留下来的原生态森林已经很少见了。从都市里出来，偶尔接触这些大自然未经过人为加工的植被，可以让人很舒服。马尾提醒，钱最好在规定时间送到。

“为什么？又不是急着盖，就算钱到了，建造房子也要有一定的时间吧？”我奇怪地问她。

“不是的，因为这是承诺。”马尾垂下睫毛，咬着下嘴唇，用手指绞着刚刚擦拭过汗水、略微发黄的毛巾。她低头的样子虽然谈不上好看，却有着天生的秀丽和不经雕琢的女人味。

“我们已经失信于那些孩子一次了，虽然钱是被那些人拿去的，但我们也有错啊，没有尽全力。所以这次我们答应他们在暑假之前一定要把钱送过去。他们还是孩子啊，如果连续两次觉得遭受欺骗，那他们以后还会相信人吗？还会相信有好人吗？一直和我们通信的是个叫福娃的孩子，他老说自己很幸运，居然和奥运会的吉祥物一个名字。但实际上这孩子家里最穷了，平时连饭都吃不饱，人瘦得厉害，身上的衣服大多是改的，宽宽大大的，跑起来就兜风。但他却是众多孩子中功课最好的一个，字也写得不错，所以一直都是他和我们通信。所以，我们绝对不能让那帮孩子再受伤害了。”马尾说得有点激动，清秀苍白的脸浮起了红晕。旁边的几个男孩子累倒在地上，也点头同意。

我看着这几个充满激情的同龄人，忽然也被感染了。大家稍微休息了一下，决定再次出发，因为从地图上看，只要能穿过这里，就可以到达那个村子。我拿起地图走到前面，努力地辨识着方向。

一行人在森林里吃力地行走着。忽然我看见前面起了一片非常薄的雾气，隐约中有什么东西走了过来，体形很大。我吓了一跳，心想该不会是熊吧，如果是的话，那就糟糕了。刚想到这儿，眼前忽然出现了一只叫不上名字的动物。开始我以为是眼花了，但见其余几人都呆立在原地，便明白他们也看见了它。

以我的阅历和知识，以前绝对没有见过这种东西，我心里一紧，难道这就是信猫？

这家伙身材肥胖得出奇，几乎是眯着眼睛，摇着一身的肥肉慢慢走了过来。灰色的毛蓬松地盖在躯体上，让本来巨大的身体又扩大了好多。大如磨盘的圆溜溜的脑袋左右晃悠着，神态悠闲得宛如是在自家花园里散步一般。它的腿很短，并且粗大，宛如四根矮柱子支撑着一个沉重的房顶，一条粗壮如同扫把般的尾巴在身子后面摇晃着。

直到它走到了近处，才发现它多少有点猫的模样。如果说以前我看过的八尾猫是美和神话的象征，那这家伙的相貌就实在令人无法恭维了。不过却透着股憨厚和可爱。

“应该就是信猫吧。”我自言自语道。马尾奇怪地望着我。

“你刚才说什么？”其余几人也走过来，起初他们还有些惊异和害怕，但当发现信猫无聊地蹲坐在不远处不理睬大家的时候，他们反而开始有些喜欢这家伙了。有个男生壮着胆子想伸手过去摸摸它，可信猫灵巧地闪开了，始终和我们保持着十几米的距离。

说起来，它的个头几乎有成人大了。天色渐暗，我们想绕开信猫，但它却始终阻拦在我们面前。

信猫张了张嘴巴，打了个哈欠，然后懒洋洋地看着我们。短小的腿在它坐下去后就看不到了，完全隐藏在了厚厚的灰色绒毛里。

我这才想到，既然叫信猫，它的出现当然意味着要完成自己的工作了。

可是不知道作为回报，它会要求我们做什么。而且为什么信猫会出现在我们面前呢？我看了看信猫，它的爪子上好像挂着什么东西。

“喵。”信猫叫了一声，和普通的猫叫没什么两样，但声音更大些。

信猫蹲在那里，伸出前爪对着马尾晃了晃，那样子和招财猫一样。马尾看了看，小心地走了过去，这次信猫没有躲开。

它把爪子上的东西递给马尾，然后才站了起来，不过没有走开，依然看着我们。马尾走了回来。

她手里拿着一个浅黄色的帆布袋子，非常的破旧，还有几块补丁。大家都很好奇袋子里装的是什么。打开后才发现居然是个苹果，还有张叠得很整齐的字条。

打开字条一看，马尾居然哭了。我从她手里接过来一看，也很震惊。

纸张很粗糙也很黄，不过字很端正，透着股稚气，虽然字迹有些模糊，但看到落款，我知道是那个叫福娃的孩子写的。

亲爱的大哥哥大姐姐：

福娃病了，写这信的时候福娃的笔都拿不住了，字有些难看吧，请姐姐别责怪我，如果是平时，我的字是村子里最好的。

我和同学们一直在等你们来，虽然有人说你们是片（骗）我们的，但我们不相信。后来我在村口被淋到了雨，回家就病了。家里没钱，我只好躺在炕上多喝热水。爸妈说多喝热水福娃的病就能好了。

昨天我看见了只大猫，我问它可以帮我把这信交给你们吗，它点了点头，所以才写了下来。

对了，这平（苹）果本来是爸爸给我吃的，我不舍得，就也让这只大猫带来了。

我真的希望能看见你们来，还有我的同学和他们的爸妈。

我好困。

福娃写

苹果很漂亮，但大家都没吃，只是拿在手里，互相传递着。信猫依旧懒散地半眯着眼观察着我们。

“我们一定要赶快出去。”马尾擦了擦眼泪，坚定地说。我也想，但哪有那么容易。看着仍然没走的信猫，我忽然想到个办法。

我远远地冲信猫喊了一嗓子，它抖抖肥硕的脑袋望着我。

“你既然是负责送信，就把我们送到村子里吧。”我大声喊道。信猫不动了，眼睛也完全睁开了，铜铃大小的猫眼透着光盯着我。但是它没表现出同意还是拒绝。

“我们会支付相应的报酬，但是天黑前你必须把我们带到村子。”我又喊道，马尾和其他人也点头。这时候信猫又眯起了眼睛，张开大嘴喵的叫了一声，然后开始大口地吸气，正当我奇怪它想干什么的时候，眼前却出现了非常有趣的一幕。

简直难以想象，信猫的身体如同吹起的气球般膨胀了起来，一开始耷拉下来的毛都一根根竖了起来。它的样子如同一个巨大的毛绒玩具。

不过，我打赌你绝对没见过像一个房间那么大的。

身体膨胀后，信猫回头冲我们叫了一下。大家明白是让我们坐上去。抓着又长又坚韧的毛，我们很容易爬到它的背上。

出乎意料的柔软和舒服，而且还散发着一股非常亲切而又淡淡的猫的味道。接着，信猫那如同粗麻绳般的尾巴把我们紧紧箍了起来。它见我们都上来了，开始往前奔跑。不要小看它的四条短腿，跑起来却风驰电掣。要是没有被它的尾巴固定住，说不准我们还真会掉下去。

很快，信猫就带我们穿过了森林，而那座村子也几乎远远地可以看见了。这时候已经是晚上了。信猫把大家放在河边，就停住不再过去了。

“喵。”它低沉地叫了一声，然后喉咙里发出呼噜噜的声音。我和信猫约好，先把东西送到村子里，然后再回来找它。信猫很温顺地伏在地上，把脑袋藏在伸出的前腿里。

众人赶到村子后，几乎受到了贵宾般的待遇。大家像过节一样，男女老少都迎了出来。不过说老实话，这村子的贫穷程度超过了我的想象，几乎没看见一个人穿着一件好衣服。马尾激动地把钱交给了村长。村长握着我们的手，半天说不出话，粗糙黝黑的大脸憋得通红，最后跪在地上，扶着马尾的手，语带哽咽地说：“我代娃儿们谢谢你们了！”我们赶紧搀扶起村长。

但是马尾转动着脑袋四处寻找着什么人，我问她难道没看见福娃？她说：“是啊，那孩子如果知道我们来了一定会出来看的。”

村长默默无言，只是带着我们踏着崎岖的村路来到了福娃家里。

但福娃已经看不到我们了。他安静地躺在简陋的木板床上，手里紧紧抓着一只墨绿色的书包。他的父母在旁边低声哭泣。

“这娃被雨淋了，加上前些天没日没夜在村口等你们，所以一下闹了肺炎，村子里没药，最近的医院也要五十多里，再说，送去了我们也拿不出钱。但没料到他去得这么快。”村长在一旁抹着眼泪解释道。马尾已经说不出什么了，她走过去，从口袋里拿出一排崭新的彩色铅笔和橡皮放在福娃的胸口上，还有那个依旧红得鲜艳的苹果，那个福娃到死仍然舍不得吃的苹果，也一并放在他头边。接着，马尾用手捂着嘴巴就低头走了出去。

我记得那天整个村子一直都很热闹。所有的孩子都围着我们，听我们讲故事，笑声很快淹没了这里。虽然马尾一直都很难过，但其他孩子开心的样子多少还是感染了她。

事情太多，一时竟把还在远处等我们报答的信猫给忘到脑后了。直到第二天早上起来，我们才记起。

匆匆赶到河边，没想到那个大家伙还伏在地上睡觉，压根没有任何的抱怨和不满啊。我们把它推醒，信猫眨了眨眼睛，望着我们。

“说吧，需要什么报答？”马尾也从我这里知道了信猫的事。信猫忽然躺了下来，四脚朝天，露出白白又毛茸茸的肚皮，然后喵地叫了起来。大家都大惑不解，这家伙到底要干什么？

还好我和猫接触得多，看出来了原来信猫的腿太短，无法挠到一些地方。猫毛太多了，使得它的皮肤很痒。

所谓的报答居然是要我们为它搔痒！

结果让我们哭笑不得。不过五个人还是尽力地为它抓着，从脖子到腹部。信猫眯着眼睛看着太阳，时不时满意地叫两声。

信猫终于翻过身子，摇着肥硕的屁股和粗粗的尾巴走进了森林。而我们好久都没有离去。

“我和马尾他们在大路上分手了。我帮助了马尾，同时也帮助了我自己。信猫的故事我把它记录了下来，免得世人对它误解。但是有件事我一直不明白，到底信猫选择送信的标准是什么。”

“善良而毫无杂念的心吧！”李多忽然说道，“就像那个叫福娃的孩子，或者是那个留马尾辫的女孩。”纪颜赞许地望着李多，点了点头。

这时候服务员来收拾东西了。我们四人站了起来，纪颜和黎正决定把李多送回家，我也先回家，因为我们决定三人去附近新开的一家非常有名的室内温泉去泡泡澡。

和他们分手后，我回到家里，找到了那份报纸。

世上的事就是如此奇妙，因为我不经意间写的一篇报道，居然引出了这样一个故事，这绝对是我当初没有想到的。

第四十四夜
尸奴

低头一看，两只手抓住了我的脚踝。那双手白得让人觉得有点刺眼、有点恶心，就如同过了期的奶油一般。我随着手臂转头看见了手的主人。

泡澡起源于两千多年前的古罗马帝国。古罗马帝国的贵族非常热衷修建奢华的公共浴室，而且不收取任何浴金。当然，所谓免费的对象并不包括奴隶等最底层的人们。

不过自从1348年发生的黑死病大流行，由于公共浴室的入浴有感染的危险，公共浴室一时几乎绝迹。直到进入18世纪，泡澡在欧洲才得以复苏。伴随着产业革命带来的城市化进程，因工业污染患病的人口增多。在此背景之下，产生了现代化卫生的理念，卫生的理念很快普及全世界。具体体现如铺设下水道，洗澡作为保持卫生的一种有效手段也得到了大家的重新认识。

我们要去的这个浴室又与普通的公共浴室不同，因为它号称要做城市里的温泉。据说这里的用水取自人造温泉。

而事实上，所谓的人造温泉不过是一个不停地往里面加水的热水池。当然，老板也可能往里面加点铁屑或者鹅卵石，这样就成了含有丰富矿物质的温泉了。等到了我才发现，这里生意火爆得很，居然还要排队。所以这次来更多的是满足好奇心，而不是洗澡。

我到的时候，四人已经等待良久了，没想到李多居然把落蕾也喊来了。女孩子就是这样，逛街、洗澡也要喊个伴。

“对了，你叫什么名字？”落蕾蹲了下来，问黎正。黎正愣了一下。那是，我们还没给他取名字呢。三人互相望了望，我立即把黎正拉了过来，拍着他的脑袋笑了笑。

“他姓郑，你叫他郑理吧，道理的理。”我随意安了个名字。黎正抬头瞟了我一眼，随即叹了口气。

“好古怪的名字哦。”李多手托下巴抬头望着天空，做思考状。

“对了，小理，你多大了？大概才七八岁吧，要不和姐姐一起去泡澡吧。”落蕾说着拉起黎正就走。

我迅速把黎正拖了过来。

“男孩子应该进男浴室！”黎正又半睁着眼睛看了看我，摊开双手摇摇头，我则狠狠瞪了他一眼。李多和落蕾交代我们要帮黎正洗干净些，然后就双双高声谈笑着进去了。

“刚才真危险。”我叹了口气，纪颜笑了笑。

“进去吧。”黎正插着手，回头看了我们一眼，然后自顾自地走了进去。我发现自己越来越讨厌他现在的臭脾气了，比以前更令人不爽。

浴室很大，左边有一个正方形的换衣间，与几元钱的浴室就是不一样，右边就是仿造野外温泉的浴石。脱完衣服用浴巾一围，我们就由一个类似门童一样的服务员领着到我们订好的浴石边。所有的浴石都坐落在单独的房间里，而且居然都是用像假山一样的石头制造的，看来老板还真下了点本钱。

这个浴石形状是个直径三到四米的不规则圆形，就像一个盛满水的大脸盆。外围由花岗岩制成，感觉和真的温泉一样。在这里泡澡就和在KTV唱歌一样，按照人数来订包厢，不过这里应该叫包盆才对。一个人的叫小盆，我们这样三到四人的叫中盆。当然，还有大盆和巨盆，估计是商务会谈用的。每个包盆都互相隔离开，既隔音也互相看不见。而且还有很好的排气设施，不会被水蒸气弄得过于模糊不清。

所有的水都是活水，在石盆的上面有个入水口，不停地供应热水，下方的水则缓缓流出，所以大体来说水质还是很不错的。里面还蛮深，坐下来差不多可以到下巴这里了。

三个人把身体浸到热水里，脸上都显出非常满足的神情。我感觉全身三万六千五百个毛孔统统都打开了，热气仿佛在身体里流动一样，从全身各个地方一直往脑袋里冲，一阵阵的发麻。其实人体对水有着天生的依赖吧，本身我们的肺在胚胎的时候就是可以在水里呼吸的。

“小心些，不要中暑了。”纪颜见我闭着眼睛，叮嘱了句。冬季泡澡也会中暑，因为紧闭着门窗，热气无法流通，加上汗液排泄不畅，自然会中暑。

我望了望对面只露出个脑袋、看着我和纪颜的黎正，忽然好奇他那只胖乎乎的控尸虫平日里到底放在哪里。我问纪颜，纪颜也十分好奇。于是我们就叫黎正解释一下。

“你们真是无聊，总去想这种问题，有工夫考虑这个，还不如多想想怎样把那个盗取我身体的人逼出来。”黎正开始不想说，但抵挡不住我们死缠烂打，只好慢慢说了出来。

“我得到控尸虫和你得到你眼睛里的那个一样。”黎正忽然从水里伸出手指指着我的眼睛。哦，看来他知道我眼睛里封着镜妖。

旁边的热气直冲脑门，我感觉到眼睛一阵酸胀。一个小东西跳到我的肩膀上，缓缓把身子放进热水里，然后眯着如黄豆大小的眼睛浑身颤抖着，接着发出一阵阵吱吱的叫声，显得非常惬意。

居然是镜妖！纪颜说它会冬眠，看来天气暖和它还会跑出来。我一把抓住它的脖子，镜妖的眼睛立即往上翻，短短的爪子摇晃起来，还不停地乱叫。

我大力地摇晃着它，一想到自己老遇见危险，需要帮忙的时候，这家伙却在我眼睛里呼呼大睡，我就忍不住抓狂了。

“我每次出事你都睡得正酣，现在泡温泉你活过来了？还一脸的满足，我到底是不是你主人啊？”镜妖被我摇得细长的耳朵都软绵绵地耷拉了下来。

“放开它吧，冬眠是这类妖怪的天性，不能怪它，何况镜妖本来就是极为胆小的妖怪。”不是纪颜劝我，我真想把它彻底给封了。从我手里跑出来的镜妖趴在石壁上，打着哆嗦，害怕似的望着我。

“真是什么人养什么妖怪。”黎正又说了句。

“让我来告诉你们，我是如何成为控尸虫的主人的。”黎正用水泼了泼脸，我忽然发现他的眼睛里竟流露出了少有的哀伤，与其外表毫不相称的成熟声音缓缓地伴随着热水流淌声，在这个空旷的房间里回响开来。我们安静了下来，镜妖也睁大了眼睛，跳到我头上，趴在上面仔细地听了起来。

（以下以黎正的口吻记述。）

在我大学一年级的时候，我无意中在图书馆发现了一本书。我是从一堆非常破旧的书中找到它的，不，与其说是我找到那本书，倒不如说是那本书选中了我。因为正当我准备离开的时候，那本书从书架上掉了下来，啪的一声摔在地上。

没有书名，只是本线装本，看上去有些年头了。既没有作者，也没有书名，我都不知道如何借了。后来我发现直接把书带出去，图书馆的报警系统也没响。

书的事情我没告诉任何人，反正我没有什么朋友，白天上完课就找个僻静的教室看。

起初看不太懂，不过我慢慢了解到，这本书是教你如何驭尸的。在以前的历史传说中，湘西赶尸者一直都带着某些神秘的色彩。

在有些人看来，赶尸纯属无稽之谈。据说在湘西某地，人死后需要由某个强壮的男性亲人穿其黑衣将他的尸体背起来，沿着他平时习惯的路线把周围走一遍，而且必须是走过七步就跳跃一次。如果在夜色中或者眼神不好的人看去，仿佛尸体自己在走路或者跳跃一般。所谓诈尸也就来源于此。

起初我也以为这就是赶尸的真相。但从以后阅读的书籍中我发现，操纵死人并非只在中国有。

据一个外国旅游者称，他曾经在某个岛屿上发现了一处秘密种植鸦片的庄园，所有种植者都面无表情，而且可以做到在烈日等极端严酷的天气里依旧连续工作，不用吃喝。后来他了解到，庄园主通过某种药物居然可以控制死人为其干活，从而牟取暴利。

这类的事情数不胜数。而我在那本书中也知道了，控尸也分了很多种类和层次。

其中最高级的，就是尸奴。

“尸奴？”我问道。纪颜则摸着下巴沉思了一下：“我听家父提过。好像早在我们的祖先那个时代控尸术就出现了，最早甚至可以追溯到汉朝。传说黄巾起义初期之所以横扫中国，是因为张角利用死人做军队，这样的士兵根本是无坚不摧的。不过后来他的术被人破了，那些起义军自然不再是正规军队的对手。”

黎正点点头，继续往下说。

控尸术对尸体的要求很高，不同能力的人达到的效果不同，像现在我使用控尸术可以使死者如在生时一样说话做事，甚至可以掩盖身上的腐臭味，而低等级的人只不过暂时能使尸体动起来而已。

那时候的我疯狂地迷上了这种禁术，并在一些小动物身上做实验，结果很成功，死亡后的动物又可以重新站起来。不过我一直不敢把这个术实施到人身上。

我无法找到新鲜的尸体，所以对术的使用也只好告一段落。书的末尾提及，控制尸体的最高阶段就是驾驭控尸虫，但没有交代如何得到它。而且书的最后一页被什么东西粘住了。我把书扔到一边，渐渐将这事忘记了。

后来这本书不翼而飞，我大意地认为是自己不知道放到哪里了，没再寻找。但随后学校接连不断发生怪事。

开始是多名学生失踪。接着，在离学校不远处找到了他们的尸体，并且大都已经高度腐烂。

虽然学校秘密封锁了这个消息，但我还是从一个同学那里知道了。

他叫文克。我说过，自己几乎没有朋友，不过文克可以算一个了。由于和我有相同的爱好，所以我有时候会和他讨论中国古代的奇闻逸事。不过他和我不同，文克对那些传说中的神术妖术非常向往，经常会流露出非常渴望的攫取的眼神，这点连我也觉得有些不舒服。不过我对他非常信任，甚至有种依赖感。他比我年长一岁，加上家境富裕，所以懂的东西也远比我多。人总是这样，喜欢和比自己强的人交朋友。不过我从未告诉过他我的身世，还有那本书。

作为校领导的儿子，文克的确可以告诉我不少内幕消息。

“你知道那些尸体和别的尸体有什么不同吗？”那天文克找到我，故作神秘地问我。我自然是摇头，然后追问他。

文克卖了个关子后得意地说：“所有的尸体上都有肉眼看不见的小孔，几乎要在放大镜下才可以观察到。由于这些孔，尸体在几天之内便高度腐烂。现在已经找到四个受害者了，全部都是在校学生。这几天校方已忙得焦头烂额。”说到这里，文克有种按捺不住的快乐。我知道，他一直都很恨他父亲。

我提出和文克一起去发现尸体的地方转转，他爽快地答应了。我们找了个没课的下午，来到了发现尸体的学校后山。

我所就读的大学校园非常大，其中的后山本来就是座荒山，据说还有人曾经看到过野兽出没。山脚挖了条小路一直通往山顶，一来为看山人运输食物，二来方便学生上野外实验课。另外山上还有很多学生自己种植的树木，发现尸体的地方正在山腰处。不过，失踪的人数和发现的尸体数量相比，还是莫名地少了一具女孩的尸体。

那个女孩正是我们学校的校花。文克非常喜欢这个女孩，但女孩却同时和几个男的保持关系，按照传闻中女孩的意思，她还需要再甄选一下，看看谁更爱她，因为她认为只有存在对手，才能更好地激发男性的竞争欲望。

不过文克是那种没有竞争欲望的人。

“能在一起就在一起吧，不行就算了。”每当我和文克谈及这事，他总是耸耸肩膀，轻描淡写地说。我总觉得他似乎对什么都不在意，从来不认真地去对待一件事，就像个看破红尘的老和尚一样。虽然我不是很喜欢他这种个性，但和一个无欲无求的人做朋友，总有种让你心里安静下来的感觉。

我们爬了大概一个多小时。出了这样的事情，按理山上应该戒严了才对，可是一路走来却非常顺利。我猜想大概是学校不希望这事太张扬吧。

“到底在哪里啊？”我走得很累，不时地问在前面带路的文克。起初他还回头笑着说快到了，但慢慢地他不再理我，速度越来越快，我几乎快要跟不上他了。他的背影让我觉得很陌生，但我始终跟随在他后面。

对于我，一个经常装出一副让人无法接近的冷漠面孔的人来说，我从心底里希望看见有一个高大的背影能挡在我前面，为我遮蔽一下风雨。

是父亲，还是兄长？

反正文克经常能带给我这种感觉。

“阿正。”文克忽然停了下来，一直低头看着崎岖山路的我没提防，差点撞在了他背上。

“嗯？是不是到了？”我回望了一下四周，原来我们来到了山上一处石场。这个石场大概有一个篮球场那么大，非常平坦，没有杂草也没有树木。如果一直往前走的话，就会走到悬崖边上了。据说自从学校建成后，每年都有人选择在这里自杀。当然上山游玩的人大部分也都会来这里，这么大一块空地，既可以用来休息，同时也是非常好的观景地。

这一路上我总感觉后面有什么东西，可每次回头看，却又什么也没看到。我记得有本书上说，越是风景好的地方，下面埋藏的尸骸可能也越多。

这里就是吧。

文克缓缓转过身来，脸上带着奇怪的微笑。

“来杀了我吧。”文克举起手，做了个刀的手势，在他那细长的脖子上划了一下。

“你疯了吗？干吗开这种玩笑。”虽然文克平常乱说话我都不以为然，但是这种话我还是第一次听到。我想走过去，却发现腿竟无法动弹。

低头一看，两只手抓住了我的脚踝。

那双手白得让人觉得有点刺眼、有点恶心，就如同过了期的奶油一般。我随着手臂转头看见了手的主人。

一个衣衫褴褛，几乎是半裸着身体的女孩子，身上有很多擦伤。她低垂着头，我看不见她的容貌，但身材很好，修长而窈窕。不过，在她长着长长头发的脑袋上，有个碗口大小的血洞，黑乎乎的，一些头发粘在了一块，看样子是被石头砸的吧。我几乎无法挪开自己的眼睛了。虽然以前母床的那件事，让我知道了原来这个世界上真存在一些普通人无法解释和抵抗的东西，但这次我实在是有些许胆怯了，文克干净清晰的脸逐渐变得模糊起来。

“阿正，我回不了头了。”文克慢慢朝我走了过来，并且抬起左手做了个奇怪的手势。我感觉身后的人手上一用力，我被猛地往下一拉，趴在了满是碎石的地上。文克蹲了下来，我抬头看着他。

“原谅我，是我拿了你的那本书。”他淡淡地说了句。原来那书是他拿的，想想也是，除了他，其他人的确没有这个动机和机会。

“操纵死者啊，多么诱惑人的法术。我知道你学习得很快，似乎你很有这方面的资质。不过你仅仅停留在动物身上，这，就是我和你最大的不同了。你可能认为我对任何事都抱着玩世不恭的态度。其实你错了。我对任何东西的占有欲都比其他人要强，只不过我讨厌表现

异闻录

Yi Wen Lu

我记得有本书上说，越是风景好的地方，下面埋藏的尸骸可能也越多。

出来而已。”他看了看趴在地上的那个女孩。

所有的人，看来都是他杀的了。只是我不明白，为何他要杀人，书里并没说练这种术需要杀人。

“尸体，我需要新鲜的尸体来培养控尸虫。我打开了那书的最后一页，上面记载了如何培养控尸虫并与之订立主仆关系。不过，如同养育孩子一样，控尸虫需要在人体内繁殖，最后吸干养分一条条从尸体里爬出来。它们很小，小到甚至和人的毛孔一般大。最后，大量的控尸虫可以融合成一个拥有独立意识的妖怪，这样，它的主人就可以随意操纵死者的尸体，听好了，是随意，也就是完全按照你的想法来。我以为我成功了，可是我错了。”说完他看了看我，眼神很冰冷。我不知道他想做什么，虽然开始说叫我杀死他，但从始至终我才是待宰羔羊。被控制的尸体力量很大，我无法站立起来。而文克依旧站在我面前发表着长篇大论。

“我恨我父亲，母亲因为生我而死，所以他把所有的事情都归咎于我。在这个学校里人们都看不起我，表面的尊敬全是因为他的地位。无论我做什么，不管成功也好失败也好，总是会被人提起自己的父亲，我不过是他的影子。而他也很满足于我做他的附属品，在家里我不过是条供他发泄不满的狗，随便地打骂，肆意地侮辱。所以在认识你之前我一直浑浑噩噩地活着。不过你不一样，你生活在自己的世界里，你是唯一平等看待我的人，你和我谈话交流是因为我是文克，而不是因为我是谁的儿子。

“但是，我的好奇心害了我。我把那几个人杀了后，弄出了控尸虫的胚胎，那些小虫子在吸干人体仅存的营养之后，会使尸体腐烂的速度加倍。但那书上却说要得到真正、有独立意识的控尸虫，需要用自己最亲近的一个人的身体和意识做代价。”文克忽然站了起来，大笑着，双手捂着自己的脸。

“我第一个想到的是我的父亲。”文克的脸开始抽搐，他用手遮住自己的眼睛。

“真的，如果可以的话我会毫不犹豫。可是我发现根本没用，是啊，其实他根本就不是我最亲近的人。接着我想起了那个我曾经喜欢的校花，我把她骗到了这里，然后把她推下了悬崖。下去的时候她回头望了我一眼，眼神中充满了疑惑，她甚至连声音都没发出来，身体像个沙袋一样重重地、笔直地掉了下去，砸在岩石上又弹了起来。说真的，看着一个活人在短短的几秒内死亡，你会有种很强烈的兴奋和快感。她的脑袋撞在了石头上，我费了半天功夫才洗干净血和脑浆。

“可是依然不行。我的控尸术仅仅停留在短暂的操纵尸体的水平上。你回头看看，她的眼睛依然死气沉沉。真正利用控尸虫得到的尸奴应该是和常人无异的。”

我回头一看，那个女孩也抬起了头，我和她的眼神恰巧撞在一起。

那不是活人的眼神。很茫然，带着暮气，眼眶里仿佛被谁硬塞了个黑色的、没有擦拭干净、布满灰尘的铁珠子，就像是蜡像馆里面的人偶一样。这种眼神，即便没有头上的大洞，我也不会认为她是活人。看来文克说得没错。

“只有你了，阿正。”文克伸出手，抚摸着我的头发。他经常这样，总说要有我这样一个弟弟多好。换作以前我会很高兴，但今天我却下意识地躲避他的手。文克的眉头皱了皱，但很快又扬了起来。

“杀了你，就能得到真正的控尸虫了。可是我不想杀你。但我又收不了手。戒严的警察我全杀了，现在这里只有我们两个。杀了我吧，办法我为你想好了，不需要太多气力和工具，那样我会觉得解脱。”文克低头望着趴在地上的我，从口袋里掏出一只盒子。

“趁我还没改变注意，快，杀了我，否则，我就杀了你。”他一字一顿地说。我知道，他没有开玩笑。

我平生第二次有了想要哭泣的感觉。

第一次是看见父亲杀死了母亲，一根根的钉子钉下去，母亲的每一声惨叫都让我害怕。

而这一次，同样，恐惧和痛苦纠缠着我。

“盒子里就是控尸虫，打开后随便在我身上划个伤口就可以了。”他拿出一枚刀片，把两样东西一起递给我。

“拿着。”文克带着命令的语气说。我颤抖地接过了刀片和盒子，盒子是那种扁平的硬纸盒，接过的时候，我居然可以感觉到温度和里面有东西在蠕动。

文克伸过自己的右手，他卷起袖子，露出白皙纤细的手腕。

“很快的，只需要轻轻划一下。”

我没有下手。文克的脸变得很冷。

我忽然感觉到脚踝处的受力加大了，而且有往两边拉开的感觉。

“再给你一次机会。如果你再不动手，我就让后面的尸体抓着你的腿把你撕成两半。”文克面无表情地望着我。

刀片从他手腕划过，文克满意地笑了。细长的伤口迅速地往外流出鲜血。我打开了盒子，一条如普通蚕大小、通体金色的东西飞快地蠕动到伤口上，然后钻了进去。文克的脸上一直没有太多的痛苦表情，他冲我微笑着。

“我一直在想给你件什么礼物，现在做到了。对于你来说，我一定也是最亲近的人吧。杀了我，控尸虫就属于你了。”

没过几秒钟，文克就说不出话了，他迅速地栽倒在地，身上没有任何伤痕。我身后的尸奴也放开了手。我连忙站起来跑到文克面前。他没有呼吸了。

我来不及悲伤，只听到很细微却很整齐的沙沙声，就像蚕在啃食桑叶。

接着，文克的身体上边渐渐出现了一些小黄点，黄点又合成一根根黄线。大概半分钟后，一个奇怪的东西出现在我的面前。

这是一个大概一尺多长、肥胖的家伙。

正是控尸虫。不过它没有离去的意思，只是晃悠着可以称作脑袋的东西对着我。

我想起书中介绍过，要和控尸虫订立主仆关系，只需用自己的鲜血把名字中的一个字写到它的额头上。我立即用刀片划开指头，用血写了一个“正”字在它额头上。

刚写完，红色的字就缓缓地如同烙印一样慢慢陷进了控尸虫胖胖的大脑袋。接着，它便消失了。

但是只要我想让它出现，它随时会出现在我肩膀上。

身后的女尸也迅速腐烂了。

我几乎是慢慢挪着步子下了山。随后我在山涧中发现了众多的警察，不过他们都没死，只是昏睡过去了。

这是文克对我撒的唯一一个谎。我到现在依然认为，文克的灵魂就在控尸虫里面。文克的尸体被抬回了他父亲那里。很快，他杀死多名学生的事也被曝光了，因为文克自己把照片在当天就寄给了警察。文克的父亲没有太多的悲伤，但是从那以后再也没人看见过他。有人传说他疯了，也有人说他自杀了，还有人说他又娶了另外一个妻子。

总之，文克就这样没了，像每天死去的大多数人一样。从这个意义来说，人的死和其他动物的死并没有太多的分别。或许，陌生人的生死还不如自己养的一只老鼠或者猫狗的健康更重要。

不过，我会一直记着他。因为自那以后，我再也不相信任何人了，我明白只有学会保护自己才能活下去。

所以文克是我唯一的朋友，以前是，以后也是。

黎正说完了。他闭上眼睛，把鼻子以下的部位全部浸入水中。我看了看纪颜，他的表情也没有太多的变化。

“现在，我们算是合作关系吧？”纪颜开口问道。黎正没有回答，或许他嗯了一声，只是水声太大我没有听见吧。

“对了，那本书呢？”我问黎正。他从水中浮起来，甩了甩水。

“不见了，这件事一直困扰着我。唯独这本书不见了，我去过文克所有可能放书的地方，但一无所获。我不知道文克是用什么办法打开了最后一页，当然也不知道上面除了记载如何培养控尸虫外还记载了什么。反正那书就这样神秘地消失了。”

真是本奇怪的书。

头顶的镜妖吱吱地叫了起来，然后就如同表演高台跳水一样，扑通一声跳进水里，溅了我一脸水花，接着竟一脸得意地在我面前表演起各种游泳动作来。

“它从哪里学会这些的？”我奇怪地问。

“镜妖通过你的眼睛可以观察外面的事物，你看见什么它自然也学到了什么。”纪颜解释道，“像这类妖怪，它们随时可以使自己实体化，当然，只要它愿意，其实你触摸不到它的。”镜妖仿佛听到了，正对着我，伸出只有三根趾头的短胖前爪，对着我做了个比出中指的手势，长长的、半透明的耳朵得意地晃动着。

我发誓一定要回去好好修理它。

“镜妖是光系的，所以它很害怕寒冷，温度一低，它自然躲藏了起来。人体的温度当然要适合得多。”纪颜拍了拍镜妖光秃秃的脑袋。

黎正看着我们，我隐约看见他的嘴角扬了扬，是笑吗？或许我眼花了。

第四十五夜
不穿鞋

“我蹲下身子，用手电筒照了照那个黑乎乎的儿童鞋。
一条硕大肥胖的蛆虫从里面爬了出来，左右摇晃并蠕动着。原来我看见的蠕动的鞋带就是这个。”

黎正暂时住在纪颜家里，而我则继续着我时而紧张时而悠闲的工作。只是今天我接待了一个非常奇怪的客人。说是客人，其实也不能算完全是。她几乎是强行进了我的家。

我正在家中午休，忽然传来很急促的敲门声，刚打开门，一个年轻女孩便忽地蹿了进来。我还没来得及问，她又把门关上了。

我低头一看，女孩没有穿鞋，赤着脚，一溜小跑坐到沙发上，把腿盘了起来。

年轻女孩子在陌生人房间里是很少采取这种坐姿的。

“请问您是公安局的便衣吗？”我小心地问她，电视里经常看见这类情景。女孩子摇摇脑袋，胸脯一起一伏，似乎是跑着来的，还来不及喘气说话。我始终看着她的脚，倒不是说我有特殊的嗜好，只是觉得现在外面的天气还没达到可以光着脚丫子撒欢跑的程度。她的脸被风吹得通红，身材很瘦小，即便身上裹着件厚厚的毛绒衣服，我还是觉得可以把她轻松地举过头顶。

“那您是特工吧？”我再次问她。这回女孩已经可以说话了。

“您别瞎猜了。”女孩双脚互相搓着，脚趾使劲蜷起来，就像刚从冰箱里拿出来的鸡爪子一样，看得出很冷。“我是您的读者，只是遇见些怪事，我实在受不了了，只好抱着试试的心态直接来找您，电话里怕说不清楚。”我倒是没见过这么直接的。

我端了杯热牛奶给她，她就像个得到母乳的婴儿一般，贪婪地一口气喝光了。

“先给您道个歉，但我非常害怕，看了您的文章，我想知道您的朋友能否帮助我。”她指的是纪颜吧。

我示意她别急，慢慢把事情说清楚。喝过牛奶后，女孩的脸色好多了，恢复了红润，虽然不及李多和落蕾漂亮，却有种很难得的清纯。大大的眼睛始终盯着交叉放在膝盖上的双手。我看着她裸露的双脚很不舒服，我讨厌不和谐，想拿双棉鞋给她，但她很快拒绝了。我发现她对鞋子似乎有种厌恶感，便只好给了她一条毛毯把双脚包起来，不然这样冻着，绝对会生病的。

“我是名在读的大学生，今年开始复习考研，怕寝室里吵，就跑到学校外面租了间房。就在学校斜对面的一栋居民楼的第五层，一室一厅。可是，自从我上个月搬进去后，我就总觉得不舒服。”

“哦？能具体说说吗？”我好奇地问她。女孩傻傻地使劲点头。

“那个房间我住进去的时候居然家具齐全。我是在网上的租房广告上看到的。由于离学校近，而且很符合我的要求，所以我毫不犹豫地答应了。房租相对比较便宜，但房东把房子钥匙交给我的时候，完全是一副开心的样子。现在想想，这人还真是坏心眼，他肯定知道那房子有问题。那人大概二十多岁，感觉和街边的痞子一样，我问他房子的问题，他都回答得很不耐烦，最后拿了钱一下就跑了。”女孩狠狠地咬了咬牙。说老实话，她生气的样子很像个小孩子被别人抢走了心爱的玩具，或许对我来说她本来就是孩子。

“房间里家具都很整齐，当天晚上我就住了进去。那栋宿舍住的人很少，当然也很安静。我还为自己能找到这样的环境暗暗庆幸。

“我给自己随便做了点吃的，就开始温书。房间很冷，我不明白为什么连卧室都铺上瓷砖，我只好找来一件不用的衣服垫在脚底下。在房间里，我一般喜欢穿着那种大头的卡通毛绒鞋，一是好看，二也保暖。

“可是没过多久，我听见门铃的声音。

“单身女孩子在外面总觉得很危险，尤其是像我这样颇有几分姿色的。”女孩非常可爱地眨了眨眼睛，很认真地说。我则笑了笑，示意她继续。

“那是，像您这样的，晚上在街上走路无异于告诉别人，一个瘦弱的人身上背着一袋金子。”在报社工作几年，别的没学会，恭维人倒是掌握了。

“当时我找了只手电筒，您别见笑，我实在找不到其他更有攻击性的武器了。”她用手比画了一下。我看了看她的指甲，心想都可以直接练九阴白骨爪了。

（下面直接以女孩的口吻记述。）

门是安装了猫眼的，这也是我看重这房子的原因。我顺着猫眼看了看，那是一个长相英俊的年轻男子，穿着一身洗得发白的蓝色工作服，看上去很实诚的样子。我喊了声是谁啊，就见他对着猫眼笑了笑，并举起一块夹着表格的硬板，我猜想他是来查抄水电的吧。

我见没有恶意，就把门开了条缝，下面用铁链锁着。因为外面还有铁栅门，所以我也不是十分害怕。

但打开门我却发现门外空无一人。起初我以为他想引我出去，便没有理会，关上门，继续温书去了。

那天晚上睡得还算踏实，就是老听见头顶上有噼噼啪啪的声音传过来，如同小孩光着脚丫子踩在光滑的大理石上一样，声音不算大，但有点烦人，我心想可能是楼上的小孩跑来跑去的缘故。孩子嘛，和小动物一样，一刻也安静不下来。还有就是睡着后经常会被风吹醒，我以为是没关窗户的原因，但关上了还是有种凉风吹在脸上的感觉，仿佛还带着小孩子抿着嘴巴笑的声音。

第二天，当我收拾好准备去学校的时候，我发现门外有东西。

是一双男式皮鞋。

我小心地蹲下身，把鞋子拎起来，非常普通的皮鞋，不过很破旧了，鞋头几乎都磨平了，两边都皱得出现了鱼尾纹般的白色折痕。我小心地把其中一只拿了起来，发现鞋头处还有些干掉的泥巴。我有些不解，谁这么无聊啊？不用理会，我告诉自己，接着把那双皮鞋用脚踢到楼下去了。

下楼的时候，从楼上下来个三十来岁带着个可爱小男孩的女人，她还在整理着自己黑白相间的职业装。小男孩背着个和自己体形极不相称的琴盒，一只手拿着袋装牛奶，一只手拿着啃了一半的面包，眨巴着一对黑如玛瑙的大眼睛盯着我。他似乎很不安分，穿着小运动鞋的脚老是蹭来蹭去，好像很讨厌似的。我友好地冲女人笑了笑，点了点头，算是对邻居的问候，但她却很吃惊地看了看我。

“您住这里？”她问我，接着催促调皮的儿子赶快把手上的早点吃掉。

“是的。”我告诉她自己是学生，打算租住这里考研用。女人听完恍然大悟地啊了一声，随即点点头，接着带着儿子下去了。我则跟在他们后面，有一句没一句地聊天。

快到楼下的时候，我们分开了。那孩子忽然高声对母亲叫了起来：“妈妈，我看见那个漂亮姐姐的鞋跟后面有手印，好脏啊。”母亲立即打了他一下：“赶快吃，学完琴还要去练毛笔字，妈妈下班来接你。”儿子很委屈地摸着被打痛的头，噘着嘴巴。而我则吃惊地看了看自己的鞋子。

什么也没有啊，那天我穿的是一双灰面蓝底的休闲鞋，我这人很爱干净，若是鞋子脏了，绝对不会穿出来。

我心想，昨天晚上大概就是那个孩子跑来跑去吧，看上去挺调皮的。

第二天晚上，我照例看书，房间比昨天更冷了，虽然天气预报说温度比头天要高。

“大概是五楼的缘故吧。”我一边搓着冻得麻木的双脚一边背着单词安慰自己。谁知道越来越饿了。冷还能受得了，但饥饿就很烦人了，比如我在背单词，如果背到食物类的就会不停地去想。楼下有个小卖部，我决定去买点吃的。

说来也巧，正当我换好衣服准备出门的时候，门铃又响了。我顺着猫眼一看，居然又是什么人都没有。打开门却听见一阵急促的上楼梯的跑步声和隐约的孩子嬉笑声。

楼道里很暗，虽然我和管理员提过意见，却迟迟没有更换那盏只能发出昏黄光线的楼灯。

我笑了笑，估计又是那个孩子的恶作剧。

可是当我低下头，却发现早上的那双皮鞋好好地摆放在地上，而且旁边还多了双儿童鞋。

一双很脏的儿童鞋，上面粘满了泥土，鞋带随意地散落在鞋面上，而且好像还在动似的。由于光线太暗，我看得不是很清楚，反正是双连收破烂的都不会要的破鞋。两双鞋端端正正地放在我面前。

“谁这么无聊！”我生气地一脚朝鞋子踢了过去，但却发现有点不对。

鞋子里好像有东西，以至于脚踢出去的时候鞋子没有如想象的飞起来，而是沉重地颠了两下。

我蹲下身子，用手电筒照了照那个黑乎乎的儿童鞋。

一条硕大肥胖的蛆虫从里面爬了出来，左右摇晃并蠕动着。原来我看见的蠕动的鞋带就是这个。

我有点想吐的感觉，可是等手电筒的光直接照进鞋子里时，我却连吐都无法吐了。

鞋子里之所以有蛆虫，恐怕就是因为这个。里面有一只从脚踝处被齐齐切断的脚，而且已经高度腐烂了。显然，那是只小孩的脚。伤口的碎肉像被扭断的铁丝一样翻卷了起来，红色的肉和灰白色的断骨刺激着我的眼睛。我捂着自己的嘴巴，看着那只鞋子里的断脚，身体靠着墙不由自主地瘫软了下去。

我告诉自己，这都是幻觉，以前老看电影，总是嘲笑主人公胆子小，结果这下发现自己也差不了多少。

等到稍微可以站起来时，我立即冲到楼上，把早上遇见的女人叫下来看。

可是门前竟什么都没有了，仿佛什么都没发生过一样。我目瞪口呆地望着地面。女人很和善地拍了拍我的肩膀。

“上来坐坐吧。”我只好随着她一起上去。

她的家比较宽敞，布置得也很得体。她儿子见我来了很高兴，但很快被母亲呵斥进去继续练琴了。

女人端来了杯热茶，我颤抖着灌进了肚子，好受多了，身体也抖得没那么厉害了。

“您不该住进那房子。”女人叉着手站在我面前，神情很严肃。她的皮肤很白，在客厅灯光的照射下看得很清楚，说老实话，即便是我的同学也没有她这么好的皮肤，何况人家还生过孩子。

女人在任何时候都会对美的东西产生好感，即便刚才还吓得失魂落魄。

“到底是怎么回事，您能告诉我吗？”我把茶杯放下，希望可以从她这里知道些什么。

“他们不想害你，只是希望你赶快离开，如果要杀你，你昨天晚上就死了。”她轻启薄如蝉翼的嘴唇，看上去宛如一抹会动的血迹。

我听了大吃一惊。女人见我不解，只好慢慢告诉我原委。

“你住的那个房子以前好像是一对夫妇住的，他们还有个孩子。不知道为什么，前几年他们全家居然都死在家里，死的时候三个人都没穿鞋。警察在房子里寻找线索的时候发现家里一双鞋子都没有。后来这房子据说就变成凶宅了，在这楼里住的人大都在开门的时候见过鞋子。比如那双男式皮鞋和儿童鞋，有部分人忍不住搬走了，当然也有些像我这样找不到合适的房子又带着小孩，只好住了下来。”

我听了吓了一跳。

“现在要去找房子哪有那么容易。我在这城市又没有别的亲人，离开这里就要露宿街头了。有时候，事情要从反面去想，一些东西看上去奇怪，但如果你多想想，自然有发生的原因，虽然住得很不舒服，但我也没有办法。”

电话忽然响了起来，女人起身去接。我顺便站起来看了看。

和下面我租的房子布局一样。我的卧室上面果然也是那个孩子的卧室，他正躲在里面练琴呢。

“知道了，明天把钱给你。”女人挂断了电话，笑着走出来。

我又和她攀谈了几句。其间她还是劝我赶快搬走。我也想搬，不过想想大家既然都住在这里也就算了，毕竟再去找比这里便宜、地段又好的房子实在是太难了，而且我给了那个坏房东三个月的房租，搬走就太不划算了。

女人见我没有搬走的意思略有些失望，不过还是热情地对我说，只要觉得不适都可以上她家来坐坐。

“记住，听别人说看见男士的皮鞋和小孩的儿童鞋都没关系，但是看到了白色的女式皮鞋的人都出事了。要么发生意外受伤，要么莫名其妙地死去。”女人神情严肃地交代我，我则点了点头。

临走前，我发现出来和我说再见的孩子和那个女人都不穿鞋。小孩的脚冻得通红。我有点惊异，但不好说什么。

关门的时候我望着孩子的卧室，总觉得那里有些不协调。

由于租住了房子，我在学校办理了走读，把床位退了，所以即使想搬也不行了。但一个人实在害怕，只好叫上我一个住在当地的同学和我一起同住，没想到却害了她。（女孩的样子有点憔悴和难过，我有些不解，希望她继续说下去。）

她曾经是我的室友，因为关系不错，所以被喊来壮壮胆。

她是那种非常热情而且胆子很大的女孩子，和我不太一样，而且托付她办事她都会爽快地答应，跟她说起这件事的时候，她还一直笑我是自己多疑罢了。那天她来的时候还带了根从学校体育部借来的垒球棒，她很喜欢体育，穿了身运动服和一双黑色的运动鞋。两人吃着买来的零食谈笑着，倒也很开心。我把事情的经过告诉了她，但没有告诉她我和楼上女人的谈话。

这样一直到深夜。

我们都有点困了，把衣服换了。这时候，门铃又响了起来，很刺耳。我们俩都不敢作声。朋友拿起垒球棒，对我做了个噤声的动作，然后探着身体接近了大门，并对着猫眼看了看。

随后，她耸了耸肩，把垒球棒扛在身上，背过身子微笑着朝我走来。

“什么也没有啊，可能是恶作剧吧。我说你在学校胆子就小，叫我怎么说你呢。”我也很高兴，毕竟多个人就是不一样。

当我准备朝她走去接过垒球棒的时候，我看见对面的门居然自己打开了。开得很慢，仿佛是那种电影、电视剧里常看到的皇宫里的厚重铁门一样。我几乎张不开嘴，愣愣地看着门打开了。

外面的铁栅门也自己打开了。

女友见我发呆，于是摇晃着问我怎么了，我发不出声音，只是用手指着她背后。她回头一望，也吓了一跳。

那门完全打开了。而且楼灯不知道为什么也熄灭了，屋子里的灯光仿佛根本照不到外面，楼道里漆黑一片，好像一个噬人的黑洞。

门外什么也没有。

女友叹了口气，笑我可能没锁好门吧，居然让风给吹开了。我暗想这里虽然冷，可是风还没大到能刮开房门的地步啊。两人于是走了过去想带上门。

楼灯啪的一下忽然亮了，而且比平时要亮数倍，一瞬间把外面照得清清楚楚。

当时我宁愿黑暗一片，反正自欺欺人什么都看不到也好啊。

可是我们都看到了。门外整齐地摆放着两双鞋子。

是的，两双，一双男式皮鞋，一双儿童鞋。那天看见的鞋子又回来了。室友却笑了笑。

“这么差劲的把戏。”她用垒球棒把两双鞋像击打高尔夫一样打了出去。很奇怪，这次并没发生别的什么事情。

当时我在想，可能真的是自己太多心了，或许是学习压力太大，搞得自己神经紧张，出现了幻觉。

晚上，我们两个相拥而睡，依然听见楼上噼噼啪啪的声音。我也没去多想，只当是那孩子在玩耍，问室友，她却迷迷糊糊地说什么都没听见。

第二天，我醒来的时候她已经先走了。可是当我换鞋准备去上课的时候，却发现她的黑色运动鞋正静静地躺在门口。

她没有穿自己的鞋子走，我检查了一遍，我的鞋子都在。

她到底穿什么走的?

那一整天她都没来上课，也没有听说她请假。我给她打电话，才知道出事了。

等我来到医院，发现原本热情的室友正满脸痛苦地躺在床上，浑身都绑着绷带，还好伤势并不是太严重，有几处骨折和擦伤。来的时候我大概知道，她是被车子撞的。我纳闷了，一向反应很快的她到底是怎么了。

“到底怎么了？”我连忙问她。

“早上起来，我发现自己的鞋子不见了，看你睡得很熟，就没叫醒你，自己在鞋架那里拿了双鞋，穿得很不舒服，我打算回家换双鞋去跑步，但没想到脚上越来越重。”

“越来越重？”我奇怪地问。

她点了点头，继续说：“是的，而且感觉那鞋子仿佛越来越紧，像快要陷入肉里一样。我正准备过马路的时候，发现自己的脚灌了铅似的，根本迈不开步子，最后居然像被粘住了似的，动都动不了。我于是低头看着自己的脚。鞋面居然被深深按了下去。

“两只脚都是，我可以清楚地看见两只手的印痕，接着，就是一瞬间，我绝对看到了，一个小男孩跪在我脚边，用双手按着我的鞋面，居然还抬起头冲着我笑。

“我当时吓傻了，直到被一阵汽车喇叭声拖回现实。

“接着一辆汽车直接朝我撞了过来。还算幸运，那车速度不快，而且司机反应及时，不过车还是带倒了我，结果左腿和肋骨骨折了。但我已经很知足了，能捡回条命就不错了。”说完，她叹了口气。我感到非常内疚，如果不是我胆小叫她来陪我，就不会出这种事情了。

临走的时候，她劝我赶紧搬家。

“你的鞋子呢？”我忽然问她，“我家并没有少鞋子啊。”

“一双款式很旧的白色女式皮鞋。我在你鞋架上拿的，出事后就找不到了，现场也没有。我还纳闷，为什么你整个鞋架上都是一模一样的鞋子，难道你想学爱因斯坦吗？”

“整个鞋架都是？”我大惊，因为我的鞋架上根本就没有任何一双白色的皮鞋。

“是的，”室友斩钉截铁地点头，“否则我也不会穿一双那种鞋子上街。”

“看见白色女式皮鞋的都会发生意外。”那女人的话在我耳边回响。

从此以后，我整个人天天处于精神游离状态。

这几天我无论做什么都能看见那双白色的女式皮鞋。有时候我从床上醒过来，就能看见本来在床下的拖鞋变成了那双白色的女式皮鞋。我想我快神经衰弱了。想去找楼上的那个女人聊聊，但她也说无能为力。

直到今天，早上出门的时候，我发现家里没有别的鞋子了。

我把自己缩到墙角，整个客厅都堆满了白色的皮鞋，外面冷冷的阳光射在鞋面上，反射出惨白的光。放在我面前的只有一堆白色女式皮鞋，到处都是，饭桌、地板、书桌、椅子，整个房间几乎快变成白色了。我都快疯了，只好赤着脚跑了出来。

“我没有别的解决办法了，平时读过您写的故事，所以我只好来您这里。”女孩终于说完了，我也终于知道她为什么不穿鞋子了。

“奇怪的女式皮鞋吗？”我从沙发上站了起来，“为什么，为什么不搬走呢？”我问她。

“没有用，我没其他地方去，而且无论走到哪里，即便在学校我也能看见那白色的皮鞋，但别人都看不见，再说我也怕身边的人再次发生和我室友一样的事。”女孩说话的时候半闭着眼睛，说着说着居然趴在沙发上睡着了。看来这么多天她都睡眠不足。

我帮她盖了条毯子，接着打了个电话给纪颜，把事情的大概情况告诉了他。

这的确是件奇怪的事情。

纪颜答应了，而且很快赶了过来。不过只有他一人。

“黎正呢？”我问道。纪颜回答说黎正对自己父亲遗留的笔记很感兴趣，正天天坐在那里看呢，所以就没过来。

女孩睡得很熟，我们没有吵醒她，可又不能把她一个人留在我家。怕说话的声音打扰她睡觉，我和纪颜只好去里屋攀谈起来。

与纪颜交谈过后，我们决定带着女孩去她租住的地方看看。过了会儿，她醒了，但还是不肯穿鞋。

“我怕穿鞋。”她抱着双腿缩在沙发角落里。纪颜皱了皱眉头。

“这样吧，我和欧阳轮流背你，你多穿几双袜子，光着脚走路很伤身体。”纪颜的话语很柔和，女孩感激地抬头看了看他，红着脸点了点头。

都说现在的女孩子喜欢骨感，但看上去瘦弱矮小的她一上来还是有些重量，开始时我背，可能长期缺乏锻炼，在电脑前坐太久的缘故，居然有点喘气。也罢，就当是负重长跑好了。

由于实在是路途遥远，纪颜也不再坚持不乘车，三人拦下一辆的士。

等我们来到那间民居的时候，已经接近下午四点了。天空昏暗，像蒙了层灰的玻璃。

“对了，你能说说那房东什么样子吗？”纪颜把女孩从车上背下来。

“很年轻，大概和你们年纪差不了多少，身高170厘米左右，长相很普通。不过他和我说话的时候喘得很厉害，脸上通红，开始我还以为他是冻的。他说话声音很粗，像在磨砂纸。我看见他从口袋里拿了瓶东西老往嘴巴里喷，喷完后脸色就好多了。”

“看来那人有哮喘啊。”纪颜把女孩往肩上一托，我们走进了那栋居民楼。

楼下有个破烂的停靠自行车的竹棚，里面有几辆几乎褪了色的自行车。连贼都懒得偷了，自然也没人去打理。整座楼显得很荒凉。车棚的墙上贴着一张大大的告示，正上方写着“拆迁通知”四个字。

我们走进楼道，女孩小声说：“放我下来吧，我能自己走了。”纪颜把她放下来。这里面的灯光果然很昏暗，长久没有更换的灯泡外壳上有层厚厚的黑色污垢。我顺着墙壁摸索过去，发现墙上有很多裂痕。

爬了五层楼，终于到了她家，女孩战战兢兢地把钥匙扔给我们，自己不敢开门。纪颜笑了笑，找准钥匙孔开了门。

里面收拾得井井有条，很干净，东西也很少，不大的客厅里果然铺着方形的大理石瓷砖，一块足有四十多平方厘米，墙角摆了张书桌。里面的卧室还有张书桌，上面堆放了很多书，我随意扫了一眼，都是考研用的。书桌旁边是张双人床。墙上大都起了霉斑了，黑乎乎的，一片连着一片，还好被人用墙纸糊了起来。

“上面太高了，所以我也没去管，只是看着有点恶心。”女孩指了指天花板。

果然，上面的霉斑更厉害，几乎整个天花板都是黑色的。纪颜盯着看了看，没有说话。

“床也是你自己的？”我问她。女孩摇摇头。

“不是，我只带了张书桌，床本来就有。”

“能倒点水给我们喝吗？有点渴。”纪颜开口道。女孩笑了笑，转身出去。我正奇怪，纪颜是极少在陌生人家吃喝的，更别提主动要东西了。女孩刚出去，纪颜就拍了拍我的肩膀。

“闭上你的眼睛，靠镜妖看看天花板。”我奇怪地看了看他，纪颜没有再说话，我只好照办，把眼睛闭起来，抬起头，让镜妖充当我的眼睛。

我看见了。

原本一片黑色的天花板有着一连串脚印，看大小应该是小孩子的，脚印很凌乱，一直延伸到女孩的床头上面就没有了。而且，似乎那脚印总让人感觉哪里不妥，但一时又想不明白，反正给人一种很不对称的感觉。

“把她支走是免得吓着她，再经受刺激怕她受不了。”纪颜在我耳边轻声说道。我睁开眼睛，想想也是。

由于家具很少，我和纪颜干脆在屋里转悠了一下，非常普通的房子，略微有些陈旧。

过一会儿，女孩进来了。“今天好像还是三八妇女节啊。”我见大家一言不发，气氛略显沉闷，便率先打破沉默。

女孩笑了笑，用手把头发拢到耳后。我看了看她的脚，依旧不肯穿鞋，难道那双白色的女式皮鞋真有这么大的力量?

“这里看不出其他奇怪的东西。”纪颜低沉着喉咙说了句。

“对了，你叫什么？”这么久还不知道女孩叫什么名字。她很干脆地说自己叫池月。

好听的名字，反过来念就是月池了。

“我和欧阳想多去了解一下这房子的情况，好像这栋楼还有几家住户吧？”纪颜问池月。

本来打算就我和纪颜两人去，但池月死活不肯一个人待在房间里，大家只好从五楼一直问下去。

直到一楼，我们发现这里除了池月和六楼的那个还没见过面、带着孩子的女人，总共还有六户人家。

他们大都对我们的到来有着很重的戒备心，有的连门也不打开，其中有个戴眼镜的非常不友好，一直对我问来问去，然后啪地把门摔上了。不过在见过的这几户人家中，我们发现了一个共同的特点。

这么冷的天，他们都没穿鞋。

纪颜站在一楼的楼道口，把领子竖了起来，眯起眼睛望着天空。

“要下雨了。”

的确，天色比来的时候更为阴沉了，整个天空宛如一口倒扣着的黑铁锅。

“走，去拜访一下那个六楼的女人。”纪颜挥了挥手。临进去前，我听见了一声不大不小的咔嚓声。

类似什么东西裂开的声音。不过只是一瞬间，或许是我太多心了。

三人站在六楼的门口，敲了敲门，过了许久门才打开了一条缝隙。

一个小男孩只露出眼睛，小心翼翼地站在里面盯着我们。

“我妈妈出去了，不在。”

“还记得我吗，小弟弟？”池月蹲了下来，微笑着看着小孩。小孩似乎有些高兴，但还是不开门，看来这孩子警惕性还是蛮高的。

“我记得你，你是那个鞋子很脏的姐姐。”小孩的回答让池月有些尴尬。这时候，我听见楼下传来了脚步声。

一个长相端庄秀丽、身材高挑、穿着黑色职业套裙的女人走了上来。她左手提着一个大大的还未打开包装袋的毛绒玩具，右手拎着一只坤包。

她上来后看见我们，不禁愣了一下，脸色很快变得很难看。

“你来了？”她几乎无视我和纪颜，冷冷地望着池月。池月似乎有点不知所措，只能傻傻地点头。

“我告诉过你，既然你被那一家人选中了，就别来纠缠我了，我帮不了你。我死没关系，可我的孩子是无辜的，我求你离这栋楼的人远点吧，他们还都想好好地多活几年呢。”女人一口流利的普通话，但听起来却让我很不舒服。

“你的意思是说池月的死活和你没关系了？”我问那个女人。她不再回答我，只是固执地转过头，然后从包里翻出钥匙走了过来。

刚打开门，一个虎头虎脑的小男孩就跑过来抱着女人的腿。

“妈妈，我好害怕，外面好黑，舅舅又不停地喘气，脸通红通红的。”孩子忽然喊道。纪颜一听，马上一个箭步走了过去。

女人刚想用手捂住孩子的嘴，但手被纪颜揪住了。

“让我们见见您的弟弟吧，或许事情会清楚些。”纪颜的声调不高，但语气十分严厉。女人挣扎了两下，把手抽了出来，长发耷拉在眼前。她低着头抚摸着儿子的脸，低声抽泣着不说话。

“姐，告诉他们得了，反正也活不了多久了，还不如抓紧时间把钱花出去多享受一下。”一个年轻男子从里屋走出来，穿着身厚实的羽绒服，手里攥着一个小塑料瓶，看上去很瘦弱。虽然我不会看相，但他的脸色实在不敢恭维，黝黑而且带着绝望。

池月忽然盯着那男人，指着他叫了起来。

“是他，就是他把房子租给我的！”那名男子笑了笑。

“感谢你的钱，我玩得很开心。”

现在房间里只有那个小男孩依然天真地望着这些比他高上一截的大人们，眼睛里充满着疑惑。外面几乎全黑了，风夹着沙石把玻璃抽打得啪啪作响。大家围坐在客厅的沙发上。

除了我和纪颜，大家都没穿鞋。

“是我叫弟弟把房子租给你的，不，应该说是这栋楼里的所有人决定的。”我吃了一惊，难道整栋楼的人都和这事有关吗？

“知道伥吗？我们这些苟活的人和伥没什么两样。”女人双手交叉在胸前，从鼻孔里闷哼了一声。而那个自称是弟弟的男人则吹着口哨若无其事地望着窗外，不时逗逗那个小男孩，一副事不关己的样子。

“那个房子像一个需要填平的窟窿，所有在这楼里的人都无法离开这里超过24小时。所有的人都见过那双白色的女式皮鞋了。那件事发生后的五年来，苟活下来的人其实内心已经和死了没什么两样。”女人的声调很奇特，非常尖刻，充满自嘲。

“到底发生什么了？我们刚才去问过其他人，他们都不理我们。”我连忙问道。这时，一直不开口的那个男人冷不丁哈哈大笑起来，笑得我好生奇怪。

“因为他们都怕，怕什么时候一觉醒来自己的脚上就套了双白色的鞋子。”

女人狠狠地瞪了她弟弟一眼。

“你少说一句不会憋死吧，把小宝带进去。”男人顺从地低下头，把叫小宝的孩子抱了起来。

“来，小宝，舅舅带你进房间玩。”说着俩人进了里屋。

“我不想让小宝知道，虽然他不是很懂。”女人看着孩子完全进了房间并把门带上，才舒了口气，继续说着。

（下面以女人的口吻记述。）

这栋楼的人本来很平和，左邻右舍虽然谈不上亲如兄弟姐妹，但也还是有说有笑。可自从那个女人搬来后一切都改变了。

她很漂亮，很年轻，穿着时髦，非常喜欢穿一双白色的皮鞋，带着一个和小宝差不多大的男孩，那男孩别提有多漂亮了。开始的时候，由于她为人很和善，加上小孩可爱，大家都很喜欢他们母子。可是时间一长，问题也就如同海边潮退后的石头般凸显出来。

首先那个女人根本没工作，但家里条件却比任何人都好。她经常早出晚归，孩子则托付给邻居们照看，而孩子每次见到母亲离去都会放声大哭，哭得很伤心。大家纷纷猜测她的职业。当我们看到一个个不同脸孔、不同年龄但都穿着考究的人送她回家的时候，大体知道了真相。

但是有一个男人有所不同，他来得最为频繁。

一次我下去买东西，看见那个男人半裸着身体，叼着根烟，手里攥着一些钱从房子里骂骂咧咧地跑了出来。接着那个女人头发凌乱地追了出来，边哭边骂，看见我后，她没追出去，而是靠着门一下滑到地上，痛哭起来。

我自然过去安慰她，看见她的脸颊肿得很厉害，似乎被什么东西抽打过。我把她扶进房间，攀谈之后，才知道她的故事。

沦落风尘不是她的错，错就错在那个男人身上。一面强装笑脸去用身体迎合那些男人，一面还要拿钱给他去吃喝嫖赌。我觉得这个女人很傻。

“为什么不离开他啊？”我奇怪地问她。

但她却搂着儿子，流着泪说：“他威胁我，只要我敢走，就不会放过我儿子。那孩子不是他的，那畜生什么事情都干得出来的！我不能看见儿子出事。”作为母亲，我自然明白她的苦心，但作为旁观者，我却无能为力，只能在平时有空就过去安慰她一下。

我原以为这件事会慢慢过去，但没想到，惨剧竟发生了。

当警察敲响我家门的时候，我还没睡醒。结果我被告知，楼下，就在我睡的床下面的五楼房间，躺着三个人。那对母子和那个经常来的男人。

我在警察的带领下走进了那个房间，结果惊得几乎吐出来。

首先是那个孩子，左腿的脚掌被砍断了。地上到处都是血，三个人的血混在一起，把客厅都染红了。孩子的脸色惨白，警察说是失血过多而死。但是那个男的就可怕了。

他的脸根本就烂掉了。

平心而论，他本来长得还算是比较英俊，但那时候的我却被吓得连续几晚上都做噩梦。

那男人的耳朵没有了，整个肩膀被血浸着，脸上已经分不出五官，全都是不规则的伤口，宛如一份被剁过的肉馅，像被什么猛兽咬过一样。

而那个女人，脖子上插着一把菜刀。她的脸也变得和平时不一样，完全失去了美丽的样子，非常狰狞，就像寺庙中鬼神的雕像一样瞪着双眼。

最令我难以忘记的是她的笑容。

嘴角向一边夸张地翘起，带着解脱和舒适，而且她的嘴里，还含着一片耳朵。

我估计那男人是被她活活咬死的。

最为奇怪的是现场一双鞋也没有，三个人都赤着脚。谁也不知道到底发生了什么。

接下来的数年里，房子虽然空闲着，可是住在这里的人却都开始倒霉。

首先就是我丈夫。（说到这里，小宝的母亲停顿了一下，吸了吸鼻子，然后抬起头继续说。我看见她眼睛里有泪花。而纪颜也认真地听着。）

我丈夫是司机，在地税局。那天因为有事情，送一个局长去外市出差。早上出去的，第二天中午我就接到了消息。

我丈夫居然出了车祸。他的技术是公认的，否则也不会被委派给局长开车，而且他为人非常谨慎。接到噩耗我几乎昏厥过去，而去现场领取尸体的时候我更加吃惊了。

当事人就是局长，他一点事也没有。局长告诉我，我丈夫在开车上了高速公路以后，忽然低头奇怪地问了句："怎么我穿了双这个？"

接着车子速度越来越快，直接冲向了护墙。我丈夫整个人被甩了出去，脖子被玻璃割开了一个大口子。而局长只是撞晕了而已。

我依稀记得他说早上出门的时候看见门口有双白色女式皮鞋。

那件事以后，凡是在楼层里看见那双鞋子的人，只要离开这里超过一天，就会死于非命。所以表面上我们是住在这里，事实上大家是被看不见的绳子绑在了这里，谁也跑不掉。

我们讨厌鞋子，住在这里的所有人都经历过和你一样的恐惧，但久而久之也就麻木了，除了外出没办法，否则绝对不去穿鞋。我儿子虽然小，但也看见了，所以他也很惧怕鞋子，只要在家就绝对不会穿鞋子。（女人看着池月，面带愧疚地说）你的同学的事我想可能只是个警告罢了。其实我不想加害你，但我怕孩子出事，也没有办法，而且楼下的人逼着我这样做。他们不知道从哪里听来的，只有和那女人长得很像的你死了，怨气才能平息。

"所以你见我住进来后就想让我赶快搬走，只要过一天，我就会死？"池月吃惊地问。

"你看见的那些东西不是她想让你离开，而是警告你不准离开。所以，我才会说，我们这些人就如同伥一样，把你领到这里来。"小宝母亲说完后，长长舒了口气。

纪颜从沙发上站了起来。

"事情似乎清楚了，不过我还是想知道当年那房间到底发生了什么。"他挥了挥手，示意我出来。

"池月暂时留在这里吧，我和欧阳下去看看。"

到了五楼门口，我问纪颜打算怎么办。

异闻录
Yi Wen Lu

“我们讨厌鞋子，住在这里的所有人都经历过和你一样的恐惧……除了外出没办法，否则绝对不去穿鞋。”

“其实那件事我有所耳闻，只是没记起来发生地是这里。我一向喜欢搜罗比较特殊的案件，加上有些警察朋友。其实五年前的事情那女人只说对了一部分。”纪颜点燃了根烟，顺便给了我一根。

“哦？难道还有后续？”我没心思抽，好奇地追问他。

“是的，那个男的其实当时并没有死。不过也差不多了，在现场的时候心跳呼吸都很微弱，才被误以为死了。后来在途中被救了过来。”纪颜慢慢说着。

“那太好了，把他找来就是了。”我赶紧说道，但是纪颜听完却摇头。

“我要是那个男的，我会后悔自己没死。他被救活后，交代了那天的事情，虽然他的嘴唇都被咬掉了，而且精神很不稳定，但还是大体上说清楚了当时发生了什么。”

案发的当时，他正在女人家里休息，由于欠了一屁股债，他打算要从这里再搜刮一笔钱，很可惜，那个女人也几乎被榨干了。当他扫兴地打算离去的时候，却发现自己的鞋子不见了。

一双很普通的皮鞋。他就大吼起来，结果发现是那个小男孩藏起来了，问他藏哪儿了，也不说话，结果母亲出来后发现所有的鞋子都不见了。全被男孩藏了起来。

原来这个人很喜欢用皮鞋殴打男孩的母亲。男孩总是躲在一边看着。（纪颜一边说，一边走进了房间。我随着他，走到了池月的卧室。）

当男人发现鞋子不见了，钱又没弄到，便非常生气，他开始殴打男孩，结果女人从厨房里跑了出来，手里提着菜刀。

在争执的过程中，男人抢过了菜刀，并把刀架在了小孩的腿上。

“如果不给我钱，我会被放高利贷的砍死，不如我现在就把这讨厌鬼的脚砍下来，以后讨饭也容易点。”男人这样威胁道。

这种残暴的话语换来的自然是一顿痛骂。不知道为什么，或许人在意识混乱的时候行为也不受控制，总之这个男的居然真的下手了，一刀砍掉了孩子的脚掌。

任何一个母亲面对这种情况都会发疯，这位也是，她嗷的一声便冲过去与男人厮打起来。结果男的被咬成重伤，女的则被砍到了颈动脉，当场死亡了，孩子也因失血过多没救回来。据说开始的时候女人在外面喊了很久，想乞求帮助，虽然是中午，大家都听到了女人的哀号，可是没有一个人肯出来。

如果事情就这样结束也就罢了，可是住进医院的重伤的男子没过几天就失踪了，尸体，不，应该说是尸块被发现扔在了医院的垃圾堆中。

“几乎被剁得粉碎。监视器录像只录到了一个画面。”纪颜一边脱鞋，一边站上了池月的床。

我奇怪他想干什么，他却用手敲了敲天花板。

“到底拍摄到了什么？”我问他。

“一个女人，一个拿着刀的女人走进了病房，头发全是白色的，但是只能看到背面。”纪颜又跳了下来，继续在房间里踱步，似乎在寻找什么。

“你知道死者光脚不穿鞋意味着什么吗？”纪颜突然问道，我自然摇头不语。

“没有鞋子的人，会永远在人世不停地走下去，永无止境，直到找到合适自己的鞋子为止。或许这里居住的人认为池月可能就是适合的‘鞋子’。

“当一个母亲看着孩子受到伤害，再懦弱或者温柔的人，在那一刹那也会变成夜叉。”

“夜叉？”

“是的，佛教中的夜叉履行着行刑者的职责，它们会吃鬼。人，也会变成夜叉。”纪颜又转回卧室。他的话让我糊涂了。

“你不是看见了天花板上孩子的脚印吗？有没有感觉到什么不妥？”

“看到了，好像只有一只脚的脚印。”我终于想了起来。纪颜点点头，他忽然蹲了下来。

“来帮帮忙。”纪颜喊道。我走过去，帮他把床翻了过来。

床的底板显露出来。

纪颜笑起来。

底板上面用胶带绑着很多双破旧的鞋子，包括那双白色的女士皮鞋。

我们回到楼上，池月仍然躺在沙发上和那个女人聊着。

“我躺在楼下的时候，你家小宝好像很喜欢光着脚跑来跑去，有点闹啊。”池月对小宝的妈妈说。女人非常惊讶地站起来：“没有啊，小宝的房间里铺的是很厚的地毯，我怕他着凉才特意买的。”池月惊讶地望了望女人，又低下了头。

这时，门外响起了很嘈杂的声音。

原来所有的住户都上来了。他们手里都拿着东西，拖把、菜刀或者衣架。

“把那个女孩赶出这栋楼！那样女鬼就会追着她出去了，这样楼拆了大家也不会有事了！”先前那个戴着眼镜、知识分子模样的人喊道，其余的人立即赞同。

除了我和纪颜，所有的人都赤裸着双脚。这么多双脚交叉在一起。

“你们不觉得这么做太自私了吗？”我忍不住问道。

“那你说是死一个好还是死这么多人好？”眼镜马上冲我吼了一句，弄得我哑口无言。

“如果我离开，大家就可以安全的话，我愿意走。”池月忽然站了出来。一时吵闹的人群忽然安静了。

我和纪颜包括小宝的母亲都无法劝阻池月离开。池月不说话，只是默然穿上了鞋子。

“既然要走，还是穿着吧。”我和纪颜与池月一起被赶出了这栋大楼。

外面的天气已经非常坏了，初春的雨带着还未完全离去的冬寒劈头盖脸地砸了下来。

“你们走吧，我们只想好好地活着，不想再担惊受怕了！”眼镜和大家站在楼道出口，冷冷地说。

这时候，一道闪电打了下来。

“她来了！”眼镜忽然失声惊叫。

楼里赤裸着双脚的人纷纷往里避去。小宝的母亲被人拥到了墙的外侧，几乎快被挤出来了。

可是在雨中的我和纪颜什么也没看到。而池月也坐到了地上。

“她来了。”她也指着地面颤抖着声音说，身体还不由自主地朝后挪着。

小宝忽然叫了一声。他居然自己走了出来，不，应该说是被什么拖了出来。

另一面小宝的母亲和舅舅死命拉着小宝，想把他拖回去。

“别抢走我儿子啊！”那女人高声尖叫起来，借着微弱的楼道灯光和闪电，我发现女人的神情很骇人，真的如同我看过的夜叉雕像一样。

但是似乎小宝的母亲和舅舅两人的力气也无法阻止小宝被拖出去，他的身体大半已经被淋湿了。

里面的人忽然骚动起来。

“既然她要你儿子，就给她啊！不要连累我们！”他们自觉而默契地一起从后面把三人推了出去。我和纪颜连忙扶起小宝，帮他遮挡一下大雨。纪颜则和小宝的舅舅把女人扶到一边。

混乱之中我听到了轰隆一声巨响，接着我被震倒在地。等我清醒过来的时候，发现楼开始坍塌了。

还是纪颜反应迅速，连忙把我们拉开。

楼层塌得速度非常快，里面的人一个也没来得及跑出来。

废墟中，我看见了无数赤裸着的双脚，从废石堆里伸了出来，他们到死也没穿上鞋子。

“看见了吗？”纪颜抱着小宝，指着废墟对我说。

是的，我也看见了，一双没有穿鞋的脚。一个拿着刀的白发女人，她的脸如同戴了面具，完全变成了佛教里夜叉的样子。

她的另外一只手牵着一个小男孩，男孩的左脚掌被砍掉了，男孩的手上提着一双白色的女式皮鞋。他们两个目光呆滞地站在那片废墟上。

不过只是一瞬，很快又不见了。

原本就要被拆迁的房子，结果在暴雨中自己塌了。这件事其实也算不上什么新闻了。而从中获救的四人当然应该深感幸运。

不过幸运从来都不是老天爷赐予的，幸运要靠自己争取。

解决了公事，纪颜为这四人暂时找到了住处，就和我找了个地方坐下休息。

“你是怎么知道鞋子在床底下的？”我问纪颜。

“当然是四处找啊，不过也得益于我父亲。他经常外出，小时候我单纯地认为只要把他的鞋子藏起来，他就不会离开了。那时候的我，就是把鞋子用胶带绑在了床板的底部。所以，我自然会去看看。”

“那对可怜的母子还会出现吗？”我想起雨夜中看到的情景，还有些不舒服。

“会的。成为夜叉的人是无法消失的，他们母子会永远行走在这世界上。”纪颜忽然严肃地对我说。

“如果你在夜晚街道上看见没穿鞋走路的人，赶快把自己的鞋子脱掉吧，否则，他就会一直看着你的鞋子，跟着你回家了。”

说完，他又孩子似的笑了笑。我一直追问他到底是不是真的，但他闭上嘴不再说了。

“走吧，还是回我家一起喝点酒驱寒吧，否则会生病的。”纪颜拍了拍浑身湿透的我。

雨已经停了。

第四十六夜
枕虫

“他的脸比昨天居然胖了一圈。与其说胖，不如说肿更恰当，就像一个放置了一晚后发酵的馒头。
这次我又看见了，他的脸上如蜘蛛网状的神经似的东西在不停蠕动着，其中最大的一条朝天灵盖上爬去。”

虽然都说是阳春三月了，可是梅雨不断，天气还是寒冷得让人不舒服。我不喜欢初春，冬天冷倒还情有可原，可年历上明明显示的是春季，却还这样冷，就真让人有些不悦了。

这个星期下了两场雨，一场四天，一场三天。整天打着雨伞上班，我的心情就如同这阴霾的天气，糟糕得吓人，稍有不顺，就有摔东西的冲动。看看周遭的同事，好像都有类似的情况，个个如同塞在罐头里即将发霉变质的三文鱼。

唯有下班后，我才有少许的解脱。有家的人都回家里寻求温暖了。像我这样的人，只好去纪颜家转转。

飞溅的水花已经把裤筒完全打湿，从小我就极羡慕那些雨再大而裤脚依旧干净的人，我则总是相反。当我收起湿漉漉的雨伞，敲响了那座厚实如同发糕的红色的门，开门的却是黎正。

“是你啊。”他打开了门，然后自己走进去了。我奇怪难道纪颜就让他一直住在这里吗？

纪颜的家是单独的一栋房子。里面收拾得很干净，全然不像个单身男人的居所。

我更正下，现在应该说是两个男人，或者说一个孩子和一个男人。

纪颜面带睡意从里面走了出来，一见我，眯起的眼睛陡然睁开了。

“你来得正好，我还想去找你呢，这天气弄得我好想睡觉。”春眠不觉晓，看来很适合形容他。我倒也想和纪颜一样，心情不爽就呼呼大睡，只怕一觉醒来，饭碗就不翼而飞了，唯有对他报以苦笑。

“欧阳，你的头发全湿了。”纪颜扔给我一条毛巾，我象征性地擦了擦。

正想要扔掉，坐在一旁一直沉默的黎正忽然开口了：“擦干净吧，带着雨水入睡是不好的。”他极少开口，不过我总觉得黎正的故事也很多，虽然这段日子两人住在一起，主要是商量如何对付那个盗用黎正身体的家伙，可是估计更多的时候是互相讲故事吧。

纪颜不知道从哪里端出几杯热热的茶。我正觉得全身充满寒意，接过来先暖了暖冰凉的手，然后把碧绿的茶水送到嘴边轻轻抿了一口，霎时全身打了个哆嗦，暖流从胃流向身体四肢，最后汇到丹田处，全身通透，三神开窍。真是好茶，只是一口就将寒冷和疲乏赶跑了。

“那是个怎样的故事？”我脱去外套，坐在沙发上，用毛巾使劲地擦拭头发。黎正则慢悠悠地喝下一口茶，双眼无神地望着窗外的大雨。伴随着雨滴有节奏地击打窗户的声音，他的声音虽然不大，却分外清楚。

（以下以黎正的口吻记述。）

所谓无根水，在《西游记》里提过，就是指从天上下来没有触碰到任何东西的雨水。这种雨水本来也是道家修炼所需要的东西。但其实雨水并没有想象的那么干净或者拥有所谓神奇的力量，相反，有时可能会造成不好的结果。

年轻的时候，男人们都喜欢彰显自己的活力，可以让人特别是女人觉得自己与众不同，留下深刻的印象。诸如此类的愚蠢做法，有半夜在女生宿舍楼下，扯着嗓子狂喊“妹妹我一无所有，你何时跟我走”；在教室的时候，旁若无人地脱掉鞋袜把脚丫子放在课桌上；有上身穿西装打领带，下身穿黑色运动裤配着光脚，再套双皮鞋去上课。其实从生物学角度来看，这和那些在发情期喜欢到处炫耀自己繁殖能力的雄性动物没有太大的区别，只不过人类懂得用更含蓄的办法。

我有一个同班同学，他就属于这种人，姑且叫他阿龙吧，因为他经常喜欢人家叫他阿诺德·施瓦辛格·史泰龙。阿龙天天期盼下雨，尤其是大雨暴雨，有时候打雷也想出去，还好会被大家拦住。

只要下雨，他就如同沙漠里的骆驼一样，脱光上衣只穿短裤跑在操场上，一边跑一边叫唤，他经常说这就是青春和个性。可是在大家看来，尤其是女同学看来，他展示的无非是胸肌和肱二头肌罢了。

不过即便如此，他的身体一直都很健康，是的，只是在身体之外的一些方面出了问题。我起初没有留意，因为我和他总是保持着一段距离。但是在我看见了他奇怪的动作后，开始知道他有些问题了。

最初的时候，阿龙总是在教室里下意识地做些小动作，做些别人包括他自己都没察觉的动作，可是坐在后排的我看见了。

他经常摇头，或者用手掌拍自己的耳朵。

接着，阿龙开始莫名其妙地结巴，这种事以前也发生过，但似乎越来越严重了。

我开始接近他，因为，我对奇异的东西有着莫大的兴趣。对我来说，他就像一只关在笼子里被注射了不知名药物后产生奇怪反应的小白鼠。

开始时听黎正一本正经地说我还有些好笑，但他说出这句时，不经意地看了看我。拿着杯子品茶的我不禁愣了一下，一时间竟然被他奇怪的注视弄得不知道该干什么，等他的视线从我身上离开后，我才发觉自己又可以动了。

他始终是黎正啊，千万别被他小孩的外表欺骗了。我在心里暗暗嘀咕了一句。

故事依然在继续。

当我开始和阿龙交谈的时候，他的不适已经很严重了，仿佛一个七八十岁的老头，刚刚说过的话一下就忘记了，记忆力之差实在让人费解。

“你最近吃过什么奇怪的东西没有？”我只好从他的饮食入手。但话一出口我就意识到自己错了，以他现在的状态，回忆这段时间的食谱无疑等于考试。

看着他痛苦地冥想，我挥手说算了。就在这时，我忽然留意到他湿漉漉、如同雨后杂草般的头发。

想起来了，刚进屋时我就闻到了一股霉味。

“你多久没洗头了？”我问他。这次他很委屈地说自己每天都洗头，因为最近老有人说他头上有股怪味。但是不管怎么洗，总是这样。

“最近老是下雨，烦死了，好像连着下了一个礼拜了。”他忽然抬起头，望着外面的大雨。我看着他的背影，觉得像他这样如此思想单纯的人真的很少了，他和我一样没有什么朋友，原因却不同。我是因为在身体外面竖起了一道栅栏，而阿龙则是因为别人的嘲笑，无论是头脑还是身体，他都是男生女生闲暇时候的谈资。

我决定去阿龙的寝室看看，或许能有什么新的发现。

还好，他的床铺比我想象的干净得多。一切并没有什么异样，只有枕头看上去有些奇怪。

这枕头是学校统一发的，开始发到手里的时候都是白色。不过现在五颜六色什么样都有了，枕头的奇奇怪怪的功能也被开发殆尽。

但阿龙的这个枕头奇怪之处不是颜色，而是它居然是湿的。

你知道我当时想到了什么吗？

“是雨女干的？”纪颜说。

“雨女？是日本传说的妖怪吗？”我听到这里忍不住问道。黎正面无表情地点点头。

“相传雨女只要在大雨中要求有伞的人和她回家，以后就会一直缠住持伞人，那人周围的环境全会变得潮湿不堪，正常人根本无法忍受，很快就会死亡。”纪颜在一旁进一步解释道。

“不过那不是雨女干的。”黎正说，“的确，开始的时候我是怀疑，但想到阿龙下雨天出门从来不带雨伞，就彻底否定了。”

可是那会是怎么回事？或许只是他最近哪条神经不对，搞成现在这样，又或者是他经常带着湿漉漉的头发入睡吗？

“平时头发湿了或者刚洗完澡懒得等它干，就直接睡了，所以枕头有些湿吧。”阿龙见我看着枕头发呆，笑了笑摸着后脑勺解释道。

我也只好无奈地看着他。

当时他的脸离我很近，我又属于那种视力极好之人，所以哪怕是他脸上的胡须，我都能根根看得清楚。

可是我没心思数他的胡子。

我看见他的太阳穴忽然蠕动了一下。是的，如同虫子一般的一根粗壮的东西，不知道是血管还是神经。虽然只有一下，但我确实看清楚了，因为伴随着那蠕动，阿龙的脸也迅速做出了古怪的反应，他不自觉地笑了一下，可是他自己却没有发觉。不知道你们见过人偶没有，被控制后做出来的动作和自己本身做的动作差异是很大的。

很快，阿龙又习惯性地拍了拍自己的耳朵。

“怎么了？”我问他。

“最近老觉得耳朵闷闷的，好像隔着一层薄膜，就像进了水一样，不过拍两下就没事了。”他笑着回答。

真是那样吗？我狐疑地看了看他，异状没有再发生。不过我还是取走了他的枕头，并告诉他今天把头发擦干净再睡觉，阿龙憨厚地点点头。

枕头被我带了回去，可是我没有发现什么特别的东西。我有些懊恼地把枕头扔到一边，就不再管它。

只是晚上睡觉的时候我才想起来，于是干脆把它放到我自己的枕头旁边。

我也不知道自己为什么这么做，我只是下意识觉得，那枕头一定有问题。文克要在的话一定可以想到更好的方法。

像我这种人经常做梦，而且睡得很迟，夜晚有点声音我就辗转反侧，何况这时窗户外面下着大雨。我不是女孩子，当然也没有“夜雨飘窗前，榻风对长眠”的闲情逸致。可是我终究还是睡着了。不过我很容易惊醒，这恐怕也是个优点。

人在睡眠的时候最为脆弱，任凭你有再厉害的武功，再多的护卫，也无济于事。即便是个手无缚鸡之力的幼童，只需要一把一尺来长的刀子，朝你最为软弱的咽喉来那么一下，一切就都完了。

当一个日夜提防外人威胁自己生命的人睡得很死的时候，就离死不远了。难怪曹操处心积虑，不惜演一出“梦中好杀人”的滑稽剧来警告身边的人！我不是张飞，没有睁开眼睛睡觉的本领，可是我有控尸虫，它可以让我睡得很安稳。

控尸虫有天生保护宿主的本领，任何对它来说可能威胁到我生命的东西它都会毫不犹豫地阻止。因为我若死了，控尸虫也就消失了。

开始的时候，我只是感觉手上有一阵瘙痒，那是种很轻微的，宛如微风轻抚的感觉，可是我觉得不舒服。很快，这种感觉居然迅速转移到了耳朵旁边，我听到了一阵非常微弱但清晰的沙沙声。

怎么说呢，就像是虫子爬行在沙砾上的响声。我猛地爬起，控尸虫已经自动出现了，躺在我的枕头边上。

我没发现什么特别的地方，但控尸虫出现了，说明刚才的确有危险。我又仔细找了找，终于在枕头旁边看到了一个很小、用肉眼几乎看不到的白色小东西。我的枕头旁边本来是没有这个的。

或许是我多心吧。

我再次睡去，没有出现先前的情况。第二天醒来，我拿着枕头去找阿龙。

可是他已经疯了。当我知道消息的时候也大吃一惊。

是的，昨天还和我好好说话的人居然疯掉了，毫无征兆。他如同一个三岁孩童吵闹着要这要那，东西到手后就一个人坐在床铺上傻乎乎地玩耍，可是没几分钟他就把手里的东西扔掉，开始放声哭闹。他的室友已经被他折腾得够呛，毕竟他这种体形发起蛮来是很难对付的。校医也来过了，没有任何结果。他根本不想离开房间，大家只好暂时让他待着，去找人把他送到医院。

就在大伙忙作一团的时候，我走了进来。奇特的是我刚一走近阿龙，他便意外地平静下来。

他的脸比昨天居然胖了一圈。与其说胖，不如说肿更恰当，就像一个放置了一晚后发酵的馒头。

这次我又看见了，他的脸上如蜘蛛网状的神经似的东西在不停蠕动着，其中最大的一条朝天灵盖上爬去。

我终于知道这是什么了。虽然不敢肯定，但起码我知道对付它的办法了。控尸虫离开我的身体进入到阿龙的身体。

"把他用绳子绑起来，最好坚固点，多绑几圈。"我命令他的室友。开始他们觉得纳闷，可还是去拿绳子了。

刚刚把阿龙绑好，他就开始发狂了。九十公斤的身体发怒挣脱的样子就像一头暴怒的公熊。他的眼睛布满了血丝，大张着嘴，口水从嘴角淌下来。

虽然他们看不到，可是我能看到控尸虫正在阿龙的脑袋里吞噬着。

控尸虫正在吞噬着枕虫，像捕食者见到猎物一样。

枕虫是一种用医学术语可以称作寄生虫的玩意。我一直没有想到它，是因为我以为枕虫只是一种无实体的灵虫，就像蜮，或者是东方朔以酒浇之就会融化的"怪哉"，对人脑无直接伤害。其实包括控尸虫本身，都是无法对活人的精神产生影响的。

"蜮是什么？"我问黎正，东方朔的故事我自然知道，可是这个就没听过了。

"蜮的解释有很多种，但是在《博物志》中最为有趣。相传蜮为甲类，生于山溪中，长一二寸，口中有弩形，以气射人影，所中之处发疮，不及时医治则死。"纪颜在一旁解释给我听。黎正见纪颜说完，接着叙述。

控尸虫有着可以吞噬其他虫类的本领。不过，阿龙的脑袋已经被侵蚀得差不多了，即便把里面所有的枕虫都消灭光，他的神志也无法恢复了。枕虫靠吞噬人的记忆为生，当人所有学过的东西都不复存在，他也就回到了刚出生时的状态了。

他将永远以无意识的状态活着，因为这种破坏是无法逆转的。

我很奇怪枕虫的来源，后来知道这种东西原本是没有身体的，只是拥有自己的意识，长期一堆堆地聚集在一起。飘浮在空气中的它们会混杂着雨水或者雾气来到人身上。如果经常被雨水淋湿头发而又不及时擦干，大量的枕虫就会进入到人脑里面，并在里面生根，吞噬脑内的记忆，甚至从灵虫变成拥有真实肉体的虫子。

而之所以叫作枕虫，是因为它们总要等人入睡之后，窸窸窣窣地从头发中飘落下来，通过耳朵或者鼻孔、眼睛进入人的身体。少量的枕虫进入脑子其实是无法造成伤害的，因为它们抵抗不过人自身的意志，可是如果它们数量过于庞大那就难说了。起初，被侵蚀的人会感觉到头部不适，耳朵听不清楚，因为枕虫会像织网一样在耳膜处集结在一起。就像蚂蚁，单体几乎可以说是最弱小的动物，可是那些行军蚁群却可以轻易地在几秒钟内吞噬掉世界上任何一只庞大的动物。

“应该说这种虫子很脆弱的，只要保持头发干燥地入睡，就可避免伤害了。可是阿龙发现得太晚了。或许应该说是我发现得太晚了。”黎正忽然望了望我。

我终于知道他为什么让我擦干净头发了。我的耳边似乎也传来了一阵阵窸窸窣窣的声音，我拿起毛巾狠狠地擦拭着头发。

纪颜看着我的动作忍不住笑了出来。

“没必要这样，你只要记得别湿着头发入睡就可以了。”纪颜指正我说。

“或许是吧。”黎正的眼睛看着窗外的雨发呆，不再理会我们了。

第四十七夜
雾藻

“我发现女孩的皮肤很白，似乎有点过分了，居然比我还白。但我又觉得好像非常干枯，仿佛放久了变质的干奶酪。她的头发非常长，几乎把整个脸都遮住了，她并没有打开水龙头，只是呆呆地站在旁边一动不动。”

男女很多地方都有不同，洗澡就是一个方面。

男人洗澡，像我这样要刮胡子的，顶多也就二十分钟，倘若因为工作忙数月洗一次的也就半小时足矣。但女性就不一样了，大学时代曾经陪室友等过他女朋友洗澡，好家伙，我洗完后等了十几分钟，接着去提水吃饭，还帮他带了份，等我室友吃完他女友还没洗完。我这才知道女孩都是用水做的这句话的真正含义了。

可能大家猜到了，我今天想说的就是关于洗澡。准确地说，是关于女生浴室的。从小到大，澡堂厕所一律向左转，另一方向别说进去观摩，倘若眼睛歪了点，被人发现都会觉得羞愧不堪。但人又都是好奇的动物，越不能看就越想看。终于，拜李多所赐，我这个连女孩寝室都没去过的人，居然站在了女生浴室里，当然，我旁边就是纪颜同学。

事情源于上周末，我正和纪颜、黎正在省图书馆查询资料，却被李多一个电话直接叫到她学校去了，黎正不想和李多见面，就留在了图书馆自己看书。其实自从合唱团的事之后，我就不是很喜欢她的学校了，似乎每次进去都有些很不舒服的感觉。而这次，是她们浴室出了问题。

“有很多同学都反映说今年新盖的浴室出了问题，好像是说以前旧浴室就发生过什么事情。起初我不相信，但昨天却吓坏了。”到了学校后我们和李多在学校餐厅坐了下来。

“昨天我身体不舒服，就没去上下午的课。你知道的，从小我要是身体不舒服就爱去洗热水澡，洗完就舒服多了。”李多端着热热的咖啡，对着杯子吹了几口气，蒸汽慢慢上扬。

现在是下午，窗子外面的光打进来，和雾气结合在一起，看起来很绚丽的样子。李多的脸在后面若隐若现。

（下面直接以李多的口吻记述）

学校的澡堂下午四点半开门，我早早地就提着桶站在外面等了。我不喜欢人多，一个人进去洗感觉那么大的澡堂是自己的一样，而且一次才两元，没时间限制，又经济又划算。（李多侃侃而谈，还不时用手比画一下。纪颜咳嗽了两声，她才反应过来，笑着吐了吐舌头。）

进去的时候果然只有我一个人，整个浴室很空旷，但也很冷，我没急着脱衣服，而是把好几个热水管同时打开，可能是回音的缘故吧，水流声很大。我让蒸汽充满浴室，这样就不会太冷，浴室的控温系统很不错，每个淋浴头下面都有水温显示。

不久，浴室里面就全是水汽了，到处朦朦胧胧的，接着我便开始洗了。但是在洗头的时候，我低着头，忽然感觉上面有东西滴下来，冰凉冰凉的，冷得我直缩脖子。我以为是天花板的水滴凝结掉下来，没去太在意。

一不小心，我的香皂滑出手了，感觉是掉在了脚边，眼睛上由于都是洗发水的泡沫，我只好蹲下来用手慢慢在地上摸索。可是，我没摸到香皂，却意外地发现地上好像有一只脚。

我忽然觉得很冷，即便头上热水淋下来，我还是打了个哆嗦。我觉得纳闷，这个时段也有人？应该和我一样吧，不喜欢浴室太过拥挤了。我站了起来，用水冲洗掉脸上的泡沫，这才看清楚她。我发现女孩的皮肤很白，似乎有点过分了，居然比我还白。但我又觉得好像非常干枯，仿佛放久了变质的干奶酪。她的头发非常长，几乎把整个脸都遮住了，她并没有打开水龙头，只是呆呆地站在旁边一动不动。

“同学，你也来洗澡吗？这里水温很好控制的，可以调节温度。”我以为她不会用，就手把手地教她，但自始至终，她都没说一句话，也没抬起头。我也没在意，毕竟帮助人是件快乐的事。

也不知道过了多久，我正舒服地淋着热水，忽然感觉旁边的水汽越来越重，而且飞溅过来的水滴很烫。我奇怪地望过去，依稀看见旁边的水温计上显示的居然是八十度。（李多说到这里，连我都不禁倒吸了口凉气，八十度的水温，人都可以煮熟了。可想而知，李多看见水温的表情是什么样子。）

我吓坏了，但更惊人的却是那个长发的女孩子，她居然仍然站在水里面。我能清楚地看见她肩膀的皮肉已经脱落了，白色的肉混杂着黑色的头发掉下来，然后露出了灰黑色的肩骨。

我想都没想，连东西都没收拾，我就跑出浴室，来到换衣间，连忙穿上衣服，那时浴室还是只有我一个人。但她也出来了。

她一步一步的，黑色的头发依旧披散在前面，不过大部分已经和头皮掉落了下来，每走一步，皮肉都掉下来一块。我人都瘫软了，坐在塑料长椅上，看着她渐渐靠近我。

走近了看得就更清楚了，我想闭眼，可我发现自己的脸部肌肉完全不受控制了。那个女孩子的脑袋已经没有多少头发了，整个头皮都被烫得皮开肉绽。可是，当她走到我面前的时候她却迟疑了，接着消失了，怎么说呢，仿佛是慢慢变得透明起来，和气体一样，挥发得无影无踪。我等自己缓过来后，才哆嗦地穿好衣服，扶着墙走出去。一回到寝室我就给你们打了电话。

李多说完后仍然惊魂未定。很奇怪，我向来认为李多的胆子别说在女孩子中，就是在常人中也算大的，怎么会吓成这样。纪颜没说话，只是拿手摩挲着光滑的下巴，这是他一贯的思考动作。

当然，这都是几十分钟前的事，而现在，我和他正站在刚才李多说的浴室里面。当我决定去浴室探究一番的时候，管理浴室的大爷似乎很不高兴。

他大概五十多岁，听说很早以前这个浴室还没建好的时候他就在这儿附近居住了。他是个光头，极爱抽烟，左手手腕上还有老大一块伤疤，看上去像烫伤，肉芽交错，有些吓人。进出的人只是尊称他刘叔。

“你们在这里干什么？这浴室又没什么问题，不过是那些娃娃被蒸汽熏得眼花了罢了。”刘叔执拗地想阻止我们进女浴室，虽然和他说了是校方的安排，而且女浴室已经关闭了，里面没有人，但他还是很顽固。没有办法，我只好动用镜妖，让他暂时休息一下。

只是在使用镜妖进入他的时候，我感觉很热，有一种莫名的灼烧感。虽然只是一瞬间，但我还是觉得很奇怪。我想起听人说过，几年前这儿的旧浴室似乎出过事故，烧伤过一个女孩。

不过今天镜妖似乎很不安分，走到浴室门口就剧烈地动弹，还发出蜂鸣声。

女浴室里并没有什么特别之处，和从小到大去过的另外一边没有太大的区别，这不免让我有点失望。纪颜则到处观察，地上并没有任何东西，当然也没有什么所谓的血肉。

“你怎么看？”真难得，纪颜居然会征求我的意见。

我愣了一下，有点不适应，思考了一番，只好这样回答他：“不是很清楚，不过我觉得应该和那封印无关吧，可能只是单纯的灵体吓人而已。”我知道他心中依旧担心那件事，否则他不会那样严肃，甚至还问我的看法。纪颜似乎觉得我的话印证了他的看法，点了点头。

“可是，你不觉得奇怪吗，同样是浴室，对面好像没发生什么事啊，为什么呢？”我忽然问道。纪颜本来是蹲在一个衣橱旁边看，一听这话，立即站了起来。他忽然笑了。

“对啊，雾气，女生浴室，我居然把它忘记了。”纪颜说。我却被弄糊涂了。

“不过要让它出来，还必须靠你的镜妖帮忙。”纪颜指了指我肩膀上正摇头晃脑看来看去的镜妖。它看见纪颜指着自己，低下了脑袋。我心想你害羞个什么劲啊，又不是夸你来着。

纪颜叫我去借一面镜子，随便怎样的都行，最好是圆的。我费了好大劲，才从两个过路的女生手里买了一块，买完之后我隐约听见后面小声的议论。

“一个大男人买镜子干什么啊？”女生甲。

“不知道，旁边就是女生浴室啊，他该不会去偷窥吧？”女生乙。

“啊？太变态了！”女生甲。

我当时也只能自己骗自己耳朵聋了，加快脚步跑回去。

镜子大概只有手掌大小，纪颜看了看，皱了皱眉头，但终究没说什么。他咬开中指，在镜子中间画了一个我看不明白的符咒，接着，又在镜妖的圆脑袋上也画了一个。镜妖圆鼓鼓的大眼睛奇怪地向上翻着，画完后，还不时地用小爪子摸摸自己的头。

“让它进去。”纪颜对我说。我点点头，命令镜妖进入镜子，它老大不情愿地望了望我，把身体慢慢融入了那个圆镜子。纪颜见镜妖完全进去了，便把镜子朝着空中大力抛出去。

镜子没有掉下来，而是如同一盏灯一样高悬在半空中，接着发出红色的光芒，整个浴室都被照得红彤彤的，仿佛挂满了大红灯笼一样。这时候，从墙角飘出一团白色的雾。

“这是什么？”我指着那白雾奇怪地问。纪颜面对着白雾走了过去，伸出手，可是那白雾仿佛有生命一般，居然会自动躲避纪颜的手，好像一条蛇一般，在空旷的浴室里飘忽不定。

“它叫雾藻，是一种很奇特的妖怪，没有实体，像一团白雾，而且无法生存在室外。和镜妖一样，它需要依赖媒介才能移动变化，有水蒸气或者雾气的地方它就能生存，而且最大的本事是可以利用雾创造出各种各样的幻象，所以李多看见的应该是雾藻变化出来的幻象。”纪颜再次把手伸过去，这次那股白雾没有再躲避，而是小心地用仿佛触角一样的东西碰了碰纪颜的手，又赶紧缩了回去，当发现没有危险了，又像带子一样一圈一圈地缠绕在纪颜手臂上。

“可是，你还没回答我为什么对面的男浴室没事啊。”我仍旧感觉好奇。纪颜笑了笑。

“妖怪之中，最为好色的就是这雾藻了，它只喜欢待在女浴室。当然，雾藻的胆子也极小，人多的时候绝对不会出来，所以它只是想捉弄一下李多罢了。”变成带状的雾藻仿佛听懂了我们的话，点了点头，然后又迅速地从纪颜手上退下来。

“那现在怎么办？”我问纪颜。

纪颜想了想，对我说：“就让它待在这里吧，好好教训一下它，别再四处乱跑吓人，如果把它赶出浴室，它是无法活下去的。不过，这次要帮它换个家。”纪颜话音一落，雾藻就像被吸尘器吸起来一样，全部进入了半空中飘悬的镜子里，之后镜子掉了下来，回到纪颜手中。

“走吧，把它放到男浴室里，呵呵。”很少看见纪颜笑得如此开心，看来把雾藻放在对面的男浴室也算是小惩大戒了。

可是当我们想去打开浴室的门时，却发现门被锁死了。从里面无论使出多大气力，门都纹丝不动。

这时候，浴室内的天窗都自动关闭了，包括通风口。我听见了水流声，原来所有的热水龙头都自己打开了。一时间本来空旷的浴室充满了水蒸气，我和纪颜仿佛生活在幻境里一样。两人渐渐被浓厚的白雾分开，我看见纪颜的身体消失在雾气里，而我自己也分不清东西南北了。

水龙头还在开着，整个浴室成了一个大的蒸笼。紧接着，我听见一声清脆的镜子破裂的声音，因为镜子在纪颜手里，我按声音的方向走过去。果然，我看到了一个模糊的人影站在那里。

“纪颜，是你吗？”我被蒸汽呛得难受，连忙走过去拍他的肩膀，由于是背对着我，我只好绕到他前面，并且用手赶走蒸汽。

眼前哪里是纪颜。

这个人的整张脸像晒干的橘皮，全部萎缩了，五官深深地陷进去，宛如一个被放了气的气球。我大吃一惊，退后数步。

这时，水龙头的声音停住了，所有的水蒸气一下聚拢了起来，形成了一个白色的人形，看样子好像是个女人。这时候我才看见，纪颜其实好好地站在我旁边，手里拿着刚才的镜子，不过镜面已经破了。

“刚才的雾藻不是被你收走了吗？”我疑惑地问纪颜。可是纪颜并不说话，只是严肃地看着那团白得像棉花的蒸汽。现在那东西好像一直在变形，就如同一块正在塑形的泥巴，慢慢变成人形。

“看来这个浴室还有别的东西。”纪颜说着，用手指在破碎的镜子上点了一下，镜妖便从里面钻了出来，它似乎有些疲惫，眼睛也闭上了。

虽然已经完全能看出是个人体的形状，但似乎碰一下就会散掉。它的头部有两个黑洞，正直勾勾地盯着我们。纪颜蹲下身，同时也把我拉了下来。

“不知道这是什么家伙，但是水蒸气比空气轻，我们蹲着会安全些。”

“安全？它很危险吗？”我奇怪地看看那个怪物，不过是一团蒸汽罢了。

还没等我说完，四周便开始涌出热浪，我能感觉到它在向外喷射着高温蒸汽，这要是被烫着可就不好受了。

我们两个只好半蹲着如蛤蟆一样蹦到门口，可是门依旧紧锁，而且这里的温度由于那个怪物不停地喷射蒸汽已经越来越高了。

“所谓妖魔鬼怪，其实是四种东西。妖怪并不可以混为一谈，大多数妖怪没有实体，像镜妖和雾藻，都要依托一种物体才能被发现，而现在这家伙我也不知道属于什么了。”纪颜一边说，一边掏出一把匕首。

我认识这把匕首，在怨崖的时候，他曾经使用过。但这次近距离看见，我觉得很奇怪，几乎没有刀刃部分，倒像是个锥子，手柄前面是一根和针粗细差不多的大概十几厘米长的空心管子。

“不过不管它是什么，有没有实体，血剑都可以刺穿。”说着，纪颜将匕首插入掌心，等拔出来的时候，我看见血剑的样子了，两指来宽，薄如蝉翼，半透明的红色剑身大概有两尺长左右。而纪颜的伤口却很快恢复了。

我们头顶全是滚烫的蒸汽，我看见纪颜的脸变得通红，只要站起来立即会被灼伤的。而那个家伙像一个被烧开的水壶。

纪颜决定把血剑扔出去，只要能碰到它就可以了。

听起来似乎很容易，但我们现在蹲着，首先力量就减弱不少，何况浴室里充斥大量蒸汽，我们已经看不见那家伙在哪里了。

浴室虽然不大，但也有七八十平方米。

“你来扔。”纪颜把血剑交给我，“你的眼睛封着镜妖，可以透过蒸汽看见它。”

我接过血剑，比意料的要轻得多，只是好像比先前短了些。

“血剑拔出体外就会慢慢消失，所以要抓紧时间。”纪颜解释道。

我闭上一只眼睛，果然，我可以透过蒸汽看见它。

手里的血剑已经瞄准了，虽然我从小到大玩射击类游戏技术极差，但这次不容有失。

我稍微对准一下，手里的血剑飞了出去，直接刺在那怪物身上。只是一瞬间，所有的蒸汽轰然消失，天窗也打开了，在阳光的照射下浴室又恢复了凉爽。

“雾藻呢？”我问纪颜，他站起来看了看。

“不知道，在有阳光的地方看不见它，或许躲起来了。”纪颜从地上拾起已经消失了剑身的血剑，放回口袋。“似乎血剑把雾藻和那东西又重新分开了。”

门也可以打开了。

不过不是我们打开的，刘叔猛地撞了进来，一脸着急地在浴室里转了几圈，接着抓着我的肩膀问：“你们把它怎样了？”

真是句莫名其妙的话，浴室里明明一个人也没有。

纪颜分开我们两个：“您有什么话慢些说，我们不是很明白。”刘叔气愤地抓起我们的手，把我们拉了出来，直奔外面，一路走还一路骂骂咧咧。

“我就知道，你们是学校派来的，根本不怀好意。”他一边说着奇怪的话，一边把我们拖到一间矮小的平房外面。

到了门外，看起来蛮横的刘叔忽然一反常态地温柔起来，他小心地接近大门，掏出钥匙慢慢打开，就像做错事回家晚的孩子一样，让我看了有些好笑。

可当我走进去后我就笑不出来了。

矮小昏暗的房间里躺着一个人，我分辨不出她的年龄，她的脸缠着纱布，手臂上也是。不过从床边墙上挂着的照片来看，估计她是刘叔的女儿。

在床的旁边，还有很多换下来的旧纱布，床头的柜子堆满了药品和书籍，我随便看了看，都是些大学教材和励志小说。

“这是怎么回事？”女孩奇怪地指着我们。她的声音很粗，完全不像人的声音，犹如机械发出来的一样。刘叔尴尬地说了刚才的事，女孩有些悲伤地叹了口气。

我和纪颜都糊涂了。

“你们在浴室里看见的怪物其实就是我。”女孩忽然轻声说道。

刘叔长叹一口气，告诉了我们事情的原委。

原来这所学校以前的浴室存在很多问题，水管的供水经常出现问题，曾经有学生反映水温会突然升高，但澡堂没有专门负责处理事故的人员，校方总是以资金不够为理由一拖再拖。结果，一次刘叔的女儿一个人去洗澡，锅炉出现了问题，她被喷出的水蒸气严重灼伤。本来如果处理得当也不会受伤太重，但当时外面一个人都没有，还好刘叔第一个发现，可送到医院的时候她的大部分皮肤都坏死了，到现在做了多次手术，还是没有完全好。出了这种事情后，校方才终于同意重新修建新浴室取代原来的澡堂，并且让刘叔来管理。

“我很想再洗一次澡，但医生说我的皮肤恐怕永远不能承受热水的温度了。家里离新开的浴室很近，我每天趴在这里都能看见女孩们高兴地从浴室走出来，我很羡慕。”刘叔的女儿缓缓地说，“其实我也抱怨过，甚至想到自杀，因为我的容貌和声音全毁了。可有一次我做梦，发现自己来到了浴室，而且还有一团白雾总是围绕着我，在梦里我也惊奇地发现自己的容貌又变回来了，每次做梦我都会很开心。后来我查阅书籍知道那个白雾叫雾藻，是一种躲藏在浴室的妖怪。不过它变出的幻象真的令我很高兴，也伴随着我度过了最辛苦、最难熬的日子，我曾经告诉过它不要吓唬浴室的女同学，结果还是搞成这样。”女孩忽然抬起头，用她那双没被损坏的美丽眼睛哀求地望着我们。

“我希望你们别带走它，以后它会改正的，我不会再让它吓唬其他人了，放过它吧。”我看了看纪颜，他走过去拍着女孩的肩膀。

“我没有带走它，雾藻还在澡堂里，今晚你睡觉后还会再看见它的，相信我。”纪颜随后笑着看着女孩，女孩点了点头，又重新躺了下去。

刘叔送我们出来的时候告诉我们，自己的手就是当时跑来救女儿的时候被灼伤的。

“这孩子命苦，所以我不想她唯一的希望都没了，起码她在梦里高兴些。”刘叔的声音有些哽咽。

我们安慰他几句，便离开了那平房。路上我不解地问纪颜，究竟是怎么回事。

“那女孩的精神和雾藻结合在一起了，所以才会变成那个样子，而且不肯离开浴室。”纪颜笑着说，“大部分妖怪没有思想和意识，当遇见游离的女孩的意识，就会捕捉下来，当作自己的思想。不过雾藻也没有消失，应该是躲起来了吧。”

“原来是这样。不过那女孩真的蛮可怜的。”我不禁又叹了口气。纪颜也有些许不快。

“事情往往总是发生了以后才会引起别人的注意，就像‘曲突徙薪’故事里建议主人家弄弯烟囱搬走柴火的邻居，受到的待遇反而不如救火的人高。真正的智者往往防患于未然，但不是每个人都能看得出隐患的。”纪颜轻吁一口，望了望又开始正常营业的浴室。

“走吧，我们回去吧，黎正同学恐怕在图书馆等着急了。”纪颜笑了笑。

第四十八夜
礼盒

“龙秀把手中的咖啡放回去。我从镜头里清楚地看见，她的手腕处有一道明显的红色伤痕。一整圈，仿佛整个手腕是被切除后又重新装上去的。我忽然想起了大米的话。”

礼盒本是寻常之物，收到礼盒的人无不欢喜雀跃。可也不是每一个收到礼物的人都会高兴，相反，可能会陷入到莫名的怪异事件中。

无疑，哲野就是其中一个。

哲野的名字听上去就很怪，可是毕竟第一次见面，我也不好去讨论别人的姓名，那样是很不礼貌的。

“我希望你能帮我刊登一则寻人启事。”哲野诚恳地对我说道。他看起来十分憔悴，脸颊如同很久没有浇水的仙人掌，带着暗绿色，薄薄的嘴唇和切开后的苹果的颜色一样，红铁锈般的难看。我以为他已经四十多了，眼角处堆满了数条鱼尾纹。可是一问才知道，他居然只比我大两岁。

“你的气色似乎不太好呢。”我一边记录着他要刊登的内容，一边对他说。我的身体也不好，从小就非常弱，生病几乎是家常便饭，不过有道是久病成医，每每看见气色不好的人我都喜欢说些养生之道。今天也是一样，当我正要告诉他如何调养自己的身体时，哲野低垂着头，摆了摆手。

他的手指很纤长，又白皙，像刚做好的石膏雕像，几乎看不到粗大的指节和汗毛，我真怀疑这是男人的手指。

“这不是身体的缘故，我自己知道，要说起来，还真和今天刊登的寻人启事有关。”他的声音很干涩，从进门开始，我看见他已经舔了六次嘴唇了。他舔得很快，肉红色的舌尖只是一扫，我便看见干枯发裂、起着白皮的嘴唇瞬间亮了一下，但很快嘴唇又比先前看上去更加干燥。

我倒了杯水给他，哲野感激地一口喝下，这才恢复点元气。平心而论他还是可以用英俊来形容的，可是同我所认识的纪颜与黎正又不同，他的脸总让人感觉到不安，尖尖的下巴和高挺细狭的鼻梁，以及那双鹰眼，让我觉得很不舒服。

喝过水，哲野开始了自己的叙述。

（以下以哲野的口吻讲述。）

其实我是一个在农村出生的孩子，那是一个非常古老的村庄，有的家族甚至几百年都没有离开过，独特的地理条件使这里几乎成了与世隔绝的桃源。家里的境况在村子里还算可以，但与城市里的你们相比就相形见绌了，就好像内地的富人搬家到沿海，一下就降了个档次。很多东西都需要参照物，所以，对任何事物都不要盲目地主观论定。

我靠着自己的努力一步步往上走，最后顺利地考入了名牌大学。在大学里我靠着勤工俭学，为家里分担了部分学费，但昂贵的费用依然压得我抬不起头来，我只有靠着努力学习和良好的为人处世的态度，获得别人的尊敬。

但那种尊敬是不值钱的。

这个社会判断一个人是否优秀的标准很简单，那就是你是不是个成功的人，所谓成功，当然是靠金钱来衡量啦。（哲野说到这里，忍不住笑了一下，充满了自豪和得意，我看见他的眉毛下意识地朝上动了两下。见我对他的高论没什么反应，他继续说下去。）

还好，我靠着自己的能力在毕业的时候进入了一家大型公司，并且在那里努力工作，如果我没有遇见老板的女儿，事情可能不会闹成今天这样。

她实在太优秀了，无论长相气质，还是能力智慧。当然，我瞬间就迷上了她。可是现实总是残酷的，因为我的心里还有另外一个女人。经过痛苦的挣扎，我告诉了老板的女儿，也就是我现在的妻子。

那个女孩和我同村，是从小学到高中的同学。我说过，虽然我家在村子里还算过得去，但要负担那么一大笔开支还是很艰难的，而且弟弟妹妹也要上学。这个叫龙秀的女孩子本来也考上了一所师范大学，可是她为了我，居然放弃了上大学的机会，出来打工，为我交纳学费。我每次回村子的时候都会见她，我的家人和村子里的人早就把她当作我的妻子了。我也很感激她，甚至一度发誓非她不娶，因为任何男人面对这样一个为你付出的女孩，都是无法去拒绝的。我甚至在规划赚够了钱就回家和她成亲，当然，这一切都是在遇见老板的女儿之前的想法。

我知道你可能会鄙视我，但我也没有办法，很多事情是无法描述清楚的，我发现对龙秀只是一种感恩的心理，我觉得带着这种心理和她结婚，我和她是不会幸福的。所以，当我几年前回家的时候，我告诉了她一切，并且告知她我很快会结婚。

我做好了一切准备，等待她暴风雨般的责骂，甚至觉得不管她将怎样羞辱我，那都是应该的，因为毕竟是我辜负了她。可是很奇怪，她没有任何表情。

只是说了句话。

“结婚的那天，我会送你礼物，以后只要我有空，我就会记着你，送你礼物。”然后冷漠地走开，没有任何其他表示。我感到非常惊讶，或许我低估了这个从来没有上过大学的女孩的气度和容忍力。她仿佛很早就知道我已经变心了一般。

你知道吗，我听父亲说龙秀的家里不是一般人。他们似乎总有种未卜先知的能力，而且龙家人总是早早过世，仿佛是诅咒一样，又仿佛是神的安排。

“给你一样东西，我就拿走一样东西。”

龙秀以前经常这样对我说。她还笑着说，自己可能很年轻就会死，所以最好还是不要嫁给我。

即便如此，我还是很内疚，给了她一大笔钱，真的是一大笔，足足是她给我的十倍。当然，我知道这无法抵消她施与我的恩惠。从初中开始我就知道龙秀喜欢我，她经常照顾我，因为学校离家里远，大家都是住校。她主动为我洗衣服，虽然这一度使我成为学校男生的笑柄。

龙秀没有接受我的钱，而是默默地离开了村子。在离开的那天晚上，她把我叫出来，来到村子的后山。那个晚上天色出奇地暗淡，连月亮都蒙着层厚厚的灰色。我听说过，这叫月枷。老人们经常说，日枷风，月枷雨。就是说太阳出现这种情况第二天就要刮大风，而月亮这样自然代表着第二天有大雨了。

我到的时候龙秀已经站在那里了，见我过来，就送给我一个礼盒。她不算那种很漂亮的类型，但非常清秀，一副惹人怜爱的样子，在暗淡的月光照耀下，显得楚楚动人。只是月亮只能照到她一半的身子。

一个很普通的礼盒。我不知道如何形容，只是感觉和装骨灰的盒子很像。

小时候我抱过的爷爷的骨灰盒就是那样大小，只是颜色不一样罢了。

龙秀交代我一定要等结婚的时候打开，当然，如果我好奇心太重，提早打开也无所谓。

说完，龙秀就走了。当时我看着她的背影慢慢消失在浓重的夜色里，忽然有种很悲凉的感觉，我觉得自己以后见不到她了。

第二天，果然大雨，但是我听说龙秀坐了南下的火车离开了。

村里的人没有责骂我，我被告知，前些日子龙秀就告诉他们，我已经有了别的意中人，并央求大家不要给我过多的责备和谩骂，免得我难受。

我很感动，面对这样一个人，我只能以“亲人”这个词来形容。

但亲人不能变成爱人。

所以我始终都会把她当作妹妹。

后来我改了自己的名字，换了现在这个名字，和我的妻子在这个城市工作和生活。很幸运，我靠着自己的努力和老丈人的背景，顺利地成为了商界为数不多的青年翘楚。同学和熟人无不对我报以热切和羡慕的目光，这种感觉还是不错的，直到去年。

哲野仿佛陶醉在自己以往的幸福之中，眼神有些迷离。这种故事桥段我原以为只有小说和电影剧本里才有，没想到真的有这种事，当然，我也说不上讨厌他。所有对名人或者成功人士评头论足，充当着批评家角色的人，无论是自己还是旁人都知道，那不过是嫉妒罢了，换了自己在那个位置，自我感觉还不知道有多良好呢。所以我也没有资格去评论哲野的对错，如果换作是我，我也不知道自己会做什么选择，毕竟这个世界没有永恒的承诺，只有无限的诱惑。

“我的幸福生活被一个礼盒破坏了。”哲野的表情忽然变得狰狞起来，像一头被激怒的动物，白森森的牙齿咬着下嘴唇，眼睛几乎凸了出来。

“可是，我不明白，这和您今天来刊登寻人启事到底有什么关系？”我还是不解地问他。虽然我早上还算有空儿，但也总不能听他一个劲在这里讲故事。哲野恢复了他优雅的表情，很有风度地向我道歉，并强调下面的话才是他今天来这里的真正原因。

您还记得刚才我说的龙秀送的礼盒吧。其实我一直都没打开过，我恪守着自己为数不多的对龙秀的承诺，这样会让我稍微好受些。可是没想到我居然把它忘记了。盒子被归置到储物柜里，一待就是几年。一直到去年我在家里做大扫除，才把它翻出来。虽然家里有钱，但我不喜欢让用人来触碰我的东西，我宁愿自己来打扫，因为每一件旧物都能触动我脑海深处的一些角落。这个盒子也是，当时我甚至还在那里回忆了好久这到底是什么，最后好不容易才想起来，这是龙秀送我的。

既然都过了这么久，打开也无所谓吧。于是我使劲打开了盒子，不知道是盒子太紧还是我的力气小，我费了好大气力，弄得浑身是汗。

可是很奇怪，打开盒子前我明明觉得盒子有些分量，但是打开后忽然一下轻了。

盒子里面空空如也，什么也没有。

难道龙秀在戏弄我？我觉得很奇怪，她应该不是这种女孩。这时候我感觉仿佛有个很微弱的声音在我耳边叫了一下我。但是回头看去，偌大的房子里只有我一个人，太太去了岳父家。

我把礼盒盖上，重量又重新回来了，但打开里面还是空的。我这样开开关关试验了很多次，结果都一样。

我决定去联络一下龙秀，因为很久没有她的消息了。这完全怪我，事一多就渐渐把她遗忘了，我本应该想到，像龙秀这样的女孩子从来不会主动去要求什么。

可是等我好不容易联系到村子里的人，大家都说龙秀自从那天离开后就再也没有任何音信，只知道去了南方的某个大城市，连她家人也不知道她的下落。我失望地看着那个礼盒。

盒子的颜色一如数年前一样漂亮，鲜艳的红色。

但是第二天，我的生活就开始改变了。

一大早，我就接到了一个邮包，邮包是放在门口的。

打开后，里面是个盒子，准确地说是个礼盒，和龙秀曾经送我的那个颜色一样，仿佛出自同一人之手。

邮包里还有贺卡。我打开一看，居然是龙秀的字迹。

“你打开盒子了吧？就像那天我答应你的，我会一直送礼盒给你的。”当时我很高兴，甚至没有想过这一切有什么不对，只是想龙秀能联系我证明她原谅我了，所以兴奋地打开盒子。

可是明明打开之前颇重的盒子，打开后里面还是空的。

关上盒盖，重量又回来了。

一阵懊恼过后，我感觉自己受了戏弄，便把盒子狠狠地抛在了先前的礼盒上。

这是龙秀的玩笑吧，她没有原谅我，还在戏弄我。她的家族本来就有着令人害怕、被神灵诅咒的奇异能力，想要戏弄我真是易如反掌。我忽然从心底开始升起一阵对龙秀的厌恶，同时又非常期盼可以再次见到她。

都过去这么久了，何必还这样对我。我没有扔掉盒子，只是小心地放在一起，因为我想看看，龙秀到底想做什么。

可是几乎每过一段日子，我都能收到龙秀寄来的包裹，一样质地的礼盒，大小也差不多，当然，和以前一样，打开来什么也没有。这件事我一直没告诉妻子，怕她担心害怕，她这人一直都很胆小。有一次她吃惊地问我盒子是哪里来的，被我敷衍过去了。

陆续地，我接到了好几个这样的盒子。寄来的地址五花八门，全国各地都有。至于贺卡上面的内容，无非就是一句：“每当我想你的时候，我就会寄给你一个礼盒。”倘若只是些盒子倒也罢了，只是后来又发生了很怪异的事情。（哲野说到这里，居然如说书人一般喝了口水，倒是让我急不可待了。）

我将所有的盒子堆放在一起，忽然发现了一件奇怪的事。

这些盒子，每次我把它们码放好，第二天再看，所有的盒子又都平放下来。随着盒子的增多，摆放的形状居然越来越接近一个人形，就像一个顽皮的孩子堆的积木一样，但是没有头部。而我的妻子也越来越怪异，一次她居然把其中一个礼盒打开，把自己的手塞进去。还说了句："蛮合适啊。"当时我就把盒子夺过来。两人大吵一架。她坚持让我扔掉盒子，说我这样留着盒子就是代表心里还想着龙秀。在她的要求下，我把盒子一股脑儿地扔进垃圾箱，并亲手把它们抛进了来运送垃圾的车子。我以为事情结束了，可是第二天，所有的盒子竟完好如初地放在了客厅的地板上，依旧摆放成一个人体的形状。

我没有办法，只好把盒子好好地收起来，并骗妻子说盒子已经没了，她才安心一些，家里边才安宁一点。但是我却安宁不了，到现在我甚至害怕看见盒子，别人送东西给我，连拆都不敢拆。

正巧，昨天收到盒子的时候我看了看地址，居然就在这个城市。所以我希望报纸可以刊载篇寻人启事，看能不能找到她，让她结束这种无聊的游戏。

哲野终于说完了，擦了擦汗，把杯子里剩余的茶水一饮而尽。

我按照他提供的材料和相片刊登了寻人启事，照片只有一张，还是龙秀高中时期的，但也只好如此了。由于哲野不想把自己的联系地址公之于众，所以启事上说请与我们报社联系，随后再由我告诉哲野消息。从照片上看，龙秀虽然衣着简朴，但看得出是个很美的姑娘。

目送哲野回去，我也把准备的样稿递过去，报纸明天就会出了。

第二天，繁忙的工作几乎让我忘记了这件事。直到接到一个电话。电话里的人告诉我，他看到了寻人启事，可以提供龙秀的消息。我告诉他在哪个地方等我。不知道为什么，我没有选择第一时间告诉哲野，而是独自去见这个人，因为我忽然很好奇，为什么龙秀要寄这么多盒子给哲野。

和我见面的是一个男人，一脸的猥琐和不堪，他穿着破旧而脏乱的皮衣，双手插在口袋里，低着头蹲在路边，说老实话我对他没有什么好感。

当我叫出他的名字时，这人仿佛触电似的站了起来，灵活地转动着小脑袋，等看到我后，他厚实如吸饱了血的海绵般的嘴唇张了张，脸上露出了些许喜悦。

"你，你来了！"他跑了过来，我下意识地退了一步，他察觉了，冒出几根黑毛的鼻孔里闷哼了一声。

“你知道照片里女人的下落？”我压低声音，决定赶快问清楚，因为我怀疑这人是个骗子，只是为了启事上不菲的酬金而来。哲野许诺，能提供消息的人可以得到一笔令大多数人眼红的钱。

“你一定认为我是骗子吧？哼，我可不只是见过那个女人，我对她的事还知道不少呢。”男人看出我很吃惊，得意地抖了抖身体。我只好把他带到最近的一家饭店。这是他自己要求的。

面对一桌饭菜他狼吞虎咽，我纳闷到底一个人要多久没吃饭才能有这样的饭量。

“龙秀是个古怪的女人。”男人没告诉我他的名字，我见他穿着相貌和小米有些相似，只是块头大了一圈，干脆就叫他大米吧。

（下面就是大米告诉我的故事。）

我和她是在同一个厂里打工的。你知道，南方这种工厂多得是，一做就是十几个小时，每天回来没有不累趴下的。我一个老乡和龙秀住同一个房子，我有时候会去转转，当然也就认识她了。

虽然她不太说话，但由于长得还算漂亮，所以我也就格外多注意她。但是听老乡说，龙秀是个让所有女工都非常讨厌的女人。

女人之间的喜恶是很微妙的，可是龙秀有一种可怕的能力，她可以读心，无论你嘴上说什么，但是你心里的真实想法龙秀都可以感知到，她经常在大家面前宣扬出来。

我第一次见到她，刚想和她问好，结果她冷冷地说了句：“你来找小李是为了向她借钱吧？”

那天我的确是想找我老乡借钱，但我根本还没开口。包括某某女工勾搭工长，某某小偷小摸之类的，龙秀都毫不顾忌地讲了出来。所以到后来，所有人都很讨厌她，甚至高声咒骂她，巴不得她死。每次她一来，所有人都散开，害怕和她在一起，怕被她读到自己的想法。而龙秀却微笑着站在一边，眼睛盯着那些女工。

她说：“如果你们有怨恨，就来杀我啊，杀了我，怨恨自然消失了。”大家都得出了个结论，龙秀是个疯子。

而龙秀似乎没有任何反应，或者说这种情况正是她所期待的。平时做完工作，老乡说她就一个人弓着腰坐在床前制作礼盒。

那是一种非常漂亮的盒子，虽然大小不一样，但颜色外形都差不多。我们工厂是搞木材加工的，龙秀经常拾一些废料，一个人坐在房间里，只要有时间休息，她哪里也不去，就猫在里面做礼盒。所有的礼盒，她一做完就放在床下面。

终于有一次，龙秀失踪了。我老乡说最后一次见到她是一天深夜，她独自一人出去，也不说为什么。那天晚上的月亮据说很暗，仿佛罩着一层毛玻璃。

几个月后，警察来到厂里，通知我们厂长，说不远处找到一具尸体，已经被肢解了，从死者的身份证来看，就是龙秀。

我不知道是谁干的，这个工厂有很多男人都眼红龙秀，女人们厌恶她，男人们却窥伺着她。在那个厂里，龙秀算是很漂亮的了。

可是根据后来我慢慢了解到的情况，龙秀的死非常怪异。

首先，工厂所有的男性似乎都没有作案时间，警察也找不到任何证据，尸体旁边就是作案的刀，但是上面只有龙秀自己的指纹。而且，最令人感到不解的是尸体的样子。

大米说到这里停住了。我着急地让他继续讲下去，而他却向我伸出了手，摊开的手掌就像一个投币口。

“钱，没钱我不告诉你。”大米咧着嘴笑道。我只好按照他的要求给了他一些钱。

尸体被整齐地切成了几乎一样的块状，但是又没有分开，也就是说从外面看还是一具完好的尸体。

“自那以后，我老乡就不敢睡在原来的房间里了。她说晚上经常听见床下有翻找东西的声音，每次过后，她早上去床下察看，就会发现原本堆放在床下面的龙秀做的礼盒少掉一只。而且，听说龙秀被分解的尸体，后来也不翼而飞了。”

“龙秀是什么时候死的？”我忽然想到了什么，连忙问大米。大米歪着脑袋想了一下，然后十分肯定地告诉我：“一年前。”

按照约定，我把哲野的联络方式告诉了大米，叫他去联系哲野拿钱。大米高兴地拿着地址出去了。

我刚要离开，忽然又想起一件事，忙追上大米：“盒子是什么样子的你还没告诉我。”

大米不耐烦地挣脱我的手。“不就是木制的吗，还没上油漆呢，龙秀说油漆不好，会褪色。”

我依稀记得哲野说礼盒是红色的。

大米见我发呆，又补充道：“不过她接着又笑了一下，说，这世界上任何东西都会褪色，只有血的颜色不会。所以如果要上漆，用血最好了。我听了也不觉得奇怪，反正她平时说的怪话多着呢。”说完这些，大米就真的消失在我的视野里了。

当我纳闷地走在回报社的路上时，却接到了哲野的电话。

我正想告诉他一个叫大米的人告诉了我龙秀的事情，他却在电话里喊道：“把寻人启事取消吧，我已经找到龙秀了，她正在我家呢。”我一听愣了，感到一阵莫名的寒意。等我想告诉他龙秀已经死了的时候，他已经把电话挂断了。

既然这样，那这个叫大米的人一定在说谎了。但我还是决定去哲野家一趟，因为我总有些不放心，本来想叫纪颜同去，可是电话一直忙音。

还好上次问哲野要了他家的地址，离报社不远，有钱人就是好，房子就在市区中心的繁华处。

我按了下门铃，出来的居然是哲野，他的样子很高兴。

“你来得正好，我还想去报社感谢你呢。龙秀看见你的启事后来了，而且还带来了礼物。你知道吗，原来龙秀送礼盒给我是为了给我惊喜罢了。”我进门一看，果然，一个很漂亮、气质很好的女孩子正坐在沙发上端着一杯咖啡。旁边还放着一个礼盒，红色的礼盒，我感觉刚好和一个人头差不多大小。

的确是照片里的龙秀。

这下我安心了。不过既然来了，就干脆进去看看吧。

我也坐在了沙发上，龙秀朝我友善地笑了笑，我也一样。她穿着一套袖子很长的蛋黄色绒衣，脖子上围了条围巾。咖啡杯里的咖啡是满的，看来龙秀并不喜欢喝咖啡，只是拿来暖手。家里似乎只有我们三个人，看来哲野的太太不在家。

哲野高兴地从房间里拿出一台摄像机，说要让我帮他们两个拍段视频留作纪念。龙秀的样子看起来很腼腆。

“龙秀，真的好多年没见你了，原来你也到了这里。这次在我家住几天，我妻子也很想见见你。”哲野热情地对龙秀说。奇怪的是，龙秀并不说话，只是点头微笑。

我拿好摄像机准备为他们拍摄。

龙秀把手中的咖啡放回去。我从镜头里清楚地看见，她的手腕处有一道明显的红色伤痕。一整圈，仿佛整个手腕是被切除后又重新装上去的。我忽然想起了大米的话。龙秀被发现时整个尸体都被肢解，很整齐，都是一块一块的。

接着，龙秀摘下了围巾，她白嫩的脖子上也有一圈红色的、极细的伤痕，如同绑了一条红线。

龙秀看见了我惊讶的表情，便将食指竖着放在嘴唇中间，做了个噤声的手势，接着笑了笑，望着一脸兴奋的哲野。

异闻录
Yi Wen Lu

她把哲野分开的肢体小心地装入一个一个礼盒，最后是哲野的头，还带着凝固的笑容，被龙秀放进了沙发上新带来的礼盒里。

我忽然感到一阵眩晕，手中的摄像机落在了厚实的地毯上，接着，我失去了知觉。

当我苏醒的时候，龙秀和哲野都不见了。

我看见地上的摄像机还在，好像镜头是开着的，于是拿起来看了看。

开始我晕倒时，镜头晃动了几下，看来是摔在了地毯上，不过很幸运，摄像机掉在地上后刚好斜靠在旁边的桌腿上，所以镜头正好朝上，对着沙发。

我看见龙秀微笑着用双手抚摸着哲野的脸，哲野显得很开心。两人深情地接吻了。

可是当龙秀的嘴唇离开哲野的时候，龙秀抬起手指轻轻戳了一下哲野，于是我看见哲野的身体竟如同一个被积木堆起来的物体，散架了。脑袋、手掌、胳膊、大腿，所有的肢体都掉了下来，一整块一整块的，很平均。但奇怪的是，没有流一滴血。

接着龙秀微笑着离开了，回来的时候带来了很多礼盒。

她把哲野分开的肢体小心地装入一个一个礼盒，最后是哲野的头，还带着凝固的笑容，被龙秀放进了沙发上新带来的礼盒里。当哲野的身体被十几个礼盒装进去的时候，龙秀开心地笑了。

她的身体也开始慢慢消失，最后一刻，她终于开口了，声音很好听。

“我们，回家吧。”

我看了看四周，果然，在墙角处堆了一些礼盒，盒子的外面是鲜红色的，很怪异。

好奇心驱使着我过去打开礼盒，但我又有点犹豫。终于，我还是过去了，选择了其中一个较小的，拿了起来。

比较沉，我能感觉到重量。但是当我打开的时候，里面却空空如也。等我把盒子关上，重量就又回来了。

我只好将盒子放回原处，离开了哲野的家。

哲野就这样没了，从此以后我在任何场合都再没见到过他。他的妻子也没有提过他，很快便改嫁了，仿佛现实中根本就没存在过哲野这样一个人似的。

我不知道，是否在很遥远的一个村庄里，还会有一对年轻的男女非常开心地坐在村口，看着那灰蒙蒙的月亮，嬉笑地讨论着明天是否会下雨。

第四十九夜
养狐

“他的下巴的确脱臼了，我都能看见从旁边肌肉突出来的骨头。接着，从梭子头的大嘴里吐出一大把钞票，全都是一百的，不过上面粘了很多黏液一样的东西，湿漉漉的，而且大都被咬碎，一片一片的，地上顿时多了座‘钱山’。”

连绵的大雨总是会跟着非常好的天气，虽然起风的时候还有些作冷，但是街道上行人的气色已经好了很多，大家一扫连续数日的阴霾之色，个个笑逐颜开。如此好的天气不去踏青，那就太浪费了。

城外有座省级旅游景点，是一座不大的山，趁着还有假期，邀上几位好友，带着自制的食物去山间赏春花、观溪水，领略一下自然之美，岂不快哉。当我充满兴致地提出这个建议的时候，没想到那两人却是一副满不在乎的表情。

“春游？没兴趣，小孩子的玩意。”黎正想去拿架子上的一本书，无奈太高，踮起脚也够不着，他只好咳嗽了两声，回到沙发上坐下。

“无所谓吧，反正在家里也待腻了。”纪颜伸了个极长的懒腰，活动了一下筋骨。

“那好，我把落蕾和李多也叫上。”我兴奋地提议。两人没有吭声，算是默许了吧。

与他们相反，那两个女孩倒是非常高兴，真的如同小孩一样，特别是李多，居然跳起来拍着巴掌。我忽然意识到真的要去的话，还是要好好盯住她，别到处乱跑才对。东西收拾得很快，食物都是李多和落蕾准备的。我们三人，准确地说是我和纪颜负责外出的物件，包括帐篷、睡袋以及日用品。黎正站在一边，带着戏谑的表情看着我们。

“去可以，不过小心山上的狐狸。”黎正忽然说道，我不解地望了望他，又看看纪颜。纪颜笑了笑。

“没事，不过他说得对，这时候是母狐产幼崽的时间。大多数狐狸非常害怕人，它们很警觉，保护幼崽的警惕性很高，只要发现有不对的情况，立即会全体搬家。但是，这种狐狸没有什么危险，在山间有一种狐狸的幼崽是千万不能去招惹的，它们叫……”纪颜还没说完，忽然响起了敲门声，我立即去开门，却看见李多和落蕾已经提着一大堆食品站在门外。

既然准备妥当，一行人当然决定上山了。从这里去郊外有一段路程，不过纪颜不肯坐车，我们只好先过去。

“那不是要等你好久？”我问纪颜。还没等他回答，坐在我边上的黎正懒懒地说话了：“他会缩地之术，还会神行，你还担心他？说不定他先到，汽车后到呢。”黎正带着嘲笑的语气说道，我心想原来如此。

“你们先去吧，不用担心我，到了后我会打电话给你们。”纪颜在车后招招手。我本想接着问黎正那种狐狸叫什么，可是看他闭着眼睛，靠着座位睡觉，心想还是算了。

由于这个路段平坦而车辆稀少，车子行驶得很快，在李多和落蕾的谈笑声中不久就已经到郊外了。很久没有看见青山绿树，一下子看见还真有些不适应。最大的感受是窗外的空气非常的好，大概是刚下过雨的缘故，娇嫩的青草绿得逼人。

约莫过了两小时，我们来到了山脚下，这里有个小小的木屋，里面有看山人居住，顺便可以招待一些旅行者的饮食。山非常平坦，几乎没有什么坡度，无论是身体孱弱的老人还是力气小的儿童都非常适宜来玩，加上离城市较近，所以人气还算比较旺的，只是人来得多了，仅存的一点绿色恐怕也要被糟蹋了。

下车一看，没料想纪颜已经到了，正悠闲地在旁边的凉亭里面饮茶，见我们来了，乐呵呵地走了过来。我倒是真羡慕他有如此本领了，这样一来七天假期旅游能节省不少路费。

“干脆教我吧。”我对他打趣道。纪颜把我拉过来低声说：“这种东西不是说教就教的，而且使用一次极耗体力，我已经在凉亭休息半小时了，还是有些不适。不是和你说过嘛，遁甲之术付出和回报是成正比的。”想想也是，世界上任何事情都存在着平衡，打破平衡自然会受到惩罚。

一行人说说笑笑地沿着山路上去，由于刚下完雨，人不是很多。除了我们，还有两个奇怪的男人。

一个个子很高，穿着黑红格子夹克，背上背着个长长的木盒，黑色的，看上去像是装提琴的。我纳闷还有人到这里来练琴吗？但转念一想，艺术家嘛，总要与我们普通人不同，否则就不叫玩艺术的了。

另外一个戴着黑色鸭舌帽，穿着件黑色皮夹克，手里提着一只黑色的大塑胶袋，身材矮胖，神情古怪。两人都戴着墨镜，衣领竖得很高，根本看不清长相，安静地走在我们前面，偶尔看我们一眼又很快转移视线。一路上他们说话也非常小心，我们几乎听不见实质的谈话内容。

不过这并未影响我们的心情，沿着山路一路观看风景，只是黎正好像对前面的两个人更感兴趣。

“喂，你老看他们干什么？”我问黎正。

“你不觉得他们很奇怪吗？感觉不像是来旅游的，倒像是来寻找东西的。”黎正指着那个高个子的男人。我一看，果然，他瘦长如梭子似的脑袋左晃右晃，只往附近草丛里看。

“哼，愚蠢的人！难不成是想打它们的主意。”黎正忽然冷冷地说了句。我一时没听明白，刚想问却被李多拉了过去，要我帮她提东西。也难怪，她是断然不会让她的纪颜哥哥受累的。

走到山腰，那两人就和我们分道扬镳了，朝着更僻静的地方走去。我也开始怀疑，这两人到底是来干什么的。

中午的时候，大家都累了，天气不错，登上山顶似乎感觉离太阳更近了。雨后的青草被阳光一烤散发出类似薄荷的味道，选好了一块空地后，李多和落蕾去采集柴火，我们三人则准备做饭。

可是她们回来的时候手里没有柴火，却抱着一个小家伙。

我第一次见到狐狸。

长长尖尖的嘴巴，小眼睛紧紧闭着，两只大大的、毛茸茸的耳朵不时地扇动。它只有一个巴掌那么大，和刚生下来的小狗一样，全身通红，像一团火一样，不过它的后腿好像受伤了，还在流血。我很吃惊，它的皮毛犹如一块上好的缎子，在阳光的照射下闪闪发亮。

“这是什么？”我奇怪地问。李多抱着小家伙，抚摸着它的小脑袋。它似乎受了惊吓，在李多怀里不停地颤抖着。

纪颜和黎正看了大惊，连忙赶过来质问她们：“你们怎么把黑狐带来了？”

我一听，原来它叫黑狐，可明明是红色的啊。

“它们太惨了，我在拾柴的地方找到了它，附近还有只中了枪死去的母狐狸。”李多愤愤地说道，“也不知道是谁，这么残忍。”

“他们是为了黑狐的皮。”纪颜说道。大家把小狐狸放在一堆衣物中，简单地为它包扎了一下，还好是皮外伤，没有伤到骨头，可能是子弹擦伤，由于刚出生不久，它眼睛还睁不开。恰巧我带了包牛奶，便用手蘸着喂它喝。小家伙饿坏了，伸出肉红色的小舌头舔着我的手指，有些痒，但也很舒服。

“狐狸按照毛色分成很多种，一般看见的最普通的品种叫作红狐、赤狐或者草狐，接着就是蓝狐和雪狐，也叫作白狐。而真正稀有的则是黑狐。

“黑狐的毛色变化多端，刚出生的时候和普通狐狸没什么两样，但是成年后就会变成黑色。在黑狐幼年时，它的头顶中心会有一抹黑色的毛发，所以也很容易分辨。”纪颜解释说。

“但这漂亮名贵的皮却给它们带来了麻烦。它的皮毛很名贵，据说戴着黑狐皮制成的围脖可以延缓皮肤的衰老。但由于黑狐的力量很强，只有在母狐生产完之后力量减退时，人们才敢来猎杀它们，而且专门捕捉母狐和刚出生的小狐，靠它们的皮毛卖钱。所以说每次母狐生产，其实都冒着巨大的危险，甚至当它们发现幼崽有危险时，会故意改变自己的毛色来吸引人们的注意，而让幼崽逃脱。”

接着，纪颜把小狐狸抱起来，对着李多说：“我们还是赶紧找到另外那只公狐狸，把幼仔归还给它，否则，狐狸的报复是很可怕的。”说着，他让李多带着我们去发现幼狐的地方。

我们向前走了一段路，在草丛里看见了死去的母狐。不过它的皮已经被剥去了。看来捕猎者沿着血迹来过这里。

“抱着它也不是办法，如果扔了，即使不被偷猎者抓住，它也很难活下去。”纪颜看了看吃饱了在衣服里酣睡的小狐狸。的确，一时间我们也无法找到雄狐，而捕猎者恐怕就在附近。

“那怎么办？干脆我们带回去养着它吧。”李多喊道。落蕾也怜爱地摸着小狐狸的头，点头同意。

“那我们先下山吧，以后再说。”纪颜只好做出这个决定。

这次的旅行并不愉快，下山的时候天气骤变，上午来时还是晴空万里，我们站在山脚看去，黑色的云层紧紧地盘旋在山顶上空，还刮起了阵阵大风。

“回去吧，雄狐发怒了。”纪颜面带忧虑地望了望天空。

“等小狐狸的伤好了赶紧送它回来吧。”我对纪颜说，希望能由我照顾幼狐，因为儿时我在乡下经常照顾小动物，什么小鸭子、小鸡之类的，可惜等养大了就经常被抓去宰掉，后来干脆就不养了。

说老实话，我还是第一次养狐狸，非常兴奋，这种动物很少出现在人们的家中，因为没有什么经验，我只好上网查询了一下。与纪颜他们分手后我回到了家里。分开的时候落蕾和李多还在轻抚着小狐狸。

“它的皮毛，摸起来还真是非常舒服，就像是人的皮肤一样。”落蕾赞叹道。

一回到家我就配好奶，然后找来一个热水袋灌上，这几天天气很冷，我怕小狐狸受不了。木盒子放在我床头边上，每次我把它抱进去，它就在我手中微微颤抖，发出低沉的叫声，那声音像婴孩，虽然细弱却有着感人肺腑的力量。我只好把它抱在怀里和我一起睡在床上。它慢慢地蠕动到我脖子边上趴好，叫声戛然而止，然后满意地依偎着我的脑袋睡着了。它虽然睡着了，但长长的鼻子却一个劲地往我耳朵里钻，看来狐狸喜欢钻洞的天性是无法改变的。

这样一来我便提前体会到了做父亲的辛苦，每每睡觉的时候都怕压着它，或者吵醒它。数天后，我的精神非常差，熬成了熊猫眼，但看着小狐狸渐渐长大又非常开心。由于它身上有股原始的野兽体味和青草味道混合的怪味，但不难闻，所以我叫它臭臭。

十天后，在牛奶的哺育下，臭臭居然睁开了眼睛，淡淡的蓝如宝石的小眼睛奇怪地看着我，这也坚定了我喂养它的决心。不过分手的日子也快到了，纪颜通知我，既然小狐狸的伤好了，度过了最弱小、最危险的时候，就应该放它回山上去。我虽然不肯，但也只好答应，只能抓紧最后的几天多和它亲昵一下。一般我都把它放在木盒子里，它也很老实地待着。我把鱼肉咬得稀烂，再用手指喂它吃，现在它已经可以进食少量的固体食物了，不过它还是很喜欢喝牛奶，吃饱后就满意地闭上小眼睛，扇动两下耳朵，抱着我的枕头呼呼大睡。

但是今天我回家的时候已经接近六点了，天色依旧很暗，晴了一天后又变回了坏天气。当我走到离家不远的小路上时，忽然感觉有人跟踪我，暗暗回头一看，发现那人好生眼熟，这才想起来，好像就是那天在山上遇见的两个人中的一个，因为他尖尖的脑袋即便戴着帽子也太惹眼了。他双手插在敞开衣口的夹克口袋里，低着头快速朝我走来。

我开始带着他绕圈，终于快到家的时候那人看不到了。我吁了口气，刚想从口袋里掏钥匙出来开门，却发现自己的手腕被一双手牢牢地抓住。猛一回头，我发现手的主人正是那个梭子头。

他没有戴墨镜，脑袋夸张地歪着，眼球像得了甲亢的病人一样几乎完全鼓胀了出来，嘴唇苍白地扇动了两下，吐出几个不连贯的字。

“把，把它交出来。”

“我听不懂你的意思，不过请你放手。”我努力想挣脱他，却发现他的力气大得惊人，手犹如铁钳子一样。

“快交，交出来，否则……”梭子头没再说话，似乎显得很痛苦。这时候另外一个人跑了过来。我认识他，这个胖子是那天和梭子头一起上山的。胖子看见了梭子头，连忙跑来揪住他的衣领，摇晃起来，这一次，我趁机挣开了手。

“你他妈的把卖皮的钱都吞了？害我找你这么多天！赶快把钱吐出来，否则我要你的命！”梭子头的脑袋像风车一样被胖子摇得乱抖。等到胖子发泄完了怒气，他才怪异地转过头来。

我之所以说怪异，是因为他是从另外一边转过来的，我清晰地听见“咔嚓”一声，像一把干柴被踩断了一样。可能由于天色较暗，或者胖子过于激动，他居然没有注意到，可是我看见了，忍不住朝后退了一步。

“你说什么皮？”我诧异梭子头脖子扭断了居然还能说话，不过那声音就像是戴着口罩说的，闷声闷气的。由于胖子很矮，所以他必须仰头说话。

“你他妈装什么蒜啊，不就是那张狐狸皮吗，说好了卖给那个贵夫人的，你八成是把钱都吞了吧？告诉你，今儿个你要是不把我那份儿吐出来，我就扒了你的皮！”胖子说完，作势就要拿梭子头的长脸当作沙袋，可是拳头到了半空却停住了。

“吐，是这样吐吗？”梭子头忽然张大嘴，那是人类的嘴无法张开的程度。

除非，他的下巴脱臼了。

他的下巴的确脱臼了，我都能看见从旁边肌肉突出来的骨头。接着，从梭子头的大嘴里吐出一大把钞票，全都是一百的，不过上面粘了很多黏液一样的东西，湿漉漉的，而且大都被咬碎，一片一片的，地上顿时多了座“钱山”。

即便是迟钝如胖子，也终于发现哪里不对劲了，他哆嗦着放开梭子头，慢慢朝后退去：“钱，钱，我不要了，都给你吧。”

胖子说完，扭头就跑。可是没跑多远，梭子头就纵身一跃，像野兽扑食一样按倒了胖子，用铁爪子一样的双手抓着胖子的喉咙，然后歪着脑袋盯着胖子的脸。

已经完全入夜了，月光从后面慢慢地铺过来，冷清的街道响起了胖子杀猪般的声音。我清楚地看见，月光照到梭子头身上的时候，他的身体逐渐起了变化。

他的身体仿佛燃烧起来，月光照射到的地方都开始燃烧。可是，那火焰却是黑色的，在银色的月光映衬下，显得瑰丽多彩，又很妖异。

终于，火焰熄灭了，我看见的是一只黑色的狐狸，即便不算它那条摇晃着的大尾巴，它的身体也比任何一个成年男子要大。那如夜色般漆黑的毛皮闪闪发亮，散发着银光的爪子已经把胖子肥硕的脖子抓出了血痕。

黑狐龇着牙齿，嘴唇完全咧开到牙根，明晃晃的白牙咬得紧紧的。

只是一口，胖子连哼都没哼一声，脖子就被咬断了。我闭上眼睛把头扭了过去，可是当我回过头来的时候，却发现黑狐就站在我面前。

它毫无表情，只是摇晃着那条粗壮的尾巴，喉咙里发出低沉的吼声。我看见它明晃晃的牙齿上还带着胖子的血和一缕肉丝，蓝色如同宝石样的眼睛直视着我。我明白被这种野兽盯上，只要我一动，它就会扑上来。

房间里忽然响起了臭臭的呼喊声。我这才记起，已经到了我进去给它喂奶的时候了。

巨大的黑狐似乎也感应到了，它的眼睛和臭臭一样，圆鼓鼓的呈淡蓝色。黑狐转了转头，眼睛里流露出了之前未曾见过的温情。

“去把小狐狸抱出来吧。”我终于听见了熟悉的声音，原来是纪颜，他气喘吁吁地扶着墙，站在我旁边。黑狐忽然警惕地竖起了耳朵，歪过头再次露出牙齿盯着纪颜。

纪颜半弯着腰，同样喘着气抬起头看着黑狐。一人一兽互相对视着。

我忽然发现他们的眼神似乎有些相像，或许是我的错觉罢了。忽然黑狐皱了皱眉头，往后退了半步，又把脑袋对着我。

在纪颜的催促下，我从房间里抱出臭臭。它饿坏了，一下就叼着我的手指不松开。可是当它看见外面的黑狐，小小的身体又开始颤抖，而且抖得很厉害，它对着黑狐叫了几声，黑狐也同样从喉咙里发出声音回应着它。

我把臭臭放在地上，它一摇一晃地奔向黑狐，一边跑，嘴里还一边发出嘤嘤的叫声，由于刚开始接触地面，差点摔倒。黑狐轻轻地把臭臭噙在口里。

口里含着臭臭的黑狐渐渐远去，慢慢消失在黑夜里，我依稀看见臭臭回过头看了看我。虽然略有失落，但我还是赶紧搀扶起纪颜，因为他看上去很虚弱，脸色非常苍白。

“那是小狐狸的父亲，黑狐家族里雄狐的力量最强，也最少露面。我在家的时候感觉到黑狐来到了市区，于是料想一定是雄狐顺着气味找你来了，所以连忙赶了过来。可能术用得过多了，身体无法负担，我休息一下就好了。”果然，他在地上坐了会儿，脸色恢复了不少。

“为什么黑狐的报复如此惨烈，这些人还是要冒险去捕猎它们？”我看了看躺在地上的胖子的尸体，不忍地感叹道。

“哼！黑狐的报复哪里及得上大自然的报复，可还不是照样有人在破坏环境？有时候只要是金钱摆在面前，这些人就不管那么多了，总觉得会有例外，总觉得自己应该是最幸运的那个。其实，凡是捕猎黑狐的人，没有一个能活下来。包括那些购买黑狐皮的人，所谓穿上黑狐皮可以变年轻，估计都是道听途说罢了。而且，这些购买者才是整件事的源头，没有他们的欲望，也不会有这些人去疯狂捕杀黑狐。”纪颜冷冷地望着地上的胖子说。

“刚才你和黑狐对视那么久是怎么回事呢？”我好奇地问他。

“不是对视，是它告诉我一些事情。”纪颜忽然眉头一皱，不再说下去。我看他不想多说，也就闭嘴不再问了。

我本来还担心胖子的尸体如何处理，可是纪颜却说不必操心，凡是被黑狐咬死的人，都会被黑色的火焰烧尽身体。果然，当我再次出来的时候，胖子的尸体已经不见了，地面上只留下一个模糊不清的黑色的人形痕迹。

几天后，我偶然看到一则新闻，一个富人的妻子在晚宴的时候，身上的名贵皮草忽然着起火来，也是诡异的黑色火焰。不知道为什么，皮草像粘在她脖子上一样，怎么也脱不下来，结果这个贵妇人被活活地烧成了焦炭。

第五十夜
无瞳

“纪颜已经倒了下去，像一截被砍断的木头，眼睛紧闭，脸色苍白。而与此同时，黎正肩膀上的控尸虫分裂开来，爬进了纪颜的身体。”

将要入夜的时候，太阳收起了最后一抹笑容，一个拄着拐杖、穿着一袭灰色长褂的中年人走在一条弯曲的小径上。

他的身后就是一个村落，一个普通的村落，但这个普通的村落却因为村口的那块碑而显得不同寻常。

中年人从记事起就几乎天天来这里查看石碑，这是他的工作，也是他的职责。

每个人活在这世界上都要有责任，没有责任的人只是为自己而活。作为男人，肩膀上必须挑起一些责任，否则，就不是真正的男人。

纪学也是，他的责任就是守护纪家宗室，这是他做为支裔的责任，他不觉得委屈不平，身为纪家的宗室并不是件值得高兴的事情。或者说，他要庆幸，虽然他为纪颜失去了一条腿，但安装义肢后它没有什么大碍了。

他如往常一样来查看村口的石碑，那个刻了“梵”字的石碑。

但是今天他却看见石碑从中间裂开了，裂纹穿过那个“梵”字。纪学默然无语，脸色瞬间黯淡。

“该来的，终归要来。”他轻叹了口气，慢慢地挪着步子，走了回去。

黑狐没有再出现过，臭臭自然会随着它的父亲成长为一只强壮的黑狐。可是我一直不知道到底那天黑狐告诉了纪颜什么，为什么黑狐居然对纪颜有惧怕之色。

或许在要好的朋友面前也必须保留一些秘密，一些他自己的秘密，这样我们之间的友情就不会受到影响。多数人认为秘密使人产生好奇心。殊不知，如果人没有好奇心，也就无所谓什么秘密了。不过我知道，如果纪颜有什么事情不告诉我，那就证明这件事有些麻烦了。

对了，还有那个没有瞳孔却得到了黎正身体的年轻人，他到底要做什么？或许和纪颜、黎正这样的人在一起，总能有一些奇异的感受和经历。

有这样一个朋友，真好。

“你想知道那天黑狐为什么会在和我对视的时候居然自己退去，是吧？”纪颜将身体倚靠在红色的书架上，斜着眼睛看着我，微微张开的嘴巴吐出一个烟圈。我在纪颜家中，旁边坐着的小孩就是黎正，他正端着一本老旧的笔记看得起劲，丝毫没有关注我们，看来他对自己变小的身体倒并不十分介意。

“其实我也不清楚，但是我听见了黑狐的话。”纪颜将烟头掐灭，双手插在裤子的口袋里，走到我面前。

“我也很惊讶，我并不知道自己可以听懂它们的语言，可是我分明听见黑狐告诉我，一个银发的年轻人经常出现在那座山里面，黑狐从他身上嗅不到活人的气味，但同样也嗅不到妖怪的气味。”我听了觉得不解，这代表什么意思？

“后来我告诉了黎正，没想到他说黎家的后人自古也有听懂狐语的本领。不过这样一来，我们也就知道了那个家伙居然就躲藏在山里。”我很少看见纪颜皱起眉头，即使情况再危险复杂，他也总是带着笑容面对。我看了看黎正，他依旧在看着笔记，仿佛这件事和他没有任何关系，当他发现我一直盯着他的时候，终于放下了手里的笔记。

“和我有什么关系呢？又不是说在我手里，我没有义务来帮你们。”他一脸哂笑的表情。或许我早该知道，根本没必要指望他，除非，他自己的利益受到了损害。

“如果你袖手旁观，这辈子就只能是小孩了。”我冷冷地说。

黎正停顿了一下，看了看纪颜。纪颜的脸上带着莫名的微笑，但仔细看又不像笑容。

“你说得很有道理，的确，如果纪颜不在了，一来我少了个对手，二来恐怕要找回身体就更难了。不过，我们在明处，那个家伙却随时可以袭击我们，而且他最终的目的、他的身份我们都不知道，和这种对手交战，等于和空气较劲。”我不得不承认黎正说得很有道理。

不过有道理的话并不代表就有用。

“这样吧，今天我们就出发，去那座黑狐居住的深山，看看有什么线索。”纪颜决定了。黎正不置可否地点了点头。

我也要去，这本不是纪颜的初衷，倒是黎正笑着看我。

“让他去吧，即便是一张卫生纸，也会有它的用途。”黎正再次笑了笑。

这不是个好比喻，不过既然纪颜同意我去了，还是可以接受的。

我们没有告诉落蕾和李多，尤其是李多，无论是纪颜还是黎正，都不希望她介入此事。

他们只有一个愿望，希望李多可以以一个普通平凡的女孩身份生活下去。

那种力量我们都见识过，甚至他们比我更清楚，那力量不仅会毁灭别人，更有可能毁掉她自己。

我们花了两个小时来到了上次游玩的山脚下，景色与前几天无异，秀丽依旧，只是游人少了很多。

只是我们没有料到，居然会有人迎接我们。

白色的衣服和银色的头发，戴着墨镜的他站在阳光里开心地笑着。

“我说过，如果我没有确实的把握，不会同时与你们两人为敌。”他笑了笑，果然，这个家伙的确拥有黎正的身体，甚至说话的口气都十分相像。

“哦？那你的意思是说现在有这个能力了？”纪颜还没说话，黎正就先开口了。

“跟我来吧，我会告诉你们所有的事情。”他拿去了墨镜，我仔细一看，果然，灰色的眼睛，没有瞳孔。

姑且叫他无瞳吧。

他似乎很自信，一直背对着我们，似乎知道我们会跟着他一起上去。山里很幽静，偶尔吹过的山风让人觉得十分惬意，只是还带着少许凉湿。

一行人默然无语。行至半山腰，前面的无瞳忽然停了下来，他回头笑看我们三人。

“知道人为什么要有瞳孔吗？”无瞳问。我们全都默然，良久，纪颜缓缓回答了他：“太古时候女娲造人，以泥土塑其身，无奈魂魄不安分，女娲造瞳孔束之，所以当人的瞳孔放大的时候，也就是灵魂离开身体的时候了。”纪颜顿了顿，“不过这也只是传说而已。”

“没有瞳孔的人，当然也就等于没有灵魂。”无瞳站在高处，身体遮住了身后的太阳，我看不清楚他的脸，但是我可以感觉到他有话要说。

“我究竟是什么？连我自己也不清楚，非人非妖，非鬼非神，因为这些东西都是有灵魂的。其实我不过是怨崖爆炸后残留的碎片，却无端地进入了这个身体。所以我保留了怨崖的意识，那些无数冤死之人的意识。其中一个声音告诉我，如果我要真正取得灵魂，必须把怨崖和返魂香爆炸后的碎片集齐。那次的爆炸，返魂香的力量已经融合到了怨崖的碎片里去了，每一片怨崖的碎片都有着惊人的力量。我利用这些碎片欺骗那些凡人，利用他们的欲望，这样丑陋的人性就可以把怨崖的能力发挥到最大，我也才有希望获得真正的灵魂，成为人也好，神也好，总之我需要一个归宿。”他终于说完了。

“可是你间接杀了很多人。”我忽然厉声说道，纪颜也回头看了看我。天色逐渐变得暗淡了，据说今天有日偏食。无瞳身后的阳光开始慢慢失去光芒。他依旧微笑着，从口袋里掏出一个盒子，两寸来长，黑铁色，盒子拿出来的时候，周围起了一层浓重的黑雾。

无瞳打开了盒子，里面飘出一块六边形的长条晶体，犹如黑色水晶。但是，上面似乎还有条裂痕。

“当我意识不完整的时候，那个声音还告诉我，如果要使真正的怨崖和返魂香融合，还需要两个条件。”无瞳把晶体抛了起来，奇怪的是那块黑色水晶似的东西没有落地，而是悬浮在半空中。

“第一，我需要纪氏族人被怀有杀意的血浸透碎片。第二，我需要黎氏族人的身体。真是非常幸运，两样都齐全了。”说完，无瞳飞快地冲到我们面前，速度之快让所有人无法动弹。

他只伸出了一只手，纪颜就无法动弹了，僵硬地站在那里。旁边的黎正更是被束缚在原地，仿佛身上绑了条无形的绳索。

“还记得那个可以让人无限跑下去的人吗？我把碎片给他后就没打算在那时候收回，因为那时候我就在暗处，或者说你处理每一件事情的时候我都在。当你愤怒地杀死他的时候，我没有取回碎片，因为我了解你们这一族人的脾气。等你拾起碎片的时候，我就让它进入了你的身体，就像储备好的食物一样，在我需要用时，我就会从你身体里拿出那最后也是最重要的一块。”我眼睁睁地看着无瞳笑嘻嘻地从纪颜身体里吸出一团黑色的雾气。

那团黑色的雾气很快在无瞳的手里融合成了一个细长的薄片，最终进入了那块有着裂痕的黑色水晶。水晶已经完整无缺了。

无瞳的脸上露出了难以克制的喜悦。

“想不到，居然会如此顺利。”他大喜过望，将水晶攥在手里。

“接下来呢？你的条件不是都完成了吗？可你还是没有瞳孔啊。”黎正忽然低声冷笑着说。无瞳没有搭理他，转身走过去。而纪颜则如同虚脱一般，跪倒在地上。

“我说过，虽然在那个庄园里我无法和你们匹敌，但现在我却有着压倒性的力量，就算你们不来找我，我也会很快去找你们。”无瞳把水晶举过头顶，对着已经开始发生日食的太阳。

他的眼睛直视着太阳。

水晶、太阳、无瞳的眼睛成了一条直线，被遮住的阳光透过黑色水晶进入了无瞳的眼球里，仿佛在举行一种仪式一样。

黎正一声不吭，从腰间摸出一把钉子，直接朝水晶抛去。我几乎看不见钉子的轨迹，只是从声音才判断出钉子的去向。

一半的钉子打在无瞳背上，另外一半则朝水晶射去。

虽然对象不一样，但结果却是一样，所有的钉子都无端落到了地上，仿佛撞上了一面无形的墙壁。

还没等我反应过来，黎正的双手又握满了钉子，朝无瞳冲过去。

可是仪式已经完成了，因为太阳再次恢复完整，这次的日偏食很短。

无瞳没有转过脑袋，依旧背对着朝他冲过去的黎正。

黎正没有将手里的钉子抛出去，而是直接握在手中平刺出去。

可是无瞳一转身，两只手握住了黎正的手，把黎正整个人提了起来，半空中的黎正飞腿去踢无瞳的脸，却被轻易地闪过了。

“这可是你的身体，打坏了我可不管。”无瞳笑了笑，由于在搏斗，我无法看清楚他的眼睛，我只好把纪颜扶了起来，他的气色比先前好了很多，但还是很虚弱。

无瞳的声音刚落地，黎正忽然从嘴巴里吐出一样东西。

居然还是钉子，而且是两颗，在这么近的距离下直接飞向无瞳的双眼。

当黎正吐出钉子的时候，我看见他脸上露出了一丝胜利的笑容，但很快那笑容就凝固了。

因为发生了他无法想象的事。

钉子的确射中了无瞳的眼睛，但却如同射进了一潭深水，直接沉了进去。

这次我看见了，无瞳的眼睛终于有了瞳孔。他已经成功了？可是他现在到底算什么？

钉子居然又从无瞳的嘴里飞了出来，这次直接射中了黎正的双腿脚踝，而且全部射了进去。当无瞳把黎正抛到地上的时候，黎正的头上布满了汗，可是他紧紧咬着嘴唇，一声不吭。

“普通的钉子对我是没有用处的，别说你，即便是你们两族的族长，我也不怕。”无瞳看着地上的两人，开始大笑起来。

“你现在到底是什么？”黎正问道。无瞳忽然停止了笑。

“不知道，连我自己也不知道，但是我已经有灵魂了，有了活下去的价值。不过，在我开始享受我的生活前，必须把你们除去，这样我才能安心。”无瞳慢慢地走了过来。

“你还有别的招数吗？”纪颜问黎正。

“这里没有死尸。”黎正回了一句。

“那，就控制我吧，我会一种假死术，使身体的一切机能停止，和尸体一样。不过只能维持几分钟，时间过了，我可能就会变成真的尸体了。”纪颜挣扎着站了起来。

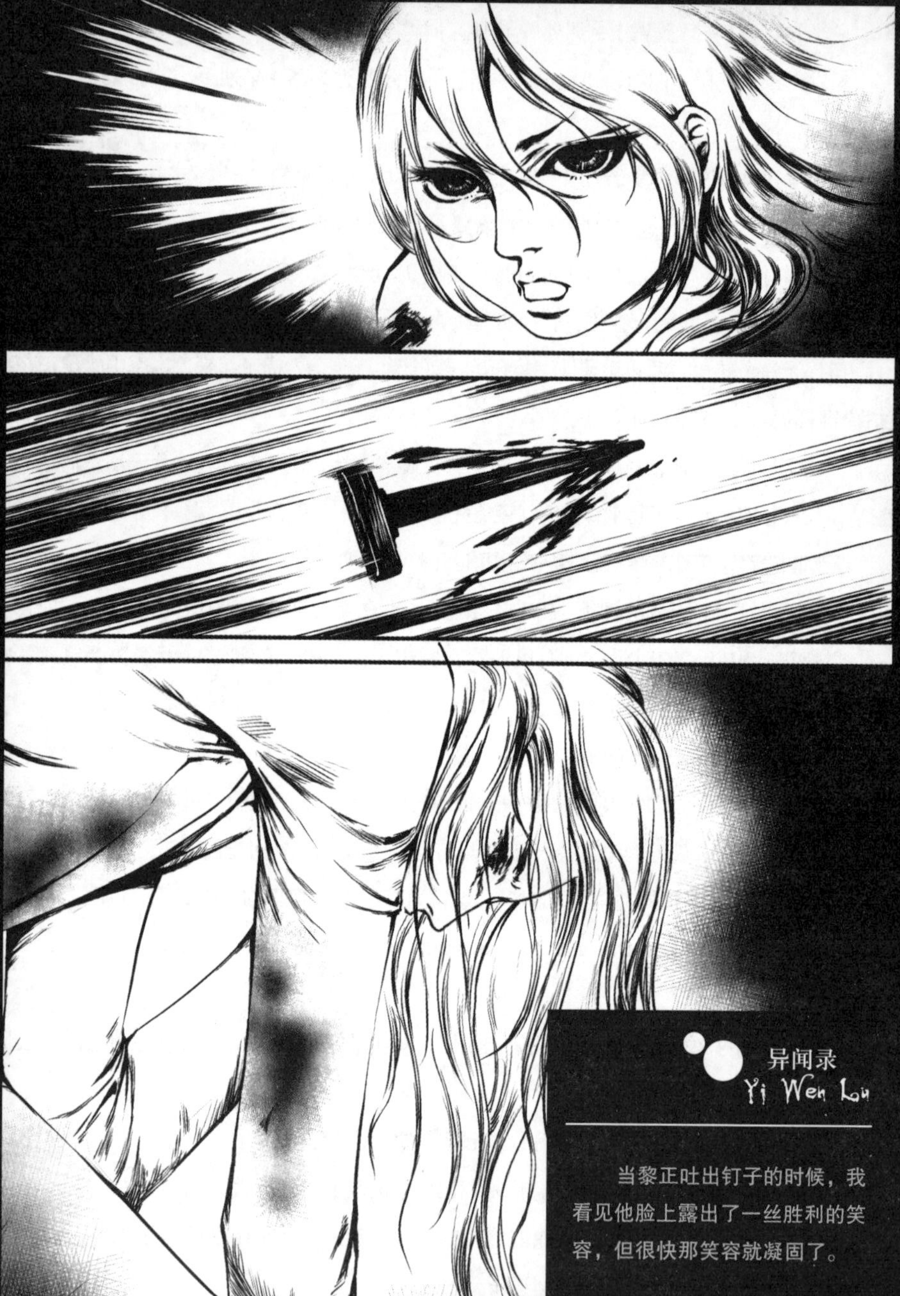
异闻录
Yi Wen Lu
当黎正吐出钉子的时候，我看见他脸上露出了一丝胜利的笑容，但很快那笑容就凝固了。

“不用的话我们马上就会死。”

黎正的肩膀上隐约出现了一条虫子，我认识，那是控尸虫。

无瞳停住了脚步，略带吃惊地看着纪颜。

因为纪颜已经倒了下去，像一截被砍断的木头，眼睛紧闭，脸色苍白。而与此同时，黎正肩膀上的控尸虫分裂开来，爬进了纪颜的身体。

“活死人吗？”无瞳从鼻孔里哼了一声。

没等他说出第二句，纪颜已经从手里拔出血剑了。他的速度的确超出想象。

现在的纪颜实际上处于黎正的控制下，仿佛黎正正操纵着一个木偶在向无瞳攻击。

无瞳吃力地闪躲着纪颜的攻击，却没有留意到地上有一颗钉子慢慢动了起来。

钉子从地上跳起来，射了出去。

无瞳没有闪躲，并非是他闪躲不开，而是他本就不需要闪躲。

钉子射向纪颜。

我几乎喊了出来。

钉子以飞快的速度进入了纪颜持有血剑的右手。我仿佛看见那枚钉子正穿过纪颜的手臂。

无瞳被这一切惊呆了。

血剑刺向了无瞳的右眼，他全力向后退去，可是等到落地的一瞬间，那枚钉子也射了出去。

但无瞳已经没有往后退的能力了。

钉子射穿了他的眼睛。那不是普通的钉子，钉子上有纪颜的血。

他需要纪颜怀有杀意的血浸泡碎片来完成仪式，可是现在纪颜的血却是令他丧命的武器。

我看见无瞳的瞳孔慢慢消失。他仿佛无法相信这个事实一般。

“你告诉过我，仪式成功了我就有了灵魂，而且是不灭的灵魂啊！”他用尽力气对着天空大喊了起来。

他到底在和谁说话我不知道，但我知道他完了。

无瞳的身体迅速消失，化为灰尘。

这也意味着黎正再也无法取回自己的身体了。我看见他的眼睛眨了一下，脸上没有太多别的表情。

纪颜也解除了假死术，不过整条胳膊都已经不能动了。无瞳站着的地方只留下了那块漆黑如墨的晶体。我走过去，想捡起来。

地面上多了四把刀。

居然是纸做的刀。白色的纸，犹如那些送葬时抛撒的纸钱。

我抬头一看，一个戴着高而窄的帽子的年轻人半跪在一只纸鹤上看着我们，脸上带着笑容。

那的确是个纸鹤，而且年轻人的手里还拿着一柄纸刀。

他的装束像极了日本平安时代的阴阳师。

俊美的脸孔和冰冷深邃的眼神，他嘴上露着笑容，不带任何感情的笑容。

地上融合了返魂香的晶体飘浮了起来，落在了年轻人手里。

纪颜和黎正已经没有多余的力量了，虽然我没有受伤，但我知道只要我多走一步，纸刀就会贯穿我的心脏。

年轻人穿着宽大的白色袍子，站了起来，潇洒而大气地挥动了一下衣袖。

“我终于可以出来了。”他居然说话了，我还在担心我的日文不灵光。

“如果不是无瞳相信了我的话，恐怕我还关在怨崖里。不过无所谓了，一千多年的自由可以换取返魂香的话，那是非常值得的。”说完，他对着纸鹤拍了拍手，纸鹤迅速地飞了起来。

“好好保重身体吧，我还是很感谢你们的。”声音虽然还在，但人已经不见了。

黎正和纪颜都不认识他，甚至从未听说过。

虽然我知道能使用纸的阴阳师只有一个，但我实在觉得费解。

他怎么会出现在这个地方？

不过现在没空去想他的身份了，当务之急是要把这两个人送到医院去。

我走到山下叫了护山人上来，费了好大气力才把两人运下山。

还好，两人都是皮外伤，虽然钉子贯穿了纪颜的手，但是都奇迹般地避开了重要的神经和骨骼，看来黎正控制钉子非常小心。

只不过他们一个包着手，一个包着脚，互相看着不说话。

看来，他们两个有日子要待在这里了。

而我想的则是，如何去编一个借口，来应付李多。

忽然间我想起了无瞳，他似乎本就不该出现，结果成为了别人的棋子。或许像某些人一样，终其一生都想证明自己的价值，最后才发现自己还是被别人给利用了。

这是最可悲的事情。

第五十一夜
犬娘

“忽然，我发现犬娘的嘴巴里似乎有东西，但它死死咬着，不肯松口。在昏黄的路灯下，我努力让它张开嘴巴，想看看到底是什么。
终于，犬娘张嘴吐了出来，白色的雪地上多了一样东西。”

我有一位朋友，十分要好的朋友，他喜欢养狗，无论是名贵的犬种，还是街头流浪的小狗，只要他看见了，绝对不会放过，一定带回家里好好喂养。但他对狗的态度很自由，随意进出，以至于有时候他也对我说，有很多流浪犬在他家养好伤吃饱后，拉下一堆堆排泄物就摇摇尾巴走了。不过他不在乎，始终乐此不疲，让我非常奇怪。

他对狗的喜爱似乎已经大大超越了正常人的情感范畴，隐约中我觉得应该有些故事。由于从小就和他认识，我对他的家人还是很了解的。很不凑巧，他的父亲是一位屠户，而且专门杀狗。要说杀狗这个行当，倒是有一位祖师爷，而且名声颇为响亮，此人正是助汉高祖刘邦打下天下的西汉第一勇士樊哙。据《史记》记载：汉朝的开国皇帝刘邦手下的大将樊哙“沛人也，少时以屠狗为业”。刘邦与樊哙自幼就是好朋友，后结为连襟，同娶吕氏女为妻。樊哙自幼家贫，住在沛邑城郊的乌龙潭（现为樊井）边，以屠狗为生。他用乌龙潭的水洗狗肉，再用乌龙潭的水煮狗肉，其味道特别鲜美香醇。

很多人对狗肉情有独钟，同学父亲的摊位也曾一度非常红火，在改革开放初期就给很多狗肉火锅店提供肉源，很早就发了财。但是不知道为什么，当事业如日中天的时候，同学的父亲却一下子放弃了，将生意卖与他人，这真是让人好生奇怪。我本来想问问，但转念一想，既然别人没有主动说，自然是不便说，问起来回答不是，说谎也不是，于是干脆就压在心里不问了。

我曾经去过一次那个狗肉摊，那还是因为我父亲叫我去买点狗肉下酒，虽然我不是很喜欢吃狗肉，但对于孩子，尤其在那个时代，有肉吃还是件令人高兴的事。于是我想起了我的同学，他曾经说如果我要买狗肉，一定要去他爸爸那里，可以便宜些。

我自然找到他，朋友也一口答应，孩子嘛，总有些喜欢逞义气，其实他也极少去他父亲那里。

那是一个巨大的菜市场，一进去就可以闻到一股刺鼻的怪味，其中混杂着汗臭、腐烂的菜叶味，以及浓重的血腥味和动物的粪便气味。这种奇怪的味道让我很不舒服。

朋友一蹦一跳地带我来到了他父亲的肉摊上。他的父亲相当高大，赤裸着上身，露出古铜色结实的肌肉和宽阔的肩，系着一条长长的油腻、闪闪发亮的深蓝色围裙，上面似乎还有星星点点的血迹。旁边有两个年轻人正招呼着客人，负责拿肉找零钱。我望了望肉摊，见左边的挂钩上挂了一串串红色的肉块和内脏，旁边还有砧板，但上面已经是血红一片，沾着很多红色的肉末和骨头渣滓。我旁边还有两个先到的客人，都半张着嘴巴，带着满意的眼神端详着狗肉，不停地指指点点。

在同学父亲的脚下，有好几个铁笼子，因为光线很暗，我只好走过去看，原来里面关着许多只狗。

我无法忘记它们的眼神，很绝望，的确非常绝望。它们大都只有一米多长，体型并不大，毛色很杂，都是土狗，其中一条黑色的幼犬，睁着圆圆的、毫无光泽、如同塑料般的眼睛，流着泪直直地看着那个红色的砧板，接着又盯着我看。我被盯得有些发毛。

这时候同学的父亲催促我说："娃娃，快点，我还要赶去喝酒。"同学父亲的声音犹如雷声一般震耳，我只好胡乱地指了一只。

"就它吧。"我指着那条黑狗说。它瞧见我指着它，开始剧烈颤抖。同学的父亲大手一挥，把笼子里的小狗拖了出来。这时候，所有关在笼子里的狗都开始叫了起来，那并不是愤怒的吼叫，而是低沉的哀鸣。

我终于见识到了他们是怎样杀狗的。

朋友的父亲用一只手揪着黑狗的耳朵，像提兔子一样把它提起来。被提出来的小狗没有任何的反抗，或许它知道那样做是徒劳的，只是呆滞地缩着四肢。这时，同学父亲用另外一只手拿起了一件很怪的铁器，有些像撑衣服的架子，实际上就是用这个改造而成的，只不过前面弯曲成一个U形。他把铁器的前端压在狗脖子上，黑狗整个身体被卡在地上，任凭四肢如何摆动，也无法挣脱出来。它的脖子晃悠了很久，最终不动了，小脑袋贴在了冰冷的地面上，只是它的眼睛在不停地流泪，喉咙里还不断发出呜呜的哀鸣声。

同学的父亲拿出一柄铁锤，高高举起，朝黑狗的头上砸去。霎时间我听见沉闷的声音，就像柴火被折断了一样。

那狗头已经凹陷了一大块，但还没死，不停地向外吐着白沫和热气，嘴巴张得大大的，粉红色的舌头耷拉出来，如同一条红色的带子。

很快，第二声闷响后，那黑狗不动了，眼睛里的亮光也渐渐暗淡下去。同学的父亲手法熟练地把狗尸提起来，挂在铁钩上，拿起一把剔骨尖刀，在狗脖子上划开一个口子，接着犹如剥香蕉皮一样，一下就把狗皮扒了下来，露出冒着热气的粉红色的肉。我已经完全看呆了，脚下的狗血混合着白色的脑浆浸湿了我的凉鞋。同学的父亲割下一大块狗后腿肉，我交了钱，脚步迟缓地走了出去。

走出菜市场后我和同学都不说话，两人先前的兴奋一扫而光。和他分手后，我脑袋一片空白地走回了家。

从那次后，我不再吃狗肉了，同学也是。

可我只是知道这些，却不知道同学为何如此溺爱狗。

在他家，我望着满地乱跑的小狗和眯着眼睛、不知疲倦地拿着狗粮喂养它们的朋友，我终于开口问起他为什么如此喜爱养狗，并谈到了他那位杀狗的父亲。

“你还记得那次和我一起去看杀狗啊。”他歪着脑袋笑嘻嘻地望着我，随后又表情严肃起来，“告诉你一些事吧，或许你会明白我为什么这么喜欢狗。”

（下面是朋友的口吻。）

我出生的时候，父亲并不在身边。由于那时候狗肉市场很红火，他几乎离不开肉摊，加上那时候母亲预产期也没到，所以他就放心地出去杀狗卖肉。结果刚刚杀完几只狗，邻居的大妈就跑过来告诉他我妈要生了，可还没等他赶到医院，我就匆匆落地了。

据母亲说，我生出来的时候就很爱哭，而且讨厌我父亲。每次他张开手走向我，我都会全身发抖，不会说话的我喉咙里发出凄惨的叫声，接着就号啕大哭，这让父亲很难堪。

他不明白为什么会这样，而且只要他待在家里，我总是会生病，而只要他离开，我的病就不治而愈。

于是大家众口一词，说我和父亲犯冲。

说到这里，他忽然话锋一转：“你知道胎神吗？可能也叫胎煞。”

我摇头，哪里听过这个。

他略带失望地垂下眼皮，接着慢慢解释给我听。

我其实有少数民族的血统，这点恐怕你还不知道吧。我的母亲是布依族人，虽然已经融入汉族很久了，但布依族却一直对生育保有自己的一套习惯和风俗，当年据说我的外祖父母就十分反对母亲嫁给一位屠户，因为他们觉得父亲杀气太重了。

不过他们还是结了婚，而且似乎还很顺利，父亲就靠着卖肉的钱承担养活一家人的重担。

布依族人认为，胎儿的形成是一件很伟大的事情，而胎儿在子宫里直到生产之前，一直处于一种似人非人、徘徊在两个世界之间的状态，所以他们很脆弱，需要保护。

传说在孕妇的周围，一直存在一种神灵，它们是死去孩子的母亲化成的，大家无法区别它们的善恶好坏，因为如果它对胎儿有益，保护胎儿，大家就敬它，叫它“胎神”；如果它对胎儿有害，加害胎儿，大家就怕它，称之为“胎煞”。这也是它们名字的由来。

孕妇怀孕的时候，丈夫不允许狩猎、捕鱼，因为族人们认为动物和鱼类的灵魂惧怕男子，所以就会去找胎儿报复。母亲提醒过父亲，在怀我的时候不要杀戮过多，可是由于生产住院急需用钱，父亲虽然表面答应，但还是继续杀狗卖肉。

外祖父、外祖母将我和父亲的不融洽，归咎于父亲杀狗过多遭致的报复。无奈之下，父亲到处去求破解的法子，于是有一个老人向父亲提出了一个建议，那就是认一只犬娘。

说到这里，朋友似乎有些感慨，话语间停顿了一下。而我也非常惊讶。

“犬娘？”我大声说出来，话刚出口，方觉得有些唐突，忙不好意思地笑了笑。还好朋友并不见怪，继续往下讲。

是的，也难怪你反应这么大。当时我的父亲也很惊讶，甚至非常气愤。因为人们骂人的时候经常会骂一句狗娘养的，现在倒好，自己竟去认一只狗做母亲，虽然只是为了应运之法，类似那种把名字叫得很贱、怕孩子养不大的做法，但传出去毕竟有伤颜面，所以父亲开始的时候坚决不同意。可是当他发现，只要他在家我就紧闭嘴唇连奶都不喝的时候，只好长叹一口气，同意了那个老者的提议。

不过新的问题又出来了。

到底如何去找一只犬娘?

父母当然去询问那个老者，老者说必须找一只第一次生产幼仔的母犬，而且幼仔必须全部天生早夭，这样才符合条件。听起来似乎容易，父亲是做杀狗生意的，自然认识不少养狗人，但实际找起来却非常困难。

狗场很大，包括种犬、肉犬有几万只，不过父亲认识的都是些养肉犬的，他们很热情地为父亲查找符合条件的母犬，但一番查找下来，却一无所获。就在他快要放弃的时候，一个朋友却告诉他，正好他那里有一只第一次生产而且年龄不到一岁的母犬，曾经生下三只幼仔，不过一天之内都没活下来，父亲一听大喜，连忙把那只母犬抱回了家。

说来奇怪，那只母犬一抱到我家就和我很有缘，它很喜欢我，总是趴在我的摇篮边上。而我和父亲也没那么生分了，他再抱我，也不至于被我的哭声弄得心烦意乱了。

这是只很普通的狗，在我儿时的印象里它一直陪伴着我，家里人从来不叫它狗，而是喊犬，而我更是叫它犬娘。我说不出它的种类，只知道它的皮毛很光滑，全身白色，犹如刚刚刷过白色油漆的墙壁。它总是喜欢用长长的、毛茸茸的脑袋拱我的小手。儿童时代能有这样的伴侣，的确让我少了许多孤单。

但是就在我和父亲的关系慢慢变好的时候，犬娘和他的关系却越来越糟，几乎每次父亲进门它都要对着父亲大吼，与对我的态度有天壤之别。父亲只得皱着眉头小心地绕过它，可这毕竟不是长久之计。母亲经常劝父亲放弃杀狗的营生，而父亲总是摇头叹着气，要么就是言语敷衍，实在应付不过去了，就苦笑着感叹："不去卖狗肉，那一家人如何生活？以后孩子还要上学，你以为我喜欢天天干这血肉横飞的勾当？"母亲见父亲这样，也只好砍了话头，希望生意好些，存些钱，然后转去做点别的小生意。

不过生活总是事与愿违，正当父亲决定放下屠刀的时候，母亲得了场大病，将家中的积蓄几乎花得一干二净。无奈之下父亲只好继续卖狗肉，而且比原先杀得还要多，而犬娘也几乎到了对他不能容忍的地步，甚至连父亲扔给它的肉或者只要是父亲触碰过的东西，它都撕咬。有时候父亲半夜起来，居然会看见犬娘龇着牙齿，喉咙里发着咕噜咕噜的响声，坐在他的床边盯着他。母亲经常咳嗽着说犬娘有灵性，它可以嗅出父亲身上那股我们嗅不出的同类的血的味道。父亲也正好借口犬娘不喜欢他，跑到外面跟一帮朋友喝酒，母亲和我都不喜欢那些人，他们总是满口污言秽语，让人不安，当然，犬娘更是不喜欢他们。

这样的日子一直持续到我十二岁那年。

犬类的寿命一般都不会太长，虽然根据种类会有所不同，但十几岁的狗大体已经算是高龄了。犬娘的确也已经失去了以前的那种活泼和旺盛的精力。不过很奇特的是，自从走进我家，它就再也没有和别的狗接触过，十二年来它也没有再生育过任何小狗，始终陪伴在我身边。有时候我要去上学，母亲把它关在家里，可回来一看，所有能撕碎的东西都被它撕碎了，无奈之下只好同意它和我一起，所以每天放学后，我学校的同学和老师都能看见一只白色的大狗非常老实地蹲在校门口一动不动，并不时地晃悠着脑袋等着我过来，而每次我习惯性地走过去抚摸它的脑袋时，它就会用它那黑色湿润的鼻子碰碰我的手，用暖暖的舌头舔舔我的手背，然后脚步轻快地走在我前面。

可是这种日子很快就结束了，因为我要上初中。那是所不错的重点学校，父母花了很大气力才把我弄进去。我不想去那里，因为那是所寄宿学校，也就是说周末我才能回家，才能看见犬娘。可是我无法拒绝父母期待的眼神，在他们看来，能上好初中才能上好高中，能上好高中才能上好大学，上了好大学毕业后才能有好工作，才能养活自己。而这似乎也是所有为人父母者心中的一条环环相扣的链条。我知道，为了能让我进重点中学，他们省吃俭用地存钱，母亲总是叮嘱父亲买最便宜的药品，而父亲也和那帮朋友断绝了交往，把酒也戒掉了。

犬娘似乎也了解我父母的一片苦心，这次它并没有生气，只是睁着眼睛低着脑袋在我脚边转悠，时不时地发出一阵类似玩具娃娃挤压时才发出的声音。我知道它也已经没有气力奔跑吼叫了，它越来越老了，每天都吃得很少，而且更喜欢趴在那儿将头埋在前肢里一动不动，除非是我过去抚摸它，否则它可能会一趴就是几小时。

学校的生活很好，每天都与那么多同龄人在一起生活、吃饭、游戏和学习，让我觉得离开了犬娘原来也能这么快乐。于是，我回家的次数越来越少了，而每次回去，也只是忙着和父母谈学校的见闻，与犬娘在一起戏耍的时间越来越少了。每次当我停下说话，无意间瞟一眼犬娘时，就会看见它低垂着耳朵、夹着尾巴，脚步迟缓地离开，走到墙角趴下来，这时我会有一刹那的不舒服，就像心被掏空了一般。

直到发生那件事，我才明白自己和犬娘间的纽带一直都在。

开学的时候，下了场大雪，这时候还下雪算是比较少见的了。我离开家还看见犬娘蹲在门口看着我。雪下得很大，印象中那是唯一一次这个城市下了那么大的雪，而且雪一直下，仿佛没有停的意思。

回到学校，和一个寒假不见的同学聊了会儿后，我便开始收拾东西。很快，一天就过去了，可是睡觉的时候，我总觉得有些什么事情没有放下，在床上翻来覆去怎么也睡不着，虽然那天我已经很累了。

现在想想，的确有预感这回事。

在沉静的校园里，我忽然听见一个熟悉的叫声。开始我以为是幻听，可是再凝神一听，的确有叫声，而且那叫声还很急促和沙哑。

是犬娘的声音。我有些不敢相信，连忙爬起来穿好衣服，走到窗户前擦了擦模糊的玻璃窗。

外面有路灯，所以能看得比较清楚，雪地上白皑皑一片，非常空旷，我第一眼并没有看见犬娘，可是当我仔细看过之后，才发现原本皮毛就是白色的它，身上已经覆盖了厚厚的一层雪，而它就蹲在雪上，仰头叫着。

叫声已经惊醒了同学，大家纷纷埋怨着，我只好赶紧穿好衣服跑到宿舍楼下。

真的是犬娘，我再次确定了，可是我从来没带它来过这里。而且这里离家相当远，如果是步行，恐怕要八九个小时。

可是它当真就这样跑来了。我高兴地抚摸着它的脑袋，上面铺了层厚厚的雪。犬娘似乎也很高兴，欢快地摇着尾巴，我已经许多时日没有看见过它这样了。

忽然，我发现犬娘的嘴巴里似乎有东西，但它死死咬着，不肯松口。在昏黄的路灯下，我努力让它张开嘴巴，想看看到底是什么。

终于，犬娘张嘴吐了出来，白色的雪地上多了一样东西。

是一截断指。上面还带着血，可能是因为一直含在犬娘嘴巴里的缘故，血液居然还没有凝固，而是非常迟缓地流淌开来，在地上映出一个淡红色的半圆，只不过血液流淌得很慢，如同儿时吃的麦芽糖一样。

指头已经有些变黑了，我吃了一惊，不过再仔细一看，那指头我竟非常熟悉，上面有道不小的三角伤疤。这个指头属于一个叫“胡子”的高个男人，他是父亲众多朋友中的一个，非常喜欢赌博、酗酒，因为他曾经用手摸过我的脸，我看过他的手，所以记得他的指头上有一道这样的伤疤。

家里一定出事了。

我拍了拍犬娘的脑袋，捡起地上的指头。学校老师出来了，我告诉他们家里可能出事了。老师叫醒学校司机，让他开车送我回去，而且报了警。上车的时候，犬娘开始有些反常了，它没有像以前那样热情地舔我的手背，而是温顺地趴在我脚边，我的腿可以感觉得到它的肚子随着呼吸一起一伏。可是我现在无心关心犬娘，我更担心的是家中的父母。

等我来到家里，发现警察已经来了。原来胡子输光了钱，又知道父亲为我读书存了些钱，所以喝了酒，拿着一把剔骨刀，趁着夜色和另外一个家伙来家里抢劫。母亲惊魂未定地说胡子把她和父亲用绳子绑起来后，就开始在家里翻东西，这时，犬娘突然猛地冲过去咬住了胡子拿刀的手，胡子的那个同伙被吓住了，用刀顶在母亲脖子上，喊着让犬娘松口，犬娘咬下胡子的指头，然后跑了出去。

警察到的时候胡子和他的同伙已经走了，不过凭着断指，他还是被逮住了。

父母非常高兴可以拿回被抢走的钱，可是犬娘却再也无法蹦跳着围绕在我身边了。

家和学校之间原本有八九个小时的路程，它居然只花了不到两小时就赶到了，这使它耗尽了最后的精力。

不过犬娘离去的时候非常安详。我始终认为，它能找到我是因为我和它之间存在着别人无法理解也看不到的纽带。

那以后我不再养狗，父亲也不再杀狗。

但是我会收留一些很可怜的、在街头流浪的小狗，或者是被遗弃的宠物犬，不过我不会养它们。虽然我会尽力为它们寻找新主人，但在我看来，实在没有任何一条狗可以替代犬娘在我心里的地位。

朋友说完了，我可以看见他的眼睛有些湿润。

虽然我解开了存在心里多年的疑问，可我并不觉得轻松。

“你知道吗，有时候我睡着后，可以感觉到有东西在舔我搭在床沿外的手，一如以前一样，就像是犬娘，非常温暖。”他笑着抱起一条瞎了左眼、老是在脚边汪汪叫唤的吉娃娃，送我走出了家门。

第五十二夜
诞

“我侧脸望去，怎么说呢，那是一张非常古怪的脸，仿佛带着人类的各种表情，喜怒哀乐都有，五官就像被小孩打乱的积木，也像被水冲洗过的泥塑一般，仿佛所有的东西都扭曲了。我可以清楚地看见他的嘴巴。”

这个世界上的人几乎都有说谎的经历。尤其是成人，只不过区别在于多少罢了。即便是哑巴，也可以欺骗人，因为说谎并不一定要靠嘴。再者说，有些谎言其实也并不见得一定令人厌恶，有时候反而还是种调剂。

所以大家把4月1日定为愚人节，在这一天，大家可以尽情说谎，前提是别造成太大的麻烦。当被骗之人气冲冲地找到你甚至要卷起袖子开始动手时，你大可以不慌不忙地指指日历，然后给他一个微笑，他也就会还以微笑，也许还会盘算着去骗别人。

我的同事小李就是这样一个人。他有两个嗜好，第一就是撒谎，或者说是说大话，也可以叫吹牛。好在他的谎言大都是善意和搞笑的。编辑部的工作十分繁重，有他在大家可以暂时放松一下，抱着放松的态度来看他表演，他也很热衷于这样。虽然偶尔会被他忽悠一下，但想想他的性格，大家也就不去追究了。

至于他的第二个嗜好，就是他非常好吃。他经常夸口说，四条腿的桌椅不吃，两条腿的父母不吃，除此之外什么都吃。而且尤好野味和一些稀奇古怪的东西，像昆虫之类的，他还经常向我抱怨，说这个城市对饮食不太开放，居然没有炸苍蝇和蛆。我只好抹着头上的汗水赔笑，点头称是。

这就是小李，一个喜欢开玩笑的人，但是今天我发现他竟和我开了个不小的玩笑。

有时候，一些谎话可以讲，而有一些则讲不得。

我坐了两个多小时的汽车、冒着大风赶到教育厅，却被告知人家根本没事情找我。回到报社，我发现同事多有怒色。一问才知道，居然都被小李骗了。

今天是愚人节，按照他的个性似乎这也是情理之中的，可是这也给大家带来太大的麻烦了。

终于，小李出现了，他的表情有点恐惧，也有点疲倦，眼袋像发起来的香菇，沉甸甸地吊在眼皮下面，嘴唇干裂得厉害，瘦长的马脸也没有太多血色。他经常熬夜，虽然我规劝过他几次，可是他依然故我。

当大家责问他时，小李显得非常惊讶。

“没有啊，我是打算今天和你们开玩笑，可是这些话我都没有说过啊，我也没有叫欧阳去那里，绝对没有。”他几乎快哭出来了。我心中觉得纳闷，小李绝对不是那种做了不认账的人，可是我在电话里听到的明明是他的声音。

可是大家根本不相信小李说的话，认为是狡辩，反而激起了更大的怒气。我连忙把他拉出办公室，来到走廊。

小李委屈地低着头，一个劲抽着闷烟。

“可是我昨天晚上在电话里听到的明明是你的声音，虽然我怀疑过，但你赌咒发誓说是真的，还说非常紧急。”我盯着小李的眼睛说。

大多数人撒谎的时候，眼睛会看着斜上方。小李没有，可是也不见得就代表他说了真话。

“绝对没有，昨天我回家就睡了，一觉醒来就来报社了。欧阳，你要相信我啊，虽然我平时爱开玩笑，但你也知道我不会搞得大家这么狼狈的！”他有些激动，抓着我的肩膀说道。我忽然注意到他的牙齿。

小李的牙齿很白，这在抽烟的人中算是另类了。

不过也正是由于那整齐的、白森森的牙齿，我才看得很清楚。他的牙齿中间居然夹杂着一丝非常鲜红的肉丝。

那绝对不是普通的肉丝，我不知道自己为什么会有这种想法，或许，和纪颜他们待久了，脑袋也有点混乱。可是我的确觉得那肉丝看着让人很不舒服。

在小李的一再说明下，大家也就原谅了他。不过事情并没有结束，下班的时候小李忽然拉住了我，而我正好也想找他谈谈。

因为今天他的表现太反常了。

我前面说过，小李犹如办公室里的润滑剂，要他一小时不笑不说话绝对会闷死他。可是今天一天下来，小李居然一句话也没有说过，也没有任何表情，凡事只是靠点头、摇头来应付，大家都以为他是在为早上的事情内疚，可我却觉得不是那么回事。

“你究竟怎么了？”我看着小李不解地问。小李紧闭嘴唇，我看得出他是特意的，因为他的下嘴唇几乎被牙齿咬出血了。

他大力地摇晃着脑袋，显得非常痛苦，但就是不说话，终于，他好像想到了什么，找来了一摞白纸。这点我也想到了，于是他写，我读。

为了方便大家阅读，我还是以小李的口吻写下来。

你知道我这人，喜欢乱吃东西，虽然偶尔也得过一些小病，但大都没什么事情发生，可是这次，身体好像出事了。

昨天晚上，我一个人下班回家，天色暗得很快。那条路非常狭窄，而我也在盘算着晚饭的去处，正在这时候，我看见街边墙角处出现了一张人脸，就在我旁边。

我侧脸望去，怎么说呢，那是一张非常古怪的脸，仿佛带着人类的各种表情，喜怒哀乐都有，五官就像被小孩打乱的积木，也像被水冲洗过的泥塑一般，仿佛所有的东西都扭曲了。我可以清楚地看见他的嘴巴。

忘记说了，那是张男性的脸，大约四十来岁。因为天色很暗，我只能看见他的脸出现在前面的围墙上，那围墙大概有一米多高，如果我站在里面，大概也就能露出一张脸。

他的嘴唇很厚，苍白得很，可是却不及他的牙齿那么白。

当他张开嘴唇时，那如腐骨似的牙齿开始上下振动，发出一阵咯咯的笑声，那天温度不低，可我还是忍不住打了个寒战。

而且奇怪的是，他居然在往前飞快地跑动着，可是脸却一直对着我。

我几乎忘记问他是谁，可是那个怪人却主动说话了，声音很古怪，和他的长相非常不搭，那是一阵阵尖细如女子的声音：“今天的天气很糟糕，大雨大风。”

我忍不住笑了，那天明明是艳阳高照，很少3月底有着将近30度的天气，而这个人却高喊着大风大雨，这不是比我还滑稽吗？

我自然去讥讽他，可是那人毫不在意，依旧咯咯咯地笑了几下，继续喊道：“你是个女人，很漂亮的女人。”这句话更让我诧异了，我甚至开始有些讨厌这人了。我虽然不是五大三粗的，但还不至于会被人误认成女性。我一下子就对这个怪人感到索然无味了，我也喜欢开玩笑，但我不会开如此无聊的玩笑，于是我想快步离开。

可是人脸又说话了，这次说的话却让我吃惊不已。

“食吾肉，汝可为我，饮吾血，汝不可言实。”他没有再笑，而是换了非常严肃的表情说着，一双如同猫眼般发着绿光的眼睛一直盯着我。终于，我忍不住了，嘴里嘀咕着“疯子”，咒骂着离开了那条狭窄的街道以及那个怪人。

但怪人的最后一句话始终在我耳边回荡着，不管我走多远，那句“食吾肉，汝可为我，饮吾血，汝不可言实”就仿佛是有人在我耳边说着一样。

不知道走了多远，我发现自己居然迷路了，我居然在自己走了几年的熟悉的道路上迷失了方向。

可事实就是如此，这陌生的地方我压根不认识，而且一盏灯也没有，四周耸立的都是楼房和砖石砌成的街道。我几乎辨别不出前路的方向，只好暂时待在原地。我还拿出手机想打电话，可是那里却显示没有信号。

那时候已经是晚上十点多了，我居然不知不觉走了几小时。

还好，前面不远处似乎有点微弱的灯光。走过去一看，居然是一家小店，只有一人、一台、一桌、一椅。

这是个老人，看不清楚面容，穿着厚实的蓝布外套，黑色的圆头布鞋，弯着腰拿着木头长筷在一口大锅里捞面。

台是灶台，很简陋的那种，我印象里祖母在乡下经常使用，缺点是烟太大了。

桌是简陋的木桌，方方正正，上面还有毛刺，居然还没有抛光上漆，灰白色的，似乎有些年头了。

椅子自然也是木椅，不过还算结实。

这是一家街边小店，不过在这么冷清的地方能有生意吗？还好，我也算帮了他一把，因为那时候我的肚子已经很饿了，而且天气开始降温，就想吃点热的暖暖胃。

我问老人有什么食物，他居然笑着反问我：“不知道您想吃什么呢？只要您想，我就能做出来。”

老人的话语很坚定，不像是开玩笑，可是这个牛皮似乎吹大了。我四下瞧了瞧，简陋的店里也没有什么特别的材料，和普通的街边大排档没太大区别。

我笑了笑，对老人说随便来点，好吃就行。

“要好吃的吗？太简单了。”老人又笑笑，转身离去。

不久，我闻到一阵奇香，我敢打赌，我这辈子，不，甚至你都绝对没有闻过那种香味。我吃过的东西也不少了，可是绞尽脑汁也想不出那是什么肉。肉香里居然混杂着一种非常原始的、充满诱惑力的味道，如同少女的体香一般，又像是饥饿的人嘴边的食物散发的香气。

终于，在我的期盼下，老人把一个冒着热气的搪瓷大碗端上来，热气扑在我脸上，我无法看清楚老人的样子。

“吃吧，你绝对会满意的。”老人冷冷地说了一句，就继续忙活去了。

碗里的肉鲜红鲜红的，是碗肉羹，上面撒了些葱花和嫩姜丝。我舀起满满一勺肉，放进了嘴巴里。

那是种难以描述的味道，非常鲜美滑嫩，仿佛肉都没有经过牙齿，直接顺着舌头滑进了喉管，然后进入食道和胃里面。而且肉的香味仿佛在整个身体里扩散开来，冲向脑门，顿时疲劳、饥饿、寒冷的感觉一扫而空。我如同饿了几天的孩子，一下子就把那碗肉羹吃了个干干净净，一点没有剩下。可是，吃完我就后悔了，我甚至恨不得把他吐出来！

（当我接过那张纸时，却看见小李写的是“他”而不是“它”，我暗想或许他写错了。我看了看小李，他的样子有点激动，字迹也开始潦草起来，这绝不是我平日里认识的小李。）

当我抬起头，准备付账的时候，老人背对着我摇了摇手。

“你已经付过账了，我甚至还要跪下来感谢你，因为你终于帮我解脱了。”老人看上去似乎很开心，一句话居然被自己的笑声中断了数次。那时候我非常地吃惊，起身过去一看，老人居然平白无故地慢慢消失了，如同把一砚墨汁泼向了水池，渐渐融合在夜色里。

我奇怪地走进房间，结果看见了两样东西。

一张皮，和一个头。

这些都是我刚才吃下去的不知名动物剩下来的。可是当我看见的时候，几乎忍不住剧烈地干呕起来。

皮是张兔子皮，我经常吃野兔，自然识得，而且这只野兔个头很大。

而头，却是个人头。

而且就是不久前我在街道上看见的那个古怪的人。他的脸给我的印象太深了，那张脸是别人无法模仿的。

人头被抛在地上，脸正对着我，还带着笑意，眼睛眯成了一条细缝，开心地望着我。

我很想把刚才自己吃下去的肉吐出来，可是无论我怎么样干呕，抠自己的嗓子眼，就是吐不出来，甚至我把之前吃的早餐和午餐都吐出来了，也吐不出那些肉。

当我吐得两眼昏花，趴在椅子上时，忽然听见了一个声音。

再熟悉不过的声音，如女子般的尖细，而且就在我耳朵边上，我不敢回头，因为我心里知道那是什么。

“吐不掉的，那些肉已经融入到你身体里了，那些肉就是你的肉，你身体的每一寸皮肤都包含了那碗肉羹，除非你把它们全部剐下来。真的，真的谢谢你啊。”声音开始慢慢消退，仿佛离我越来越远，终于，好半天我才回过头来。

可是我回头时却正好对着那人头，原来它一直就在我旁边。

人头微笑着不停地说着那句“食吾肉，汝可为我，饮吾血，汝不可言实”，接着也如同那个老人一样消失了。

也不知道在地上趴了多久，我才强撑起自己几乎虚脱的身子。

可我走了没多远，就发现自己居然就在家附近。到家的时候已经凌晨了，我倒在床上非常困倦，却一直睡不着，直到熬到早上来上班，却被你们告知我捅了这么多娄子，你说我冤不冤枉？

小李写到这儿，我终于明白他牙齿里的肉丝到底是什么了。

可是这和他不说话有什么关系呢？

很快，小李的字条又递了过来。

“我知道你想问什么，我也可以告诉你，因为我发现自己无法说真话了，最简单的也不行。我的话一出口居然连自己也控制不了，说出来的都是与事实和我内心真实想法相违背的东西，所以我索性闭嘴不说。我知道你经常会经历些古怪的事情，所以才告诉你一个人，如果告诉别人，他们非把我当成疯子送进精神病院不可！”小李见我读完，双眼带着哀求望着我。

一个人可以说话，却无法按照自己的想法说，那是件多么可怕和悲哀的事情。

可是我也只能眼睁睁看着，束手无策。当我艰难地告诉小李我无能为力时，他也只好苦笑了一下。

他收拾好东西，递给我最后一张字条：“我先回去了，明天再说吧。”

小李渐渐走出了我的视野。他的家离我家不远，大概步行十几分钟穿过两三条街道就能到。我决定去查查有关书籍，或许可以给他些帮助。

虽然夜已经深了，寒意四起，可我还是裹着毯子寻找着那些古籍。

今天还是愚人节，还没有过十二点。当我翻阅着那些书籍时，忽然想到了这点。

该不会这小子一直在欺骗我吧，他的演技向来很好。难不成他明天早上会活蹦乱跳地嘲笑我的愚蠢？

上当受骗总归不是一件光彩的事。我开始犹豫，不过还是继续查找下去，终于，我找到了一些线索，可又不是十分确信。

因为我也曾经听人提及这种东西，可那毕竟是传说中的东西，现在怎么可能还存留着呢？

但它与小李的描述太接近了。我想了想，不管了，拿起书往小李家走去。

外面的风很大，接连数日的高温一下子消失得无影无踪，取而代之的是狂风和刺骨的寒冷。我裹紧身子，生怕书被卷走了，顶着风艰难地来到小李家。

他家在一楼，或许大多数懒人都喜欢住在低层，少走一点算一点。

屋里的灯没亮，大门却是虚掩着的。我无法确定里面是否有人，或者说难道是进了盗贼？我只好悄声地推开门走了进去。房间里很闷热，我忍不住走到窗前打开窗户，我来过他家几次，对这里的格局还是很熟悉的。

房间里很暗，没有任何声音，看来并没有贼，有的话，我进了屋贼估计也就跑了。我依稀看见地板上倒着一个人，看身材似乎是小李，可是又好像哪里不对。

难道被刺伤了？我担心小李的安全，赶紧伸手打开了墙壁吊灯的开关。

亮光一闪，房间一览无遗，我觉得有点刺眼，可是很快就后悔了。

我后悔打开了灯。

地上倒着的是小李，严格说，应该是他的尸体。

因为小李的头不见了，我只能从衣服来判断是他。可奇怪的是，地面上一滴血也没有，仿佛是个塑料人偶被切去了头颅一样。

我小心地走过去，蹲在尸体旁边。头部的切口很粗糙，不像是用锋利的刀具切的，倒像是被硬生生撕下来的一样。

我忽然想起前不久小李请我吃的烤鸭子，他高兴地用手把鸭头扯了下来，鸭脖的断口像麦芽糖一样，连着许多纤维状的肉丝，扯也扯不干净。

现在小李的脖子就是如此。我不禁哀叹起来，几小时前还活生生的朋友，现在居然就倒在地上再也无法动弹了，甚至连头颅也不知去了哪里。我真愿意相信这是愚人节的一个谎言，那样的话我就不会像现在这样难受。

或许我们都无法知道，到底是我们生活在谎言中，还是我们的存在本身就是个谎言。

“食吾肉，汝可为我，饮吾血，汝不可言实。”

忽然一个声音在我脑后响起。慌乱间，书从我手中掉了下来。我一扭头，看见小李的头居然就在窗口，正对着我，嘴角微微向上。

“食吾肉，汝可为我，饮吾血，汝不可言实。”

他又重复了一遍。我不禁纳闷没有声带的人如何能开口说话，而且他的声音尖厉刺耳，如同指甲刮在黑板上。

我几乎失声喊道：“小李，是你吗？”

小李的脸露出痛苦的表情，可是嘴巴却笑了起来。

“非吾，非吾，吾非小李，吾不是君。”说完这句，人头便开始在窗台上转圈。

我奇怪地看到他头颅的伤口处没有任何血迹，而且那些被撕扯开的肉丝开始迅速地蠕动起来。

如同一双无形的手在捏橡皮泥一般，他的头颅后面渐渐形成了一个动物的形体。

最终，事实印证了我的想法，他的脑袋后面居然多出了个兔子的身体。

小李的脑袋摇晃了两下，就要从窗台跳下去，我刚想追过去，他却不见了。

在门外，小李一直回头看着我，但他的身体我却看不见，所以在我看来，感觉到的是小李的脸在飞快地远离我。耳边传来了我听到的他的最后一句话："不要再和我说话了。"

那是小李的声音，是他说出他自己真实想法的声音。

当我沮丧地回到小李家时，却发现他的身体也如同遇火的蜡像，消失不见了，地上只剩下我带来的那本书。

窗外刮起了大风，把书吹开了，停留在其中的一页上。

"讹兽，别名诞。人面兔身，能说人言。喜欢骗人，言多不真。其肉鲜美，但人吃了后就无法说真话了。"

我把地上的书拾起来，合上，再次看了看封面上的几个大字：《西南荒经》。

我不知道是否还会遇见小李，或许会再次遇见，但还是不要和他对话了。我也无法判断他现在究竟算活着还是死了，因为他将会一直在深夜走下去，直到找到下一个可以吃掉他的肉的人。

第五十三夜
清明雨

“女孩看上去似乎比我年纪稍长，长而密的头发随意地披在肩膀上，仿佛一块黑色的绸缎。她的肤色很白，几乎透明，因为背对着门站着，光线几乎透过了她的皮肤。
不过我没看见血管。”

我虽然很不喜欢雨天，但有两种雨却并不介意。

第一种是雷阵雨，下得干脆利落，来去迅速，极为爽快，如果你没有一次赤裸双脚在大雨中奔跑的经历，那么你就无法体会到青春激情的感觉，因为随着年龄的增长，人的身份与身体情况都不允许你再这样做了。

第二种是绵雨，几乎感觉不到它们的存在，仿佛如雾气一般，但当鼻尖积累下来的雨滴顺着脸滑进嘴里时，你才会意识到原来是在下雨。

我之所以喜欢这两种雨，是因为在这两种雨里面都不用打伞。前者撑伞无用，后者不用撑伞。

寒食一过，即是清明，所谓前三后四，这七天都可以祭奠、缅怀过世的亲人好友，不同的人手里提着大体相同的祭品，迎着雨往前赶。

清明雨是咸的。

那味道只有满怀忧伤的人才能尝出来。我一直很奇怪，到底是因为这天被定为清明才总是下雨，还是因为这天老下雨才会被定为清明。

清早起来，老总自己都请假了，说是回老家祭祖。这帮猴子见没了主管，自然是懒散得要命，春天本就如此，个个眯着眼睛，打着哈欠。我做完了手头的事，买了些水果，便去了医院。

那两人已经住院快一个星期了，不出我所料，伤势好得很快。当那位主治医师很诧异地告诉我，说他们两人的身体恢复速度几乎是正常人的两倍甚至更快时，我笑了笑，心中不以为意，只是说他们都是运动员。

“运动员？那孩子也是吗？”医生仍旧不死心。

“当然，你不知道我们国家的传统吗，向来从娃娃抓起。”我继续笑着说。愚人节过去了，可并不代表就不能说谎。

进病房的时候发现纪颜的床居然是空的，被子整齐地叠放起来。倒是黎正仰卧在那里，见我来了，冷眼看着。

“他出去了，早上起来就出去了。”黎正似乎知道我要问什么，提前告诉我说。

昨天我来的时候这里还有李多，出乎我的意料，她没有因为纪颜受伤而过多地责备我，倒是对黎正的伤势很在意，并一再说我们几个大人居然看不住一个小孩。

因为我们说好了，就说是那次去山上送小狐狸回来的时候摔伤的，李多和落蕾倒也不怀疑。事实证明，对越是看上去聪明的女孩子越是不能用太高级的谎话，最普通的反而最有效。

我把水果递给黎正，他摇了摇头，继续捧着纪颜父亲的笔记看。和他相对无语，我只好一个人闷闷地坐在床前的木凳上。

过了片刻，门外进来一个人，我站起身斜眼看了看，果然是纪颜，只是脖子上依然挂着受伤的手臂。他的样子略有些憔悴，不过精神还是很不错的。见我来了，他笑了笑，用另外一只手示意我坐下。

“医院不准我出去，所以只好过几天再去扫墓。”纪颜低沉着说了一句。我忽然觉得病房里的空气很潮湿，让我很不舒服，但我的嘴唇依旧干涩，眼睛也很难睁开。

病房里只有我们三个人，窗外的雨还是那个样子，不大，但也没有停的迹象，好在不用带伞，出去最多也只是被淋湿少许而已。

“说个故事吧，否则我想睡觉了。”我把双手撑了起来，伸了个懒腰，从带来的水果里拿出一个橘子剥了起来。随着我手指的动作，橘皮如同衣服般滑落下来，房间里瞬时充满了橘皮带着诱惑的味道。

橘皮和橘肉的香味是不同的。

纪颜满意地抽动了两下鼻子，笑了笑，说：“你知道为什么坟墓前总是种植着柏树吗？或者有地位的人的坟墓前为什么总是立着石制的老虎吗？”我自然答不上来，摇了摇头，把一瓣橘子递给他，他伸手接过，放进嘴里。黎正依然专心地在床上看书，没有任何反应。

“《风俗通义》上说：‘《周礼》方相氏，葬日，入圹驱罔象，罔象好食亡者肝脑。人家不能常令方相立于侧，而罔象畏虎与柏，故墓前立虎与柏。’意思就是说罔象这种怪物常在地中食死人脑，但是这个怪物害怕柏树和老虎，所以人们就在坟墓上种植柏树，安立石虎，以求得驱走罔象。这是坟墓周围遍植松柏的最初用意。也有另一种说法。秦穆公时，陈舍人掘地得物若羊，将献之，道逢二童子，谓曰：‘此名谓蝹（yūn），常在地中食死人脑。若杀之，以柏束两枝捶其首。’可见虽然记载略有不同，但大都传说竖立松柏是为了防止死者的尸骨为妖邪吞食。其实古人的想法颇为束缚，如果像现在这样火葬、海葬，也就不用担心尸骨的问题了。

“说到清明，忽然想起了一个人，不过我始终不知道是否真的可以称她为人，或许，人与非人的界限本身就难以界定。”纪颜的眼睛忽然闪烁着奇妙的光芒，我发现每次他开始讲故事的时候，眼睛里总会闪过那种光。

（下面是纪颜的口吻。）

那年我正好十二岁，那天也是清明。雨很大，虽说不上是倾盆大雨，但是雨水很凉，就像是刚融化的冰水，打在身上一阵阵地疼。那时候还是倒春寒，哪里像现在，感觉春天没了，从冬天直接到夏天。当时我和父亲正准备为爷爷扫墓，可是雨忽然大了。躲雨的人和下山的人居然把我们两人冲散了。十二岁的我虽然还不至于放声大哭，可是也有些害怕。

我随着人流乱走，而路人也越来越稀少了，虽偶尔有几个好心人看见我后停了下来，但询问了一下也就迅速离开了。我只好继续漫无目的地走着。

当时虽然是白天，却同夜晚无异。我仅能凭借微弱的光线分辨着脚下的路，让自己不至于从陡坡上滑下去。就这样，我来到一座巨大的房子面前。

这样的房子现在不多见了，横梁大概有三米多高，非常破旧，而且是纯木制的，我猜想可能是以前的人们在山上修筑的祠堂，或者是专门供人避雨或住宿的。你知道有时候大户人家祭奠的过程非常烦琐，步骤多人也多，在山上修筑一个临时住宿的地方倒也不足为奇。房门外有两根极粗的大红木支柱，即使是一个成年人也难以抱住，只是油漆早已经脱落，败落之相尽显，我甚至可以在粗大的柱身上看见一个个大大小小的裂缝和虫洞，一些小虫正飞快地爬进爬出。

迈过几乎到我膝盖处的门槛，我走了进去。

房间里面出人意料的干燥，我很难想象在春天里，木制的房子居然比我们现在用钢筋混凝土建的砖瓦房还不容易潮湿，一进去你就可以闻到一阵只有木制品才能散发出来的奇特味道，它让人想起晒过的被子散发出的气味，清爽、舒适。

不过里面什么也没有，偌大而空旷的房间和身材幼小的我形成了极大的反差。我喊了声“有人吗”，回应我的却只有一阵阵回音。

虽然进去后一眼就能看到房间的每个角落，可我还是不放心地到处走了一遍，最终确定，这里的确荒废很久了，因为每个地方都有层厚厚的灰尘。

我回头望去，自己湿湿的脚印从门槛处一直延伸到房间的各个地方，足迹越来越淡，犹如在地面上画了幅奇妙的图案。我暂时忘记了与父亲走散的恐惧，居然好奇地开始观察起这间空房来。

门外的雨没有停下来的意思，听长辈说，清明的雨下得越大、时间越长，就证明那年死的人越多。

清明雨，死者的眼泪啊。

（我听了这话，竟忘记了将橘子放入嘴里，因为我的长辈也是这样对我说的。纪颜没有注意我的举动，他仿佛不是在讲故事了，竟忘记了身边的一切，整个人都沉浸在儿时的记忆里。）

忽然，我听见身后有声音。我记得自己是一个人胡乱走到这里的，难道还有别的过路人躲雨吗？

我转过头去，看见一个穿着白色过膝长裙的女孩。

女孩看上去似乎比我年纪稍长，长而密的头发随意地披在肩膀上，仿佛一块黑色的绸缎。她的肤色很白，几乎透明，因为背对着门站着，光线几乎透过了她的皮肤。

不过我没看见血管。从始至终，我都觉得这个女孩的脸上没有一丝血色，可我非但没有害怕，还觉得很高兴。

因为终于有人陪我说话了。

世界上有两种人不会畏惧鬼神：瞎子和小孩。

我不是瞎子，但那时候我确实是个无知的孩子。所以我走了过去，笑着端详着女孩，女孩似乎有些吃惊，但随即也笑了起来。

我低头看着她的脚，她没有穿鞋，但是也没有被打湿，全身都找不到一点被雨水淋过的痕迹，从门槛到她站的地方，一点异样也没有，仿佛她是飘进来的一般。

“你迷路了？”女孩开口了，声音很响亮，带着很强的穿透力，如同泉水般清澈透明。但奇怪的是她的话虽很清晰，却连一点回音也听不到。我自然答复她，自己是随着父亲来的，结果迷路了。

女孩笑了笑，雕塑般的五官组合得很漂亮。

“我陪你聊聊吧，等你父亲来。”她走了过来，轻轻地抚摸了一下我的额头，然后和我并排坐在了高高的门槛上。她的手并非如我想的一样冰冷，相反，和外面的春雨相比，她的手心更暖。

“你的衣服湿透了，小孩的骨头软，如果不弄干，寒气入骨，对你可不好。”她笑着说。我则为难地看着如同被胶水粘在身体上的衣物。

“你为什么没有淋湿呢？你不是也从外面来吗？”我忽然想到了什么似的，奇怪地问女孩。

“我当然不会被淋湿，你觉得一滴雨可以淋湿另外一滴雨吗？”我对她的话不是很了解，她似乎知道以我的年纪无法理解，便不再说话，只是用手平放在我肩膀上。过了没多久，我感觉身体开始暖和、干燥起来，原来所有的水居然都被吸了出来，凝聚在女孩的手上，然后又慢慢消失了。只是做完这一切后，女孩的脸色更白了。

我和女孩有一句没一句地聊着，只是她的注意力始终在雨中、在山外，总是心不在焉的，仿佛在期盼什么人一样。

不知道过了多久，只记得天色越来越暗，外面的雨也越来越大，而且起了风。山上的风和我们平日里的风不同，像刀子一样，又重又沉，仿佛要把我扯碎一般，我只知道自己越来越想睡觉，虽然心里很期待父亲的出现，却也觉得这希望越来越小了。

当时我忽然有种想法，如果我死在这座坟山上，倒也算得上是死得其所了。

女孩面带忧愁地看着我，双手扶着我的肩膀用力地摇了摇。我多少恢复了些神志，可脑袋还是沉甸甸的，脆弱的脖子仿佛支撑不住，随时会断掉一样。

四周的温度越来越低了，空旷的山谷里居然能隐约听到哭泣声。我无法分辨那是上坟祭拜者的哭声还是那些留恋人世不肯离开的灵魂的哭声。总之我的身体从未有过那样舒服的感觉，仿佛整个人都飘起来。女孩似乎很着急，用手指轻轻地划过我的脸庞，像微弱的风拂过一样。

“醒醒，睡着了会被冻死的，山上的气温降得很快。”可是她的声音在我听来却越来越遥远，瞬间就被雨声吞没了。

“你是人啊，还这么小，这世界应该还有值得你留恋的东西啊。”她忽然说了这么一句。

“你不是吗？”我笑着问她。女孩见我肯回答她的问话了，也笑了起来，无论是着急还是微笑，她的脸都仿佛水做的一样，如此的透明真实，不掺杂任何杂质，丝毫不做作，就像刚出生的婴儿，开心就笑，恼了就哭。可是人往往如此，越是长大、越是入世，反而把娘胎里带出来的东西都扔掉了。据说人在刚出生的时候其实都会游泳，而且水性极好，这也是为什么有的父母在孩子出生不久就经常把他们放在水池里锻炼水性的原因。

斯巴达人在孩子刚刚出世时就用烈酒为他们洗澡，如果孩子身体不够强壮，就会当场抽风而死，但所有人都不会为他的死哭泣悲哀，包括他们的父母，因为不够强健的人，在战场上迟早会被淘汰。

所以那时候，我忽然明白了一个道理：人大多数时候，还是要靠自己，因为，当你想去依靠任何东西的时候，你就把后背出卖了，你回不了头，你无法预知后面究竟是一堵墙，还是一张纸。

我终于还是苏醒了过来，虽然身体很虚弱，但已经好过多了，因为我觉得没有先前那么冷了。

女孩的衣服始终没有被山风卷起一丝一毫，仿佛她生活在和我不一样的空间里。我看见她的手心里产生了一阵阵白雾，白色的雾气正笼罩着我，原来是这雾隔开了冰冷的空气和强劲的山风。

“谢谢你。”我没有多说话，因为每多说一个字就会耗费更多的体力，要表达感谢这三个字也够了。可是女孩没有回答我，她的脸色越来越白，即使在这几近漆黑的夜里也能看得非常清楚，她就像黑夜里的月亮，散发着银色的、温暖的光，只是这光已经越来越暗淡了。

她始终保持着同样的动作，可她的身体却开始慢慢变得透明起来，我想伸手去抓住她。儿时的我想法很单纯，因为我已经觉察出来她要走了，所以本能的反应就是伸出手抓住她，让她留下来。

可是我抓住的只有空气。在我伸手的一刹那，她已经完全不见了。我那时才知道什么叫随风而逝，女孩好像从没有来过一样，或者说我似乎只是在这座古老的木头房子里做了一个梦。

当我无法分清自己是否还在梦中的时候，居然在雨声中听到了父亲的喊声，喊声中充满了无奈、自责和绝望。我立即跑了出来，也对着声音发出的方向高喊。

终于，我和父亲再次相见了，他没有责骂我，只是一见面就紧紧搂住我，我觉察到他的身体在发抖，那是恐惧和兴奋的混合，我从未想过在外人面前向来沉着冷静、温文尔雅的父亲会发抖。

“没事就好。”父亲只说了四个字，随即把我抱了起来。我坚持不肯走，把那女孩的事告诉了父亲，末了，还一再问他，这是不是自己做的梦。父亲听完低头不语，良久才用手电筒照了照地上。

地面上有一摊水，极普通的雨水。

“那是雨灵。她们只能生活在墓山上，她们是天上的雨流过坟墓带着死者执着生念的妖怪。而且她们永远无法成道，也无法离开。只要下雨，雨灵就会出现，帮助那些在山上迷路的人，避免他们被冻死或者迷路。”父亲低沉地用带有磁性的声音解释。

我好奇地问雨灵到底去哪里了。

“回天上了吧，她只要帮助过了人，就会重新回到天上，等着下次下雨再回来，又重新幻化成女孩的样子，在山间游荡，帮助那些需要帮助的人。其实，雨灵心里说不定也有你爷爷的心愿呢。”父亲笑了笑，把我抱起来，用衣服裹住我，我依靠在父亲宽大、厚实、温暖的胸膛上很快就睡着了。等我再次醒来时，已经在家里了。

“自从那次后，父亲不再带我去扫墓，无论我如何央求，他也不答应。所以我想再次见到雨灵的心愿也就没能实现了。甚至到了后来，父亲去世后，我去扫墓，也只是从旁人口中听过那白衣少女的传说。清明雨每年都下，可是我却再也没见过她了。”纪颜说着居然笑了一下，如同孩子般可爱，随即低沉下来摇摇头。

“要不等你的伤稍微好些，我陪你去吧。”我见他有些许伤感，便开口说道。看了看窗外，清明雨依旧下着，虽然看不太清楚，甚至只能靠地面上的水洼来判断。我把手伸到窗外，飘落到手掌上的雨点弄得手心有些痒痒的。

“不过我估计是见不到她了。雨灵只会出现在需要帮助的人眼前，像她的名字一样，雨灵没有任何的杂质，单纯得令我们这些人觉得羞愧。”纪颜点了点头，缓声说道。

他好像忽然想起了什么，走到黎正的床前对他说：“你的腿不好，要不我去帮你祭拜一下？”

黎正抬起头，冷眼望着纪颜：“不需要，我讨厌那些烦琐的规矩，更何况……”黎正说到这里，忽然顿了一下，“更何况我连他们葬在哪里都不知道。”最后一句话他说得很快、很轻、很随意。黎正说完之后，便将笔记放到枕头边上，盖上毯子睡过去了。

外面的雨慢慢地停了，我看到一缕阳光从阴霾的云层中透出来。

清明一过，讨厌的漫长的雨季就结束了吧？大家都说，过了清明，天气才会真正好起来。我长吁了口气，空气很清新。这时，身后响起了开门声和银铃般的笑声，我知道是谁来了。

第五十四夜
姐妹

“房间里的灯已经灭了，随着每一次的闪电，我都能看见她赤裸的身体，闪电将本来白色的躯体照得更加惨白。我仿佛看见了一幅油画，一位美丽的女神站在如同画框般的窗户前面，后面的背景则是紫黑色的天空和滂沱的大雨。”

卢笛恐怕可以算是我见过的男性中最招女孩子喜欢的了，其实他并没有纪颜英俊，也不像其他的男性那样喜欢耍酷，但是他具备一种与生俱来的亲和力，可以不让任何人讨厌自己。因此，在卢笛的身边总是有许多美丽的风景，当然，这一度使我们这些朋友颇为嫉妒。

但用卢笛的话来说，其实被女孩子包围，尤其是被漂亮的女孩子包围，并不像外人看上去的那样幸福。自然，他每次愁眉苦脸地抱怨那些女孩很难伺候的时候，得到的只能是我们的拳脚相加。但是玩笑归玩笑，我们非常好奇卢笛会娶一个什么样的妻子。

“不知道，我非常苦恼，如同一直摇摆的挂钟，不明白何时才能停下，也不知道停在什么地方。”卢笛性格软弱，带着一种诗人的忧伤气质，可能这也是女孩喜欢他的原因，加上显赫的家境和温文尔雅的谈吐，想不对他动心也很难。

很凑巧，前些日子我接到一个电话，是卢笛打来的。电话里他只说了一句：“我要结婚了，有空就过来坐坐。”说完就挂了，那种语调非常凄惨，说得难听点，不像是将要结婚的报喜，反倒像讣告通知一样。

婚姻果然是爱情的坟墓吗？

我挂上电话才想起他连地点都没说，只好再次打过去询问日期、地点，居然就在下星期二，我看了看日程，看来只好请假半天了。

那天下着大雨，我非常诧异，参加了这么多次婚礼，还没碰到过下雨天结婚的。

“我很喜欢下雨，出生的时候就伴随着暴雨，所以无论是我结婚还是死去，我都希望是在有雨的日子。”我想起卢笛的话。卢笛经常用单手托着下巴，盯着窗外看。

果然很符合他的个性。我对新娘越来越好奇了，究竟是怎样一位美人，或是一位聪明可爱的女子，可以让他不再犹豫而下定决心结婚呢？

可是当我见到那个女孩时，我甚至无法掩盖脸上的失望之色。不仅仅是我，看得出所有兴致勃勃赶来的宾客都有那种感觉，甚至还有几位曾经和卢笛交往过的优秀女孩居然当场离席了。

那个女孩极其普通，既没有过人的容貌和优雅的谈吐，也没有显赫的背景。要知道，卢笛的家里虽然谈不上豪门，却是世代书香，祖上出过很多名人。我虽然没有轻视那女孩的意思，但这桩婚事确实让人费解。

不过卢笛看上去还算不错，脸上始终带着笑容，从知情人的话来看，卢笛完全是自愿娶这个女孩的，说是她苦苦守候了很多年，不过这个理由听上去总是如此牵强。

宴席上有一种很不和谐的氛围，尤其是某些人的祝福声中，隐隐能嗅出一种报复和幸灾乐祸似的愉悦。

我能了解到其中应该有些原因，不过这个日子实在不好找他谈。

糊里糊涂的酒会过后，我回到了报社。下班之后，却意外地接到卢笛的电话。

“我们谈谈吧，因为我找不到一个可以倾诉的对象了。”他的声音有些哽咽，而且卷着舌头吐字不清，从话筒里都能闻到浓浓的酒味。

我答应了，并按照约定去了他家附近的一个篮球场，以前我们经常在那里打球。

现在外面仍然下着大雨，球场上一个人也没有。

当我撑着伞来到球场的时候，卢笛已经早早地站在那里了，他看上去很没精神，我纳闷干吗不去陪新娘，却一个人跑了出来。

“让我和你聊会儿吧，再不说，我会疯掉的。”他笑了笑，仿佛在谈论别人一样。

我们走进了旁边遮雨的塑料棚，找了块还算干净的地方坐了下来。

“不打扰你吧？真是不好意思，每次有不舒服的事情都拉着你说话。”卢笛抱歉地拍拍我的肩膀。他的确是这样的人，总是喜欢站在别人的角度想问题，考虑他人的感受。善解人意并不见得一定就是优点，过分的话会让自己活得很累、很辛苦。

我摇摇头，虽然工作一天很累，但他我更想知道他背后的故事。

“你一定为我选择的对象感到不解吧，在说明我的选择前，我想先给你讲一个故事。”他半闭着眼睛如同刚刚睡醒一般，鼻尖上还挂着雨珠，但他并没有擦去，而是一直望着外面的大雨。那带着磁性的低沉嗓音混合着雨点敲打塑料棚的声音，让人觉得仿佛在念诗一般。

（下面是卢笛的口吻。）

在我认识的众多女孩中，有聪明的，有可爱的，有漂亮的，有体贴温柔的。但是从来没有一个女孩能够集合所有的优点，有时候我和她们相处，总是会想，造物主究竟有没有制造出一个真正完美的女性呢？

很快，这个问题有了答案，而且更加让我激动的是，不是一个，而是一对，一对长相、声音、性格完全相同的双胞胎。

当一位美丽的女孩站在你面前，即便她有奥黛丽·赫本的高贵、玛丽莲·梦露的性感，但是还不至于用极致来形容吧，可是你想想，两个完全一样的女孩，穿着打扮、说话的声音甚至包括眨眼的动作都没有任何区别——起码从普通人的感觉来说，你会有什么反应？你只能说这的确是个奇迹。你可能会跪下来对神的无意或者是有意的创造心存崇敬。

不过像普通的双胞胎一样，即便是我，一开始也很难进入她们的圈子。这两个女孩无论走到哪里，总是十指紧紧相扣，而且她们说话尤其有趣，一个人说一句，互相都能知道对方下一句要说什么，这种心灵相通的实验我们做起来总是乐此不疲。

后来我知道，这对姐妹父母很早就过世了，在这个世界上她们除了彼此，没有任何其他的亲人了，所以，她们相互之间过于重视，把对方当成了自己身体、生命、生活的一部分，虽然没有像电视里那种连体双婴一样，但是两人之间总有着看不见的纽带。

她们继承了父母的一笔巨额遗产，却喜欢过简单、简朴的日子。姐妹俩住在父亲生前设计的一栋房子里，房子很大，却只住着她们两人，也不请任何用人，只是在门口设置了保安人员。这也是她们父亲早已经安排好的，因为这栋房子本来就是一栋双子楼。楼的名字就叫“sister”，是父亲专门为姐妹俩设计的，本来是安排两人分别住在房子的两边，不过自从父母去世后，她们就一直睡在一起。

说了这么久，却忘记告诉你她们的名字，姐姐叫刘雪，妹妹叫刘雨。可能她们过世的父母都喜欢水吧。

不知道出于一种什么心理，我很想接近她们，很想看看这对姐妹之间是否能有我的空间。于是我经常接近她们，和她们聊天。起初很困难，因为别说是我这样的陌生人，即使是她们熟悉的朋友都很少能和她们聊天超过十句。但是她们并非冰冷的，而是沉默着摇头，用漂亮的大眼睛注视着你，所以即便被拒绝，你也不会心存不满，如果非要找个词语来形容她们的话，那就是天使。

卢笛的眼睛里充满着一种非常迷茫的色彩，如连绵的雨，又像雨后的彩虹。

“既然这样，为什么你没有从姐妹里找一个你喜欢的呢？”我忍不住问他。

“说得对，我当时的确是这么想的。”卢笛再次清醒过来，接着说下去。

按理说，即便是双胞胎，也应该有一点特征能够区别，就像某个人说的，这世界上绝对没有两片完全一样的树叶。可是我认识两人这么久，却始终找不到她们的不同点。每次两姐妹笑着让我猜谁是姐姐、谁是妹妹的游戏，我都会错。

“即便是随便猜，也应该有一半的机会啊，为什么每次都错呢？”当时我傻傻地摸着后脑勺郁闷地说。

“因为你对我们两个的好感都是一样的，当你真的喜欢一个人多一些的时候，你就可以猜出来了。”两个漂亮的女孩同声说着，我感觉有些眩晕，仿佛自己站在一个满是镜子的房间里。

或许诚如她们所言，如果我真喜欢其中一个多一些，就自然可以猜出来了。快乐的日子依旧继续，那个猜谁是姐姐的游戏也重复地玩着。

旁人都说，很少看见刘雪、刘雨姐妹会和一个男人如此亲近，而她们自己则说，那是因为我的外貌像她们的父亲，而说话动作则像她们的母亲。

或许是吧，早早离开父母温暖的人，总会对和父母相似的人产生熟悉感。

这样的日子一直持续着，直到有一天，由于家里的变故，我不得不一个人住在这个城市。以前都有人照顾，因此对突然到来的独自生活一下子很不适应。我经常生病，人也瘦得厉害。姐妹俩知道后，热情地邀请我去她们那栋双子楼住一段时间。我开始并不想去，可后来还是答应了。

那栋楼非常漂亮，通体都是白色的，据说外壁不是油漆刷的，而是真正的白色大理石砌成的。房子外表看去像一张立起的弓，从两边高耸起来的楼塔犹如镜像，一模一样。房子的建筑布局很有些中世纪欧洲皇家风格，也难怪，刘氏姐妹的父亲就是一位在英国比较有名的设计师。整座房子让人看着非常舒适，内心充满了满足感，只是觉得这么大的房子只有两人住多少有些寂寞。

不过据说他设计完这座双子楼后，就死在了办公桌上。随后他的妻子也由于伤心过度而随之离去。姐妹俩从小就喜欢披着长发，穿着白色的连衣睡裙，赤着双脚，手拉着手无言地走在冷清的房间过道上。因此，这栋“sister”在外人的议论声中多少带着些不祥的味道。

但是当时我并没有在意。

住进去以后，开始的日子还算不错，每天都有可口的饭菜，另外和两姐妹聊天、做游戏，和她们在一起你不会有三个人的感觉。你始终会觉得，她们是一个人，只不过是你的眼睛发生了重影而已。

但是渐渐地，随着和她们交往加深，我也终于发现两人的不同了。开始我觉得很得意，因为我终于知道了如何去区分她们，但是刘雪和刘雨并不知道。

姐姐刘雪说话的时候，有时候会下意识地轻轻咬一下嘴唇。

的确是很小的差别，或许是我的意识里多少带着些女性的细腻，与我从小就在母亲身边长大有关吧。

原本的一人重新变成了两人，我开始惊慌和不安。因为我同时发现，自己可能爱上了刘雪。

虽然我前面说过，两姐妹说话像一个人一样，总是一人说一句，但是刘雪说出来的总是些很平淡、很有诗意的话，是陈述句，而妹妹却是些感叹句或者问句，带着自己强烈的感情。

我并不是不喜欢刘雨，但的确喜欢刘雪多一些。

而且不仅仅是咬嘴唇，刘雪的左手无名指上由于一次小的意外，留下了一道很细小、不仔细看几乎无法识别的淡淡伤疤。那似乎是一次她给我拿餐刀时不小心划到的。可是没过多久，我看见刘雨也用刀在自己的指头上划了一刀，刘雪很难过，问妹妹为什么要这么做。

“我不可以和姐姐不一样啊，我们俩的肉体应该没有任何差别，一点点细微的不同都是不允许的，否则，我们就不是一个人了。”刘雨微笑着，任凭鲜血流淌，用另外一只手抚摸着姐姐的脸。我看着两姐妹相拥在一起，实在插不上什么话，可是看见刘雨微笑的时候，心里总有一些莫名的不安。

因为当刘雪低头哭泣时，刘雨转过脸，带着笑看着我。

“现在，你还能猜得出我们吗？”刘雨再次笑着问我，我无言以对。

当刘雨的伤好了以后，再次要和我做猜谁是姐姐、谁是妹妹的游戏时，我拒绝了。因为我已经猜出来了，但我又不想骗她们。

“你到底还是猜出来了啊。”刘雪咬了咬嘴唇。

“你知道吗？除了父亲和母亲，你是第三个能分出我们的人。”刘雨带着和刘雪同样的微笑说道。

“但是他们已经死了，离开我们了。”刘雪说。

“你也会死吗？”刘雨问我。

我没有回答她们，但是我知道自己不可能把她们分开，我不会从刘雨身边带走她的姐姐，因为刘雪也不会同意的。我能做的只有离开了。当她们知道我要离开这座“sister”的时候有些惊讶，但还是很平静地接受了，不过我看见她们两人的手第一次没有紧紧地握在一起。

最后我还是答应了她们的请求，留下来吃最后一顿饭。不过她们坚持让我坐着，所有的事由两个人去做。

当时是下午，天却突然阴了下来。

坐在餐桌边的木椅上，我隐约嗅到了一丝血腥味。

她们到底在制作什么食物?

过了好长一段时间，我几乎快要睡着了，忽然听见了丁零丁零的声音，随后看见一个人推着一辆餐车过来。但我无法分辨这个人是刘雪还是刘雨。

她们从来都是两人一起出来的啊。

“吃吧，姐姐做的汤很好喝的。”看来她是刘雨了。她依旧带着天真的笑容看着我，把一个巨大的汤盆端上来。

汤里浮动着白色细腻的肉块，整个房间里洋溢着非常诱人的香气。

“你姐姐呢？”我问刘雨，四下里看着。

刘雨没有回答，只是一边为我盛汤，一边微笑着。

“你很快就可以见到她。”说着，她自己也盛了一碗。

我喝着碗里的汤，很惊讶为何世界上还有如此美味的东西。刘雨也大口喝着。

“你姐姐呢？”我又问她，刘雨的脸上滑过一丝不悦的表情。

“这是你第二次问她了，”刘雨顿了顿，放下碗，“记得我们和你说过吗，当你爱上我们两人其中的一个后，你会很容易分辨出我们。”

“我记得。”我慢慢地回答她，或许现在这样告诉刘雨，我就可以带刘雪走了。

“可是你没有选择我。”刘雨咬了咬嘴唇。我有些诧异。

“你姐姐呢？”我大声质问刘雨，不安感让我很激动。

“我说过了，姐姐做的汤很好喝，可惜她死了，我们只能喝一次。”刘雨慢慢地将碗里剩下的汤倒进嘴里，安静的房间里我可以听见她下咽的声音。

我无法相信地瘫在椅子上。

汤盆里浮上来一样东西，细长。

那是一根手指，准确地说是无名指，在指头旁边有一道非常仔细才能看到的淡淡伤疤。

“姐姐已经死了，准确地说我们吃了她。”刘雨高兴地站了起来，她的这种神情我从来没见过。

她又咬了咬嘴唇。

“从子宫开始我们就在一起，我们一直是一个人，或者说我一直是半个人，姐姐也是。如果没有遇见你，我们还会一直像外面的人认为的一样，幸福快乐地活下去。可是谁也不了解我们睡在这栋房子里晚上有多么冷，多么寂寞，所以你不应该出现的。”刘雨望着我。

我则低垂着脑袋：“我的确不应该介入你们。”

“可是晚了，我和姐姐都爱上了你，但是你却只有一个。于是，姐姐和我约定好，如果你爱上了我们其中的一个，也就是你能完全分辨出来我们的时候，我们姐妹要变成一个人，一个人。”刘雨紧紧地咬着下嘴唇，一丝血顺着牙缝流了出来，如同一根红色的细线。

房子外面下起了大雨，我这辈子从未见过那么大的雨。

“你不是刘雨。”我忽然昂起头，不知道自己在说什么。刘雨吃惊地望着我。

“碗里的，才是刘雨吧？”我忍着强烈要吐的感觉，指着那汤盆。

“你和刘雨最大的不同，就是在激动的时候你喜欢咬下嘴唇。”我终于说了出来。

刘雨，不，应该是刘雪呆滞地望着我，可是很快又再次微笑起来。

“我的父亲、母亲，都无法接受我们两个过于相似而发疯死去，没想到你居然看透了我们。小雨说了，她知道你喜欢我，想要带我走，她也很喜欢你，所以她要我们吃下她，这样，小雨又再次成为我们的一部分了，这样，我们姐妹就永远不会分开，就像以前一样。”刘雪笑着解释。

“所谓的吃下姐姐，其实是你占据了刘雪的身体吧？”我问道。

“是啊，这身体是姐姐的，而灵魂却是我的，这不是很好地结合在一起了吗？”

我也不知道该如何去称呼眼前的这个人了，究竟是刘雪杀了刘雨，还是刘雨将刘雪做成了肉汤，我已分辨不清。

但我明白，她们姐妹俩一定死了一个。

“你说的咬嘴唇，其实是我和姐姐商量好的，连我们自己都弄不清楚我们是谁，你以为你能弄清楚吗？”我眼前的女孩解开了自己的发箍，脱去了衣服，站在窗户边上，外面的大雨击打着那窗子。她打开了窗户，雨点一下子无情地拍在她洁白无瑕的肉体上。房间里的灯已经灭了，随着每一次的闪电，我都能看见她赤裸的身体，闪电将本来白色的躯体照得更加惨白。我仿佛看见了一幅油画，一位美丽的女神站在如同画框般的窗户前面，后面的背景则是紫黑色的天空和滂沱的大雨。

“现在，你还能猜得出谁是姐姐、谁是妹妹吗？”她高声笑道。外面的雨声已经很大，嘈杂声充满了耳朵，眼前明明是一个人在说话，而我却听到两人的和音。

异闻录
Yi Wen Lu

我仿佛看见了一幅油画，一位美丽的女神站在了如同画框般的窗户前面……

我用手按在桌子上，脚却无力站起来。

终于，我昏了过去，等到醒来的时候，她已经不见了，眼前只有被雨浇湿的地毯，和那在餐桌上依旧微微冒着热气的汤。

我冲到厨房，看见了一具尸体，几乎已经切碎了，只看了一眼我就无法再看下去。

我离开了那栋“sister”双子楼，而且从未再回去。据说，本来通体白色的双子楼，有一半竟然慢慢变成了红色。

那以后我再也没见过那对姐妹，我始终认为她们还是完整的，姐姐和妹妹无论哪一个都没有死去，只是重新成了一个人。或许她们只会爱着对方，我不过是她们精心挑选的，拿来作为两人结合的一个契机罢了。

那件事恐怕我才是受害者，以至于以后很长时间我都惧怕女性，尤其是漂亮的、完美的女孩，似乎从每一个人身上我都能看到那两姐妹的影子，直到遇见我现在的妻子，她挽救了我，虽然她不优秀，但她可以让我忘记以前的噩梦。

卢笛说完站了起来，长舒了一口气。

“我该回去了，或许，她等得着急了。”卢笛终于露出了发自内心的笑容，不久，便迈着缓慢的步伐消失在我的视野里。

说老实话，我听得很糊涂，随后，我把这件事告诉了纪颜。

“你知道吗，有一种古老的说法是吃掉人肉或者器官，可以继承死者的灵魂。据说有一个部落，财产都是父子相传，当儿子要接替父亲的位置时就会举行一个仪式，那就是吃掉自己的父亲。你也该听说过吧，很多被移植心脏或者别的器官的人在移植过后会性情大变，或者凭空多出很多自己以前没有的习惯，或许就是源自于此。”纪颜倒了杯水，咕噜咕噜地灌进嘴里。

“而且，如果是双胞胎姐妹，或许吃掉另外一个，两个人就真的能永远在一起了。”纪颜看着窗外的大雨默默说道。

第五十五夜
家蛇

“赵伯在我面前缓缓将门关上，阳光透过门缝，我好像看见赵伯后面本该是空荡荡的地上有很多脚，穿着各种鞋子。”

蛇是古越人的重要图腾之一，后来演化为神，唐代杜牧《李长吉歌诗叙》有“牛鬼蛇神，不足为其虚荒诞幻也”。清代吴震方《岭南杂记》说：“潮州有蛇神，其像冠冕南面，尊曰游天大帝，龛中皆蛇也。欲见之，庙祝必辞而后出，盘旋鼎俎间，或倒悬梁椽上，或以竹竿承之，蜿蜒纤结，不怖人变不螫人，长三尺许，苍翠可爱……凡祀神者，蛇常游其家。”江苏宜兴人将蛇分为家蛇和野蛇，分别称之为“里蛮”和“外蛮”。所谓家蛇，指生活于住宅内的一种蛇，常盘绕于梁、檐、墙缝、瓦楞、阁楼的一种无毒蛇，长约三尺许。人们认为家蛇会保护人，家里有了家蛇，米囤里的米就会自行满出来而取不空。

也有人说，若家中发现蛇，最忌杀死。认为若杀死蛇，蛇就会采取报复行动，于家门不利。所以若在家中发现蛇，就将其捉入罐中或挑在长杆上，然后送到山谷中，并求其躲进山洞，别再回到人家中。

各个地方的传说不尽相同，但都有一点：家蛇不是寻常之物。

老人们常说，家蛇盘福聚财，家蛇去则家败，家蛇留则家兴。更有甚者，传说如果在自己家中亲眼看见家蛇从老宅离去者，大凶。

一般上了几十年的农村房屋大都有家蛇，而且都很大。大家都有约定俗成的习惯，只要看到家蛇从房中跑出，必要转过头去，不可心存邪念，不可口出污言秽语，然后焚香叩拜，以答谢多年来的护宅之情。

当然，有规矩必然有破坏规矩的人，这个道理亘古不变。

周末应父亲之托，我回到老家去送些东西。由于很久没回乡下了，一位老人听说，硬要拉我去他家吃饭，执拗不过，只好从了他。不过他的家的确不错，就算是与城里人的别墅相比也不逊色，不仅宽敞大方，而且有几分古朴神秘的风格。果然，老也有老的好处。我在房间的木头架子上看到很多摆放整齐的药品和书籍，心中暗自纳罕，难道老人是卖药的？

村里五十年前本来有户赵姓人家，这个村子赵姓居多，若干年前可能都是亲戚，可惜一个家族发展得过于旺盛，四代之后的宗亲居然就已经形同陌路了。

不过这户赵姓人家在村子里还是有些地位的，家中赵老爷子是村子里掌管族谱的，倒也算是德高望重，加上家有余财，对贫苦的村民很好，所以他在村子里威望很高。他的三个儿子也非常优秀。赵大自幼学习武术，几十年下来倒也略有小成，乡里村外都知道赵家有这么个看家护院的大儿子。那时候，在村子里，能打的人还是很有地位的。

赵二和赵大是亲兄弟，不过性格大不相同，赵二文静，初中读了一半，在村委会任会计一职。

至于赵三，年纪很轻，当时正准备考大学，成绩还算不错，加上自身勤奋，似乎很有希望。

“这一家人看上去似乎很快乐，但那也只是给外人看的。”

讲故事的这个老人叫赵伯，我也是随旁人一起叫的，其实二十多年来我也只是第一次见他罢了。赵伯在村子里地位很高，一来他按辈份在村子里比较老，而且听他的口气好像和那个赵老爷子还沾亲带故；二来他为人耿直公平，很多事情都靠他来裁断，不过我也是听村民们这样说罢了。赵伯的头发已经掉光了，虽然已经将近古稀之年，但看上去精神不错，两只眼睛总是睁得很大，眼白鼓鼓地凸了出来，侧面看很像青蛙的眼睛，当然，我不敢说出来。赵伯古铜色的皮肤虽然干燥得都出现裂纹了，但他的手指很细长，虽然指节粗大，但异常灵活。他的身体非常健康。

他用蒲扇大的手摸了摸嘴唇上的油腻，将一个啃完的鸡翅膀扔了出去，然后神秘地低着头说：“赵老爷子一家在外人面前很团结，其实经常吵架。”

“哦？那是为什么？”我好奇地问道。

“原因其实也很简单，因为赵老爷子年轻的时候干了一件傻事，这件事知道的人不多，知道这个秘密的人大都敬重他，也不曾在村子里公开。赵老爷子年轻时和家中新来的一个小用人勾搭在一起，事情败露，怕张扬出去丢丑，所以瞒了下来，把那个女子留在家中，虽然老爷子的老婆很不高兴，但也没办法，不过这个女人在产子的时候大出血死了，赵家人也就秘密处理了尸首。这件事知道的人就更少了，赵家人对外说这个女人带着钱财跑了，结果赵家反倒成了受害者。这个女用人是外地人，在村子里无亲无故的，死前产下的这个孩子就是赵三。赵家人心存愧疚，于是对这个孩子非常好，尤其是老爷子，对他疼爱有加，一来是老幺，二来赵三的确比两个哥哥聪明很多。

“时间一长，老爷子先前的老婆自然心中不满，加上老爷子后来身体日渐衰弱，就更变本加厉了。赵家虽然谈不上富有，但也是颇有余财，尤其是家里的老宅。”赵伯说到这里，不禁抬起头，看着屋子的横梁发呆。

我有些不解，但也不好发问，毕竟是晚辈，礼数我还是知晓的。良久，他才开口继续说道：“乡下人一辈子也就图个家康人和，尤其是房子，赵家的老宅可是方圆几十里最好的房子，冬暖夏凉不说，而且找人看过，都说风水好、旺家。所以赵家的几个儿子都很看重这房子。当然，村子里的人也是。其中自然也包括我。”赵伯轻轻抿下一口陈年米酒，眯起眼睛笑了一下，然后咂巴咂巴嘴，显得非常享受。

“可是您开始不是说都是几十年前的事情了吗，到底现在那家人怎么样了？”我问道，赵伯忽然脸色一沉：“赵家人出了事，死的死，散的散，那么大的家族一下子就败落了。”他语气有些沉重，似乎有些阴郁。

“据说在赵家老三快要高考的时候，家里出了件怪事，当时家里人都没在意，可是和后来发生的事连起来想一下，倒是非常骇人。

“5月份村子里已经非常炎热，那时候还没什么电风扇，更别提空调了，大家都赤着身子摇着蒲扇在门口乘凉。只有赵老爷子一家人不用这样。”

“哦？那是为什么？”我来过这里，夏天的确热得不行，闷得要死，若是坐在房间里，不消几小时，绝对像包子一样给蒸熟了。

“因为赵家的老宅非常奇特，就像一个冰窖一样，无论外面多热，进去就清凉无比，人一下子变得神清气爽起来。而且有些身体不适、头昏脑热的人，只需在里面躺上片刻，也不治而愈。而到了冬天，里面又非常暖和，连炉火炭盆都不需要。这房子是由赵老爷子的祖父传下来的，历经三代，盖了将近一百年，却依旧非常坚固，下再大的暴雨，房子里面也没半点漏湿，所以这一带，赵家老宅是出了名的。”赵伯说得很快，唾沫星子都飞出来了，看得出他很了解赵家老宅。

“话分两头，我再说说赵家那三兄弟。老大是练武之人，当然也喜欢喝酒，而且他的酒量极大，寻常之人轮番灌他都不醉，于是在村子里没人敢和他对酒。他身材魁梧，而且热情好客，只是性情过于火暴，言语两下不和，拳头就上去了，赵老爷子没少为他担心，好在后来娶了媳妇，赵大才渐渐安分下来，但是他对最小的弟弟却格外的好。

“后来老二也成亲了，两个哥哥年纪大了，心思也多了，尤其是俩媳妇过门后，自然对这个不是嫡亲的小叔有了不少想法。老三是明白人，知道家里经常排挤，也就更加发奋读书，很小就要求寄宿学校，几乎不在家里住。那时候大学生何其荣耀，但考试的难度也可想而知，尤其从农村考取大学，听上去真的仿佛天方夜谭啊，不过好在老三天资不错，加上非常用功，倒也有很大的希望。

“可是两个媳妇以及她们的婆婆并不想就这么算了，她们经常去撺掇老头早点确定房子以及遗产的继承，并说老三没有资格得到一份。至于赵老爷子究竟是如何想的，那就只有天知道了。

“总之事情发生在高考前的一个月，一个夏日的晚上。老爷子一再要求老三回家住，吃得好点、睡得好点。老三拒绝了多次，但为了考试，最后还是回来了。

“一家人终于坐在一起吃了顿饭。按村子里的规矩，女人是不上桌的。于是三个女人端着饭碗去外面走动，这也是老爷子要求的，把她们都赶到外面去。

“于是老宅里只剩下父子四人坐在餐桌边，老大埋头喝酒不说话，老二倒是客气地劝弟弟吃饭，只是那口气不像是和自家兄弟说话，倒像是对外人，客气得过分了。老爷子什么都没吃，只是抽着烟看着三个儿子。

“赵家习惯在客厅吃饭，偌大的房间里摆着张方方正正的老木桌子，上面正好是高高的横梁。门外已经擦黑，星星也能看到少许了。”赵伯吃饱喝足，抽了根烟。我虽然听得很有趣，但心中不免疑问，他为何对当时的细节如此了如指掌，仿佛就在现场一般。

不过赵伯没有注意我眼里的疑问，继续叙说着。

（为方便行文，下面以赵伯的口吻记述。）

酒过三巡，菜略见底，老爷子终于忍不住了。他咳嗽几声，将烟头扔到地上，用自己的黑色圆头布鞋狠狠地踩了踩，仿佛下了很大的决心。三个儿子也察觉到了，都不说话，等着父亲。

老爷子清了清嗓子，告诉三个儿子，自己所有的财产会分为三份，三人各拿一份。可是那些微薄的钱财并不是重点，大家想的都是这所神奇的老宅。然而没等老爷子说完，老三忽然冷冷地说话了：“我不要我的那份，我也不要房子，如果能考上大学，我不会再回来了。”老三说完，直起了身子。老大显得很惊讶，也很痛苦，似乎有什么难言之隐，却忍着没说。

老二则很高兴，但又设法不表现出来，只是低着头用手推着鼻子上的眼镜，借以遮盖难以抑制的笑容。

老爷子大为惊讶，然后则是不解。

正当满桌子的人各有各的表情时，忽然从横梁上掉下一团黑乎乎的东西，砰的一声砸在饭桌上，天色很暗，大家吓了一跳。一开始大家没看清，等看清之后全都倒吸了一口凉气。

只见桌子上盘着一条蛇，大概搪瓷杯口粗细，青底黑纹，蛇头对着老三，还在往外吐着信子。这蛇不小，虽然没有拉直来测量，估计也有三米多长。其余三人都吓得离开了座位，就连平日里向来胆大的老大也吓白了脸。

“家蛇！”老二用颤抖的声音喊道，然后不停地往后退。

这条蛇仿佛睡着了一般，头重重地低了下去，可能砸下来的时候有点不适，看来它一直在横梁上待着。老三也有点害怕，可是不知道为什么，身体却无法动弹，他只是端坐着，和这条家蛇对视。

很快，蛇顺着桌子腿爬了下去，在老三的脚边转了一圈，然后消失在门外的夜色里。

老爷子忽然痛苦地高喊道：“家蛇已走，赵家要败了！报应啊，报应啊！”他如同疯子一般，重复着这句话，跌跌撞撞地跑出了屋子。

老大搀扶起老二，也慢慢走了出去，临出门前，他似乎有话和老三说，可是看着弟弟冷若冰霜的脸，只好把到嘴边的话又咽了下去。

客厅里只坐着老三一个人。其实他在这个家只和大哥关系很好，因为他出生的时候大哥就十六了，长兄如父，这个大哥对他非常不错，经常跑几十里路到学校看望他，并希望他回家，可是这个家老三知道再也待不下去了。

许久，老三从几乎坐得让自己屁股麻木的长凳上站起来，抬头看了看高高的屋顶，也走了出去。

赵家走出家蛇的事，不知道为什么居然传了出去。赵家人一下子在村里仿佛成了晦气的代名词，平日经常打招呼、称兄道弟的人，一见他们就哗啦一下全散了。好在老三也不在乎这些，第二天就收拾东西回学校了。

七日后，他接到了家里传来的死讯。

老大死了。

死得莫名其妙，甚至老大临死前恐怕都不知道是怎么回事。那天夜里，他照例和朋友喝了一夜酒。其实量很少，远不及平时多，老大自然没有放在心里，依旧在深夜往家里赶，手里还提着个酒瓶，边走边喝。

可是他摔了一跤，而那时候他正好把瓶口放在嘴巴里。

于是老大沉重的身躯完全压了下去，整个瓶子也完全插入喉咙。那种酒瓶是乡下特制的，比现在的啤酒瓶细，但是更长，有点像可口可乐的瓶子。老大想喊，但是无法喊出来。

第二天，老大的媳妇看见老大的尸体立在门外。据说是活活闷死的，嘴巴也被瓶子撑得完全脱臼了，两只手僵直地伸了出来，上面全是擦伤的痕迹。可是后来瓶子虽被拿了出来，老大的嘴巴却无论如何也关不上了，那嘴巴黑洞洞的，仿佛蛇要进食时一样，几个后生用了好大气力也合不上，最后没有办法，只好找来锤子，把老大的下巴骨敲碎了，这才合上，否则一个张着如此大的嘴巴的尸体，如何下葬？

大家私下里都暗自恐惧，听说过死不瞑目，但哪里听说过闭不上嘴巴的！

老三几乎是哭了一路赶到家里，结果一到家，脸上就挨了大嫂一记重重的耳光，打得他几乎晕死过去。

他不怪大嫂，因为大嫂一边哭一边喊着的话很对："你就是灾星！你害死你妈，又害死你大哥，你自己怎么不去死？"而老二连大哥出殡都不敢出来，成天裹着被子蹲在房间里。老大的母亲也成天坐在房间里哭，连骂人的气力都没有了。

赵家老三在他大哥灵牌前面跪了整整一天，然后走了，临走前他只看了看自己的父亲，那个为了自己短暂的欢娱而生下他的人。

他只和这个近乎陌生的老人说了句保重，就又回学校念书了。大哥死了，这个家更没有什么可值得留恋的了，所以他更要努力读书，离开这里。

老大死后这个家败落了很多，赵老爷子也一下子衰老了，反应也大不如前。老太婆的眼睛也哭瞎了，老大的媳妇几年后改嫁了，不过这是后话。

老三果然考取了大学，离开了这个村子，他离开的时候没有一个人送他。可是据说他走后，有村民看见赵老爷子一个人拄着拐杖呆立在村子口，老泪横流。

几年后，老三毕业了，整个大学期间他几乎没回过家里，事情过去这么久，他决定回去看看。

一切如常。那时候虽正值三年自然灾害时期，但好在这块地方还算富庶，即便是全国灾荒，村民们也可以自给自足，温饱不成问题。

可是老三一回来，就听说二哥死了。

原因很简单，老二几乎每天醒过来都要看自己的脚，他老说有蛇从他脚上开始吞吃他，而且他身上发了非常奇怪的皮肤病，一圈一圈的，从脚踝慢慢往身上绕，大概有两个指头粗细，摸上去粗糙得很，一块块如鳞片一样。老二总是奇痒难忍，用手一抓，就抓下一大块皮，脱光衣服看去，仿佛他整个人被蛇缠住了一样。而被抓烂的地方竟恶化得更厉害了，皮肤腐烂恶臭，连他妻子都躲得远远的。后来老二身上就没有一块好肉了。

终于，老二受不了这种折磨，用尽最后一点气力，在房间里用裤腰带把自己吊死了。

几年之中，赵家死了两个儿子，家蛇的传说更加让人恐慌。老二的媳妇回了娘家，赵老爷悲伤过度，也入了黄土。偌大的赵家短短几年就家破人亡，老宅里就只住了两个人——老大与老二的亲生母亲以及刚刚毕业的老三。

虽然老人非常讨厌老三，几乎不和他说话，偶尔搭腔也仅仅是因为眼睛看不到需要帮助，而且动不动就侮辱打骂他，可是老三却丝毫不为所动，只是默默地照顾着她，甚至放弃了自己的专业，甘心在村子里接替二哥的位置，做了名会计。而且他拒绝了很多姑娘的爱慕，只是守着名义上也可以称作娘的这个女人。

村民们对这奇特的一家抱着很大兴趣，各种版本的流言也多，还传出赵家有积财，老三害死自己的两个哥哥，然后天天拷问老太婆逼她说出来的说法。那个年代，传言和谎话是会导致可怕的后果的。

“文革”的时候，老三天天被批斗，被逼着讲赵家老宅的秘密，老三坚决不说，而那个老太太也一言不发。结果那些人把老三关了几天，见问不出什么，只好把他放回去，但是不准他们两个住在老宅。一伙愣头青天天住在那里，白天批斗“走资派”，晚上就睡觉打牌，倒也不亦乐乎。

老三领着瞎眼老太太找了间茅屋住下，依旧不辞辛苦地好好照顾着她。日子就这样过去了，不过老太太对老三还是没有什么好脸色。

后来“文革”结束，村里念着老三可怜，将房子破例还给了赵家。

那天晚上，当老三扶着老人走进赵家大厅的时候，多年来没有任何表情和多余话语的老太太忽然哇的一声痛哭起来，然后跪在了老三脚下，老三则面无表情地望着老人。

老太太泣不成声地一口一个“造孽”，一口一个“报应”之类的，直到老三将她搀扶起来，坐到椅子上。

原来老三的母亲不是大出血而死。

严格地说，那件事是老太太做的，而老大也知道这事。

当年女用人产期将至，赵老爷子的老婆怕这个用人产子后和她平起平坐，就暗中买通了稳婆，抱了老三出去，自己则进去用被子把产后虚弱的老三生母闷死了。后来赵老爷子知道了，大怒不已，但顾及到家族颜面，只好将尸体安葬了，对外则说这个女人生完孩子就跑了。

原本以为事情就这样结束了，可是赵家日后却经常出现怪事，于是赵老爷子请来个道士，道士出了个点子，说是将其尸体挖出，打断骨头，像蛇一样缠绕在一根细长的圆木上，外面再套上一个空心木管，以这根木头做横梁可保家里无忧。而那个女子也会化为家蛇，为赵家看宅积福。

可是道士还说，一旦家蛇跑了，将会祸连子孙，他就无能为力了。开始几年家里顺风顺水，赵老爷子也就没有多想，结果后来就出了上面说的事情。

老大窥视到了母亲的动作，后来逼问后得知真相，但也只能暗暗把事情放在心里，对老三格外好些。至于老二，对这事毫不知情，他不过是想独占老三的家产罢了。

但是当老太太说完这一切的时候，老三却面如止水，平静地说其实这一切他早知道了。以前老大去学校看望老三的时候，话语里已经露出端倪，老三非常聪明，知道大哥嗜酒，于是他找了几个能喝的同学，终于把这事情套了出来，当初他知道真相的时候也非常愤怒，只盼自己早点学业有成，然后回家报复。

不过当老大死后，他也就不去想这些了，之所以这么多年伺候着老太太，实际上也是帮老大尽一份未尽的儿子的义务。

那天晚上，老太太就去世了，死得非常安详。

之后，老三继续留在村子里，终生未娶。而赵家老宅也接待了很多前来避暑的孩子和老人，他学的是医科，靠着自己大学里学到的知识以及自学，在老宅办了一所乡村医院。

赵伯终于说完了，他把最后一点酒都喝了下去，似乎很高兴，仿佛把多年来的秘密都说出来了一般。

外面已经将近黄昏，这时一位中年妇女牵着个孩子走了进来。

“赵医生，帮我看看孩子吧，像是中暑了。”女人有些着急，我看了看孩子，果然，他头晕乎乎的，脚步都不稳，脸色发红，似乎高烧不退。

赵伯打着酒嗝站起来，给孩子看了看，在孩子胳膊、脖子、腋下等处按摩了几下，然后递给女人一些白纸包的药丸，挥挥手说没事了，女人非常感激地退了出去。

“原来你就是那个赵三？”我忍不住问道。

赵伯醉醺醺地望着我说：“是又怎样，不是又怎样？不过你长得和你父亲的确很像，而且一样喜欢刨根问底。”说完，他对着我笑了笑，笑容里充满苦涩。

我告别了赵伯。站在赵家老宅的门外，我忽然觉得这栋房子在红色的夕阳里显得非常落寞。

赵伯在我面前缓缓将门关上，阳光透过门缝，我好像看见赵伯后面本该是空荡荡的地上有很多脚，穿着各种鞋子。

其中，就有双圆头黑布鞋。

当我揉揉眼睛想再看一下时，门已经紧紧关上了，我暗想大概是喝了些酒，再加上光线的缘故，才产生这样的错觉吧。

第二天，我从梦中醒来，知道赵伯去世了。

赵伯走得很安详，这种岁数无疾而终是件高兴的事，无论是对己还是对人。据说那天晚上有人看见一条巨大的蛇迅速地爬进了赵家老宅。不过，是否真的看清楚了，那人又不敢肯定了。

周一还要上班，我匆匆祭拜了一下赵伯就回去了。赵伯没有子女，或者说有很多子女，因为他教了村子里很多小孩知识以及做人的道理。所以他的后事都是由村里操办的。

回去的时候，我告诉父亲赵伯去世了。父亲听了唏嘘不已，并说自己小时候父亲过世得早，一直很敬重赵伯，因为他学识渊博而且待人热情，还会医术。

“他有说什么吗，临终前？”父亲问我。

“他说我很像你。”我老实回答。父亲哦了一声，就没再说话了。从此以后，他也没再提及过赵伯。

第五十六夜
偷寿

年轻人的脑袋仿佛被什么东西压过一样，眼睛都挤了出来，双手蜷曲着伸向空中，好像要抓住什么一样。尸体的旁边，是一把菜刀。

纪颜的身体恢复得很顺利，这自然和那两个女孩的悉心照顾分不开，不过接连几天的好天气，也起了很大作用，人的心情开朗，身体自然也好得快些。黎正的腿伤还要过些日子才能好，大概是伤到骨头的缘故。我刚忙完来到医院，看见落蕾和李多正聚精会神地趴在纪颜床边，原来他又在讲故事了。

李多今天把头发分成了两缕，双手支在下巴下面，光滑如绸缎的头发散落在两耳边，正一脸虔诚地望着纪颜。我忽然觉得她的样子很像我前几天见到的小哈巴狗伏在地面上睡觉的样子。

当然，我也只是在心里想想罢了，切不可说出来，否则明天恐怕要请病假了。

照例寒暄了几句，我没打断纪颜的故事，还好，他刚开始讲没多久，我也坐到一旁，听了起来。

（下面是纪颜的口吻。）

在汉族丧葬习俗中，最为普遍的是七十岁以上的老人去世，吊丧时亲友们会“偷”走丧家的碗筷。说“偷”也许不大入耳，其实这是自古传下来的规矩。解放前，江南一带有个习俗，参加葬礼的亲友吃过豆腐饭，临走时丧家会向大伙儿打招呼，有的拿碗，有的拿筷，民间认为这是合理合法的，美其名曰“偷寿”。广西一些地区，八十高龄的老人去世，悼念时人们也会带走餐桌上的碗筷，当地习俗称之为“取老寿”。广西另一些地方却称作“抢筷”，说抢也不算过分，有时客多物少，先下手为强，这样就出现了你抢我夺的场面。建国后移风易俗，扬州等地的丧家改“偷”、“抢”为“赠”、“送”。

大部分人都认为生老病死是无法避免的，人之寿命也早有定数，不过，总有些例外，其中有一种人，他们专职为别人偷寿，虽然代价极高，但这世界上还有什么比生命更重要的？万贯家财也会化为乌有，有道是“钱烂绳断，身亡人去”，可以用钱财买寿命，无论多少，断然是只赚不赔的买卖。

这类人非常神秘，大部分人都无法知道他们的踪迹，他们行为举止也非常谨慎，因为按照佛理来说，他们破坏了平衡，是会受到惩罚的，而且极为严厉。因为所谓“偷寿”也是种嫁接，说白了就是把别的陌生人的寿命转到他人身上，其实是一种非常败德的法术，所以流传不广。但人为财死，即便是再危险再有违良心的事，也总是会有人做的。

我还是从一个老者口中听说了这个关于偷寿的事情。

（下面是老者的口吻。）

秋水蜿蜒，翠林环绕，是那个村子远看过去最好的写照。一个村子有山林、有河流是富庶的象征，我之所以去那个村子，也是因为之前听闻这个村子里曾经出过一个懂得偷寿的人。

这个人叫古七，很奇怪的名字，因为这里的人都喊不出他的大名，他在村口河上被人抱来的时候身边有张字条，上写“姓古排名老七”这六个字。这个村里的人非常善良，而且家中大都还有余粮，不过谁也没能力在家长期供养他，于是小古七自小就靠喝着不同的奶水，吃着大家嘴巴里省出的一碗饭、半碗粥慢慢长大。村子里的人也没有排外的情绪，而且古七从小就非常聪明伶俐，凡事一看就会，一会就精，大到农活、家务、修理炉灶，小到缝补衣裤他全会，而且口乖眼巧，叫人不烦。

不过，随着古七一天天长大，身板越来越结实，相貌也越来越出众，大家都开始考虑一个问题，就是谁把自家的闺女嫁给他。虽然古七前前后后中意好几个姑娘，姑娘们也爱他，可是一旦谈到你娶我嫁，那边就打起了退堂鼓。有几家妇人还公开站在家门口指责古七勾引他们家闺女，每当听到像“没爹没娘”、“穷光蛋”这类字眼时，平日里嬉皮笑脸的古七就会忽然变得狰狞起来，而一旁的男人虽然以前也对古七和颜悦色的，但这时候也只是拖着自己的女儿，不再搭理古七。

不过古七何等聪明，他也想通了，毕竟村子里的人养育了他这么多年，自己无父无母无房无田，他如果想讨媳妇，就只能冲过去拍拍女孩的肩膀，唱一句：“妞，我一无所有，你何时跟我走？”别说他那个年代，即便是现在，换那些看着琼瑶小说长大，高呼着爱情至上的女孩，一样也要掂量一下，总不能两人一起流落江湖吧。（纪颜的话。）

于是，在古七来到村子的第十八年的那天晚上，他没有带走任何别的东西，只是带走了他来到村子时就有的襁褓和字条，他离开了村子，仿佛从没有来过一样。村里人唏嘘了几天，互相责怪，不过事情来得快去得也快，村民们也渐渐忘记了这事。

然而三年之后，古七却像一个棱角锋利的顽石，从外面砸进了平静的村庄。表面安贫乐道的村民们由于古七的到来开始显露出内心疯狂的一面。记得有一句话说得好，之所以没有背叛，是因为价码还不够高。

当为我讲述故事的那位瞎眼老者叙述到这里的时候，我看见他呆滞的灰色眼球忽然转动了一下，此前那眼珠如同塑料做的一样，动都不动。老人大概有八十多岁了，瘦骨嶙峋的双手忽然紧紧抓住了我的手掌，我难以想象他有如此大的气力，淡紫色干瘪的嘴唇吃力地抖动了两下，我知道他很激动，只好用另外一只手轻轻在老人弯曲的、骨头凸起的背上拍了两下，这也是缓解人紧张心理最简单、最有用的办法。果然，老者的气息稍微平缓了些，这才继续说下去，不过，他并未继续说古七，而是忽然反问我有没有觉得村子里的人有什么异样。

这时候我才疑惑地抬起头，果然，从进入村子时我就有些纳闷，因为我也是从外面听闻关于古七偷寿的传说，本想在这里找个知晓的人问问，可是找了半天，也就看见了这一位老者，其余的人都是五十岁上下，都摇头说不知道关于古七的事情。

“因为和我同岁的都不在这里了。当年村子里的壮劳力死的死，逃的逃，这个村子几乎被毁掉了。”老人忽然咕噜着嗓子，冒出一句。我听了一惊，但不便多问，等着老人继续说。

（下面仍是老者的口吻。）

人们永远不会忘记古七回到村子的那天，他已经不再是那个吃百家饭的浪荡小子了。他剃着方方正正的平头，穿着一袭青灰色的长衣大褂，左手提着个黑色的扁平皮箱子，右手拿着一顶当时只有城里人才戴的黑色宽边大檐帽。他精神抖擞，目含精光，标准的国字脸上挂着的是依旧熟悉、带着几分调皮的微笑，走起路来就像当官的一样，稳稳当当的。他非常友善地同大家打着招呼，虽然文雅了不少，但也的确显得生分了，没有了以前那种随意和亲切。虽然古七嘴上只提当年村民们的养育之情，但大家都面带愧色，悔恨为何自己当年不把女儿穿好红衣戴好盖头送给古七。可是仔细想想，说不定这样古七也就不会离开村子出去闯荡了，那古七就还是以前的古七，那个没爹没娘没房没地的古七。

古七带来的东西很少，大家略有些失望，甚至暗地里有些埋怨，看上去他好像发了财，起码混得不错吧，可是什么礼物都没带，那只皮箱也不准任何人碰。

不过几天后，就陆陆续续有很多穿着打扮入时的贵人来到村子里。他们有男有女，有三五成群的，也有独自一人的。不过他们来的时候都拿着大包小包，提着很多村里人从来没见过的礼物来找古七。大家都带着惊讶的眼光看着这一切。但古七似乎对他们非常冷淡，话语不多，而这些人却像等着古七赏赐骨头的饿狗，一个个摇尾乞怜。每当古七沉吟半晌说了句“好的，回去等着”，他们就喜上眉梢，开心地回去了，反之则号哭着赖着不走。不过这种人很快就会被后来者赶走。

那时候村民们几乎把古七当神一样看待了。古七也非常大方地把别人送来的礼物分给大家。村里人在享受着自己祖宗十八代都没见过、吃过的好东西时，也有人会有些嘀咕，质疑古七到底是做什么的，不过这声音马上被大家压了下去。古七暂时住在村子里，而且住在了村长家，因为大家一致认为，只有村长家才勉强可以容纳古七这个贵人。

没有人可以得到所有赞扬，古七的本事和冷淡的外表自然引起了同类的嫉妒，村里的年轻男子或多或少都对他心存芥蒂，同时心中的羡慕和自卑也与日俱增，因为他们和古七同岁，经常被自己身边的人——父母、朋友甚至妻子拿来与古七比较，也许这就是人的悲哀，也是为什么说“木秀于林，风必摧之”的原因。

直到有一次，一个好管闲事而且非常讨厌古七的年轻人从一个自古七家里出来的外来拜访者口中，稍微打听到了一些消息。

年轻人打听到的消息虽然不多，但无疑令大家非常震惊。

原来古七在帮那些人续命，也就是偷寿。

古语说：“北斗司死，南斗辖生。”三国时的诸葛亮精通奇门遁甲，在五丈原摆七星灯作法，是想延续自己的寿命。但古七的方法没这么麻烦，因为诸葛亮只是向天借寿，自然得看老天的颜面。而古七则是直接向人借寿，或者说偷寿，将一些人的寿命如分派钱财一样去掉一些，而后加到另外一些人身上。试想一下，知晓这类本事的人当然财源广进了。

事情传开了，而且越传越玄乎，很多人都围着古七，有好奇的，有想为自己续命的，甚至还有比古七大上几十岁却跪在地上要拜师的。总之村子里的人都疯狂了，大家不再去务农，不再去劳作。田里长满了杂草，可是大家不在乎，谁要是学得古七一招半式就吃喝无忧了，还去种什么田，受什么苦，看什么老天脸色吃饭?

可是这些人都受到了古七的呵斥。大家从来没看见过古七生那么大气，他在大家眼里一直是和善的。可是这次却一反常态。

“你们疯了吗？这个也是好学的？有好吃的、好用的就享受吧，不要做梦了。”无论大家如何央求，古七就是不肯多说。有人眼尖，看见古七后面似乎有双筷子。

那是很普通的筷子，黝黑无华，并不惹眼。但看着又不普通，因为那筷子在油灯下居然发着寒光，像金属一样。但是古七一下子把大家都赶了出来，甚至连村长也不准进他住的屋子。

村民大都面含怒色，集体数落古七的不是，抱怨这东西和瘟疫类似，人越多发展得越快，而且会越来越严重。尤其是那些曾经施舍过古七的人，那些喂过他奶水的女人，都说他不是东西，忘恩负义。当然，那些讨厌古七的年轻人更是煽风点火，提议大家把古七赶出去。

就在村里的人正议论着是否要把古七赶出去时，那个打听古七神奇法术的年轻人莫名其妙地死去了。他的尸体在清早被人发现，安静地躺在村长家的后院里。

（“你看过被挤爆的蛤蟆吗？”老人忽然猛地抬头，那双灰色的眼睛盯着我，仿佛看得见一般。我说了声没见过，老人继续说下去。）

年轻人的脑袋仿佛被什么东西压过一样，眼睛都挤了出来，双手蜷曲着伸向空中，好像要抓住什么一样。尸体的旁边，是一把菜刀。而那个年轻人，正是村长的独子。

这件事像水入油锅，村子沸腾了。村长顶着哭肿的双眼，他的婆娘更是捂着嘴巴，低沉地哭着——她先前曾经号哭过，但被村长扇了一耳光。村长提着老婆的耳朵，大骂道：“哭！哭个球！一定是那个小兔崽子害死我家娃儿的！我要他填命！”

村里人愤怒了，他们觉得古七就是个瘟神，大家拿起镰刀跑到古七房间门口。最近来的人少了，古七也分外悠闲，那时还是初夏，古七穿着一件丝制衬衣，提着一只别人送的玉茶壶，居然坐在外面的躺椅上闭目养神。当他看见怒气冲冲的人们时，脸上丝毫没有惊讶的表情。

“你们想打死我？为什么不问问是谁杀了村长的公子？”古七忽然微笑着看着人群，慢条斯理地说。大家忽然面面相觑，的确，没有任何证据证明是古七杀了人。

“我告诉你们，是我杀的。”古七依旧慢慢地说着，仿佛在谈论一只蝼蚁的生死。人群静了一下，反而没有声音了，大家看着古七，忽然产生了惧意。

那次我也在人群里，虽然那时候是早上，已经有太阳了，可是我忽然觉得很冷，从记得事情起就从来没觉得如此冷过，仿佛渗入骨髓一样。

最后还是村长硬着嗓子逼问一句，为什么要杀他儿子。

“因为他坏了规矩。我警告过他很多次，不要偷看我施法，不要拿我的东西，可是他不听，昨天晚上他还拿刀架在我脖子上，逼我教他偷寿。笑话，我能偷别人的寿，难道偷不了他的？我本不想杀他，是他自讨没趣，事情就是这样。”古七站了起来，大家下意识地退后一步，他笑了笑，背着双手走了进去。

大家渐渐散开了，任凭村长呼喊，没人愿意也没人敢和古七作对。村长和他婆娘在家门口号哭起来，一直哭到嗓子都哑了。

第二天村长夫妇就离开了，据说古七给了他们一大笔钱，把村长家的房子买了下来，这件事也就不了了之了。可是从此后，村民看见古七就都躲得老远，实在躲不过，只好低着头匆匆打声招呼。古七不以为然，依旧接受财物，为那些有钱的富人或者地位显赫、从大老远赶来的达官贵人续命，然后把礼物分派到各家各户。

没过多久，更奇怪的事发生了。来了几个日本人，开始我也不认识，后来还是听古七说他们是日本人。更奇怪的是古七也会他们的语言，两边叽里呱啦地说了半天，却似乎谈不到一起，结果那几个日本人就很生气地离开了，临走时还指着古七说了些什么，古七的脸色有些异常，嘴角抽动了一下，转身进了屋子。

村子里的人稍微议论了一下也就没当回事，毕竟大家见怪不怪了，要是以前，还会兴奋一阵子。可是古七却忽然把大家召集起来，神色严肃地警告大家最近不要在外面乱吃东西，不要在附近随意走动，还要注意灭鼠。然而大家只是把他的话当作耳旁风，有的人还嘀咕说古七把自己当村长了，就算是村长也没有管大家吃喝的道理。古七交代了很久，直到嗓子都嘶哑了，才返身回了屋。不过还是有部分人相信了他的话。

村子口就是一条小河，大家以前都是从那里取水，或者洗衣服。古七把那河封了，让大家去很远的地方打水，虽然怨声四起，但也没人敢公开反对。可是村子里的一部分后生，包括我，却很不服气。大家照例从河里舀水喝，因为天热，走远路打水不便，这些水就让老弱妇孺给喝了。

我有些担心，因为那河水的确和以前有些不同，上面漂浮着类似石灰一样的东西。所以我虽然口渴，却喝得不多。

果然，古七警告的话成真了，喝过水的人出现了虚弱、咯血的症状，然后迅速地死亡。阴影笼罩着村子。我也出现了上述的症状，而且身体非常虚弱，连躺在床上都觉得呼吸困难。由于出事的都是年轻人，一些还未生病的人都吓得离开了村子，去外地避难。

村民们终于愤怒了，他们说这是古七偷了大家的命，自己牟取钱财，然后加到了那些来村子里续命的人身上，否则他干吗对大家这么好？干吗送大家自己辛苦挣来的钱财？

这番话很快得到了大家的认同，村民的恐惧达到了顶点，进而演变成愤怒。古七被人从睡梦中抓了起来，绑到木头桩子上。大家把当时已经躺在床上咯血的我抬到了古七面前。

我虽然已经神志不清，却听到了古七重重的一声叹息。

“放我下来，反正你们要杀我了，让我帮他再续次命。”他的话有人反对，也有人同意，最后大家见我又开始咯血，于是把我和古七都送进了房间，而外面围了很多人。

这是我第一次近距离接触他，忽然觉得其实他对人很温和。

“师傅告诉过我，迟早会有这么一天。不过无所谓，人生一世，得意过就够了。”他的声音很沉，像木桶扔进深井，不过却透着股不认输的骄傲。

“我告诫过你们不要去碰那河水。也怪我，没有多加留意，算了，或许这都是注定的。”古七忽然话音一转，语带凄凉。我则苦笑了一下，算是对他的回应。我挣扎着用手肘撑起自己，因为即便是这时候，我也想看看他到底是如何偷寿续命的。

我借着昏黄的灯光，看见古七拿出两只银色的酒杯，斟满米酒，并抽出了那双筷子，筷子分别架在了酒杯上。接着他拿出一把糯米，朝我走了过来。

“不能偷看，否则会自损双眼，切记！”古七严肃地对我说道。我听话地闭上眼睛，感觉到他用糯米盖住我的手掌心，接着手心一阵刺痛。我没有听他的话，睁开了眼睛。

只是一瞬间，但我看见了。

古七手里拿着一支长而细的尖刺状的东西，上面好像有血迹，他把这东西在两只酒杯里蘸了一下，接着把另外一把糯米撒向了平放在酒杯上的筷子。

这时，我的眼前突然变得一片漆黑，没有疼痛，但是我已经看不见东西了。然后我便失去了知觉。

等我醒来的时候，发现自己已经痊愈了，但是眼睛瞎了。不过我很庆幸，毕竟捡回了性命。我正要去感谢古七，却被大家拦住了。

大伙告诉我，他们把古七烧死了。

我听了大惊，问为什么，可是没人愿意告诉我。后来我去问负责行刑的人，他们说古七的身体烧得很快，像浇了烧酒的干柴。火熄灭后，起了大风，他的骨灰混合着木屑吹进了那条河里。

后来喝过河水的人都没有事情了，村子好像又恢复了以前的安宁，那些贵人也消失了，不再来这个村子，本来，他们就是冲着古七来的。

我也成了那一代人中唯一还待在村子里的。虽然后来很多人向我问起关于偷寿的事，可是我都没有告诉他们。

说到这里，老人忽然抚摸了一下我的手，神情非常忧伤。我觉得很奇怪。

“那您为什么告诉我这个外乡人呢？”我问老者。

他苦笑了一下，说：“因为再不说，我就要进棺材了，总觉得告诉你这个外人要比告诉这个村子里的人好，让他们彻底忘记那疯狂的事情，忘记古七。”说完，他冲我摆摆手，示意我走吧。

我离开了村子，回头望去，村子又吹起了风，那个瞎眼的老人寂寞地坐在竹凳上，忧伤地“看着”村口。

虽然他什么都看不见。

我在出村的时候也看了一下老人提及的那条河，非常清澈，我还用手掬了一口水喝下去，很凉，不过略带苦味。

纪颜说完了，门口也进来一个医生。

“你说的那个好像是细菌吧，日本曾经在中国农村和根据地投放过很多霍乱、登革热一类的病毒细菌。”年轻的医生解释道，“不过既然你可以说得这么有精神，看来也好得差不多了，准备办出院手续吧。”他稍微观察了一下纪颜，手插在口袋里走了出去。

纪颜无奈地笑笑，李多和落蕾也站了起来。

真有续命吗？我很想问纪颜。不过，或许他也不知道吧，没人知道古七是从哪里学来的，这个秘密和他的骨灰一起飘散而尽了。

第五十七夜
食发

“我刚打算回头拿块抹布来擦拭一下，这时又听见窗户传来啪的一声。转头一看，居然是个小女孩倒着身子挂在窗户外面，头发也倒垂着。小女孩的双眼无神地看着我，白皙的脸倒映着客厅里的荧光，有些发绿，而两只手正好按在刚才的手印上。”

年后工作繁忙，加上所谓的正月不剃头的习俗，头发居然像没人管的杂草，呼啦一下疯长起来。头发多了，头皮屑自然也多了，猛回头，肩膀上如同下了雪一样。出去的时候，我发现报社旁边的拐角处居然新开了家理发店，而且还有不少人围在外面，看来生意很不错，于是我决定进去瞧瞧。

我的头极难理，技术稍微差点的，会理得很难看，所以换了很多理发师总是不尽如人意，而这次也只是抱着试试的心态进来的。

小店不大，甚至可以说有点狭小，但是里面并不阴暗，相反，由于朝向的缘故，阳光照射进来，整个房间看上去非常简洁光亮。其实房子再大再宽敞，如果里面受不到阳光的照射，总是会让人感觉很不舒服，如果住得久了，主人的心理可能也会有些阴暗吧。我记得原先这里是一家杂货铺，想必以前的老板见生意不好就出租了。店里面摆放着两张理发椅，陈旧却不破，像是竹子造的。镜子也是，虽然镶嵌的黑色镜框不带任何修饰花纹，而且有些老旧，但是镜面却十分干净。

只不过，方方正正的镜子，当客人坐上椅子，上半身映在里面时，会产生一种很不舒服的感觉，就像是遗照一样。

我眨了眨眼睛，可能是想太多了吧。

墙角摆了几张竹椅，坐着几个客人，其中一个小女孩引起了我的好奇心。

她大概十一二岁，扎着两根羊角辫，大眼睛和小巧玲珑的鼻子搭配着圆圆的脸蛋。只是嘴唇红得有点吓人，像电影里的吸血鬼一样，当然，那是不可能的。小女孩的头发没什么光泽，看着她略显苍白半透明的皮肤，我猜想她可能不经常晒太阳，所以导致身体不太好吧。有很多这样的小孩，父母长辈都宝贝得要死，大门不迈二门不出，比古代小姐还深居简出，街上只要刮二级风她们就不敢出门。

女孩穿着很漂亮的洋装，黑红相间的花格裙与白色皮鞋，而且她紧紧地抱着一个洋娃娃。

那个娃娃也很漂亮，几乎和女孩一样的打扮，长相也略有相似，但娃娃终究是娃娃，眼睛里没有任何生气，动也不动。不过娃娃能做成这样，也算是很少见了。

老板在为一个客人理发，看得出他的手艺不错，因为这样一个刚开张又规模这么小的理发店居然有三四个人排队等候。

老板大概中等个头，光滑的大脑袋，五官很紧凑，唯独大大的鹰钩鼻子凸了出来。皮肤如揉过的电话簿般起了数条深深的皱纹，看样子似乎很苍老。他还留着两撇夸张的八字胡，胡子很硬又很稀疏，一根根贴在薄薄的嘴唇上方，远望过去像用毛笔画上去似的。

“好了，您对着镜子瞧瞧，合您意吗？”老板用一个软刷子蘸了点香粉为客人清理掉脖子上的碎发，谦卑地半弯着腰对客人笑着说道。客人站了起来，对着镜子转转脑袋，又用大手摩挲一番，这才满意地付钱离去。

好不容易等到老板对我招手，示意到我了。我不客气地往椅子上一坐，很舒服，透着一股淡淡的清凉。

开始理发了。我也慢慢和老板聊起家常。做记者的都有种职业病，喜欢和人聊天，仿佛一时半刻嘴巴闲着就浑身不舒服，所以你会发现很多记者喜欢没事就大嚼特嚼口香糖。

“我是外地人，这些东西还是从旧货市场淘来的。孩子娘去得早，我只好带着女儿四处奔波。唉，旁人总是容纳不下我们，还好女儿懂事，从来不哭闹，和我一起受罪。”老板看上去年纪很大，然而通过攀谈我才得知他居然只有四十挂零。

“您女儿？”我想这里也不大，难道刚才看见的那个小姑娘就是……果然，老板随后指了指女孩。

“你看，她不正和一个娃娃坐在那里吗？那娃娃可是我亲手做的！”我忍不住回过头看了一下。

窗口漏出一点夕阳的余光，红黄混合的模糊色彩照在小姑娘的脸上，我看见她脸上没有一丝表情，只是目光呆滞地看着我，手里紧紧地抱着那个娃娃。我忍不住夸赞老板的手艺精湛，的确，外面卖的洋娃娃哪里有做得这么逼真的，如果是自己做的，那这个理发师还真是多才多艺呢。

“她不爱说话，您别见怪，我教了她很久，说看见年轻的叫叔叔阿姨，看见稍长的叫伯伯婶婶，可是她从来不开口，都十多岁了，一天听不到她说几个字。”老板长叹了口气，又对女儿喊了声：“圆圆，叫伯伯啊。”

我听着身子抖了一下，连忙笑着打断老板的话：“叫叔叔就可以了。”我流着汗解释道。

可是女孩没有吭声。

老板只好继续为我理发。我看了看地上，很奇怪，在我之前已经有好几个人理过发了，但此刻地面却很干净，几乎找不到什么碎发。

“圆圆，帮我拿条热毛巾来，在后面脸盆里。”老板再次吩咐。这次女孩终于站了起来，听话地走到后面，片刻后拿过来一条热气腾腾的毛巾。

老板用毛巾为我擦了擦脸，我忽然觉得毛巾上好像有一阵异样的味道，而且脸上好像沾了些黏糊糊的东西，不过不多，我也就不在意了。

“你的发质很不错啊。”老板忽然用手在我的头发上摸了一下。不知道为什么，我忍不住哆嗦了一下，浑身打了个寒战，脖子仿佛被冷风吹了一下，我不禁缩了缩脖子。

老板的技术不错，我对着镜子照了照，看来以后就这家了，何况这里本来就离报社不远。我痛快地付了账，刚想离开，摸了摸口袋，发现居然有口香糖，于是童心大发，走到那个叫圆圆的女孩身边。

“给，很好吃的，甜的。”我把口香糖递过去，可是女孩只是死死地抱着那个洋娃娃，面无表情地看着我。

我只好把口香糖放在椅子上，然后走了出去。

走出那间理发店的时候，我下意识地回头看了看，借着微弱的阳光，我看见老板正猫着腰，把地上的头发都扫到一堆，然后整齐地收进一只口袋里放好，接着他把口袋立在墙角，和另外两只袋子放在一起。我猜想可能是拿去卖钱吧，据说有专门收购头发的，而那个女孩子旁边的口香糖却不见了。

大概她见我走了就拿起来吃了吧，呵呵，我笑了一下。忽然，依稀中我看见女孩手中的洋娃娃好像嘴角动了动，我揉揉眼睛，洋娃娃依旧如故。

可能看错了，最近老是校稿，太累了，回去泡杯菊花茶喝吧，我安慰了一下自己，往家走去。刚走出几步远，我就看见一个中年妇女，长得慈眉善目的，提着一包东西走进了理发店，脸上洋溢着幸福的微笑。

也是来理发的吧，看来这里的生意还真是不错呢，我心里暗想。

外面已经全黑了，摸着稍稍有些凉意的脑袋，我连忙走回家，开始洗澡，碎发是非常扎人的。洗澡的时候我听见客厅的窗户不停地啪啪作响，心想可能是外面风太大了。可是当我擦着头发走出浴室的时候，声音又没有了。接着，我发现窗户上好像有什么东西。

那是一双手印，由于我很懒，窗户外面玻璃布满了灰尘，所以这双手印看得很清楚，手印很小，不是大人的，像是小孩的，似乎是从外面拍上去的。

可是我住的是六楼啊。

我刚打算回头拿块抹布来擦拭一下，这时又听见窗户传来啪的一声。转头一看，居然是个小女孩倒着身子挂在窗户外面，头发也倒垂着。小女孩的双眼无神地看着我，白皙的脸倒映着客厅里的荧光，有些发绿，而两只手正好按在刚才的手印上。

她的小嘴张得大大的，似乎在喊什么，而我则傻子一样地拿着浴巾呆望着她。接着，她似乎有些急躁了，用拳头把窗户擂得咚咚作响，再这样下去玻璃都要碎了。我看见她用手指了指沙发旁边的茶几，接着又把嘴张得大大的。我回头看了看，沙发上只有一包开了封的口香糖。

原来她说的是口香糖。

我颤抖地把口香糖拿起来，将窗户开了一条缝，把它递出去。她的脸离我很近，我几乎不相信，这么稚嫩的肌肤在寒风里居然一点都没变色，反而在灯光下透着古怪的亮光，就像放在暗处的玉器一样带着光泽。这时候，女孩才满意地一把抢过口香糖，连包装纸都没撕开，直接塞进嘴巴，然后冲着我做了个可爱的笑容，爬了下去。

我打开窗户伸出头一看，发现她如壁虎一般，四肢吸在六楼的墙壁上，快速地向下爬行，爬到中间，忽然又回头看了我一眼，吓得我立即把头缩了回来。许久，当我再次战战兢兢地伸出头去看时，女孩早已经消失在了夜色中。

我哆嗦着倒了杯凉水，喝下去之后才稍微觉得清醒些。那个女孩的样子好熟悉，终于，我想起来了，她正是理发店老板的女儿。

可是正常的小女孩会爬到六楼问人要糖吗？显然不会。

第二天，我带着满心的疑惑来到那家理发店，可是到了门口却一直迟疑着不敢进去。早上的人不多，本来就在偏僻地段的小店显得更加萧条。那天阴天，我看了看地上，自己的影子变得很淡。虽然与纪颜相处甚久，可我毕竟不是他，我的血并没有除邪驱魔的能力，相反，还很可能会招惹到一些东西。

我正在迟疑是否要进去，老板忽然从里面闪身出来。他看见我有些意外，眯起眼睛上下扫了扫我，才哦了一声。

“您不是昨天的客人吗？怎么，是不是我的手艺不好，您有些不满意？实在对不起了，要不我帮您修整一下？还望不要见怪。”老板弯着腰，双手合在胸口前，半低着脑袋诚惶诚恐地赔罪。我深感不安，连忙扶起他，告诉他自己并不是介意发型的好坏，相反，对于他的技艺我十分满意。

老板狐疑地望了望我，显然非常奇怪，想要继续询问，似乎又怕我不悦，只好站在门口，一时间不知道该做些什么。我意识到自己可能打扰了他的工作，便对他点了点头，说自己只是来坐坐，看看老板。

这个借口有些牵强，我自己都觉得好笑，老板自然不相信了。于是我立即又解释说，自己对他的理发技术很感兴趣，想来观看一下，顺便学习学习，这时老板才憨厚地笑了笑，腰背重新挺直了起来，脸上也有了少许得意的笑容，开始向我大谈特谈理发的技巧。

可惜我根本无心听他叙说，只是"嗯啊"地应付，对着小店里面四处窥探着。

我没看见那女孩，难道昨天我看到的是幻觉吗？

但哪里有那么真实而且持续时间那么长的幻觉呢？

"我还没有开张，正好要出去买点东西，不如您帮我照看一下店和我女儿好吗？如果来了客人，就让他稍微等等。"老板忽然拜托我。这倒是让我非常意外，但也正合我的心意。

"你就不怕我是坏人，偷了你的东西？"我忍不住朝他打趣道。老板一直堆满笑容的脸忽然变得严肃起来，我不得不承认，一个长时间笑着的人忽然不笑了，那神情的确让人心头一寒。

"您不会的，第一次您来的时候我就知道您大概是附近报社上班的，我看到您进去过几次，而且看您的相貌绝对不是那种小偷小摸的人。再说我这破店有啥值得偷的？"

他说得很有道理，我也点了点头，算是答应了他的请求。这时老板才满意地朝街口走过去，可是还没等他走出几步，我忽然又喊了句："如果我是为了把您女儿拐走呢？"我自己都不知道为什么会问这个，或许想试探试探。

老板忽然立住了，过了一会儿，慢慢转过头，一条缝似的眼睛，夸张的笑容。

"谁要是拐走了我的女儿，那他将会是天底下最倒霉的人了。"说完，他头也不回地走了。虽然他是笑着说的，可是我觉得这比板着脸说更有威慑力。特别是像我这种昨天晚上经历过那种诡异事情的人。

小店里摆放着些家具，地面很干净，而且一点异味都没有。房间安静得像是长久没人居住过一样，有点死气沉沉。

里面还有间屋子，不过门是关上的。仔细看，那扇黑漆色的木门开了条细缝。完全关闭的门和完全打开的门都不如只开了条缝的门有吸引力。我猜想那女孩一定就在房间里，可是我又迟疑是否要进去。一个夜晚徒手爬上高楼向人索要糖果的女孩当然不是普通人。

可我还是走过去了，因为听见一阵吞咽的声音，似乎很急，仿佛饿了很久一般。我抬起腿，尽量做到没有声音地走了过去。

越靠近门，声音就变得越大。我顺着门缝看去，房间里亮着盏电灯，那个女孩背对着我坐在床上，旁边是她上次抱着的人偶娃娃。

那个娃娃还是那样漂亮，但在昏暗的灯光里看不太清楚，只是觉得仿佛是活人似的。

娃娃做得再逼真也是娃娃，因为它根本无法动起来，即便是安装了机器在里面，它的动作也是僵硬呆板的，根本无法同人的动作相媲美。

可是令我惊讶的是，那个放在枕头边上的人偶娃娃居然眨了眨眼睛。是的，我确信自己没有看错，它的确眨了一下眼睛。

接着，更加古怪的是，那个娃娃木然地、很机械地转动着脖子，居然大睁着无神的眼睛，看着我这边，仿佛已经发现了我一样。我惊骇得不自觉地往后退了一步，却发现自己的脚好像碰到了什么东西。

那是一只袋子。我仔细一看，里面居然装的全是头发，可是只有一半。我再次看向房间里面，却发现坐在床上的那个女孩已经不见了，只是枕头上的人偶娃娃还在，依旧睁着圆鼓鼓的大眼睛盯着我。床上还有只袋子，从里面散落出一大堆黑色的碎发。

这时，从门缝下面传来一阵金属刮擦地板的声音，同时我感觉到腿边好像有什么东西，低头一看，原来那个女孩已经趴在我脚下，正抬头看着我。

她的嘴正在蠕动着，腮帮子一鼓一鼓的，嘴角处有几根长长的头发。她正用大而泛白的眼睛鼓鼓地盯着我。

从她的眼睛里我读不到人类应有的感情，或者叫灵魂之类的。就好像我触犯了她的领地一样，女孩趴在地上向我扑来，直到我踉跄地退到理发室里，她才停下来，冲着我凝视了几秒钟，然后转头又爬回到房间里，动作如同一只鳄鱼，快得令我咋舌。

我还坐在地上喘气的时候，肩膀上忽然挨了一下，这一下并不重，但我饱受惊吓之后神经已经非常脆弱，所以这一下又着实把我吓了个半死。回头一看，原来是老板，他的脸上带着微笑，眯缝眼里露出几丝戏谑的目光。

“您没事吧？我刚才不过是嘱托您照看一下店，您怎么坐到地上去了？这天还寒着呢，快起来吧您。”说着，他把我搀扶了起来，坐到旁边的凳子上，然后又自顾自地忙活开来。

“起来啦！”他对着里面的房间喊了句。

那个女孩抱着娃娃再次走了出来，可是这次却显得很温顺，也很漂亮，根本就不像刚才我看见的那样，给人的感觉是刚才的事情从来没发生过似的。

老板忽然叹了口气，坐在了椅子上。

“刚才您大概看到了吧，其实我没打算瞒着您，之所以让您留下来，也是想让您自己看到，省得我解释了您也不相信。”果然，老板隐瞒了一些事情。

“其实我的本职不是理发。”他的声音忽然变了，先前那种谦恭市侩的小商贩才有的语气消失了，取而代之的是自信和骄傲，他整个人也仿佛高大了许多。他从椅子上站起来，踱着方步，把手背在身后。

“我其实是一位人偶师。”他的眼睛完全睁开了，冒出令人敬畏的光。

可是我不明白这和他女儿的那些古怪动作有什么关系。我正疑惑间，老板走到抱着娃娃的女孩面前，在她的脑后抚摸了一下，那个女孩瞬间便放开了手，然后如同一个失去动力的机器一样瘫了下来，头也歪向了一边。理发师轻轻抱起了那个娃娃。

“其实，这才是我女儿。”他爱怜地摸了摸那个我以为是人偶的脸庞。原来，他那天随意的一指竟然是我误会了。细细看来，果然女孩还是有几分像她的父亲的。人有时候就是这样，自作聪明，把假的当作真的，把真的反而认成假的。我不禁为自己的愚蠢感到好笑。

“我知道你误会了，不过也正常，我的女儿患有一种先天性疾病，她的神志经常会陷入无意识中，看上去和人偶一样。”老板说得很轻松，但是我相信无论哪个父亲都很难接受这个事实，他现在还可以说出这件事，证明他已经承受了下来，但背后的痛苦恐怕不是我所能想象的。

他又看着那个我以为是他女儿的人偶，说：“这是我的心血，其实说它是我女儿也不为过。”他顿了顿，又伸手在女孩脑后晃了一下，结果人偶一下子又恢复了先前的样子，呆呆看着老板手中的女孩，默然不动。

“我的妻子无法忍受我作为人偶师而离开了我。其实连我自己都觉得自己不是正常人了，没有谁会喜欢和一个整天不说话、摆弄一些人体四肢模型的家伙待一辈子。所以当她提出离开时，我也没有劝阻，因为我一直觉得这是理所当然的事。

“她没有带走女儿，这也是我感激她的一点。虽然我知道她这么做，其实是因为知道了女儿的病情，怕女儿成为她的负担。

“我一个人照顾女儿，这对于像我这样一个没有稳定收入的男人来说非常困难，虽然我可以靠帮一些收藏家制作人像和人偶来挣些钱，但这毕竟不是长久的维持生计的办法。而且由于我这种职业往往被周遭的人所厌恶和恐惧，所以我曾不止一次地被警察局提审，原因大都是我丢弃的人偶部件吓坏了我的邻居。所以我以后学乖了，所有的部件都统一在偏僻处销毁，而且还要经常搬家。

“我一面要挣钱糊口，一面还要照顾女儿，每天疲于奔命的生活让我忽然萌生了一种想法：能不能制造一个从未有过的人偶，甚至可以赋予它人类才有的知觉和动作？

“这个想法其实也是所有人偶师的梦想，制造出真正的人而不是人偶，本身这个行当就是一种带着诅咒色彩的职业，因为我们已经威胁到了造物主的地位啊，只有造物主才能创造人。

“不过我还是开始做了。

“但是面对的困难可想而知，我翻阅大量的古籍，请教了行当里的著名人物，但换来的只有失败。房间里堆满了失败的制作品。

“值得庆幸的是，一次偶然的机会，我发现人的头发是一种很好的制作材料，头发里充斥着人的精魄。于是我有了一个大胆的想法：可不可以制造一个利用人的意识控制的人偶，一种类似机器人的人偶？

“很快，它被制造出来，并且我把它和我女儿的思想结合在了一起。我无法和你解释这是如何做的，只能说是一种秘术，一种类似于思想转移的方法。很快，这个人偶完全被我女儿接受了，从没有任何表情的女儿居然对着这个人偶笑了。

“我一直担心在女儿的成长过程中，没有姐妹和母亲这样的女性亲人会对她产生不利的影响，不过现在放心了，这个人偶虽然不会说话，但是已经可以代替我为女儿做很多事情了。

“只是有一点，它必须进食大量的人的毛发，就如同消耗汽油的汽车一样，头发是它能继续行动的能量。所以，我只好学了门理发的手艺，可惜每到一个地方，迟早会被当地人误会，所以我一直过着颠沛流离的生活，而且，现在愿意到我这种小店来理发的人已经越来越少了。”说到这里，老板把女儿放回人偶的怀抱，人偶则把他女儿抱回到了房间。

“也许是老天可怜我，我女儿已经比以前好了很多，虽然还无法说话，可是已经开始慢慢成长了。因为脑子的毛病，她几乎没有发育过，身体一直保持着小孩的状态，而且不会说话，只能靠人偶来表示。我知道那天她为了想吃糖而让人偶去了你家，可能吓着你了，真是非常抱歉。但我还是要拜托你，千万不要把知道的事说出去，起码要让我稍微准备一下，才好搬到下一个城市。”他说得很伤感，眼睛一直盯着脚尖，仿佛带着哀求，先前的骄傲一下子不见了，我看见的不是一名优秀的人偶师，而是一个普通的父亲。

我自然答应了他的要求，但是也希望他稍微注意一下，毕竟不是每个人都能受得了那种事，如果造成骚乱就不太好了。老板点了点头，忽然兴奋起来，沧桑的脸泛起潮红，仿佛一个刚刚受到心上人赞赏的小伙子一样。

“我认识一个女人，一个非常善良的女人，她也是一名人偶师。干我们这行的人很少，互相也不熟悉，对其他人总抱有戒心，可她还是看出来了我的窘迫，而且我们可能马上就要结婚了。”听到这番话，我感到惊讶的同时也很高兴，我看见了他发自内心的喜悦，而我也发自内心地祝福他。

“本来我想制作一个人偶送给你，又怕你会不喜欢。”人偶师低下脑袋搓着双手，憨厚地笑了笑。

我婉言谢绝了，因为我的确很害怕这些东西。

可能我不会害怕一个恐怖的鬼脸模型，但是我绝对不会把一个长得和真人一模一样的假人放在家里。

这世界上最可怕的不是鬼，也不是人，而是极像人又不是人的东西。人偶是，那些失去人性的人也是。

第五十八夜 拾

"林理低头一看，一双白皙的手猛然间抓住了他的双脚，他没有抵抗，也无力抵抗，手的主人出来了，他和林理长得很像，也戴着一副无框的精致眼镜。
只不过，他的腹部插着一把刀。"

春天原本是万物复苏的季节，可是在这个时节，人却总是打瞌睡，精神无法集中。今天是纪颜出院的日子，可等我想起来，来到医院的时候，病床上只有黎正一人躺在那里。

纪颜可能并不在意，他或许可以体谅我最近工作繁忙，可是我自己却并不这样认为，最近似乎记忆力越来越差。

"忘记来了？他说了，自己和李多先回去了，叫你不要担心。"黎正望着窗外，似乎是在对我说话。好在我早已习惯了他的态度，也不觉得有什么。不过既然来了，总不好马上就离开，只好尴尬地在早已收拾干净的纪颜原先的病床上坐下。

"记忆力是很奇妙的东西，有时候一直想寻找的东西，任你想破脑袋都找不到，可是当你不想找了，几乎忘记的时候，它自己又忽然间冒了出来。有些东西丢了还会回来，但有些东西丢了就永远也找不回来了。"黎正从床上滑下，头枕着双手，两眼无神地望着天花板，缓缓说道。

"哦？那是怎样一个故事？"我饶有兴致地朝他挪近了些。黎正没有回答我的意思。正当我以为他已经睡着的时候，他那带着成人语气的童音忽然响了起来。

（下面是黎正的口吻。）

每个人都会有记忆力不好的时候，哪怕是一目十行、心算能力极强的记忆力超人，他们也会有忘记东西放在哪里的情况发生。

在我上大学的时候，学校里流传着一个故事。

林理是一名大一新生，但凡新生都对学校抱着很大的热情和希望。学校很大，对大多数刚从狭小的高中校园里走出来的学生来说，这是第一个感觉。林理自然也不例外。办好报名手续、铺垫好床铺后，他决定一个人出来走走。

林理的家离这个城市很远，但他没让父母来送他。

十八岁了，应该像个男子汉。林理以此拒绝了父母来送的请求，而父母也同样很高兴，因为儿子长大了。

林理顺着宿舍旁边的一条林荫道散步，那里种植着很多树木，非常茂盛。呼吸着新鲜的空气，林理感到十分舒坦。其中有一棵树最为粗壮，和周围的树比起来它要大得多，林理双臂合抱都无法抱住，刚想离开，他发现草丛里好像有些什么异常的东西。

他看见一道光，似乎是什么金属反射的光芒，走近一看，居然是支钢笔。说来好笑，林理从小到大没有拾到过任何东西，相反倒是没少丢过钱啊书啊之类的。他好奇地走过去，把钢笔拾了起来。

钢笔的笔帽是银色的，笔身是白色的，看上去还蛮新的，估计失主正在焦急地寻找吧。在笔帽处似乎还刻了个字，像是个“人”字。林理把钢笔揣进口袋，回到了宿舍，心里暗暗奇怪钢笔的主人为什么要刻个“人”字在上头。

林理心想，估计是哪个急着上课的学生或者是早上在这里背单词的人不小心丢在这里的，看钢笔布满灰尘，估计在草丛里也待了有些日子了。再说，自己正好缺一支好钢笔。不知道为什么，他很喜欢这支钢笔，他有一种奇怪的感觉，这支钢笔应该是一个女孩的，较之自己的笔，握在手里感觉要细一些。

和宿舍的室友闲聊几句后，林理把钢笔放进了抽屉。开始的几天是军训，还没上课，自然用不着钢笔。大学的所有东西都让林理着迷，年轻的身体整天血液沸腾，同学们白天军训很辛苦，完了又互相追打嬉闹。所以，一到晚上，人就睡得很死。只是室友们都说，林理那个方向经常传来沙沙的摩擦声。

新生办借书证要经过非常烦琐的程序，这让林理感到很无趣。自己本来对图书馆有着很高的热情，上高中的时候就听当时正读大学的堂哥说过，大学图书馆的书数不胜数，各种类型都有，而且图书馆里很安静，适合长时间阅读，可是现在一张小小的卡片却把他挡在了门外。

回宿舍的路上，林理低着头，意外地又在上次拾到钢笔的那个草丛里拾到了一张借书证。

图书馆的监管制度并不严格，任何人只要持有借书证都可以进去借阅，也就是说，如果这个证的主人还没有注销的话，林理就可以大摇大摆地走进图书馆，好好地博览一下中外典籍。

林理是这么想的，当然也是这么做的。

借书证上主人的名字已经磨损得不是很清楚了，好在照片还很清楚，而且幸运的是两人长得居然还非常相像。果然，林理把证给看门的老师看了看，老师瞅了瞅他，又看了看借书证，便放他进图书馆里看书去了。

几天下来，林理白天军训，吃完晚饭就在这里看书。这种日子让林理过得非常惬意，等自己的借书证办下来以后，他就把捡到的借书证扔进抽屉不管了。只是在夜晚大家入睡了以后，从林理床下依旧传来沙沙的声音。

有一次，林理照例在图书馆看到一本自己找了许久的旧书，不料自己刚刚走过去，一只葱白似的手忽然把那书拿了下来。林理顺着这只手扭头一看，发现原来是一个皮肤白皙的高个子女孩。

“你也喜欢这本书吗？”女孩笑了笑，美目如新月，俏脸似桃花。交谈过后，林理知道女孩叫舒郁，居然还比自己高一个年级，不过论年龄，自己却反倒比她大上几个月，只是舒郁却总是一本正经地让林理喊自己师姐。

两人开始交往起来。林理也不知道这是不是恋爱，只是一天见不到这个女孩就心里难受。说起两人的相识，寝室的同学无不羡慕，以至于一时间新生去图书馆的数量激增，可惜大都失望而归。于是大家都半开玩笑地说林理好福气，居然连女朋友都能捡得到。

不过林理却始终无法“靠近”舒郁，他对舒郁其他的事情一无所知。但是无所谓，他们每次见面都能聊得很开心，林理已经很满意了。只是舒郁经常用一种非常异样的眼神看着他，有时候还伸出手摸一摸他的头发。

没过多久，幸运女神似乎又向林理招手了——他又捡到东西了。对于自己最近的好运气，林理觉得可能幸运之神真的开始对他微笑了。

这次他捡到的是一个皮夹子，也就是钱包。很有趣的是，当他打开钱包后，发现里面居然还有几十元钱和两张肯德基的优惠券。可是，优惠券上面的日期却是一年多以前了。当然，还是在那棵树下。

“一年多了啊。”林理不禁感叹了起来。他翻看了一下钱包，里面没有任何可以证明钱包主人身份的东西。当时正值傍晚，林理独自一人站在空荡荡的林荫道上，头顶繁密的树叶被风一吹，响起了窸窸窣窣的声音。听着这声音，林理觉得眼前寂静的水泥路仿佛永远也走不完。他再次看了看手里的钱包，款式还是非常不错的，正巧自己也没有，干脆拿来用了。

钱包的做工很精致，不像是从店里买的，倒像是由人精心缝制的。林理心想，古人流行情侣间互赠香囊或者荷包，没想到现在还有这样的。只是这钱包的侧面有一滴血迹，如雪花一样地洇散开来，虽然已经风干，但依旧红得非常鲜艳，在漆黑的夜里仿佛会跳动一样。林理盯着那血迹感觉有些头晕，连忙把皮夹收好，回到宿舍。

宿舍里没有人，林理想起还有作业没做，便拿出前些日子拾到的那支钢笔。正巧同学桌子上有瓶墨水，只是没有牌子，他把钢笔吸满墨水，开始写字。

然而写出来的全是红色的字，在灯光下看得难受，就像刚才在钱夹上看到的血迹一样。他用手蘸了蘸墨水，发现墨水却是蓝色的。

也许钢笔笔囊前端还有些红墨水吧。林理决定拿它多写些字，等残留的红墨水用完了再说。谁知道林理在草稿上画了很久，笔迹依旧是红色。他只好把钢笔重新放回抽屉。

没过多久，林理发现自己的记性越来越差了，总是莫名其妙地忘记东西，同学经常在他身后喊住他，提醒他忘在座位上的书或者衣物，或是别的什么东西。林理并没太在意，也许是自己学习学得太累了。所以他决定休息一下，正好也可以多陪陪舒郁。

林理本来打算拿着自己的借书证和舒郁一起去图书馆，可是却怎么也找不到借书证。这时电话响了起来，是舒郁打来的，她催促林理快点。林理不愿意再翻箱倒柜地找了。

“不是还有一张嘛。”林理翻出以前捡来的那张借书证。

可是今天借书证上的照片似乎有些异样，在台灯下，借书证上面长得和他有几分相似的人似乎在笑。林理揉了揉眼睛，照片又恢复原样了。

是幻觉吧，看来自己真的压力太大了，林理自我安慰道。

图书馆很安静，人非常少，林理望着坐在一旁认真看书的舒郁总是静不下心来。

“我出去散散步。”林理直起身子，和舒郁打了个招呼。舒郁头都没有抬，只是嗯了一声。有时候林理真的很想深入了解一下舒郁，似乎那美丽的长发后面舒郁还有另外一张脸，一张平日里他未曾见过的脸。

不知道为什么，林理抽着烟，还是走到了经常捡到东西的那条路上。抽烟是他高中的时候学会的，高考的压力大，很多男生都聚集在一起互相抽着玩。高考完了，高兴的时候也喜欢抽，结果一来二去，居然成瘾了，虽然谈不上老烟枪，但一天手指头上不夹着点什么东西，林理总有些不舒服。

那棵老树在夜晚看上去非常苍劲，路边白色的荧光街灯照在树皮上犹如月光一般，却又比月光要冷得多。林理用手抚摸着树皮，忽然有些感叹。

他下意识地低头，草丛里居然又有东西。

这次是副眼镜，很不错的无框眼镜，做工精巧，不过林理的视力很好，也不需要这个啊，可既然看见了就拿着吧。

眼镜干净得很，一点灰尘也没有，虽然说学校的过道一向非常干净，但还不到一尘不染的地步，何况一副眼镜在草丛里放着，怎么会如此干净？但林理没想这么多，只道这个可怜的倒霉鬼怎么老在一个地方弄丢东西。

回到图书馆，他发现舒郁已经离开了，在书里他看见了舒郁留下的便条："身体不适，先回宿舍了。"

林理有些失望地独自一人回到宿舍。晚上，室友们又听见了林理的床那边传来的沙沙声。

第二天，林理从床上起来，睁开眼睛却发现原本清晰的世界一片模糊。他惊讶地发现自己居然一夜之间视力大减，无奈之下，他摸索着爬下床，发现了桌子上放着昨天从树下捡来的眼镜。

林理忽然有种感觉，他觉得那眼镜仿佛是为他量身定做的一般，果然，一戴上去眼前恢复了清晰，又像以前一样了。虽然鼻子上多了些压力有些不适应，不过他戴了眼镜似乎更斯文了，也比以前好看了许多。室友们对林理一夜过后就戴上眼镜也觉得奇怪，不过也不是太特殊的事情，毕竟上了大学很多人都迷恋玩电脑，视力下降得快也不是什么新鲜事。

林理想给舒郁一个惊喜，不料舒郁看见他并没有太多的惊讶，只是淡淡一笑。

"戴上了？"她问道。林理点点头，只是奇怪她好像早知道一样。

"我一直觉得你戴眼镜会更好看些，是不是？"舒郁笑了笑，样子非常可爱。既然她喜欢，林理也觉得开心。

接下来两人的日子过得似乎很快乐，真是羡煞旁人。林理对于捡东西也越来越习以为常了，他还从树下拾到过其他一些小东西，像橡皮、直尺、帽子之类的。最后捡到个戒指，他觉得有些贵重，于是上交了。交到失物领取处的时候，那位秃顶、戴着黑框眼镜的老师看了看，神态有些异样。林理刚想走，却被他拉住了。老师的眼睛一直盯着林理，嘴里似乎一直说着："太像了，太像了。"不过仔细看了看，他又失望地摇头，但还是扯着林理不放。

"戒指，哪里来的？"老师有些激动，扯着林理的衣领。林理有些不悦，心想又不是我偷的，你这样干什么。

"学校宿舍旁边的林荫道上捡的，一棵很大的树下。"说完，林理趁着老师发呆的时候，赶紧跑了。

林理越来越觉得自己的脑子不好使了，有时候甚至在和同学聊天的时候突然卡壳，他会忘记自己想说什么，想做什么，同学们觉得他非常古怪。林理开始沉默下来，成绩也一落千丈。他经常自己一个人无意识地在校园里晃悠，然后忽然发现自己待在一个都不知道怎么过来的地方。

唯一值得安慰的是，舒郁对他越来越好，两人也非常亲近，林理还吻了舒郁，只有和舒郁在一起的时候，林理才感觉自己活得有价值。

只是，同学们依旧在每天入夜后，听到从林理的床的方向传来一阵阵沙沙声，犹如砂纸摩擦金属般难听。

终于有一天，林理无法预料的事情发生了。

那是入秋后的一个夜晚，虽然白天的燥热还未完全退去，但在夜间，人们已能感觉到丝丝凉意。

舒郁告诉林理，那天是自己的生日。林理非常兴奋地拿着钱去买礼物，可是进了礼品店又不知道该买什么。

他看了半天，似乎那些礼物都不适合他心目中高贵的公主。想来想去，他决定买一支钢笔，至于式样，不知道为什么，他觉得以前捡到的那支钢笔就非常漂亮，于是就要了一支式样相同的包好。走出礼品店，林理想象着舒郁拿到钢笔的样子，心里非常开心。

林理高兴地跑向两人约好的地点——林荫路的那棵大树，是舒郁要求的。

当林理兴冲冲地赶到那棵熟悉的大树下时，他发现舒郁早已经站在了那里，一袭黑衣，长发如瀑布般散在身后，白净的脸庞在黑夜里居然散发着绚丽的光，那一刻，林理终于理解什么叫亭亭玉立了。

当林理走到这位美丽的女孩面前，把手中的礼物递过去的时候，却发现舒郁的脸上挂着非常陌生的笑容，那笑容不像是感谢他为自己买生日礼物，也不像是为看见心爱的人赶来而高兴，那笑容里更多的是一种期盼，一种迫切的期盼。

那种眼神林理见过。

老家经常宰牛宰羊，然后当着路人的面下锅，大家向老板事先约好要哪一部分，然后个个带着攫取的眼神盯着割好了的新鲜肉下锅，然后看着肉在汤锅里翻滚，等待它熟透后下肚。

舒郁现在的眼神就很像那些等待吃肉的食客的眼神。

“我们分手吧。”舒郁兴奋又冰冷地吐出几个字。林理几乎不敢相信自己的耳朵，正是“秋风虽未冷，心已入寒冬”。

林理想问她为什么，可是却无法张口，瞬间的打击使他本来早已经不堪重负的精神一下崩塌了。

他说不了话了，因为他想不起来该说什么，他想不起来自己来干什么，想不起来眼前的这个女孩是谁，想不起来自己是谁。

“你属于那里。”舒郁抬手指向那棵大树。林理目光呆滞地走了过去。

树的下面有东西，林理感觉到了。

他和林理长得很像，也戴着一副无框的精致眼镜。

只不过，他的腹部插着一把刀。

他还能捡些什么？

林理低头一看，一双白皙的手猛然间抓住了他的双脚，他没有抵抗，也无力抵抗，手的主人出来了，他和林理长得很像，也戴着一副无框的精致眼镜。

只不过，他的腹部插着一把刀。

舒郁从身后抱住林理，将头靠在林理的肩膀上。

那个男人笑着朝林理走过来。

“我是谁？”林理终于可以说话了，他急于知道自己究竟是谁。

“你就是我。”那男人依旧笑着，林理低头一看，果然，自己的腹部慢慢出现了一把刀。

林理的意识逐渐模糊，他最后一眼看到的，就是舒郁挽着那个男人的手高兴地走出了林荫道。

那个男人是自己吗？

林理看见舒郁的无名指上戴着一枚戒指，很熟悉，似乎在哪里见过。

好像，就是自己捡到后上交的那枚。

林理什么也感觉不到了，什么也记不起来了……

一年前，一个男孩在校园的一棵大树下等待自己心爱的女孩，女友亲手做的钱包里有两张肯德基的优惠券，他的手里还有一支正要送给她的钢笔。男孩高兴地在钢笔上刻着女友的名字，但他永远都刻不完了。

他只刻了个“人”字，就被几个小混混刺死了。

原因很简单，这伙喝醉的混混想抢他手里的钢笔，纯粹是好玩，但男孩却认真了起来。

他的腹部中了一刀，滑倒在树下，他随身带的借书证、眼镜和文具散落一地。其中还有一枚打算用来求婚的戒指，他一直随身带着。

第一个发现男孩尸体的就是那个戴着黑框眼镜的老师，他以前可不是那样，自从他的儿子死后，中年丧子、伤心欲绝的他才甘心去做了名失物招领处的管理员。

他当然认识那枚戒指，因为那是家里祖传的，是他交给儿子并叮嘱一定要给未来的儿媳妇戴上。

林理的室友感到很奇怪，林理一回到寝室就决定搬出去，东西搬得一干二净，而且说话的口气也变得很冷漠。不过他们也习惯了林理最近莫名其妙的变化，总觉得他交了女朋友，又是那样漂亮的女友，性格多少会有些变化。

据说林理后来和舒郁结了婚，很幸福地在南方生活。

若干年后，寝室里新来了一批学生，其中一个把自己的抽屉翻出来清扫时，发现上面居然写了字：

你拿了我的钢笔。

你拿了我的钱包。

你拿了我的眼镜。

等等，很多很多句，都是“你拿了我的……”，只有最后一句不是。上面用红色墨水清晰地写着：

我只要你的身体。

黎正讲完故事，又重新闭上眼睛，不再搭理我了。

只是等我起身走到门口的时候，黎正忽然说道：“忘记什么，都不要忘记自己是谁，那是最可怕的。”

我不自觉地点点头，走出了病房。

第五十九夜
裂缝

“画儿陶瓷般的手臂开始出现一条如发丝般的裂缝，接着两条、三条……整个手臂就像被锤子敲破了一般，不过她的脸上没有什么痛苦的表情。不只是她的手臂，她白净的脸庞也开始出现裂纹，还有她的脚踝，我猜想可能她整个身体都在出现缝隙。”

“知道吗，有些东西是无法解释的，我们只能窥测，只能尽力避免，却无法逃脱，如同中世纪的鼠疫，现在的狂犬病，人们能做的只有尽量避开它们，其实这是种消极的应对方法。”纪颜微笑着背着双手，阳光刚好洒在他背上，我觉得他仿佛站在了光与影的边缘一般。黎正回来以后，脚伤已经好了八九分了，不过他很注意锻炼，每天都去外面长跑，我忽然有种疑问，是否他还能重新以孩子的身体长大呢?

“难道连你也无法解释吗？”我问纪颜。

“当然，笛卡儿不是说过吗，画的圆越大，外面的空白越多，知道得越多，就发现自己越无知。”纪颜叹了口气。

（下面是纪颜的口吻。）

我曾经遇到过这样一件事，面对那种现象我毫无办法，那不是我能解决得了的。

大学的时候，暑假期间学生们组织下乡医疗队，免费为一些处于边远山区的人宣传疾病预防知识和提供一些简单有效的药物。不要小看这些，或许对城市里的人来说这些药物早已经过时，富人对医生开出来的高价药品从不拒绝，其实那等于慢性自杀，设想一下，病毒的进化速度是远高于药品的开发速度的，等哪天体内的病毒已经免疫任何药品的时候，那就只有等死了。

相反，在那些很少使用这些药品的地区，简单的青霉素也能治疗许多疾病。当然，对于热情的学生们来说，探索未知也是件令人非常兴奋的事，只可惜，现实总是与愿望相反。

那是个几乎与世隔绝的山村，连接外界的只有一条如蛇一般盘旋在山上的小道，而且这条路崎岖不平，顶多只能容一辆车子行驶，所以大家选择了徒步进山。还好天气不错，没有下雨。

由于要去的地方很多，同学们分成几个小组，和我一起进村的是一个身材略胖的高个儿男生，不过由于很少走这种山路，即便是强壮如同运动员的他也汗流浃背。

村子不大，只有不到一百人住在这里，谁也不知道他们住了多久了。这里的人看上去似乎和外界的有些不同，感觉很古老似的，如同刚刚出土的文物，浑身透着一股腐烂的气息。据说村子里所有人都生病了，所以连出山去外面换粮食和盐巴的人都没了，还好村子里有几只信鸽，所以我们才被乡长派到这里来。据说这一年很热，而且这一带已经连续数月没有下过雨了。

“记住，不知道那是不是传染病，本来你们都是学医的，不需要我多说，不过我还是告诫一句，去那个村子最好不要接触任何东西，要戴手套，而且别在那里吃饭喝水，避免感染。”乡长神情凝重的样子给我留下了深刻印象，虽然这个村子归他管辖，可是他自己居然一次都没去过。至于乡长的这番交代，也是以前的人留下来的。

“那里的人，总让大家感觉怪怪的。”乡长的助理秘书在送我们出来的时候忽然说道。

“怪怪的？”我奇怪地问。

这位年轻的秘书点了点头：“他们看上去皮肤好像总是很干燥，而且似乎从来没见过他们喝水，附近好像也没有水源，更别说井啊、小河啊之类的。”秘书摇了摇头，被乡长叫进去了。秘书说自己和从山里出来换东西的村民接触过，觉得他们非常奇怪，至于他自己也没有进过那个村子。

秘书的这番话，重新让我想起村长交代我们事情时的凝重神情。我正要提醒那位高个儿胖子，忽然意识到自己还不知道他的名字，因为我们只是一个系的，同在一起上课，混个脸熟。不过印象中他似乎没什么朋友，性格比较孤僻，总是一个人坐在课堂的角落里，只是他的身材实在特殊，所以我才对他有些许印象。当我告诉他我的名字，然后问他的名字时，他却笑了。

“你叫我胖子得了，没什么名字不名字的。”胖子笑的模样如同年画里的人，憨态可掬。既然他不愿意告诉我名字，我想想也就算了。

奇怪的是，外面明明很热，但一进村子我们就觉得有些冷了。于是我赶紧戴上橡胶手套，顺便抛了一副给胖子。胖子的手很大，比常人要大上一号，所以费了好大劲儿才把胖乎乎的手塞进手套里。

“很难受，戴着真不舒服，感觉随时会破一样。”胖子表情痛苦地望着我。我也没办法，我没有超大号手套给他，只好劝他将就一下吧。

这个村子从外表看是半圆形的，几十户人家分散地居住在这里，与其说是村子，不如说是街道。我们没有找到这里的村长，似乎这里没有任何行政机构，村民们长久以来都自顾自地生活着。整个村庄干燥得吓人，四处都是干裂的泥土和墙壁。村民们坐在房子外面，一个个大张着嘴巴，眯着眼睛，长时间保持着一个姿势看着我们，我甚至看见一只苍蝇停在其中一个年轻男人的手臂上，而他看都不看，也懒得驱赶。

“他们靠什么生活啊？”我记得自己问过乡长，乡长也摇头，只是说这个村子的人每隔一段时间都有人拿着玉石和玉料来换食物和生活用品。

“玉石和玉料？”我吃惊地问。

乡长点点头，解释道：“不过都是未经加工的，而且也不是什么名贵的玉石，大多数开价很低。我也奇怪，按理说这个地方本来是不产玉的。”

实地观察之后，我觉得或许村子后面的山里真有玉石也说不定。

村子里的人大都神情木讷地坐在自家门前，也不说话，只是直勾勾地盯着我们看，有老人也有青壮年，但似乎只有少不更事的孩子才对我们的到来有些好奇。他们远远地望着，一旦我们走过去，他们就吓得四散开来，等我们转过身，又聚拢在一起在我们身后小声地议论。

“他们和阿爸阿妈好像不太一样啊。”一个孩子奶声奶气地说。

“是啊是啊，不知道他们身上会不会也有缝儿。”另一个听上去年龄稍大，故意装作大人的声音，不过听上去更加有趣。

只是不知道他们说的缝儿是什么意思。

终于，一个老人肯让我们进去了，她大概七八十岁，脸上犹如干涸的河床，刀刻般的皱纹纵横交错，枯瘦的手臂上青色血管一根根暴了出来，我似乎可以看见血液在里面缓缓地流动。她用一双充满眼屎的倒三角眼看了看我们，然后对我们招招手，说了句：“来！过来！”

“大娘，我们是医学院的学生，在暑假期间特意送药下乡，听说您这一带大家都有些不适，所以带了些药来。”胖子倒很会说话，他和我一起走了过去。附近的村民脸上依旧没有任何表情，只是看上去非常疲惫，坐在阴暗处，望着我们两个走进了老太太的家门。

房子里很阴暗，而且相当干燥，地面都是黄土，踩上去感觉脚下摩擦得厉害。房间里空空如也，只有一个干净的灶台，一些食物干粮，还有几张小木凳。

“大家最近精神都不太好，不知道是不是病了。”老人忽然说道，嗓子发出咯吱咯吱的声音，沙哑得厉害。我和胖子坐了下来，不，应该说胖子根本坐不下来，因为那张小板凳还没有他半个屁股大，何况看上去也不结实，他索性拿出张报纸垫在地上坐下。

我注意到干得发亮的墙壁上居然有很多裂缝，再看看屋顶，裂缝如同蜘蛛网一般，心里不禁一寒，这不是危房吗?

胖子劝慰了老人几句，拿出药品交给她。老人用颤抖的手接过药片看了看，随即扔到了一边，似乎并不是很关心这个。

“这里需要的不是药，我们需要去换些粮食和盐巴之类的回来，只是大家都走不动了，出不了村子。”老人不耐烦地说着，因为激动，语句变得不流畅了。我只好和胖子尴尬地走了出来。

“你觉得他们生了什么病？”我问胖子。

他却摇摇头，说：“不知道，看不出来，感觉似乎缺乏锻炼。你没发现他们都很瘦吗，而且皮肤似乎长期没有接触过水，非常干燥，脱皮脱得厉害。”看来胖子的眼睛虽小，注意的东西却不少，不过我也看见了，的确不知道这是什么病。

虽然后来又和几位村民谈了一下，可他们依然对我们都是爱搭不理的，唯一的几句话也是希望我们帮他们去换些日常必需品回来。

时间过得很快，眼看着太阳就要下山了，这时我发现，随着阳光退去，村民似乎开始活跃起来。起初还如同雕塑一样坐在那里一动不动的他们开始行走聊天了，忙碌起日常起居，只是依旧无视我们两个。

“现在走吗？”胖子忽然问我，我摇头。毕竟还没有搞清楚村民到底患了什么病，就这样走了太不负责了，我们不是光把药品往这里一扔就了事了，最主要的目的是帮他们治好病。

“太好了，我也想留下来多看看，似乎这里非常奇特。”胖子见我同意留下，显得相当兴奋。而我看着渐渐沉下去的太阳，却总觉得有些许不安。因为村长说以前有人进山采风或者考古，再也没出来过，所以外人就不敢在这个村子留宿了。胖子始终抱怨说手套不舒服，我也只好和他一起脱掉了。

夜晚很快来临，我发现深山里的夜色的确非常漂亮，可以看见很多在城市的天空里看不到的星星，密密麻麻，数都数不过来。而村民们也开始热情起来，邀请我们过去吃饭留宿。最后，我们选择去了一户四口之家。

关键是胖子说那户人家的女孩很漂亮。

她的确是个很漂亮的女孩，大概比我们小一两岁，衣服虽然并不时尚，不过是普通的农家衣物，却很难掩盖她脱俗的气质和美丽，鹅蛋形的洁白脸庞，五官摆放得恰到好处，如果把她放到城市里包装一下，绝对不亚于那些明星。我们刚来村里的时候并没有看见她，可能是躲在房间里了吧，刚才也是她把我们拉到她家的。胖子自从看见她，眼睛就没眨过，我暗笑胖子可能是看上人家了。

女孩叫画儿，可能是小名吧，总之她的父母，一对看上去老实巴交的农家人是这样叫她的。还有一个顽皮可爱的小男孩，似乎是画儿的弟弟。

晚饭很简单，一大碗腊肉和干辣椒炒豆角，然后是大碗大碗的米饭。这个村庄似乎没有种植任何农作物，只是靠一些村民定期拿着玉石到外面集市上换取吃食。村子里没有任何水源，这里的人似乎也不知道什么叫口渴，还好我和胖子自带了一些水，自给自足应该够了。

让我和胖子惊讶的是，这一家人真的太能吃了。光是那个画儿的饭量就可以抵我和胖子两个人了。你要知道，胖子的食量已经非常惊人了，而我也吃得很多，可是这个并不肥胖的女孩子居然吞下了那么多东西，这实在可以气死很多勒紧裤腰带、啃着黄瓜，半个月下来才减去一斤肉的城市女孩了。

不仅仅是画儿，她的父母和其他人的食量都很大，几乎是捧着碗往嘴里倒饭。开始我们还以为他们好客，弄这么多菜，现在才知道其实他们每天都吃这么多。

可是他们却非常瘦、瘦得吓人，不过画儿似乎反而比较丰满，和她父母形成了鲜明的对比。

在这里唯一还算正常的就是那个小男孩，他吃得倒是不多，而且并没有像他的父母那样瘦，只是他好像对这种情况已经习以为常了，自己吃着饭，慢悠悠的。

小男孩眨着大眼睛，拿着筷子在饭碗里插来插去，忽然笑着对我说：“吃惊吗？没什么，等我和姐姐一样大了，我也会吃那么多的，所以村子里每次都要换很多粮食和肉回来。”他的话说得很随意，却让我非常不解。

几乎是疯狂的进食之后，画儿和她的父母又恢复了过来，并再三说不好意思，让我们见笑了。我越发觉得他们并不像是普通的村民，似乎很有文化和涵养。因为在同样充满裂缝的墙壁上，居然还挂着一些国画和书法作品。

虽然时间可以改变一个人的相貌举止，但人内心深处多年来养成的习惯和文化底蕴却很难被抹杀，如同被狼养大的狼孩，无论如何改变，他骨子里的野性也无法磨灭。

这对夫妇显然不是普通的农民，他们的手虽然很瘦，但非常细长，没有长期做农活的老茧。他们的皮肤都很干燥，不过画儿和她弟弟不是这样。

安置好我们睡觉的地方后，画儿被她父母带走了。躺在木床上，我翻来覆去无法入睡。正磨蹭间，我一扭头，借着月光竟发现画儿的弟弟正笑嘻嘻地站在床边看着我，我被吓了一跳。

“起来啊，我带你看好东西。”他依旧笑嘻嘻的，带着和他这个年龄段的孩子不符的怪异和成熟。我不得不跟着他走出了房间。

“去看什么？”孩子在前面越走越快，我跟着他渐渐走到了村外。

“急什么，很快就到了。”男孩没有回头，不耐烦地回了我一句。

夜晚的村外安静得很，只能听见风声和我们俩的脚步声。我忽然想起胖子还在那里，不知道他睡着了没有？

我正边走路边思索，男孩忽然高兴地指了指前面，说：“就在那里，我姐在那里。”

我一听觉得奇怪，为什么男孩要带我来看她姐姐。

前面好像是一个类似祭台的地方，石头搭造的，很多地方已经被风沙侵蚀得非常厉害了，应该很古老了。我走近了些，才发现画儿和她父母，还有白天看见的老太太和年轻人，很多村民都在。不过画儿的弟弟让我尽量远离这些人，趴在石头后面看。

这些人都卷起了袖子，那天的月亮很圆很亮。

“你真幸运，正好今天月色不错。”男孩再次嘲笑般地看了看我，我没有搭理他，继续看着村民。尤其是画儿，她的皮肤很好，在月光的照射下反射着冷光，白净细长的手臂就像荧光灯一样，又带着瓷器的滑腻。

“今天画儿也要有缝隙了，所以请大家来做一下见证，她也可以帮村子做些事了。”画儿的父亲似乎很高兴，举起画儿的手给大家看，旁边的村民似乎没有太多表情。

很快，我看见了裂缝，也终于明白了为什么那些小孩说我们身上没有缝隙。

画儿陶瓷般的手臂开始出现一条如发丝般的裂缝，接着两条、三条……整个手臂就像被锤子敲破了一般，不过她的脸上没有什么痛苦的表情。不只是她的手臂，她白净的脸庞也开始出现裂纹，还有她的脚踝，我猜想可能她整个身体都在出现缝隙。

画儿就像一个被打碎然后重新粘合起来的瓷人。

接着，裂纹逐渐增多，画儿白皙的皮肤裂成块状，开始脱落，一片片掉到地上，越积越多，最后在地上结成一块拳头大小的晶体，闪着白光。

再看看画儿，她犹如被脱掉一层皮一般，虽然还是非常白皙，但整个人仿佛瘦了一圈，显得很虚弱。

然后村民们也开始出现裂缝，他们都掉下来或多或少的碎片，这些碎片也变成了大大小小的石头一样的东西，只是都没有画儿的那块漂亮晶莹。最后他们也变得如画儿一样虚弱，瘦得厉害。

我张大嘴看着这些村民捡起那些石块。

难道他们就是靠着这些所谓的玉料来换取吃的？那不是人皮吗？我越来越糊涂了，而且他们怎样出去呢，不是说村子里的人很久都没有出去换东西了吗？

“最近的太阳很厉害，我们出不去，否则会被外面的阳光晒得裂开的。”终于，画儿的母亲低着头说了一句。

“天气越来越热，以前还好，可以勉强出去，可是今年实在出不了村子了，而且就算是你，也在这里待了十余年，完全不适应外面的世界了。”旁边一个老头对着画儿的父亲说道。

“今天不是来了两个年轻人吗，叫他们帮我们换吧。”画儿父亲提议，居然还谈到了我和胖子。

“可是顶多让人家帮我们一次罢了，以后怎么办？”画儿的母亲为难地说。

“那就把他们也变成我们就是了。你原来不也是这样吗？在这个村子无忧无虑地生活下去不是挺好嘛。”那个老头咯咯地笑了一下，接过话头，对着画儿的父亲说。

我心里一惊，回头看了看那个孩子，孩子依旧带着笑容望着我。

“他们想把你和那个大个子变得和阿爸阿妈一样，让你身上也出现几条裂缝呢。”他仿佛在开玩笑一样，而我却并不觉得好笑。

“这样吧，这件事交给你们一家去做，以后就专门让他们帮我们换粮食。他们不是在村子里长大的，对村子的依赖要小，能受得了外面的阳光。”先前的老头态度似乎很坚决，旁边的人也一致赞同，画儿的父母只好无奈地点了点头。我觉得他们似乎要散了，赶紧叫男孩带着我回去。

路上，男孩笑嘻嘻地对我说：“我还没有长大，如果和姐姐一样大，我也能脱落下漂亮的石头，帮家里换回吃的和用的。”

“难道你觉得这样很有趣？”我忍不住问他。

“当然，村子里的人都这样，有什么不对吗？”他睁大眼睛奇怪地望着我，仿佛不对劲的人是我，他说的才是正常的。我不想和他多争辩，只想赶快叫醒胖子离开这里。

回到画儿家里，胖子还在呼呼大睡，当我拍醒他、告诉他这一切之后，他哦了一声。

“果然是个奇怪的村子，我说呢。”他环视了一下四周的墙壁。我对他说现在不是感叹的时候，得赶紧离开才对。

正在我们商量如何走的时候，画儿一家人已经走了进来。

“你们不用害怕，我们没打算害你们。”画儿淡淡说道。

他们一家人看上去都很和善，并不像其他的村民，我越来越觉得他们和那些人不同。

“其实，你也应该看出来了。十几年前我来这里游玩和写生，听说有个很奇特的村子，所以好奇地来这儿看看，结果就再也回不去了。”画儿的父亲，那位看上去很老实的中年男人缓缓地开口说道。我和胖子用心听着。

“来到这个村子后，我也和你们一样非常好奇，后来才知道这里的村民世世代代都是这样生存的。这里种植不了任何农作物，也没有任何水源。村子里的人喜欢干燥，讨厌潮湿，因为如果喝了水或者皮肤接触到水，就无法制造赖以生存的玉石玉料了。如同你刚才看见的，他们有种特殊的本领，身体上脱落下来的东西居然都是制作玉石的石料，而玉石的优劣取决于人的皮肤的好坏。他们的食量很大，但营养根本到不了身体的各个部位，而是神奇地在皮肤表面形成玉的成分，到了一定时候才剥落下来，然后他们就拿这些玉石去换取食物。我知道真相之后打算离开，但为时已晚了，不知道村民们做了些什么，居然把我也同化了，后来我发现自己已经无法适应外界的生活，我害怕剧烈的阳光，因为过热的光线会把我们烤干，整个人变成一具干尸。以前的天气并不炎热，而且我们每次都是等下雨之后温度低了一些才去外面换吃的，可是今年已经很久没下过雨了，大家都不敢出村子，所以，他们说要同化你们。因为你们不是在村子里长大的，应该可以抵抗得了外面的阳光和高温。”他无可奈何地摇了摇头。

“现在我也已经麻木了，尤其是在村子里还娶了一位妻子，还生下了画儿和她弟弟。”画儿的父亲望了望自己的妻子，然后摸了摸男孩的头，很无奈地说：“这孩子完全在这里长大，再过几年，他也会像那些人一样了。”

“你们走吧，我们不会加害你们两个的。尽管村子里的粮食已经用完了，再过几天，大家都会饿死在村子里了。”画儿轻轻地说道。这时我觉得她很可怜，完全没有选择命运的能力，甚至连想都不敢想，因为只要离开了这里，她恐怕就必须一辈子活在阴影里了。

气氛沉默下来。这时，胖子忽然站起来，说：“我答应帮助你们，你们把我同化吧，不过要放过我同学。”他的话让我很惊讶。

画儿一家人也很惊讶，随后又都非常感激地看着他。

“可是，要如何同化呢？”胖子笑了笑问他们。

我赶紧站起来扶住他：“你疯了吗？还是和我一起离开吧。”

“不了，其实我也有些厌倦待在那个世界了，在这里蛮好的。”胖子笑笑，挣脱了我的手。

“你还是赶快离开这里吧，我留下来也是为了帮助在这里生活的人。”胖子忽然不笑了，一脸严肃地说：“我们来的目的难道你忘记了？”

这时候我才想起，我们原本就是来解决这里村民所谓的病的。可是我没想到竟是这样一种解决方法。

我在天亮的时候离开画儿家，我看到画儿从手臂上剥下一块白色的片状物，胖子把它吞了下去。

离开那个村子后我告诉乡长，以后不要再派人去那个村子了。至于原因，我却没有说。

还有，胖子告诉我，他的名字叫闻书。

纪颜说完了，虽然说得略有些伤感，不过他很快又语调轻松地说："你知道吗，我后来回过那个乡镇，居然真的见到了胖子。他果然拿着那些玉石玉料来换东西，不过他已经瘦了下来，脚边的一块玉石比其他的大得多。他告诉我他和画儿结婚了，而且画儿已经怀孕了，很快就会生产，所以他必须多出来几次换些生活必需品。这似乎很奇特，他很能适应那里的气候和环境。或许有的事情就是如此，无法解释清楚，我唯一知道的是，他看上去过得很快乐，起码，看上去是。"

第六十夜
割喉

“电梯的底部似乎粘着什么东西，就像是一块口香糖一样。电梯越靠近，我也看得越清楚。
那是一个女人，穿着黑色的职业套装，但衣服显得非常陈旧，头发低垂下来，遮盖住了一部分脸。她双手双脚张开着，像一个‘大’字‘刻’在电梯底部。”

纪颜已经完全康复了，不过黎正还需要留院住些时日，可能是因为身体缩小到了孩童的样子，恢复能力也差了不少。纪颜离开的时候黎正连眼皮都没抬，依旧在看书。出院后的纪颜在家中静养，可惜这几天李多也在，要静恐怕是不大可能了。

几天后，当我来到纪颜家时，看见了一位身穿制服的年轻警察，二十七八岁，高而偏瘦，几乎凹陷的脸颊带着病人般的苍白，却也有一股不服输的韧劲和严肃认真的冷酷表情。制服穿在他身上空荡荡的，有些滑稽。我同他握手的时候感觉他很有力，尤其是食指。

“我是刑警队的桑一阳。其实我们不认识，不过我的一位警校校友和纪先生应该是故交了。”桑一阳的声音很独特，是那种混合着回声的低沉嗓音，随着喉结的上下移动，他薄而紧闭的嘴唇吐出几句有力的话。我把名片递给他，年轻的警探伸手接过却并不看，而是一直注视着纪颜。

纪颜笑了笑说：“不妨说一下，我一时记不得了。”

年轻的警探顿了顿，说：“叶旭，想必你还有印象吧。他告诉我，你帮他破过一桩非常奇特的案子。其实我并不相信这些，不过最近这件事实在很古怪，叶旭又极力向我推荐你，我也希望纪先生最好能和警方合作，尽一下优秀市民的责任。”桑一阳说话的样子简直和黎正有得一拼了，都是一副居高临下的神情。我叹了口气，心想又来了个不好对付的家伙。不过纪颜却毫不在意，高兴地坐了下来：“说说吧，到底是怎么一回事？”

果然，这家伙除了对奇怪的事情感兴趣外，丝毫不在意别人的态度。纪颜的热情似乎让桑警官有些意外，不过他很快也坐了下来。我看见他坐下的时候特意用手往腰间扶了一下。

我也在旁边坐了下来。

“事情是这样的，最近夜间经常出现割喉的案件。起初我们认为是抢劫杀人，可是被害者的财物分文未动，几名被害人之间也毫无联系。长时间排查丝毫没有进展，所以大家都把这件事情判断为无差别杀人。”

“无差别杀人？”我问道。

桑一阳皱了皱眉头，解释道：“就是凶手杀人没有丝毫预判，随意杀人。这样我们很难找到他。而且所有被害者遇害的地点、时间都没有共通性，也没有目击者，简直成了悬案。”桑一阳说到这里有些生气似的吐了口气。

“如果不是上周看到电梯里留下的录影带，恐怕我们就会把这事当作普通的变态杀人狂案件来处理了。”桑一阳的语气有些不连贯了，居然带着些许悲伤。我很想知道他到底看见了什么。

“最近的一名遇害者是一个白领女孩，她是独自一人在电梯里出事的。”桑一阳一边说，一边拿出了一卷录影带。

“你们看了就知道了。”他指了指电视。

画面上出现了一名穿着黑色套装的年轻女性，梳着一头过肩的乌黑长发，背着一个皮包，摄像头正好是从头顶上方对着她。女孩似乎有些疲倦，身子斜靠在电梯壁上。

似乎没有什么不妥。

忽然，她好像想起什么，开始翻找背包，原来是手机。她拿出手机看了看，似乎有些不解，不过还是放到了耳边。

“注意看这里。”桑一阳忽然把带子放慢了，画面一下一下地慢进。

我清楚地看到，女孩耳边的头发好像飘起来了几根，就像失重或者有风吹过一样，接着，女孩的喉咙起了变化，而最奇怪的是她自己竟浑然不觉，依旧对着手机喊话。

我看见，女孩的喉咙就像拉链一样被慢慢拉开一道口子，没有流血，一滴血也没有，伤口几乎被一直“拉”到脖子的另一侧，然后停止了。

女孩收起了电话，我惊讶她难道一点感觉都没有吗？这时候，女孩似乎想开口说什么，电梯门也打开了。

伤口开始流血了，最开始是往外渗透，就像酒桶漏酒一样，接着，女孩察觉到了，她下意识地用手去捂住脖子，可那是徒劳的。很快，她倒在了电梯口，她拼命挣扎着想要爬出去，可是没过多久，她就瘫倒在地上，腿开始有节奏地抽搐。我忽然一阵恶心，因为儿时看见父亲宰杀鸡的时候也是这样的场景。女孩身下的血液像化开的冰，浓稠地慢慢洇开。

录像结束了。

"你们也看到了，我们把几个受害者的伤口做了一下对比，都是同一类型的，不是用刀片之类的利器划开的。因为人在使用利器的时候，力度不同，伤口会呈现出不同的粗细程度。可是这些伤口几乎是一个宽度的。如果要描述的话，感觉就像是有人用刻度尺画好了蓝本，再如同解剖医生般慢慢地打开似的。"桑一阳的话让我有些不舒服。

"手机呢？"纪颜忽然问。

桑一阳点点头，"的确，我们查看了手机，包括以前的几个受害者，他们最后接到的电话都来自同一个号码。但这个号码是个空号，无从查询。不过由于数年前发生过一起类似的割喉案件，我们曾经对比过，那个凶手叫王真，已经入狱了。据说他当时就是事先打电话给受害者，确认其身份后再计划杀人。而现场的那个号码就是王真的。"

"你是说他每杀一个人前都要打电话给受害者？"我惊讶地问道。这种人还真是不多。

"王真还在吗？"纪颜问道。桑一阳点了点头。

我却更奇怪了："他杀了那么多人，难道还活着？"我有些质疑法官的判决了。

"他不仅活着，而且活得很好。你们要是不相信，我带你们去吧。"桑一阳终于露出了我们进屋子以来的第一个笑脸。虽然那笑比哭还难看。

或许有些人的确不适合笑，桑一阳恐怕就是其中之一。

见到王真的时候我才知道为什么说他活得很好了，的确是活得很好。

无论谁有好几个年轻漂亮的护士照顾日常起居，住着宽敞明亮的住房，躺在舒适暖和的被窝里，都不得不说他活得很好。

不过活得很好并不代表活得很快乐。

桑一阳脱下帽子，把身体埋进病床旁的软沙发里，沙发发出扑哧的声音。

"喏，他就是王真。"桑一阳拿帽子指了指床上的那个人。

如果还能算是人的话。

王真的四肢几乎"干枯"了，就像刚打捞上来的木乃伊，骨头上面包着一层薄薄的蜘蛛丝一样的青紫色血管，全身插着十几根导管，旁边还有一些我叫不上名字的机器。一台显示的似乎是心电图，不过看上去他的心脏跳动很微弱。王真的脑袋很像电视里出现过的那些食人族吃完人后遗留的头部标本，肌肉几乎全部缩进去了，脑袋就像刚被火烧过的草地，残存着几根枯黄的头发，只有眼球圆鼓鼓地放在眼眶之内。

"忘记告诉你们了，虽然王真杀了很多人，但这些人都没死。"桑一阳的话又让我惊讶了。

“哦？”纪颜也有些不解。

桑一阳从沙发上站起来，走到王真身边：“所有受害者都是在被电击后晕倒了，他们的咽喉都非常准确地在离气管很近的地方被划开了。而他每次离开的时候，还用随身带着的纱布把伤口包扎好，并且帮助他们叫救护车，以至于在最后定案的时候都不知道如何去判。由于情节不是太严重，而且他家人四下里花钱到处打点，最后他被以故意伤人罪判了十年。”桑一阳说完后，带着戏谑的眼神盯着王真。

“当年把他抓起来的是我的一名同事，那家伙真是走狗屎运，居然在值勤的时候偶然撞见了正匆忙离开现场的王真，结果就这样戏剧性地把他逮起来了。不过王真入狱前自杀了，虽然救了过来，却成了这个样子。”

“我不明白你们为什么要花这么多人力物力，来维持一个将死的囚犯的生命。”我语带嘲讽地说。

桑一阳转动着自己手上的警帽，似乎不介意我的话：“呵呵，保住他的命不是我们要求的，而是他的亲人。王真是一位非常著名的外科医生，要不然也没有那么高超的刀法，下手快而准，力道不轻不重。”

“那个号码的确是王真以前打给受害者的号码，不过那部手机已经不翼而飞了。所以我们觉得这次的割喉案子非常蹊跷。叶旭告诉了我你的事，所以我只好试试看。当然，如果你们感到害怕，拒绝我也没有什么，毕竟是人之常情。”桑一阳用黑而发亮的眼睛挑衅似的看着纪颜。

“好的，我会立即开始查，不过我需要你给我以前所有受害者的资料。”纪颜非常干脆地答应了。

桑一阳把我们送出了医院门口。我和纪颜则搭上了一辆出租车。

“现在去哪里？”我看了看纪颜，他的脸色不太好。

“没办法，虽然讨厌坐车，但现在我们就要去那个出事的电梯看看，死了人的地方一定会遗留下来一些普通人看不见的东西。”看来纪颜的好奇心的确被勾起来了。

这是幢非常普通的写字楼。我们进去后表明了身份，因为桑一阳先前打了电话来，所以我们很顺利就进去了。我极讨厌这种写字楼，建筑布局非常紧凑，外表高大里面狭窄，犹如一口巨大的棺材，而且每当走到电梯的时候总觉得有些凉意。楼道里非常安静，只能看见三三两两的少数几个人出入，出事后警察曾经封锁过现场，现在还能看见遗弃不用的工具。

出事的电梯已经封锁了，紧闭的银色电梯门前摆了个黄色的塑料警戒牌，上面写着八个黑体正楷大字：

电梯故障正在维修

其实不用上锁，出了这事，在这里工作的人还有谁敢乘坐这部电梯。

人内心的锁比外界任何的锁都要坚固百倍。

地面上似乎还能看见黯淡的红色血迹。我觉得那女孩很可怜，就这样莫名其妙地死去了，或许死的时候她都无法理解这是为什么。

纪颜打开了电梯门，里面空荡荡的，可是我又总觉得似乎塞满了什么东西一样。

纪颜蹲了下去，仔细地看着电梯内部，不过看来没有什么发现。

“干脆我们坐坐看。”纪颜笑了笑。

“好吧。”我勉强挤出笑容。纪颜喊来管理者打开电梯开关。这个憨厚的中年男人拿来钥匙打开电梯后，旋即跑开，有意不让自己的手接触到电梯，似乎生怕自己会沾到什么晦气。我望了望四周，一个人也没有，看来连旁边的电梯都没人坐了。

我们按了顶层的按钮，电梯却没有反应。纪颜继续按了几下。

这下有反应了。

“电梯超过最大限载人数。”我听见一个机械的女声。随即电梯上的红灯闪了几下，四周光滑的电梯壁上如同泼了血一般变得鲜红。

纪颜看了看电梯，和我一起走了出来。

刚出来，电梯门就关上了，然后徐徐上升。

“这是怎么回事啊？里面不是没人吗？”我非常奇怪。

纪颜一言不发，使劲掰着电梯门。我虽然不轻，但这电梯至少可以同时进去十几个人，为何我们两个人上去后就显示超载了？

“来帮忙看看有什么可以撬开的。”纪颜吃力地掰着，我怕他手上的伤还没好，赶紧过去帮他。很快，电梯门被拉开了，里面黑洞洞的，什么也看不清，下面好像还有层地下室。我和他小心地站在电梯边缘，上面传来咔嚓咔嚓的缆绳摩擦声音，听起来似乎电梯开始往下走了。

“你这是干什么，被人看见可不太好。”我埋怨他道。

“电梯好像快下来了，你好好看看电梯底部有什么。”纪颜抬起头，盯着上面的电梯。

“这么黑怎么看？”我话一出口，忽然想起镜妖，有它的话，即便在黑暗中也可以看得很清楚。

电梯的确开始下降了，我眯起眼睛向上望去。

电梯的底部似乎粘着什么东西，就像是一块口香糖一样。电梯越靠近，我也看得越清楚。

那是一个女人，穿着黑色的职业套装，但衣服显得非常陈旧，头发低垂下来，遮盖住了一部分脸。她双手双脚张开着，像一个“大”字“刻”在电梯底部。为什么说刻？因为我看见她的身体几乎有一半已经陷入到电梯里了，仿佛和电梯连成一体。

电梯还在继续下降。

我已经看清楚她的脸和她的脖子了。

女孩的脸几乎是飞快地从上面接近我，我看见她好像面无表情又好像在笑，很迷人又很忧伤。说实在的，她的脸还算清秀，只是她的眼睛没有光泽。

死者的笑容，我是第一次看见。

女孩脖子处有一条手指粗细的均匀伤口，已经变成紫黑色了，可是她身体的其余部位却是惨白色的。

她的嘴唇动了一下，可是我听不见任何声音。虽然我极力眯起眼睛想靠着嘴形猜测一下，可惜我没学过唇语，只能依稀辨别出一个字。

那个字似乎是“风”。

电梯重重地落了下来。纪颜把我拉开了，因为我看得入神，差点被砸到。

我坐在地上大口大口地喘着粗气。我的眼睛有些疼痛，纪颜说过，镜妖不能使用过多，我无法承受太久。

“她好像想告诉我们一些什么，不过我听不见，只知道其中好像有个‘风’字，不过也可能是同音字啊。”我从地上爬起来，赶紧把看到的告诉纪颜。

“那个女孩一直都不肯离开。”纪颜若有所思地说。

可是为什么呢，为什么她要扒在电梯底部，似乎不准任何人进入？

电梯门又打开了。纪颜决定再次走进去试验一下，可是虽然只站了一个人，电梯依旧报警说人满了。我想到纪颜的脚下就是那个女孩，顿时就觉得不舒服。

出来后，我们叮嘱管理员关闭电梯，并不准任何人靠近，哪怕是电梯维修工人。他点着头答应了。于是我和纪颜离开事发的楼层，只是我的脑子里，那个女孩的脸还在晃来晃去。

这次换我的脸色不好了。

“女孩好像在阻止任何人进入那个电梯。”纪颜望着窗外的景色说。

接下来我们继续走访了后面的几个出事地点。总共有三个，一个是路边的电话亭，一个是自家的浴室，还有一个则是车窗紧闭的汽车。

后来的调查没有什么特殊情况，我们依旧没有太多的头绪。纪颜于是开始翻看起王真的资料。我也看见了那个象征死亡的电话号码，很普通的一个电话号，实在想不通为什么这些人死前手机接到的最后一个电话，都是这个号码打来的。

王真是一名老资格的外科医生，而且尤其擅长最难的咽喉部肿瘤、息肉切除手术。一些歌手由于用嗓过度，加上不注意调节和保养，所以很容易产生息肉，自然，王真的那一刀，对他们来说是保住自己身价的一刀。唱歌唱得烂的演员可以去演戏，但演得烂的歌手却不是那么好转型做演员的。所以王真的名气自然是越来越响了。

不过王真在几年前忽然连续几次手术失误，这让外界感到非常奇怪。因为这些失误几乎是连新手都不会犯的，他甚至还让一个病人这辈子都无法发声，成了哑巴。为此，他不仅赔偿了一大笔医药费，而且连医生也没得做了。或许后面他做的那些事情只是为了证明自己的医术还在？不过这也太无聊了吧。

纪颜合上了王真的资料，说："我们去找找那个女孩身边的人看看。"我同意了。

死在电梯里的女孩叫孙颖，是一名文职人员，平时为人处世小心谨慎，是个很乖巧的女孩。她无父无母，有一个姐姐，还有一个男朋友。我们找到她的住址时，恰巧看见一个男人正走出来。

这个男的大概三十岁，梳着大背头，身材高大，国字脸，鼻子高挺，五官棱角分明，只是神情很悲伤，眉毛几乎连到了一起。他的头发很长、很邋遢，两边的络腮胡子远远望去就像涂抹了一层黑色的泥巴。那人一直低着脑袋，所以没有注意到我们。

我和纪颜表明来意，他没有说话，当听说我们是桑一阳委托的时候，只是抬了抬眼皮，哦了一声，然后请我们进了房间。

房间里很凌乱，东西到处都是，要搬家一般。我们在里面的房间坐了下来，我看见墙壁上挂了很多照片，其中就有孙颖的。

"我们本来很快就要结婚了，不过那天晚上我们大吵了一架，天色很晚了，我告诫她不要离开，说了很多次了，因为我总觉得有什么不好的事，可是她不听我的。第二天我就接到了噩耗。"男人低着脑袋坐在床边，喃喃自语般地说着。

纪颜看了看墙上的照片，皱着眉头，忽然冒出一句："你是警察？而且和桑一阳是好朋友？"

男人抬起头，顺着纪颜手指的方向望去，接着机械地点了点头。

"王真该不会是你逮捕的吧？"纪颜又继续试探地问。果然，男人没有否认。

几年前就是这个叫柳落石的警探在值勤的时候，误打误撞逮捕了王真，并且还得到了嘉奖，获得了升迁。而王真最后一个割喉的对象，其实就是孙颖的姐姐。看来两人的结合从某种意义来说倒是王真的功劳。

我和纪颜没有见到孙颖的姐姐，因为她已经出国了，恐怕现在还没有接到妹妹遇害的消息。但是从柳落石这里也没有得到更多有用的消息，和他互留了电话号码后，我们就离开了孙颖的房子。

“我总觉得，墙上的照片有些奇怪，但一时又说不上来。”纪颜离开的时候，回望了一下待在房间里的孙颖的男友。

我们又查了其他受害者的资料。洗澡死在自家浴室的是位医生，很凑巧，他正是王真以前的助手，当王真出事离开后，他接替了王真的职位。至于另外两人就没有任何联系了，一个是下班回家的DJ，被人发现喉咙被割开死在电话亭里面；一个是某公司高级白领，直到第二天他的同事来上班，才发现了从车里漏出来的血。电话亭的调查结果显示，那时候打进来的电话和其他几人接到的是同一个号码。

“医生不是在洗澡吗？”我看着档案有些奇怪。

“很正常，一般他们会在浴室也安一部电话，怕有急诊出诊。看来真是名副其实的死亡电话，接到的都死了。”纪颜看着医生的资料，头也不抬地回答我。

我见他专心看东西，就没再问他，只是有些担心纪颜的身体。还好我把桑一阳的委托告诉了老总，人家毕竟是刑警，老总也只好放了我的假。

“如果你是一位医生，一位医术高超、刀法精湛的医生，而且又没有什么其他的事影响你做手术的心情，这种情况下如果你犯错了，你觉得会是什么原因？”纪颜经常把自己代入人物思考问题，或者干脆把我带进去。

“不知道，或许手突然抽筋吧。”我半开玩笑地回答。

可是纪颜却非常认真地望着我，说：“你知道吗？那个死在浴室里的医生，以前就是为王真准备手术手套及衣服的。”

“那又怎样？”我不解。

“有一种外伤用的麻醉剂，如果涂抹在手套内侧——你想一下，如果手指接触到了，在进行手术的时候当然会迟钝很多。”纪颜说到这里停顿了一下，指着资料上那位遇害的医生说：“不巧，好像这个家伙手里就有。这种麻醉剂叫表面麻醉剂，这个本来是为了帮助儿童发明的，实践中也被用于小型手术，如扁桃体的切割。一般当需要对扁桃体进行手术的时候，医生会把麻醉剂喷洒在喉咙里，世界上第一种能渗透完整皮肤的浅表麻醉剂——恩纳，就是由英国阿利斯康公司推出并进入中国市场的。这种麻醉剂可以成功地将高水含量和高浓度局部麻药碱性基因结合起来，克服了其他麻醉剂不能渗透皮肤的缺点，可以在皮肤上保留四到五小时的止痛效果。将这种麻醉剂大量稀释后加入

0.5毫升的利多卡因，只要在手套内部涂抹薄薄的一层，就足以使王真灵巧的手指失去平时的灵敏了。”

“你怎么连这个也知道？”我听他说了这么多，觉得有些好奇。

“不要忘记了，我是医学院毕业的。”他笑了笑，露出一排整齐的牙齿。

果然，通过进一步的调查，我们得知这个死去的医生的确和王真积怨颇深。没想到四个死者里居然有两个都和王真有些关联。

可是一个躺在床上几乎是半个死人的王真是如何去杀人的呢？

我问纪颜难道可以用灵魂去割喉？纪颜笑着摇头，回答说这基本是不可能的。王真没死，即便死了，他也是无法对人做物理攻击的。

另外，那个手机也找不到了，像桑一阳说的，在王真入狱的时候就不见了，至今也找不到，资料上标着“丢失”二字。

跑了半天却没有得到太多的消息，我有些许气馁，中途还接到桑一阳的一个貌似关心的电话。不过纪颜似乎在医院待久了，精力充沛得很，丝毫看不出一点的疲惫和厌烦。

如果王真要报复，杀死逮捕自己的刑警的女朋友和害自己失去工作的同事似乎说得通，可是那个死在车子里的公司白领以及那个迪厅下班的DJ和他并没有任何联系，这就有点让人不明白了。

桑一阳给我们的资料可以说是比较详细的了，但并没有太大作用。警察甚至怀疑过王真的家人，但电梯里的那个录像又让他们非常不解，这也的确不是常人所能做到的。

我和纪颜决定先回王真所在的医院，去看看那个躺在床上半死不活的人。纪颜则去病房翻看王真的病历。

我看了看王真已经萎缩得如同鸡爪一样的手，忽然心生感慨：曾经是一双治病救人的手，却变成现在这个样子，实在叫人惋惜。

没过多久，纪颜便回来了。

“你知道王真是怎样自杀的吗？”纪颜一边看着王真，一边对我说。我摇了摇头，似乎资料上并没有写。

“刚才我打了个电话给桑一阳，王真入狱前在拘留所的时候，除了他的亲戚朋友外，还有一个人探望过他，这个人是柳落石，那个逮捕过他的人。两个人似乎交谈过，而王真在回去后，就想用毛巾勒死自己。”

我大惑不解，除了上吊，人怎么可能勒死自己？

“拘留所里没有能够上吊的地方，也没有任何锋利的铁制工具，王真开始就有自杀的迹象，所以只要他单独一个人的时候，连嘴里都放了牙套，根本合不上，就是为了避免他咬舌自尽。不过王真的确很厉害，居然把带来的几条毛巾系在一起，绑在两边的铁栏杆上，再把脖子套进去，然后身体开始转圈，毛巾如同扭螺丝一样，把脖子慢慢勒紧。

“你也知道，自己勒死自己是不可能的，因为失去意识后手自然会松开，不过铁栅栏不会，而且那毛巾是湿的，所以即便后来王真被勒得昏迷，脖子上的结却依然很紧。他差一点就死了，很凑巧，那天警卫突然接到个电话，然后就发现了他在自杀，便把他救了下来。但是由于缺氧太久，他就变成现在这样了。”纪颜慢悠悠地在王真的病床前走来走去。

“其实他躺在这里还是很幸运的，因为我听说有好几个受害者都买通了里面的牢头要废了他的手，可能他也知道了消息，所以决定自杀吧。”

我望了望躺在床上的王真，开始对这个疯狂的外科医生有了些许怜悯和同情。他恐怕这辈子都只能这样了，连自杀的能力都丧失了。

从医院出来的时候，门外停了辆警车，我以为桑一阳来了，四下看了看却没发现他，我想他上厕所去了吧。也好，我不是很喜欢和他搭话，这人总是一副盛气凌人的样子。

不料，车门渐渐打开，从里面出来一个人，但不是走出来的，而是从车里翻出来的。我看见他的喉咙就像破裂的水管，鲜血喷射出来，飞溅得到处都是，车子里面也鲜红一片。

那人正是柳落石。

我和纪颜连忙赶过去，他的车子里还有部手机。

喉咙被割开的情况下，如果发现得早，用手捂住也能多活十几分钟。可是柳落石已经断气了，临死前他似乎很安详，没有像前几个受害者那样表情恐惧，似乎一切都如他所愿。他的左手拿着一部手机。

“一定是王真了，可是他现在还躺在病床上啊。”我扶着柳落石的脑袋，恨恨地说道。纪颜则长叹了一口气，他在柳落石身上找出了一个钱包，又用手机打通了桑一阳的电话。

桑一阳来的时候脸上像铺了层霜，一句话也没说，看了看尸体就叫人用白布盖上了。

过了好久，忙完例行的公事后，他来到墙角点了根烟，不过他的手在颤抖，居然连打火机也打不着，恼怒的他将烟和打火机一起扔了出去。

纪颜把一根点燃的香烟递给了他，他犹豫了一下，接了过去。

烟过半根，桑一阳终于说话了：“或许对他来说这是解脱吧，孙颖死了之后他一直魂不守舍，一米八零的大个子居然一下瘦了几圈。本来警队给他放了大假，让他好好休息，没想到他也出事了。”

“哦？这么说他很爱孙颖了？”纪颜突然戗了桑一阳一句。桑一阳奇怪地望着纪颜，肯定地点了点头。

柳落石手机里接到的最后一个电话和其他几个人一样，都是王真以前用过的那个号码。

“我原以为你可以帮我破了这个案子，没想到你也只是如此罢了，一样有人死。”桑一阳抽完烟，先前的神情又恢复过来了。纪颜却并不恼，向桑一阳要过柳落石临死前握着的电话，开始拨打起来，并且往车子走去。

不久，他从车子里又拿出一部手机，款式不是很新，似乎是几年前的。

“这是在他车上发现的。”纪颜把手机扔给桑一阳。桑一阳狐疑地翻看着手机，接着拿起自己的手机按照那个号码拨打过去。

果然，手机响了，桑一阳的脸色也变了。

情况很复杂，如同一个迷路者站在了十字路口。

“我在柳落石家里看见的照片没有两人在一起的，只有单独的，似乎所有的合照都不见了，当时我就觉得有些不妥，不过也没多想。可能这并不算什么，不过作为未婚夫，连他钱包里的照片都是这样的，似乎有些说不过去了。”纪颜将柳落石的钱包打开，里面有孙颖和他的合照。不过那照片是撕开后又重新粘上的。

“今天并不冷，也没有下雨，可是他却把所有车窗全部关得死死的，在车子里用王真的手机拨打了自己的电话，因为他知道，想要被割喉，需要的不仅仅是那个电话，最重要的是封闭的空间，电话亭里的DJ、车子里的白领、浴室里的医生和死在电梯里的孙颖。

“和空间有关，如果我没猜错的话，应该是空气了，我不知道王真到底做了什么，似乎接听者在封闭的空间里接到手机打出的电话，旁边的空气就会被急剧压缩，而且是从外部缓缓割开喉咙，奇怪的是被害者直到喉咙被完全割开后才会有所察觉。”纪颜把手机放到自己耳边，接着用手做了个划开脖子的动作。桑一阳没有说话。

“至于动机，那个死在车里的白领你们不是调查了吗，其实他最近正在和孙颖所在的公司谈生意，我想柳落石应该产生了猜疑和误解，两人之所以吵架恐怕也是为此，大概柳落石实在忍受不了自责，选择了这样结束自己的生命。

“当年他逮捕王真的时候，曾经还去探视过王真一次，这个疯狂的医生可能把这种杀人方法告诉了他，并把手机给了他。不过可能当时柳落石并没在意，一直到今天，他打算杀死那个白领的时候，他尝试着用了一下，往街边的电话亭打了一个电话，自己则躲在旁边观看，结果倒霉的下班DJ成了第一个受害者。至于那个医生，可能是王真交代过柳落石，顺便帮自己复仇吧。这个医生生活很有规律，柳落石可以选择在他洗澡的时候打电话给他，对于警探来说，要到他的电话号码也不是难事。而孙颖可能是那天晚上柳落石跟着她出了门，在确定她进了电梯后，拨打了电话。”

纪颜终于说完了，我也想起电梯里那个死去的女孩，她对我说的应该不是“风”而是

“封”字，原来她害怕别人也像她那样悲惨地死去。

桑一阳没有说话。不过纪颜却忽然皱了皱眉头，仿佛想起了什么一样，然后快步走进了医院。我和桑一阳则跟在他后面。

病床上的王真居然坐了起来，旁边围了很多护士。

“真是奇迹，他居然醒过来了。”一位医生扶了扶眼镜，感叹道。场面很混乱，桑一阳也忙乱起来。纪颜铁青着脸，和我走出了病房。

一周后，我几乎忘记了此事，但纪颜却拖着我再次来到医院探视王真。

他恢复的速度之快令我咋舌，居然已经可以扶着拐杖下地走动了，尽管还是非常虚弱。

王真获得了保外就医，这的确也无可厚非。至于纪颜向桑一阳解释的那些，即使他相信了也没有任何证据，所有的罪名都落在了柳落石身上了。

互相告知了身份后，王真坐了下来，虽然还在喘气，不过脸色好多了。

“我可以告诉你们想知道的，因为所有事情都结束了，我会重新开始我的生活。

“其实当我知道自己无法再做手术的时候，更多的是高兴，因为我早就厌倦了每天拿着手术刀小心翼翼地划开别人的喉管，避开那些重要的血管和气管来割除令人恶心的息肉或者肿瘤。每次我拿着手术刀的时候，我都有种冲动，一种想一刀割下去的冲动。规矩是很奇妙的东西，有的人可能遵守了一辈子也不觉得怎么样，有的人却一天也不能忍受，我就是厌倦了重复的工作。

“终于，我想出了个游戏，一个我从未玩过的游戏，这个游戏足够让我享受一下以前从没有过的刺激感觉，至于优越的生活条件、孝顺的子女和显赫的社会地位，我都不想要了。

“接下来当然是我故意几次手术失误，我的助手顺理成章地接替了我的位子，而我也开始装疯卖傻，整天郁郁寡欢。

“然后，我开始选择受害者，没有特别要求，只要看上去顺眼就行。我小心地电晕他们，接着割开他们的喉咙，以前我只在手术室这样做过，你无法想象我在大街上或者公共厕所里，或者在只有两个人的车站上做这些事情的时候有多么刺激，当然，我没有杀死他们，因为那时候我还没有这种想法。”说到这里王真得意地笑了笑，眼神里充满了满足感。接着他喝了口水，继续往下说。

“直到我遇见了那个警察，一个郁郁不得志的小警察，他渴望破一个大案子，渴望得到名利，渴望和他喜欢的女孩结婚。于是我找到了他，告诉了他我的计划，起初他打算直接把我抓到警局，不过我很了解他，他更希望和那个叫孙颖的女孩子结婚。于是我们导演了一出好戏，让这个小警察救下了孙颖的姐姐，两个人顺理成章地走到了一起。

“可是当我真的入狱的时候，我开始害怕了，因为我听说那几个受害者联系了监狱里的牢头，想要废了我的双手！与其这样，还不如杀了我！我绝对不能容忍自己到时候连双筷子都拿不起来，何况，这个游戏我还没有玩够。

“在拘留所里，即将被押去监狱时，我连着几天几夜都在冥思苦想。起初我假装自杀，希望可以弄点伤口，然后保外就医，不过很可惜没有成功，反倒让他们连根牙签都不给我。直到那个警察来探视我，并恳求我千万不要说出我们之间的合作关系，我忽然想到这个家伙好像还有利用的价值。

“终于，我想到了一个办法。”

王真刚要继续说下去，纪颜忽然从床边的沙发上站了起来，冷冷地说：“是咒媒？”

王真愣了一下，接着下意识地点了点头。

“你居然知道，那我也就不多解释了。我是在一个家伙那里花高价了解到的，咒媒不是一般人可以完成的，搞不好我自己就没命了。在决定用毛巾绞杀自己之前，我试验过很多次，弄清了我的身体窒息的极限，然后我告诉那个姓柳的警察在特定的时间打电话给看守说我要自杀，如果晚几秒，我恐怕就真的要死过去了。”

“你故意让自己陷入昏迷成为植物人，这样你的身体可以安心在这里躺着，而不必去监狱。不过你知道如果不为自己离开身体的魂魄找一个地方安置，等脱魂的时间长了，你就会变成真正的死人。”纪颜接着他的话说下去。王真居然点了点头。

“所以，我就待在那个手机上，我在完全进入昏迷状态前告诉柳落石如何使用，如何杀人，他根本不相信，不过这也很正常。因为我知道这个人总有一天会去使用那部手机。而当他开始激活那个手机杀人，我也可以再次回到我的身体，不过我必须等待一个替罪羊出现，然后我才可以安心活过来，创造一个植物人苏醒的奇迹。至于那个助手，我实在很讨厌他，虽然我是自愿放弃我的所有，不过一想到那条卑微的咸鱼继承了我的荣誉和地位，我就想切开他的喉咙，于是我就顺带交代柳落石杀了他。”王真的脸变得通红，看样子好像很激动。

“我过了一番从未有过的生活，这个游戏我玩得很开心，再也没有比能够欺骗这些愚蠢的人更有趣的事了。很快，等我的身体恢复后，即便我不继续做外科医生，我还可以写书、收徒，对外界说自己幡然悔悟，谁也不会怀疑一个躺在病床几年、徘徊在生死之间的人说的话的。”王真嘿嘿地笑了几声。

纪颜忽然从口袋里掏出一样东西放在王真手上，王真奇怪地低头看了看。

“你忘记一样东西了，这是你的手机，应该还给你。”纪颜也同样笑起来。

王真手中的手机忽然响了。

王真得意的表情不见了，他拿起手机看了看，一下扔到了床上。

“怎么不接？不是找你吗？”纪颜依旧笑着。

王真重新拿起手机，仔细地看着上面的来电显示，终于，他忍不住按了接听键。

电话里只有沙沙的声音，虽然我站得很近，可我什么也听不到，但王真的脸却开始扭曲起来，他抛下手机，开始浑身哆嗦，脸也变得铁青，双手在空中胡乱地抓着，喉咙像停水的水管发出阵阵怪声。一个小护士走了进来，看到这个情况立即叫来了主治医生，不过例行的几下抢救后，王真倒是真的变成死人了。

我看了看他的手机，上面的电话号码居然是他自己的。

“咒媒究竟是什么？”王真并没有多解释，我只好问纪颜了。

“你知道如果一个人眼睛瞎了，其他的感官会变得异常敏锐吗？同样，王真把自己变成活死人，附在手机上，用自己做了个咒，咒媒是咒的载体，咒媒的力量越大，咒的力量也就越强，王真放弃了自己的身体，冒着被勒死的风险去完成了这个咒媒。”纪颜向我解释。

“那刚才的手机……”我继续问他。

“我不过是去旧货市场买了个和他以前的型号一模一样的手机罢了，然后借来他以前的手机，在口袋里打给了他。本来只是个恶作剧，没想到他竟吓成那样。”纪颜如同小孩子般笑了起来。

第六十一夜 纸虎

“起初什么也没有发生，不过到了凌晨的时候，我揉了揉惺忪的睡眼，忽然看到外面的月光照到了老虎身上。那只纸虎居然开始变大。”

“一切反动派都是纸老虎。”这是毛主席的名言，所以大家以后也就管外貌凶狠但实际不堪一击的家伙叫纸老虎。

不过这也并不代表纸老虎真的就没有危险。

从上周开始，陆续有人莫名其妙地死去，没有任何伤痕，法医也无法鉴定，死因一律归为心脏麻痹。这样的新闻自然引起了老总和纪颜的兴趣，而正好有一个人打电话告诉我，可以透露一些有用的消息，纪颜和我就都过去了。打电话的人还说，造成这一切的其实只不过是一只纸老虎。

“纸做的老虎啊。”纪颜若有所思地说。门开了，出来一个四十多岁的中年男子，半秃的脑袋上挂着几缕仅存的头发，而且整齐地梳在一边，穿着很得体，儒雅的外貌加上鼻梁上的一副深度眼镜告诉我，虽然从外表看并不富裕，不过看来他从事的是文化工作。

果然，这位秦先生是一位高中语文老师，由于批改作业太晚，他回家的时候见到了纸虎。

知道我是记者，秦老师没有太大的反应，只是用手推了推眼镜，可是脸庞看过去红了不少。不是每个人脸红起来都好看，尤其是他这种苍白粗糙的脸，平白增添一抹红色，让人看着不是太舒服。

秦老师为我们倒了些茶，三人走进了客厅。客厅里很凉爽，东西不多，只有一套藤条编制而成的待客家具。这年头藤制的东西不多见了，坐上去很柔软，也很舒适。

“我这辈子还没这么近地见过老虎。”秦老师用左手食指、拇指和中指握着茶杯，轻轻抿了一口，长舒了口气，开始谈及正事。我和纪颜认真地听着，我拿出笔开始做笔录。

“以前也只是在电视里或者动物园里隔着老远看它们，可是我万万想不到城市里居然也有老虎。”秦老师似乎还心有余悸，说话很轻。

“您不是说是纸虎吗？”纪颜忽然打断他问道，秦老师有些不快，脸沉了一下，但是很快又恢复常态，咳嗽了一声，开始讲他的故事。

（下面是秦老师的口吻。）

请听我说完。当时时间已经不早了，不过过了立夏，即便到了夜里，也还是可以蛮清晰地看见街边的东西。我习惯在办公室完成工作，所以批改东西迟了些，没有办法，为人师表，自然要勤恳一些。（秦老师说着挺了挺胸，圆圆的镜片后面的眼睛里闪过一丝骄傲。）

我沿着熟悉的路走回家，忽然听见一阵咀嚼的声音，那声音很大，而且听着很不舒服，就像是饿极了的野兽猎杀猎物一般。当时的路人已经很少了，由于这条街是卖古玩的，入夜后大都已经打烊，只有一些卖吃食的小店依旧亮着灯，等着顾客光临，只是那天天气很热，大家都懒散得很。

我一时好奇，就顺着声音过去了。走了大概十几步，前面有个转角，不过四下里没有任何灯光，显得非常黑暗。我小心地走过去，起初我以为是哪里的野狗或者野猫在吃食儿，现在想想当时真是无聊，可能人就是这样，平淡的日子过久了，即便看到危险也会不由自主地靠上去，希望得到点刺激。虽然我很害怕，因为听说这条路入夜后经常有一群流氓转悠，不过想想自己身上也没有余财，反倒不怕了。

不过这次我可错了。

在我过去的时候，正好一辆汽车开过，速度不快，所以车灯大概在那里停留了两秒多，时间不长，但足够让我看清楚了。

我看见一只巨大的老虎，是的，一只老虎。我从未见过如此大的动物，如果它朝我扑来，我恐怕连逃跑的勇气都没有。老虎身上的花纹非常漂亮，黑色的斑纹在夜色里隐没不见，黄色的皮毛则闪着亮光。它的爪子死死地按住了一个年轻男子，那人似乎已经没有知觉和反抗能力了，只是趴在那里一动不动。他赤裸着上身，虽然我的视力不好，但还是可以看见他胳膊上好像有文身。

那只老虎是侧对着我，丝毫没有在意我的出现，它大张着嘴在那里撕咬着什么，可奇怪的是，我没有看见年轻男子身上有任何的伤痕，起码在我那个角度没有。

难道是动物园的老虎跑出来了？可是这附近压根没有什么动物园、马戏团之类的，而且动物园的老虎怎么可能这么大而且野性十足。车灯过后再次陷入黑暗，我的腿都在颤抖，过了许久，我才让自己平静下来，不过咀嚼声忽然停止了。我壮着胆子摸索着墙壁走过去。

地面上躺着刚才那个年轻男子，我拿手探了探他的鼻息，已经断气了，我只好赶紧跑到最近的店铺报了警，接着在现场等警察来。

不过，在那之前我却在现场捡到一样东西，这让我非常奇怪。

秦老师犹如一个职业的说书人，紧要处停了下来，喝了口茶，随后起身走进了内房。我和纪颜只好坐在沙发上等候。没多久，他出来了，手里多了样东西。

居然是一只纸老虎。

大概两个手掌大小，不得不说做工非常精细，而且是立体的，老虎凶狠的姿态完全展现出来，半张着大嘴，前爪微微抬起，弓着腰，身体压得很低，分明是扑向猎物的样子。

“秦老师你是在开玩笑吧，单凭现场捡到只做工精细的纸老虎，就说是它干的？”我忍不住笑了，这的确很好笑。

不过秦老师一脸严肃。他的手里还拿着一沓照片。秦老师把照片递给我，这一摞照片居然都是他手里的那只纸老虎！

“这什么意思？”我匆匆看了几眼，无非是他给老虎拍了几张照片罢了，于是把照片丢给纪颜。纪颜低着头，一张张看着，还不时地抬起头看看秦老师手里的纸老虎。

秦老师着急了：“你仔细看看照片啊。”

“照片上，所有的老虎姿势都不一样。”纪颜站了起来，把照片还给秦老师，秦老师这才满意地点点头。果然，我拿过来仔细一对比，虽然都是同一只纸虎，但是的确每张照片里的姿势都不一样，有趴在那里休息的，有高昂着头的，总之，仿佛有个人做了一系列不同动作的纸虎一样。

“起初我捡回这只老虎也只是好玩儿，可是我忽然发现，每过一段时间，这只老虎的样子居然会有变化，我怕你们不相信，只好拿照相机一张张拍下来了。”秦老师小声说着。

“我只是个普通的老师，越来越觉得这东西古怪得很，告诉别人又没人相信，因为我这人平日里给人家的印象都是非常理性和寡言少语的，突然间告诉人家我捡了只会动的纸老虎，而且纸老虎每动一次，新闻里就说莫名其妙死了个人，你说我还敢留在家里吗？只好希望你们可以把这只老虎请走，否则我睡觉都不踏实，这几天脸色都差了很多，我怕出事，把老婆、孩子都送到老丈人家去了。”秦老师平坦的额头都流汗了，阳光透过窗户射进来，照得那里闪闪发亮。似乎一下说得过多，让他有些不适应。

“那您不会把它扔掉或者烧掉吗？应该都可以啊。”我看了看这只纸老虎，这不是很容易想到的事吗？不料秦老师仿佛听见了极为大不敬、冲撞鬼神的话一般，赶紧缩起身子，将老虎拿回手中。

“别说了，无论我把它撕成多少碎片，或者烧成灰，第二天它又好端端地摆放在我家客厅里啊，所以我也就不敢再碰它了，万一惹怒了它，说不定我自己都性命不保。”

居然有这等事！

纪颜走到秦老师面前，拍了拍他的肩膀示意他放轻松些。接着，纪颜从他手里接过纸虎。

“把它交给我吧，您可以不用再担惊受怕了。”

秦老师如释重负地长吁一口气，恐怕所谓送瘟神也不过如此了。

路上纪颜把玩着这只纸虎，却不太说话。

“有问题吗？”我问他。

“拜托你一件事吧，去查查最近莫名其妙死去的人都是些什么背景，至于这只纸虎，还是暂时放在我家里吧。”他迟疑了片刻，随即回答我。

这是当然，我和秦老师一样，可不愿意把这个东西放在自己家里。

和纪颜分开后，我立即去查阅那些死者的资料，似乎没有太大的联系，只是说这些人非奸即盗，大都是在公安局有一大摞案底的人。其中秦老师看见的那个有文身的年轻汉子是当地一霸，经常在古玩街收取保护费，据说还杀过一个人，不过因为没有确凿证据被放了，总之是个人见人恨的家伙。其他那些人也都是半斤八两。

“看起来，似乎都是该死之人。”我看着那些材料，喃喃自语道。

黎正的伤势似乎好得太慢了，虽然经过落蕾祖父的医治，但还是进展缓慢。李多提出这几天让她来照顾黎正，虽然黎正不想去，但纪颜也说最近可能需要回老家一趟，还是让李多来照顾他比较好。得到纪颜的同意，丫头笑嘻嘻地领着黎正去了她新租的房子，在她搬家的时候我被“征过劳役”，那里还不错，而且离纪颜家也不算太远。

“你真的要回老家？”我问纪颜，他却笑了笑。

“不是，我只是希望他们兄妹能多交流一下，适当的时候可以告诉李多，我不想欺骗她，而且她的记忆可能随时都会恢复，提前做些准备对她、对黎正都好。”看来他还真是细心。

这只纸虎待在纪颜家里已经三天了，纪颜没有察觉到一丝异样，而老虎始终变化着样子，我去的时候，它已经变成了向外迈着步子，随时会离开的样子了。

“真是只奇怪的老虎，而且每到凌晨的时候，你把耳朵对着虎嘴，还可以听见哀鸣，那是人的哀鸣。”纪颜皱着眉头看着那只老虎。

我暂时把工作推给同事，决定今天晚上和纪颜轮流值班，看看这老虎到底还会耍什么花样。

我们把这只纸虎放在窗台上，自己则睡在对面的沙发上，困了就睡一会儿。

起初什么也没有发生，不过到了凌晨的时候，我揉了揉惺忪的睡眼，忽然看到外面的月光照到了老虎身上。

那只纸虎居然开始变大。

月光下它的毛色、体形和真的老虎根本没有两样。不，在我看来，它远比体形最大的雄性西伯利亚虎还要大上一圈。当它停止变大的时候，它抖了抖身子，扬起头看着窗外的月亮。

我惊讶得几乎忘记推醒身边的纪颜。

等我终于回过神来叫醒纪颜，老虎已经弓起腰，纵身一跃，朝窗户外面跳了出去。

由于夜晚天气闷热，加上纪颜家蚊虫很少，我们是开着窗户的。

纪颜马上跳了起来，可是只能看见老虎的背影了，他立即从随身的口袋里掏出一把匕首，朝自己拇指一划，接着将一滴血弹了出去。

“你这是干什么？”我好奇地问他。

“我们追不上它了。不过我把血依附到老虎身上，可以知道它的去向。”纪颜用手指了指窗外的老虎。

月光下它跑得飞快，一下就消失了。

“走吧，如果时间长了我也无法知道它去哪儿了。”纪颜拍了拍我的肩膀，立即朝门外走去。我也只好紧随其后。

现在已经是夏天，这个四大火炉之一的城市即便在夜晚依然带着一丝炎热的气息，宛如刚刚被热水冲刷过一般。

纪颜和我几乎以自己最快的速度奔跑着，我很快就吃不消了，感觉胸口堵得慌，还好，纪颜停下来了。

“它停住了。不过我不知道确切的方向。”纪颜转动着脑袋，似乎感应到什么。

我觉得四周似乎很熟悉。这好像是李多居住的地方。

纪颜也意识到了什么，低沉着声音喊了句“不好”。我极少见过他这样，似乎只要是和李多有关，他平时的冷静和睿智就都不见了。

我们来到了李多的房子。

房间里面有一个人，还有一只老虎。

黎正穿着睡衣，面无表情地站在那只老虎对面。我们没有看见李多。

异闻录
Yi Wen Lu

小孩身高的黎正站在那只高大的老虎面前显得非常矮小。

小孩身高的他站在那只高大的老虎面前显得非常矮小。

可是那只老虎却表现得非常谦卑，犹如一只小猫，低着脑袋，缩起爪子的前肢伸了出来，摇晃着长长的尾巴，喉咙里响起了呜呜的声音。

我和纪颜都呆住了。

黎正终于走了过去，伸出手按在老虎的额头上，接着，这只巨大的老虎抬起头，盯着我们，我和纪颜与它稍稍保持着一段距离。

“你们来了？”黎正总算注意到了我们两个。

“李多呢？”纪颜着急地问道。

“你真的很关心她啊，我用控尸虫让她暂时睡着了，毕竟有些事情她知道得越少越好。”我忽然觉得黎正说话的语气有些异样。

“你们知道那只老虎的主人是谁吗？”黎正坐到了床上，腿伤仍然使他无法长时间站立。

我和纪颜当然摇头。

“对于上次在山上无瞳消失后出现的那个白衣男人，恐怕你猜出来他的身份了吧？的确很让人无法相信，你知道怨崖是如何产生的吗？或者说是谁制造了怨崖？”黎正一脸严肃地望着纪颜，后者没有说话，等于示意他继续说下去。

“那并不完全是我的祖先被灭族后产生的，准确地说他们没有能力制造一个类似黑洞一样专门吸收死者怨气的东西。而无瞳也是怨崖的一部分，由于我带着返魂香进入怨崖，使得这一部分产生了自主的意识，居然想变成真的人类，不过它已经不存在了，连同我的肉体。

“我现在这个小孩的身体无法再承受任何伤害了，想必你也察觉了。为什么我的伤恢复得如此之慢，这是因为身体不完整的缘故，而且如果再次受伤的话，这肉体很可能会突然消失。”

说到这里，黎正停了下来，眼睛低垂了下去。

“你还没有告诉我，谁才是怨崖真正的缔造者。”纪颜问。

“就是那个男人，那个有着多重身份的男人。他充满悲剧和压抑的一生和在临死前发出的怨气，居然被残存在返魂香内的九尾狐的灵魂捕捉到了，你应该清楚返魂香的来历，九尾狐为了追踪三块流落在各地的返魂香而将自己的力量分成了三份，无奈它虽然得到了，却无法全身而退，结果分别被凡人封印住了，其中留在中土的一块就有它的部分灵魂。否则以它的力量，是不会被轻易打败的。所以九尾狐和他达成了一笔交易，至于具体内容是什么，我就不知道了。

“而纪黎两家在大唐建立之初承担的任务，第一个是为了镇压隐太子建成的冤魂。贞观初年长安妖气横行，皇帝赐姓黎家李姓，并且特意用泰山桃木打造了桃木钉，并在上面刻了‘黎明苍生，正气永存’。第二个任务就是守护封印在和氏璧中的那块返魂香，作为镇国之宝。结果我的族人窥探到其中的力量，居然受到九尾狐的蛊惑，与它签订了契约，并承诺黎氏一族奉献血统最优秀的女性来作为继承九尾狐的那部分力量的载体。我的祖先们以为这件事隐瞒得很好，结果还是被太宗知道了。太宗一怒之下，以黎家与废太子李承乾造反事件牵连而将之灭门，并把这件事推到了你们家族身上，可惜那个老鬼临死前还以为是最好的朋友出卖了他。其实皇帝怕的是万一九尾狐的力量出现，那大唐的基业就难保了。荒唐的是，灭掉黎氏一族却依旧没有阻止唐朝皇室的覆没。至于那块和氏璧，据说也被太宗交给你们一族保护起来了，作为代价，纪姓人永远不准入仕为官，更不许在乱世辅助豪强。”黎正这时候抬起头来，望了望里屋。纪颜的眼神忽然有些异样。

“你的意思，难道是说李多？”

“作为约定和记号，承载力量的那个女孩，成年后耳朵上就会出现十三个耳洞，所以那压根儿不是什么封印，只是个标记而已。她在出生以前的一千三百年就注定了只是九尾狐的载体，所以根本没得选择，因为每一百年就会出现一个标记。”黎正嘴角向上翘起，看着纪颜，纪颜的脸色都变了。

“你是怎么知道这一切的？”我问黎正。

他哼了一声：“刚才的老虎告诉我的。我现在就要离开这里，等李多醒了就告诉她我走了。因为那个男人答应我，可以恢复我原有的身体，当然是要有代价的，不过到底他要什么我也不知道，总之去了再说吧。那只老虎并不普通，它有吞噬人类灵魂的能力，或者说它就是靠着吞食人的灵魂而维持着自己，我也不知道那个男人为什么需要如此多的邪恶、污秽不堪的灵魂。”黎正从床上艰难地撑起身体，往屋外走去，到了门口，他在纪颜旁边停了下来，一只手还抚摸着那只纸虎，老虎则听话地低垂着脑袋。

“该说的我都已经说了，我奉劝你还是不要与那男人为敌，你应该了解，光是他用纸做出的那只老虎，我们两个都敌不过。”说完，他准备离开。

“我不会让你离开的，你去哪里我不管，但你起码应该为你的亲人想想。”纪颜一边说，一边掏出匕首，往自己手掌插去。可是还没等到拔出血剑，他的匕首就被黎正用钉子打落在地了。

“亲人？”黎正忽然冷笑了一下，“我小时候亲眼目睹我的父亲因为害怕我母亲不经意间显露出来的能力，用我们家祖传的桃木钉一根根地插进我母亲的身体，而我只能抱着妹妹无能为力地躲在一边，接着又无助地看着那个警察用子弹打爆了我发疯父亲的脑袋。何况现在李多视我为路人，根本不认识我，你觉得‘亲人’这个词对我来说还适合吗？”他走过来，捡起掉落在地上的匕首，递给纪颜："谢谢你的照顾，不过我还是告诫你一句，别再浪费你的血了，你自己应该知道你的父亲和祖父是如何死的，这种东西对你的身体伤害又有多大。何况，以现在的你，恐怕连这只纸做的老虎都敌不过。"黎正说完，拍了拍老虎，骑了上去，老虎朝天低吼了一声，疾奔而去，消失在茫茫夜色里。

沉默许久，纪颜才长叹一口气。

"我终于明白为什么我们一族要躲在偏僻的山村里，原来只是为了逃避那血腥的屠杀，任何当权者只要知道我们守护着那种东西，都不会放过我们一族。"我和他走进里屋，床上的李多睡得正香，纪颜看着她耳朵上闪闪发亮的耳钉，许久无语。

"为什么明明是纸折成的东西却可以活动呢？"我对纸虎非常好奇。

"很多优秀的术师都可以做到，他们使用年代久远的古树表皮制成树浆，并在里面放入自己制作的符咒或者是自己的鲜血，接着将动物甚至人的灵魂融入其中，这样制造而成的纸折成的东西便有了生命力，不过能创造出像那只老虎那样庞大而且具有攻击力东西的人，恐怕少之又少了。"纪颜缓缓地说。

为了不打扰李多休息，我们离开了那个房子。一路上纪颜一直没有说话，恐怕他正在想编一个什么样的理由去跟李多解释黎正的失踪。

第六十二夜
背

“借着外面的光，我可以看到他的脑袋如同一个剥开了皮晒干的芒果，脸已经开始腐烂，干枯得如同缺水的树叶，皮肤一片片耷拉下来，嘴巴却鼓鼓的，一下一下地蠕动，我知道那里面一定是红土。因为他每走一步，嘴边都有一些红色的土渣掉下来。”

下面的故事是一位朋友告诉我的，他和我从没见过面，不过从电话里他颤抖的声音中，我可以听出他惊魂未定。恰巧“五一”我们需要做旅游专刊，想想题材正好缺乏，于是放下手头的工作，和他聊了起来。

“我是一个公司的彩领。”我一听就纳闷了，都知道金领、白领、蓝领、黑领，倒是从未听说过彩领。

“告诉你，像我们这样的人，经常是做着蓝领的工作，受着白领的气，承受着金领的工作压力，却拿着黑领的工资待遇，你说是不是彩领？”听起来他倒是怨气十足。

（为方便行文，下面以朋友的口吻记述。）

正因为如此，所以旅游对我来说无疑是一种非常好的，也是最有效的减压方式。否则的话，我真说不准什么时候会用键盘把天天站在我面前呵斥的上司的脑袋给敲掉。

不过经常去旅游，我和公司里几个驴友对那些所谓的著名景点已经厌烦了。那些景点经过太多人为修饰，早就变得不干净、不纯粹了，而且越是出名的地方人就越多，我们旅游的目的本来就是逃避一些人，结果还不是挤到人堆里去了？

所以我和另外两个最要好的朋友决定，三个人去一处比较偏僻、保持着独有的生态环境的地方。可是从现在来看，我们做了个非常错误的决定。

当然，无论如何，那时候我们还是忙着准备行李和必需物品，由于大家都是老手了，还是比较熟练的。

首先要准备一个大的背包，四十四升到五十升就够了，然后还需要一个小背包放一些必需的小件物品，如旅游资料、零食等，另外，笔、燃烧弹、指南针、折叠雨伞之类的当然也要带着，还有一些常用药品，如止血贴、纱布、绷带、喇叭牌正露丸、祛风油、感冒药、薄荷膏。

他居然开始向我说起他的旅游常识了，所以我不得不咳嗽了两声，打断了他的话。

“不好意思，我说过头了。”他尴尬地笑了下，不过却非常苦涩。

我们准备好东西，对目的地的天气以及风土人情详细了解了一下就出发了。

很遗憾，我不想告诉你我们具体去了哪里，因为我实在不想让更多好奇的人再受到伤害，其实我自己也说不清楚，只知道大概是湘赣交界的一带吧。

那时候天气已经非常炎热了，不过对于经常在外单独旅游的我们来说，并不觉得难以忍受。我们一行人很顺利地沿着地图的指示前进，并没有特定方向，只是随意旅行，希望可以融入大自然多一些。

可是我们忘记了，长期生活在钢筋水泥里的我们已经没有了祖先的自我保护能力和对危险的敏锐嗅觉了。

在经过一片丛林的时候，我的一位队友忽然被马蜂蜇伤了。

这种程度的伤对我们来说是小儿科了，既然准备好了不跟团旅行，被蛇咬、被蜂蜇早就应该预料到。

可是我忘记了，不是每个人都能适应蜂毒的。好比青霉素，可能你去年用没事，但今年体质发生变化了，就过敏了。

有些蜂毒进入血管，会让人产生过敏性休克，以致死亡。我和另外一个同伴用消毒针将扎在受伤队友肉内的断刺剔出，然后用力掐住被蜇伤的部分，用嘴反复吸吮，并且涂抹了一些药物。可是他的状态很不好，十五分钟后，他脸色开始变青，呼吸也变得非常急促，被蜇伤的地方红肿得像馒头一般。他的脉搏和心跳都开始下降了。我的气力比较大，所以背起他赶紧寻找当地人的帮助，既然他们在这里生活，自然对蜂毒有办法。

还好没走多远，我们看到了一处建筑布局整齐却又稀疏的村落。

那里的土非常柔软，当我背着朋友踏上那块土地的时候，感觉像踩在了一块厚厚的地毯上，低头一看，土都是红色的。

村里的人不多，不过非常热情，他们对我们的到来非常诧异，看得出已经很久没有外人来过了。

果然如我所料，他们对治疗蜂毒很拿手，一个看上去六十来岁却鹤发童颜、身体硬朗的老人叫我们把朋友抬到他家，随后去里屋配置了一些草药。他用嘴巴嚼得稀烂，混合一些黑黑的汁液，涂抹在伤口上。很快，朋友的伤口开始消肿，不过他的脸色还是很苍白，嘴唇干涩得发裂。

村里人很友好地招待我们，使得早已经习惯于都市里尔虞我诈日子的我们非常感动，只不过老者提醒了一句："千万别让你的朋友吃土。"

"吃土？"我和另外一个朋友觉得非常奇怪，虽然这里的土的确有些与众不同，但还不至于当作美味佳肴吃下去。我忍不住笑起来。

老者有些不快，但还是摸了摸胡子，又叮嘱了一句："蜂毒已经没事了，但你的朋友在完全康复前不要碰我们这里的赤土，否则，我也救不了你们。"说完，便起身忙活着为我们做饭去了。我们两个看了看躺在床上仍然昏迷着的同伴，忽然感到一种如流星划过的不安。

老者吃得很少，可能正是他们这里的养生之道吧，可是我忽然发现，包括老人在内，这个村子里的所有人脸色都很红，犹如关公一般，白天因为有阳光照着，倒不觉得，反而还有些健康强壮的感觉，可到了夜晚，在灯光下竟透着如鲜血一般的红色。

同伴在吃过饭后建议我们明早就离开，我也表示同意，这里总让我觉得有些不安。

农家竹制的床非常凉爽，传说竹席、竹床颜色越红、越深就越凉快，不过等到完全变成深红色就不能用了。因为竹床开始是青色的，先是吸汗，等到了后来则会吸躺在其上的人的鲜血了。农家人怕竹床成精，所以吸饱了血汗的竹制品就扔掉了。

不过这也只是道听途说罢了。

不知道是否白天发生的事情太多，我在床上辗转反侧睡不着觉。忽然隐约听见老者从里屋起了床，蹑手蹑脚地走出了房门，接着便蹲在地上不动了。

我的床在客厅，正对着大门，所以看得很清楚，不过由于老者背对着我，实在不晓得他在干什么。

月光如雪，洒落似霜，我为了能看清楚，稍微挪动了一下身体，不料想竹床已经年代久远，稍微一动，就发出咯吱咯吱的声音。

我无法忘记那一瞬间我看到的景象，老人听见声音猛地转过头来，月光恰巧照射在他的脸庞上，白天慈祥善良的老者已经不见了。

他正抓着地面上的红土往自己的嘴里疯狂地塞着，他的嘴角、脸上到处是红色的土粒，口水混着红土流下来宛如鲜血一样，我看着他，想起了《动物世界》里播出的狮子进食的画面。

老人的眼睛瞪得很大，腮帮子一下一下有规律地凹陷、鼓起，他将嘴巴里的土使劲吞咽了下去，我则吓得话都说不出来。

“外乡人，吓到你了吧？”老人忽然恢复了先前友好的神态，只是嘴边的红土还是让我有些畏惧。他也意识到了，立即擦干净嘴巴，叹了口气，坐到我床边，我本能地缩了缩身体，坐了起来。

“你不必怕我，这个村子里的人都是如此。我们没有恶意，更不是妖怪，只不过一天不吃这里的红土就全身不舒服，而且虚弱无力。不过拜这里的红土所赐，村里人的身体都非常健康，从来也不生病，只是脸色看上去会比常人要红一些而已。大家称这土是神土，是神专门给我们的恩赐啊。”他说得很慢，却字字有力，非常诚恳。我也开始有些相信了，以前只在电视里听说过这类事情。

“可是红土既然有如此功效，为什么老人家叮嘱不让我受伤的同伴吃？”我忍不住问道。

“那我不知道，只是听长辈们说，被这一带毒蜂伤着的人千万不可以进食这里的红土，至于后果如何，我也不清楚，但他们传下来的规矩，自然有它的道理。”我听后略感失望，但还是感激地点了点头。

后半夜，我又听见有人出门的声音，我想一定是老者又要吃土。我觉得不便再去打扰，所以也就背过身体睡觉，装作不知。

由于时间并不充裕，第二天我们还是决定离开这里，受伤的同伴经过一夜的调理已经可以自己走路了，不过还是很虚弱。我们决定早点回到城市，结束这次旅行。虽然这样有些让人气馁和沮丧，但毕竟身体是最重要的，大不了以后再来就是了。

告别了老人和村民，我们按照来时的路慢慢往回走。中午，我们在一个水库旁边稍微休息了一下，顺便吃些干粮和水补充能量。这个水库很大，城市里也很难看见这么干净的水源，我甚至可以看见水底的石头和鱼。

我正观赏四周的景色时，忽然注意到被蜇伤的朋友并没有吃太多的东西，而是从自己随身的旅行包里取出了一个包裹得很好的塑料袋。我以为他自己留了些好吃的，之前单独藏起来了，于是笑了笑，打算不加理会。

可接着我看见他从塑料袋里拿出了一捧红色的土。

那是那个村庄的土，是老者再三叮嘱我们别让他吃的东西。可是他是什么时候挖的？难道是昨天晚上？

我来不及多想，正要冲上去阻止他，朋友已经将一捧红土塞进了嘴巴，咀嚼了几下，使劲吞了下去，接着露出一种非常满足的神情。

“你疯了！”我大声吼道，抢过了他手中的袋子，可是他却拼命想从我手中夺回那个塑料袋，他的力气变得出奇地大，即便是身体健康的时候他也从未如此有力过。

“好吃啊，真好吃，你应该试试啊，什么鱼翅、鲍鱼都滚蛋吧。这红土才是宝贝，就像是神仙的食物一样，吃下去伤痛啊、疲劳啊全都没了，吃啊，吃啊！”他笑嘻嘻的，嘴角淌着口水，就像精神病人一样。他抢过我手中的袋子，抓着土大口地吃了起来。旁边那个伙伴已经呆了，忽然，他也抛掉手中的干粮，试探着抓了一点吞下去，紧接着他也疯狂了，和受伤的朋友开始抢夺红土。两个人就像两只见到同一根肉骨头的饿狗，疯狂地打起架来。

抢着抢着，先前被蜇伤的那个人忽然高高仰起脖子，就像打鸣的公鸡一般，怪叫一声，喷出口中的红土，不停地吐着白沫全身抽搐地倒在了地上。但是和他抢红土的那个却丝毫不搭理，还在往嘴里塞着红土，他甚至还掰开那人的嘴巴，把他还没吞下去的红土挖出来吃下去。

我从来没见过这样的场面，可是我马上反应过来，一定要先救活我的朋友。他的身体开始剧烈地抽搐，怕他咬伤舌头，我不得不拿了块毛巾塞住他的嘴巴，接着立即寻找药物。

在镇静剂的作用下朋友开始慢慢平静下来，旁边的同伴似乎也恢复了神志，他惊恐地跑到旁边，用手指抠着嗓子想吐出那些红土，无奈他把胆汁都吐出来了也没吐出一粒红土。

那些土仿佛有生命一样，死死地粘在胃壁上！

我和那个同伴决定轮流背着伤者，赶快去医院，希望能救他一命。

可是炎热的天气，加上四周几乎一样的地形，我发现我们三人居然在这么小的地方迷路了，其实我知道，最关键的是我们的意志已经渐渐崩溃了。

我背着他每走一步都很艰难，那个同伴也是，他把剩余的红土都扔掉了，就像躲避瘟疫一样。

终于，我们三人走不动了，于是找了一棵大树，坐在树荫下休息。我看了看大家的行囊，食物和水已经不多了。

由于他有时候醒过来很激动，还张口咬过我们，我无奈之下只好将他翻转过来，让我的背贴着他的背，用绳子固定在身上，这样才能背着他继续前进。

“放弃……放弃他吧。”同伴望了望已经昏迷的朋友，忽然小声对我嘀咕了一句。

我的脑海里何尝没有浮现过这种想法，可是很快我就把它压下去，这个念头就如同水瓢，总是拼命地浮上来。

“不行。”我坚决反对，舔了舔干涩的嘴唇。

“我们可以留一部分水和食物给他啊，这样就不算抛弃他了！”同伴还不死心，将脸凑过来对我说，一刹那我觉得他的长相让人憎恨，当然，如果我有镜子照照，会觉得我同样很难看。

最终我同意了。我把所有的食物和水分成了三份，留下其中的一份放在昏迷的朋友旁边。

“不要怪我，你一定要撑住，我们马上找人来救你。”我在他耳边轻轻说道，处于昏迷状态的他忽然伸出手来死死地抓住我的手腕，非常疼。

他闭着眼睛低沉地说了一句：“别走，别离开我。”

我犹豫了一下，但还是使劲掰开他的手，和同伴继续向前面走去。

回头望去，朋友已经离我越来越远了。

“不用这样，如果背着他，我们三个人都走不出去。”同伴开导我，拍了拍我的背。

“滚！你真让人恶心，如果是我，你也会毫不犹豫地抛弃吧？说不定连食物和水都不会留！”我挡开他的手臂，那人愣了一下，冷笑了几声，不再说话。

我们走了整整一天，终于发现离最近的城市已经不远了，我和他都很高兴。于是决定睡一觉，好好休息一下，然后靠最后的体力赶快回去。

那一觉睡得很沉。

可是当我醒过来时却发现，自己和同伴依旧躺在抛弃朋友的那棵树下。

我之所以知道，是因为地面上还有我留下来的食物和水，一点也没有动过，但是朋友却不见了。

我连忙摇醒了同伴，他吓坏了，说我们可能走错路了。两人连忙爬起来，四处寻找那个朋友，可是根本没有踪迹。

“冷静！要冷静！”我这样提醒自己和同伴，两个人稍微平静了一下，再次靠着地图和工具往城市边缘走去。

可是只要我们一睡觉，醒过来就发现又回到了那棵树下。

我依稀可以看见树下有一个人睡过的痕迹，而且与旁边的地方不同，这块儿是红色的土壤。食物和水都没有了，我看见同伴眼睛直勾勾地看着那些红土。

我狠狠揍了他一下，总算没让他干傻事。商量了一下，我们决定再次赶路，不过睡觉的时候轮流值班，每个人睡一小时。

走了一天后，我们发现了一个旧房子可以休息，入夜后，我们躺下了。

每人睡一小时虽然有些麻烦，但却是最好的方法了。大概两点的时候，是我值班的时间。

长途跋涉已经让我不堪重负，还好平时的锻炼起到了作用，我还可以支撑下去。不过眼皮却在打架，当我将睡未睡的时候，忽然听到门开了，我假装闭上眼睛，只留一条细缝观察着。

这里夜晚的天空很亮，所以还是可以看得比较清楚，不过我宁愿当时我是个瞎子。

我原以为是路过的旅行者，或者是附近的猎户，要么是一只野兽，这些都不会让自己觉得无助。

可是我偏偏看到了最不愿意看到的人。

不，或许已经不能称他为“人”了。

我的那个朋友蹒跚地扶着墙壁靠过来，借着外面的光，我可以看到他的脑袋如同一个剥开了皮晒干的芒果，脸已经开始腐烂，干枯得如同缺水的树叶，皮肤一片片耷拉下来，嘴巴却鼓鼓的，一下一下地蠕动，我知道那里面一定是红土。因为他每走一步，嘴边都有一些红色的土渣掉下来。

他面无表情，走向了躺在我身边的朋友，然后机械地将他提起来，倒过来放在背上，接着，迈着同样的步伐慢慢走了出去。

我努力控制着自己的牙齿，死死地咬着，避免它们因为颤抖而发出声音。

临出去的时候，他回头望了我一眼。

我终于知道为什么我和同伴无论走多远都会回到那棵树下了。

不知道等了多久，我迅速跳了起来，任何一样东西都不去收拾，立即跑出屋子，向前面狂奔。

天快亮的时候，我终于看见了一处冒着缕缕白烟的民房，我冲过去，看见一个农夫正在生火做饭，然后，我昏了过去。

醒来的时候我已经在当地的医院了，我不愿意去回忆那些事情，我也不知道我的朋友将那位同伴带到哪里去了，总之，那七天几乎成了我这辈子最想忘记却又印象最深刻的日子。

电话那端终于说完了，我们两个握着听筒沉默了很久。

还是他打破了僵局。

“你知道吗，我一直在寻找那个村落，可是一直都没有找到。我的两个伙伴也杳无音信，警察把他们列入了失踪人口，他们的亲人不止一次地质问我，为何只有我一个人活着回来了。所以，虽然我没事，但是我却最痛苦，几乎每晚都能梦见他们两个，口里塞满红土站在我面前。”说到这里，他已经泣不成声，我安抚了他几句，才使他稍微好点。

挂上电话，我不禁想到，究竟有多少人在那种情况下，还可以义无反顾地背起自己的朋友继续往前走，或许背起的不仅是一个人，更是一份信任，或者说是责任。

可是真的面对这种情况，我会选择背叛他，还是选择背起他?

或许这对很多人来说都是个无法选择答案的问题。

第六十三夜
抽屉

"我看到他的头顶上还有一只手，是一只女人的手，不过却不再修长雪白，而是肿胀惨白的，手的皮肤几乎变得半透明了。我见过那样的手，医学院里被福尔马林浸泡的标本就是如此。"

大多数收藏家其实都有很强的占有欲，正常点的喜欢邮票、钱币、古玩，另类点的收集火柴盒、香烟盒，当然，也不乏变态的，像德国集中营中有人专门喜欢收集美丽少女的皮肤，先在上面文上各种各样的花纹，然后将女孩泡在放了玫瑰花瓣和防腐剂的液体中，让防腐剂渗入皮肤毛孔，方便剥下来。至于剥下来的人皮，有的制成套枕，有的制成桌布，最著名的当属那个战败后苏联战士从一个德国军医家里收缴出来的一个台灯灯罩，没错，那是人皮制成的。

不过我要说的这位朋友自然没有这么令人作呕的嗜好，就算他有，他也不敢效仿《沉默的羔羊》中那位变态杀手。其实他的爱好是收藏古木桌子。任何年代的木桌他都非常喜欢，不过收藏这玩意儿实在需要很大的空间，不过他总是乐此不疲，以至于将美丽的妻子气得离婚，但他倒落得清闲。

这位叫谭蓝的朋友家境非常富裕，得益于他年轻时代的拼搏和经营。他一得到好的木桌都叫我来看，虽然我不是很懂，不过在他的熏陶下多少了解了一些。木桌这种东西主要看历史和原料，像紫檀木，一直被认为是最名贵的木材，大多为紫黑色。在各种硬木中，紫檀质地最为细密，木料的分量最重，木纹不明显，自古以来，只有声名显赫的宅门大户人家用得起。有些人可能会谈到红木，其实红木不是一种木料，而是泛指一类木头，根据《红木国家标准》规定，红木是紫檀属的紫檀木类、花梨木类，黄檀属的香枝木类、黑酸枝类、红酸枝类，柿属的乌木类、条纹乌木类，铁刀木属及崖豆属的鸡翅木类五属八类三十三种材料的总称。用这八类三十三种材料制作的家具可称为红木家具。红木材质结构甚细，平均导管（管孔）弦向直径不大于20微米。红木心材材色都是经过接触大气变深的，其中紫檀木类为红紫色，花梨木类、香枝木类、红酸枝类为红褐色，黑酸枝类为黑紫色，乌木类为乌黑色，条纹乌木类和鸡翅木类为黑色。这类木头制成的桌子我的朋友是买不起的，因为据说前些时日一张明清时代龙纹石面黄花梨木桌居然被人以98万元的高价买走，的确让人无法相信。另外一些则是有特殊意义或者年代久远的，不过木制品切忌重新上漆，否则身价大不如前；当然，还有一些本来不值钱的也被炒作起来。什么是奢侈品？那就是可以卖出比自己原本身价高几百倍甚至几千倍价格的东西，就如同中秋节的天价鲍鱼、鱼翅、燕窝月饼，不过我很不明白，既然想吃，还不如直接去吃，干吗要把这些夹在月饼里？我始终觉得月饼还是用最原始的豆沙馅最好。

废话少说，谭蓝给我打来电话，在电话里的语气几乎可以用激动来形容。

“昨天吃了仙丹，从乡下一个老农家里捡漏，淘到一张老花梨木背雕纹桌，真便宜，才两千多！”谭蓝一边说着一边咂巴着嘴，仿佛一个孩子吃到了梦寐以求的巧克力一般。

“不是我打击你，你就不怕被人埋地雷？你交学费的次数也不少了。”我笑道。不料谭蓝一口咬定那是张很不错的桌子，而且这张桌子的特别之处不在桌子的来历和原料，而是上面的一个抽屉。

“你来了就知道了，电话里不方便说。”说完，谭蓝挂了机，电话响起了嘟嘟声。我放下电话，心里犯起嘀咕，什么抽屉搞得这么神秘。

所谓吃仙丹、埋地雷、捡漏、交学费，都是淘古玩的人的术语，就像旧时黑道上的黑话。吃仙丹指买到了非常便宜的藏品；埋地雷指的是有些人以为去农村从农民手里买的货不会有错，却不知道这些货是商人和农民合伙作伪的，这就是埋地雷；而捡漏指卖主看假、但古玩是真货，被人买走，对买主来讲叫捡漏，反过来对卖家来说就叫走宝。至于交学费，顾名思义，就是玩古玩的新手不识货，老买到不值钱的仿制品。

从报社到他家很远，不过恰巧那里住着我的一位采访对象，反正也是路过，所以我也没拒绝谭蓝的好意，所谓独乐乐不如众乐乐，分享别人的快乐也是件不错的事。

谭蓝的家的确可以用古色古香来形容，进屋你就能闻到一股非常清香的木制品的味道，一点也不像现在的地板家具，全是甲醛味，有的放置了一年味道还是很大，科技倒是发展了，我们的居住条件反而下降了。

“进来，快！”谭蓝的身材和我很像，两人差不多个头，不过他要瘦很多，头却无比硕大，可惜满脑子装的不是智慧。我经常取笑他整个脑袋里都是木头渣子，他却一本正经地皱着眉头说自己倒希望是这样。

谭蓝的眼睛最有特色，平时倒没有什么，只要一看到美女或者是喜爱的木桌，他的眼睛一下子就变成了三角眼，一点眼白都看不见，直冒着攫取的光。

“我喜欢的，一定要搞到手。”这是他的名言，老婆如此，钱财如此，木桌也如此。

他的家本来是十分宽敞的，可惜堆放了如此多的桌子，我只能小心地走过去。前些时日帮他搬桌子的时候，他宁可自己的手被砸破也不肯松手。

“手好些了吗？”我看着他缠着绷带的手指。

“好多了，不过后来又不小心划破了，滴了一滴血在那桌子上，还好后来一点痕迹也没有，要不然我非心痛死，说不定我会气得把那根手指剁掉。”谭蓝仿佛在谈论一根香肠，而不是自己的手指。

进入内堂，我看见了那张桌子。

很漂亮，蛋黄色，大约一米多高，保存得很不错，桌面边沿线脚交叠变化，两平两凹；桌面与腿足之间以卷云角点缀；腿足头呈内翻马蹄形，工艺精美。在桌面左下方还有个暗格，也就是那个抽屉。

我很少见到这种桌子也带着抽屉的。

抽屉外面没有任何把手，纹理结合得很好，几乎成了桌子的一部分，不仔细看还真没发现。

“这，这是个神奇的抽屉！”谭蓝抑制不住地舞动着双手，嘴角一下下地抽动着。我很奇怪，即便他以极低的价格淘到一个好东西，也不必说得这么夸张啊。

“我可以理解你的不解和惊讶，因为我自己也没想到，只是最近才发现这抽屉的与众不同之处。我甚至犹豫了很久，该不该告诉你，不过作为我唯一的好朋友，我实在找不到别人来分享我的快乐了！你知道这种喜悦压在心底无法宣泄出来很容易生病的。”接着他话锋一转，忽然眯起眼睛低沉地说：“当然，我还是要警告你，不要把你知道的一切说出去任何一个字，否则对你我都没有任何好处。”

我有些后悔来这里了，我最讨厌的就是和别人分享秘密，因为你也要承担无谓的烦恼，秘密一旦泄露，人家第一个怀疑的就是你，他不会去想是不是自己无意中说出去的。

“好吧，快说吧，我保证不说出去。”最终我的好奇心占了上风，谭蓝这才开始打开话匣子。

“我只是偶然间才发现这抽屉的特别之处。前天，我的钢笔找不着了，整个屋子都快翻遍了，我当时满脑子想的都是自己的钢笔，因为需要记录些东西。后来只剩下那个抽屉没看过，我是个没记性的人，几分钟前还在手上的东西经常不翼而飞，所以我找起东西来也是乱翻一气。当然，打开抽屉前我压根儿不抱希望。

“可是原本空荡荡的抽屉里居然正躺着那支笔，能找到找了很久的东西是件让人非常开心的事情，可是我很快发现，这支笔并不是我的那支。虽然型号颜色一样，但新旧确实是不一样的。

“我开始怀疑这个抽屉具有某种神奇的作用，于是我开始试验，先是想要一本书，结果拉开抽屉后那书就躺在那里，我高兴坏了，试验了很多次，只要是那抽屉装得下的东西我都尝试过，结果真是屡试不爽啊。”

他得意地哈哈大笑起来，自从他离婚后我还没见过他这么高兴过。

“听说过聚宝盆吗？喜欢什么、想要什么就能得到什么，你说这个世界上我算是最快乐的人吗？我来证明给你看，瞧，我从这里可以掏出一块手表！”说着，谭蓝果然从里面拿出一块名贵的男式手表。虽然我始终觉得那是他一早放进去的，忽悠我罢了，但是他坚持要我亲自尝试一次，我拗不过他，只好试了一下。

我一直想买一个数码相机，好的要几千块，考虑到一旦买了恐怕要靠到步行街帮人拍照来维持当月的生计，就没舍得买。

我暗自在心中祈祷，拉开抽屉的一瞬间，一架崭新的照相机出现在抽屉里。

居然是真的！而且我肯定不是谭蓝做的手脚，很快我想要的数据线、电池、内存卡，一整套装备都拿齐了！

“没骗你吧？”谭蓝见我笑得如花一样，拍了拍我的肩膀。

“甚至包括钱也可以。”谭蓝顺手拉开了抽屉，又摸出了一沓崭新的钞票。

我再次仔细端详起那个抽屉，比普通的稍大一些，也要宽一点，从外表看实在想不出居然有这个能力。

“我昨天兴奋地试验了一天，想要任何东西都有，可是我总觉得少了些什么。”谭蓝伸开双手，仰坐在沙发上。

“哦？那是什么？”我把玩着相机，背靠在桌子上，好奇地问他。

“一个女人！我家还欠缺一个女主人啊。”他的眼睛忽然射出精光，再次变成了难看的三角眼，整个人也从沙发上跳起来。

“你可以说是最富有的人了，还怕没有老婆吗？”我开玩笑说。可是谭蓝的脸色却并不好看。

“不！这些女人或多或少都有缺点，这个世界压根儿没有完美的女性，只有那个神奇的抽屉才能赐予我最理想的另一半！”谭蓝的眼睛里已经看不到别的东西了。

“你疯了？抽屉里怎么可能出来人呢？”我刚说完，却感觉身后的抽屉自己动了起来。

我的感觉没错，抽屉正往外突出来。

我诧异地转过身体，这时抽屉哗啦一下自己弹开了，犹如电脑的光驱一样。

不过我看见的不是光滑的抽屉内壁，而是黑黑的一片。我揉了揉眼睛，仔细看了一眼。

原来那黑色的东西是人的头发，准确地说是一个女性的头发，她的后脑勺正对着我。

抽屉继续向外伸出来，真是不可思议，犹如电视里的武林高手表演缩骨功一样，我看到一个女人居然慢慢从抽屉里爬了出来。

先是头和肩膀，她的脸始终对着地下，我看不清楚，赤裸着身体、伸出两只洁白手臂的女人继续往外爬着，她的下半身还卡在抽屉里，这样看去就像一只捕获到猎物的螳螂。她很瘦弱，身材曲线也很好，身体正以人类难以达到的弯曲角度从抽屉里伸展出来，如同一截雪白的牙膏慢慢地从抽屉中挤了出来。

我简直不敢相信自己的眼睛，这个女孩真的如谭蓝所愿出现了！

女人继续朝外爬着，她的头发已经触到了我的裤子，身后的谭蓝忽然高兴地笑起来，一把把我推开，扶起那个女孩，给她披上衣服。

我看了看女孩，很漂亮，五官端正小巧，只是笑起来让人感觉有些不舒服。有些漂亮过头了。

的确是非常完美的女性，起码从外貌来说是的。谭蓝犹如得到了个宝贝一般搂着她，女孩也很听谭蓝的话，两人仿佛久别的新婚夫妇一般亲热，只不过女孩的一双眼睛始终注视着我。

我看着她的眼睛，觉得很奇怪，但始终看不出来有什么不对。

或许从抽屉里出来的人本身就不可能是正常的，不过一些事情既然发生了，反而就不会诧异，就如同我拿到了自己喜欢的数码相机，我会去怀疑这个相机是否正常吗？谭蓝也是。这听上去挺没道理，可事实的确如此。

谭蓝对着我咳嗽了几声，我识趣地准备告辞。不过女孩忽然笑了笑，用纤细如葱白的手指了指我。

“给我们拍张照片！”谭蓝对着我招呼，我也很乐意，他们摆好姿势，我为他们拍了几张，便离开了那房子。

临走前我听见房子里响彻谭蓝的笑声。

工作很忙，即使是相机也来不及去玩，我把它扔到家里也没去管了。没几天，我忽然听到一些消息，大都是商店举报说自己的货物莫名其妙丢失的事情。我隐约觉得有些不妙，拜托一个银行的朋友问了问，果然，最近银行经常发现整沓的新钞不翼而飞，开始还怀疑是内部人做的，彻查了很久，却得不到任何结果，只好不了了之。

异闻录
Yi Wen Lu

犹如电视里的武林高手表演缩骨功一样，我看到一个女人居然慢慢从抽屉里爬了出来。

看来所谓的抽屉，其实只是一个小偷罢了。

我忽然想起了自己的那架相机，赶紧回去，在电脑上看了看那天拍摄的照片。

照片上的谭蓝一脸春风得意，不过我一看那女孩就觉得不舒服。似乎是脸有问题。我把她的脸放大了，终于发现哪里不妥了。

女孩的瞳孔很大，远远大于正常人或者说活人，就如同夜晚猫的瞳孔一样。

我立即打电话联系谭蓝，可是里面只有忙音，看来必须去他家一趟，叫他赶快把那张桌子扔掉，离开那个女人，当然，我也带着那个相机。

可是当我来到他家的时候，却发现谭蓝家门都没锁。我推开走了进去，叫了几声，却无人答应。

桌子上的饭菜已经馊了，在这种炎热的天气，隔顿就会变质，饭菜几乎一点都没动，旁边还有一瓶开了封的葡萄酒。

我走进了内房。那张桌子好好地摆放在原处，似乎什么也没有发生。空旷的房间里弥漫着一种破败的感觉。谭蓝本来是个极爱干净之人，怎么几天不见家就成这样了，温柔乡能令一个人如此快地改变生活习惯吗？

整个房子既找不到谭蓝，也找不到那个女人。我正要离开的时候，身后的抽屉响起了呜呜的声音。

一片安静中这个声响显得很突兀。我踱着步子走过去，刚想伸手拉开，结果抽屉啪一下弹开了，我没站稳，一下子坐在了地上。

抽屉里慢慢伸出了一只手，很熟悉的手。

因为那只手的手腕上正戴着前几天谭蓝从抽屉里掏出来的那块手表。接着，呜呜的声音更大了，我的腿开始发软，虽然努力想站起来，却只能看着那只手无助地晃悠着。

我挺直了背，看见抽屉里有一个人头，是谭蓝的。

谭蓝的眼睛里充满了恐惧，依旧是那令人讨厌的三角眼，他的两只手努力地向外挥舞着，我看着他，想到猫抓住老鼠的时候会故意放开几次，最后总是一下按住老鼠的尾巴，看着老鼠无助地在地上蹬着腿。

现在的谭蓝犹如一只等死的老鼠。因为我看到他的头顶上还有一只手，是一只女人的手，不过却不再修长雪白，而是肿胀惨白的，手的皮肤几乎变得半透明了。我见过那样的手，医学院里被福尔马林浸泡的标本就是如此。谭蓝的嘴巴上也有一只手，死死地按住他的嘴，难怪我只能听见呜呜的声音。

“救我。”谭蓝似乎努力挣脱了按在嘴上的那只手，吐出了两个字，声音短而颤抖，像往外倒豆子一样。

不过这是我听到他说的最后两个字了。

谭蓝头的左边伸出了那个女孩的头，依旧是放大的瞳孔，依旧是美艳的面容，依旧是让人看得不舒服的笑。

那女孩只一下就把谭蓝拖了进去，快得让人难以想象，后者连哼都没哼一声，仿佛抽屉里面是个深不见底的黑洞，两人掉了进去一样。房间里恢复了宁静，我几乎以为刚才看到的只是幻觉而已。

抽屉啪的一下再次自己关上了。

“索求得过多，就是这种下场吗？”我将手中的相机小心地放回抽屉。抽屉依旧如平常一样普通，我四下摸索，除了光滑的内壁什么也没有，我只好离开了那房子。

第二天我打算找人把那张桌子给搬走烧掉，起码别让其他人得到，可是等我来到那儿的时候，却看见谭蓝的前妻正在指挥人搬东西。一阵寒暄后，她说昨天晚上接到谭蓝的电话，很急，声音仿佛不是他的一样，他说自己要出趟远门，暂时不能支付抚养费了，并嘱咐前妻将这房子和他所有珍藏的古玩和古木桌作为抵偿。

“昨天晚上？”我大惊。谭蓝的妻子奇怪地看着我。

“有什么不对吗？难道那家伙又在骗我？算了，反正也离婚了，他的死活我也管不了了，还好这里的东西还算值钱。”女人叹了口气，忽然又开心地笑道。

谭蓝的死活她的确是管不了了，不过我只关心那张桌子。

谭蓝的前妻听说我要买那张桌子，惋惜地拒绝了。

“真不好意思，那桌子我已经卖给一个收古物的商人了，他高兴坏了，搬的时候还不小心把自己的手指弄破了，血都滴在上面，吓得他连忙擦掉。”谭蓝的前妻歪着脑袋回忆说。

我只好和她告辞，看来，那张桌子和那个抽屉依然会在这个世界上游荡着。

或许不久后我又会听到商店的货物莫名失窃的消息了。

第六十四夜
墙

“我把白纸平铺在墙面上，然后用铅笔大范围地涂抹着。
铅笔芯渐渐被磨平，纸上出现了一张黑色背景、白色线条的人脸。”

大学的宿舍总或多或少地有些传闻，特别是那些年代久远的旧楼，充满裂缝的黑色木地板，幽暗的厕所，都让人觉得很不舒服，倘若那里还出过什么意外，那好事者就更加变本加厉，故事套着故事地不停讲述。老生们总是喜欢用这些来吓唬新来的同学，看着他们唯唯诺诺、略有发抖的样子不免总是心中暗爽，不为什么，只是因为自己进校也曾如此这般，就如同被切掉尾巴的猴子，以后每次进笼的新猴子总会被以前的猴子集体按住，切掉尾巴。

黎正的离开让纪颜的心情似乎变得低沉了许多，唯有李多在的时候尚能看见他的一丝笑容，大多数时候他都站在窗边一个人抽着闷烟。我实在不愿意看他这样下去，正好报社和其他几家杂志社打算在某大学举办一个展览，那学校正是纪颜曾经就读过的医学院。我于是热情地邀请他同去，开始他并不答应，不过经不住我再三纠缠，我以帮忙的借口终于说动了他。

毕业后的人应该多去学校走走，看看那些热情、充满朝气的学生，总能找到一些自己当年的影子，人自然也会年轻起来。

和别的学校不同，医学院的学生脸上似乎总带着与实际年龄不符的睿智和成熟，也难怪，做医生的自然是需要细致和严谨，来不得半点马虎，久而久之自然有些许呆板。当然，也不绝对，比如眼前为我们带路的这个男生，就非常活跃。

“您知道吗，我刚进大学的时候从接我入校的老生那里听到一个故事，非常吓人呢，不过想必只是传说而已。”这个叫华月风的高个儿男孩子用带着一点江南口音的普通话向我们介绍道。

纪颜笑了笑，难道他也听说过？华月风并不知道眼前的这个人是大他几年的校友。刚开始，纪颜见到华月风的时候就略微呆了一下，不过他很快又恢复常态，笑着说猛地看见他们还真能找到自己以前的感觉。

“说说看，那是什么故事？”我好奇地问道。

“是这样的，”华月风清了清嗓子，极具表演性质地说了起来。

（下面是华月风的口吻。）

在我们的主宿舍楼里，每层都铺了地毯。除了四层的地毯，其他层都是经常换洗的。而且其他层的地毯都是淡黄色的，只有第四层的地毯是红色的，甚至下雨或者把水洒在上面，那红色也不会有丝毫褪色的感觉。

当我们问起旧生是怎么回事的时候，他们大都不知道，只有接我的那位大四的辅导员，用广东话说道：“后生仔，千祈唔好迫自己读书啊（小孩，学习上千万不要太逼自己）。”

据说几年前，在第四层的宿舍中住着两位好朋友，两人读的专业不同，但都有相似的爱好，而且成绩都很不错。你要知道，医学院的竞争是很残酷的，淘汰制度远比其他学校严格得多，每年都有不少人无法经受残酷的考试而被淘汰，有的直接被劝退，这对一些花了很大精力，本身又背负着巨大压力的学生来说，几乎是件无法接受的事情，所以，在医学院，自杀也不是什么新鲜事了。

这两个人也是如此，紧张的学习几乎让他们喘不过气来，其中一个读骨伤科的同学非常聪明，而另外那个相对更刻苦，不过骨伤科的男生成绩要略好一些。我们姑且称呼读骨伤科的男生为A君，另外一个叫B君吧。

A君有段时间要经常出外实习，每次回来都看见室友B君拿着一本厚厚的《解剖学》用功，他也不好打搅，只好默默地各做各事，这样日子慢慢流逝，直到有一天A君在书桌上发现了朋友的字条。

上面写着一句话：“你可以借点东西给我吗？”他看后笑了笑，随即他也写了张字条，说当然可以，然后便出去了。第二天回来B君不在，结果桌子上却又多了张字条。

“很重要的东西，我怕你不肯。”他觉得有趣，又回了张字条，说没关系，大家是朋友，无所谓。

可是B君始终不说要借什么，这事A君也逐渐淡忘了。

直到一个夏天的周末，A君看书累了，趴在桌子上睡觉，忽然蒙眬中被人拉了起来。他睁眼一看，发现B君头发乱糟糟的，口吐白沫，瞪着眼睛，手里拿着一把崭新发亮的手术刀对着自己。

“读……读……读不完的书啊，怎么办，怎么办？”B君断断续续地说。

A君吓坏了，连忙问B君怎么了。

“可不可以借你的脑子给我？这样我就不用这么累了。”B君忽然神情严肃地问。

A君终于明白了，B君一直想借的是他的脑子。他看得出B君不是开玩笑，于是开始大力挣扎。可是还没等反抗，手术刀已经把他的脖子割开了，鲜血一下子就喷洒了出来。

拿着手术刀的医科生满意地看着倒在自己脚下的同窗好友，看着他无助地捂着自己的喉咙。

“这下有脑子记东西了。”他拖着朋友的双腿，往外走去。只是可怜A君当时又没死，喉咙被割开又喊不出来，只能任由自己的身体被慢慢拖进黑暗的走廊尽头，身下拖出一道长长的血迹。

据说后来那血迹怎么洗也洗不掉呢。所以这故事被用来告诫我们，读书千万别太强迫自己了，凡事量力而行。不过我估计这事儿是假的吧。

华月风讲完故事，接着摸了摸自己的脑袋，眯起眼睛笑了笑。

我也笑了笑，不过忽然发现身边的纪颜一脸严肃。

“那不是传闻，是真的，可是和你说的却又略有不同。”纪颜望着华月风，后者微笑着做了个“请”的动作，示意纪颜说下去。

“我也曾经是这个学校的学生，你说的那件事其实正好发生在我大一刚刚入校的时候。”三人找了个凉亭坐下，纪颜开始徐徐道来。

（下面是纪颜的口吻。）

大家来自祖国的四面八方，大多数人还是第一次离开家乡，来到完全陌生的城市里，开始的时候还略有些生涩。不过由于都是男孩子，很快熟悉起来了。四个人的寝室，和我同寝室的三人各有各的特点。

瘦高个小华和我一样是本地的，长相帅气，性格开朗。另一个是家境富裕、来自北京的刘哥，最后一个则是一直到开学的时候才转入寝室的雁楠。

四个人中数雁楠最不苟言笑，不过也并非冷冰冰，只是犹如算盘珠子，别人拨一下他就动一下，你问一句他则答一句，绝不多说，然后就又去拼命看书。

每当我们劝他稍微休息一下的时候，雁楠总是抬起头，扶一扶鼻梁上的眼镜，张着薄薄的嘴唇认真地说：“我是靠着乡亲们从嘴巴里省出来的粮食才能来上学的，我只能拼命读下去。”所以只要是去外面玩或者吃饭，雁楠总是不去的。虽然每次回来我们都给他带一点，可他也推辞不受。虽说人与人之间不该只是酒肉朋友的关系，可大部分时候还是靠吃饭、喝酒联络感情的，雁楠长期这样，和大家多少有了些隔阂。他大概是不想欠我们的情罢了。

小华喜欢叼着烟，抱着吉他坐在阳台上，寝室里通常只有我和他两人。雁楠一般去自习，而刘哥则满校园去找漂亮女生。据说他很是厉害，早在高中的时候女朋友就论打来计算了，而我们也从未见有哪个女孩子在他身边超过两个星期。不过奇怪的是这家伙成绩非常好，每次考试成绩都不错，实在让我等羡慕不已。

我很喜欢和小华相处，一来他也是本地的，二来他会弹吉他，歌也唱得不错，只是略带苍凉。

日子慢慢过去，可是奇怪的事情却开始浮出水面。

首先是我们的宿舍。那是一栋民国时期的建筑，不明白校方为什么一直不肯拆除，虽然内部翻了新，可还是让人觉着住得很不舒服，很大的原因是里面总有一股发霉的味道，一如潮湿的放在箱子里过久的衣物一样，而且我们是宿舍楼那一层最末一个寝室，靠着外墙，每到下雨，墙上总是湿湿的一片，让人很难入睡。

最外面的就是小华和雁楠。但奇怪的是挨着小华的那面墙却干燥如常，雁楠则叫苦不迭。他来自少雨地区，这样潮湿的雨季让他很难入睡。我见他晚上总是在床上翻来覆去，于是提出和他换床睡，雁楠起初不同意，可是长期没有质量的睡眠使他学习成绩也略有下降，最后他同意了。

“麻烦你了，真是不好意思，雨季一过我们就立即换回来吧。”雁楠抢着帮我收拾东西，我则摆手说不用了。

“不，一定要换回来！”雁楠的眼睛睁得很大，把我的床单拽得死死的。我只好连声说“好的”，他才恢复常态。

雁楠出去后，躺在床上发短信的刘哥忽然伸出头来冷笑道：“瞧丫那操性，还以为自己是什么玩意，纪颜你白做好人了，这种人压根儿不会把你对他的好记在心里头。”

“没什么，反正我也喜欢和小华一起啊。”我则笑了笑。

“算了，懒得搭理他，我晚上去泡妞，那儿的妞漂亮的多了去了，要不等下我看有多余的，打电话叫你和小华一块儿去吧，反正你们也无聊。”说着他手机响了，对着电话嚷嚷了几句，马上跳下床，拿好钥匙。

“哥们儿我今儿晚上不回来了，甭给我留门儿了。”说完便一溜烟走了，出去的时候正好撞见雁楠拿着脸盆走进来，两人站在原地对视了一下，然后各走各路了。

天南地北的人聚在一起，多少有些隔阂，我当时也只是这么认为。

那段时间小华的脸色非常不好。我问他怎么了，他始终不说，最后逼急了，他才说：“每天你们睡着以后，我靠着的那面墙就开始蠕动。”

“这怎么可能？”我听了觉得有些荒谬，“你大概最近学习太累了吧？”

“不是的。要不这样，今天晚上你就拿着笔和纸睡在我床上试试，反正我不敢睡了，晚上我回家睡觉去。”说着，他抄起书包就出门了，我见他脸色不是很好，本想拦住，无奈他一下子就跑了。

晚上雁楠早早地就出去了，寝室里只剩下我一个人。

我躺在小华的床上，没有发现任何异常，于是沉沉地睡过去了。没过多久，在半梦半醒之间，我听到外面开始下大雨了，墙壁渐渐出现黑色的水渍，可是我这边还是白白一片。

忽然在雨声和雷声中我听见了另外一种声音。

那是一种拍打墙壁的声音，很有节奏感。

以前我睡在自己床上，经常听见这声音，因为隔壁寝室的同学喜欢躺在床上听歌，大腿经常敲打在墙壁上，有事没事也会拍墙玩。

可是现在这墙的另外一面什么也没有。

我把耳朵贴在墙壁上，果然，那声音更加清楚了，我几乎可以听出那是脑壳磕在墙壁上发出的咚咚声。

这时，贴在墙面上的脸感觉墙体真的在蠕动，虽然只是轻微的一下，可我清晰地感觉到了。我立即缩了回去。

没错，在宿舍的日光灯下，那墙体如被揉搓的面团一样一下一下蠕动着，最后停下来了。我用手摸了摸，非常有纹理感。

我赶紧从床上跳下来，从抽屉里拿出一大张白纸和一支铅笔。白纸本来是拿来画人体骨骼的，我想起了小时候经常把纸垫在硬币上拓图的事情。

我把白纸平铺在墙面上，然后用铅笔大范围地涂抹着。

铅笔芯渐渐被磨平，纸上出现了一张黑色背景、白色线条的人脸。

那是一张女性的脸，虽然不是很清楚，但是看得出五官脸形都很不错，是个美丽的女孩子。她眉宇间略带忧愁，眼睛紧紧闭着，嘴角略微上翘，仿佛在笑，但那笑容却充满绝望。

我想都没想，立即把那纸撕碎了扔进垃圾箱。

幻觉吧，我再次用手抚摸墙壁，却只感到光滑如镜，先前的凹凸不平的感觉没有了，那奇怪的撞击声也没有了。我只能一厢情愿地认为事情结束了，而且仿佛的确如此。第二天小华回来了，如没事人一样，依旧笑嘻嘻地和我聊天，说回去吃了如何如何多的好吃的，我则用拳头捶了捶他。

接着，刘哥也回来了，他心情似乎很好，上课的时候坐我旁边，满身的酒气，隐约还有股淡淡的脂粉香。

“今天要交上星期布置的血管分布图，你小子画了没啊？小心最后考试通不过就搞笑了。”收作业的正是雁楠。我知道他可是不留情面的，而这次的作业是和最后考试挂钩的，我自然不免有些担心。

“你丫少给我拔塞子，压根儿不必担心我，我再点儿背也不会挂科。忘记和你说了，昨天晚上哥们儿我可爽了，居然还是雏儿，真难得，不过就是有点死赖着不走。虽然是靓，可是我不可能和一个女的相处两星期以上啊，要不你都会笑话我了是吧？”说着他伸出手搂了搂我的肩膀，我拍开他的手。

“你就作吧，小心有报应，到时没一个女的会嫁给你，真正成了孤家寡人一个。”刚说完，雁楠就呼呼睡去了，我也只好继续听课。

很奇怪，我没看见刘哥画图，也没看见他交作业，可是老师并没有指出来，后来翻了翻成绩单，他居然和雁楠同分，比我的分还高。

期末考试前，即便是刘哥也有些紧张了，他也开始绷紧面孔，复习功课。他很聪明，看得也快，问的问题也很到位，而且一旦专心做事就把手机关上。不过我依旧看见一些人来寝室找他，有男有女，大都被他骂跑了。因为累积学分不过，是会被勒令离校的，那可不是什么光彩的事情，每年为这个从主楼跳下来自杀的也不是一个两个了。所以哪怕是雁楠，也比平日多了些烦躁，学习的压力和炎热的天气，恐怕都是原因所在。

只是有一个漂亮女孩总是哭着过来，无论刘哥如何赶她就是不走，骂也骂了，好话也说了，都不管用。从女孩的口音听来，她居然好像也是本地人。她老是侧着脸站在门口，有些面熟，我却老想不起来。

最后刘哥实在受不了，和那女孩出去了一趟，过了老半天，我还以为他又要在外留宿，谁知道他竟跑了回来，一脸沮丧，原本白净的脸庞上居然多了个纤细的红色掌印。

“我怎么知道肚子里的孩子是不是我的种儿？真是的，还死赖着我不放了。纪颜你们这里的女孩子是不是都这样啊。”他向来口不择言，我倒也习惯了，不过还没等我反击他，小华忽然一反常态地跳了起来，朝他扑了过去。刘哥没防备，脸上马上挨了几下。小华什么也不说，只是往刘哥身上招呼，还好我把他们拉开了，雁楠则站在边上，面无表情地看着。

“马上要考试了，要打架死远点打。”雁楠说了一句，接着拿着书又去自习室了。

小华也出去了，我总觉得他最近有些奇怪，临走前只对刘哥说了句：“以后再乱来，迟早废了你。”刘哥气得跳了起来，可是被我按住了：“我这是看你面子，否则我拆了他！”

我安慰了刘哥几句，也觉得心烦，于是出去走走，寝室里只剩下刘哥一人在看书。

我来到了寝室楼下，看着最外侧的那道墙，始终想不通那天到底怎么回事。

那时我忽然接到电话，说在医院的父亲病情有些恶化，我便往寝室打电话，想让刘哥帮我请假，但始终无人接听，事情紧急，我只好先赶往医院了。

父亲是在我高三毕业时病重的，始终不见好，还好那次不是太严重，不过我还是在医院守了一夜。

我是第二天凌晨赶回学校的。天忽然开始下雨了，而且又急又大，我没带雨具，只好连忙往宿舍赶，这时候估计连喜欢大清早去草地背单词的雁楠都得待在房间里了。

我来到宿舍楼下，却没再上去，因为我看见一个白乎乎的东西吊在宿舍楼的外墙上，看上去就是在我们寝室外，犹如一个雨天娃娃。

我看清楚了，那好像是个女孩，穿着一身白色连衣裙，黑色的头发和裙子被雨水打湿了，紧紧地粘在身体上，她背对着我，脸朝向那墙壁。一条长长的绳子勒在她的脖子上。

开始刮风了，她纤细瘦弱的身体就像纸做的一样被吹起，然后又重重地敲打在墙壁上，发出咚咚的声音。

我立即打电话给学校管理处，很快，他们把女孩的尸体放了下来。

那女孩的脸和我上次从墙壁上临摹下来的一模一样，我后来想起来，好像就是那个经常来找刘哥的女生。由于天刚蒙蒙亮，校方不想造成不必要的骚动，连忙封锁了消息，把女孩的尸体抬走了，知道这事的人并不多，我也被告知不要随便乱说话。

宿舍楼的灯似乎坏了，我踩着木地板，脚底下咯吱咯吱地响。回到寝室，我发现刘哥不见了，小华也不见了，只有雁楠躺在床上。

我以为他还在睡觉，所以没去叫他，可是又忽然看见他的手上有些血迹。

虽然只是一丁点，但我确定那是血迹，因为它有血液特有的凝固后的痕迹。

我转身出去，不料雁楠却说话了。

“很感谢长久以来你对我的照顾，我不喜欢欠人家的情，因为我暂时还没有能力去还。你一直奇怪那小子的作业吧？其实都是我帮他做的，考试的时候我也帮着他作弊，不过他也的确很聪明，他有颗非常优秀的脑袋，一些我需要花很多时间记的资料他一下子就记熟了，实在不明白老天爷为什么如此不公平。不过无所谓了，我不会再为了赚他那几个钱而看他的脸色了。”雁楠说完，在床上翻了个身。我没听明白他的话，只是知道了原来他一直暗中帮着刘哥写作业。

我走出寝室，看见门外一条狭长的血迹，进来的时候有些急，居然没有注意。

我顺着血迹走下去，那血迹一直到了楼层的另外一端。

那里是厕所，那时候每层楼都有一个厕所，而不是像现在每个寝室都有。

我小心地走进厕所，里面只有水滴的答答声。

刘哥歪着脑袋靠着墙躺着，大大的眼睛圆睁着，仿佛不相信似的，血从他脖子上流下来，他的喉咙被割开了，看伤口应该是非常锋利的刀具。

接连两个学生死亡，校方有些乱了，他们将刘哥的尸体抬走了。抬起尸体时我才发现，刘哥的脑子也被人取走了，脑袋后面是一个巨大的黑乎乎的洞。

失踪的小华成了警察的首要目标，因为据说有人看见小华从手术室带走了一把手术刀。而且死去的女孩竟是小华的高中同学，小华喜欢她很久了。

我打电话给小华家里，接电话的是个小男孩，他叫来了小华的妈妈。

“小华？他很久没回家了。”小华的母亲奇怪地说。我非常诧异，前几天他不是还回去了吗，第二天还说吃了很多母亲煮的菜。

“没有，那天他是打电话说要回来吃饭，可做好饭后却一直没来，我还正想骂他几句呢。”小华的母亲开始絮叨起来，我安慰了她几句，放下了电话。

小华就这样失踪了，我们这间寝室一死一失踪，没有别人再敢搬进来。也好，我和雁楠喜欢清静。雁楠怕潮，所以他就睡在了小华那张床上。我一直对雁楠那天手上的血迹感到奇怪，他推说是做实验的时候不小心割伤的，虽然我不相信，可是尸检报告表明，刘哥死亡的时候雁楠一直坐在自习室里面，有上百号人为他做证。

“你该不是怀疑我杀了人吧？”雁楠冷笑着说。我自然是摇头。

我和他之间很少说话，日子也就慢慢过去，直到刘哥死了整整一年后，又是一个夏季的大雨天。

我那天睡得很迷糊，雁楠去了自习室通宵看书，我半夜迷迷糊糊地起床却看见床上躺着一个人，原以为是雁楠又回来了。可是当我从厕所回来，却发现雁楠的拖鞋还在，如果他回来了，必定会换上拖鞋的，这是他雷打不动的习惯。

而且那床下没有鞋。

我没有拉灯，因为躺在床上的那人轮廓像极了小华。

“是你吗？小华？”我大声问道，可是没有回应，等我走过去的时候，床上的人慢慢爬了起来，不过他没有朝我走过来，而是将身体贴在墙壁上，那人的身子如同沉下水的石头，融进了墙里面。我马上拉开灯，床上空无一人，可是我却在墙壁上看到了一个人形的白色印记。

那以后我再也没有看见过小华，谁也不知道他去了哪里。后来雁楠也不肯睡在那里了，他说每天睡着以后都感觉身体背面、后颈处有呼吸声，甚至还能感觉到有凉气打在脖子上，直打冷战。

几年后我们毕业了要搬离宿舍，雁楠先走一步，他回老家做了一名医生，他说大学中最值得高兴的是交了我这样一个朋友。

我则苦笑着说："如果是三个多好。"雁楠沉默着不说话。

后来雁楠走了，我在收拾东西的时候，在他平日经常上锁的衣橱里发现了一个铁盒子。

我摇晃了一下，非常轻，辨不出是什么。本来想去追他，可是到楼下才发现他已经坐车去火车站了。

我打开了盒子。里面是一个干枯得发白的脑干。灰白色的，如同钙化了一般，又像铺了一层石灰的大核桃仁。盒子里面好大一股防腐剂的味道。

里面还有张字条，是雁楠的笔迹。

上面写着几句话："一直以来，我都想看看从头颅里取出的真正的人脑，当我发现那家伙的尸体，便拿起了地上的手术刀，我把他的脑子取了出来，我想知道他这样的人的脑子究竟和其他人有什么不同呢？"字条的末尾有重重的几个问号和感叹号。

我将那盒子以及字条都烧掉了。

只是不知道，他们三人心中的墙是否能烧得掉。

纪颜说完了，脸上更加忧郁，手指夹着的香烟留下好长一段烟灰。

华月风也没有说话，只是忽然问了一句：

"原来是这样啊，那我安心多了。我现在睡的正好是你说的那个宿舍，而且我的床铺就是靠着最外面的，不过我并没有在墙壁上看见过人形的痕迹。还是让我带你们到学校四处看看吧。"说着，他站起来，背过身，我看见他的手在额头处动了一下，似乎在擦汗。等我转到他面前，他用手遮住自己的眼睛。

"天真热啊，估计又要下大暴雨了。我们还是抓紧时间去转转吧。"说着，他大步走在了前面。

"他长得很像小华。"纪颜把烟头掐灭，扔进了路边的果皮箱。

"哦？不过你后来有没有发现那面墙到底有什么问题？"我问纪颜。

"不知道，只是通过父亲的笔记晓得有些建筑物是有灵性的。你听过盐透吗，浓度高的东西会中和浓度低的东西。如果小华真的被那面墙吸进去的话，墙自然有了生命，它可以提前感应到几天后女孩出事也就不足为奇了，不过我相信墙壁不会再出现问题了。"纪颜笑了笑，看着前面华月风的背影。

“哦？为什么？”我问他。

“因为它的现任主人的心里没有墙壁。”纪颜终于畅快地笑了起来，拍了拍我的肩膀，大步赶上了华月风。

第六十五夜
戏魂

“旁边的人似乎开始有些异常了，他们一个个睁着突出的眼球，嘴巴流着口水，双手在半空胡乱舞动，仿佛中邪了一样。爷爷把桌子一拍，喊了声‘不好’，然后往后台疾步跑去。我和父亲以及几位叔叔也跟了过去。”

即使是现在，在一些远离都市喧嚣充满着浓郁乡土气息的村庄里，人们还是像过去那样，把看戏当作一件类似于过节性质的全民庆祝活动，要不是一年一度的庙会，或者是村子里比较富裕和地位尊贵人家的红白喜事，断然是不会去请戏班的。

大部分戏班都是流动的，他们风餐露宿，有生意的时候卖力演出，无事则忙着赶路，套用一句话就是，不在戏台上，就是在将要去戏台的路上。

其实戏曲，包括一切说唱艺术，原来并没有像现在这样分得如此详细，其起源于上古时代巫师为向上天祈祷而跳的一种舞蹈，当神话里的神逐渐人格化、历史化，本来只能出现在严肃高雅的祈神活动中的戏曲也逐渐走进寻常百姓家，成为电影电视出现之前人们主要的娱乐休闲手段。

不过很不幸，过去唱戏的演员俗称戏子，他们的地位之低下，恐怕是现在那些受人追捧、被万千少女少男爱戴的明星所体会不到的。旧时戏业被称为贱业，是专门侍奉人的“玩意”，何谓贱业，像奴隶、妓女、理发师都被归为一类。《元史·选举志》云：“倡优之家及患废疾，若犯十恶奸盗之人，不许应试。”由此可见，戏剧演员受到何等歧视。

民间更是如此，视戏业之人为“下九流”，认为一人从戏，满族皆辱，艺人死后是不允许进祖坟的，俗话说“王八戏子吹鼓手，好汉不在台上走”。可是反过来，老百姓对戏剧艺术又非常喜爱，这就造成了一种矛盾而看似可笑的现象——“台上人人爱，台下遭人厌。”

说了这么多，只是想引出下面这个关于唱戏的故事罢了。

前面说过，纪颜的家乡是一个规模比较大的村庄，虽然纪家在其中最有地位，不过这村庄并不叫纪家庄，叫什么我也记不得了，姑且称之为周庄吧。

据说这件事还是纪颜父亲少年时候发生的，并且将它详细地记录了下来。

（下面是纪颜父亲的笔记。）

那段时间正是夏季双抢之后，周庄的百姓大都忙于农活，由于村里年景不错，加上我们家老太爷——爷爷过生日，村里人决定请一个戏班来唱一出河南梆子戏，老年人都爱听《穆桂英挂帅》，唱腔有力，听着很是带劲儿。

可是去哪里请呢？这个任务就交给了村子里腿脚最快、口舌最巧的周六了。这个人尖嘴猴腮、颧骨高耸、头发稀疏、身材矮小，总是弓着腰，双手拢着放于胸前——不要误会，他可不是虔诚的基督教徒，只不过向来在村子里喜欢小偷小摸，总是受人白眼。不过他也有他的优点，无论三教九流，他总能和人家搭上话，而且讨价还价甚有本事，这种活当然交给他干比较好。不是有那么一句吗，即便是一张用过的卫生纸，也会有它发挥作用的一天，何况是个大活人。

据说周六背着一个青灰麻布口袋，带着预付的定金迈出村口的时候，天色是灰暗的。“等我好消息吧，戏班一定会如期赶来的。”周六对着大家挥了挥手。

几天后的一个夜晚，雷雨刚下过，空气里弥漫着泥土清新的味道，村头还有几棵大树被雷从中间劈开，吸吸鼻子，还能嗅到一些木头烧焦的味道。最早看到戏班进来的人是我。

一行人排着单队，整整齐齐，犹如一根竹筷子直直地从村口插了进来。大概几十人左右，最前面一人梳着大背头，皮肤白皙，一手弯曲放于胸前，另一只手别在后面，穿着青色长衣马褂，脚踏一双镶底千层黑布鞋，走路非常讲究，大概四十岁，不过面白唇红，一双眼睛顾盼若流星，见人就将折起的袖口放下来，双拳施礼。看来他就是班主了。

“今天带着戏班应邀来到贵宝地，如有礼数不到，还望各位乡亲父老多多见谅。”说着，他深鞠了一躬，接着挥挥手，身后一个跑腿的灵活少年，上穿无袖白衣马褂，下穿垂到脚踝处的宽大青裤，提着一箱东西走上来。

这里要说明一下，戏班讲究出外跑江湖，唱戏之人常常生活于舞台上的虚幻和现实之中，多少有些心结，加上戏剧这门艺术本来源于古代祈祷神灵的巫术舞蹈，所以他们非常讲究规矩。

所谓的规矩，他们自然认为可以保他们顺顺当当的。当时他们身为社会的底层，只好寄希望于鬼神的保佑。那少年拿上来的正是戏班供奉的“五仙爷”。因为戏班讲究的是身体健康、嗓音圆润透亮，喉咙是他们赖以生存的吃饭家伙什儿，所以对待食物非常谨慎，唱戏之人有不食牛、马、犬、骡、雁、鸽、鸠的习俗。据说这样可以不长恶性疮疖，而所谓五仙爷，即刺猬、狐狸、蛇、黄鼠狼、老鼠五种动物。平日里禁直呼这五种动物名称，一般也不敢拿正眼看。可见戏业众人对其之敬畏。

“有请白二爷入堂！保吾辈穿堂入室，诸事皆宜。”为首的那个大褂男人高声叫道，声音极为清脆悦耳，看来也是一个齐活之人。

这里说的白二爷指的是刺猬。果然，少年打开箱子，里面有铁笼装了只刺猬，戏班众人在班主带领下，一齐跪倒在它面前，上好香，口中念念有词。礼毕，这才算完。

村长走过去和班主聊天，可是众人之中唯独不见前去找他们的周六。可能这小子贪了余钱，又去闹市上瞎逛了，大家无暇顾及，只道是戏班既然来了，他的任务也算完成了。

“明天就是纪老爷子的生日了，赶着晚上把戏台子搭起来吧。”村长催促大家道。

“不急不急。”班主微笑着摆摆手，“我们还要准备‘破台’。”

所谓“破台”，指的是在新建的戏楼、戏院、会馆、庙台等戏剧表演的舞台上，戏班举行首场演出的祭礼。这个戏班规模不小，周庄在附近也算是大庄，这样的讨个吉利的仪式还是不可少的。

戏业人称台口朝南、朝东的戏台为“阳台”，朝北的为“阴台”，朝西的为“白虎台”。俗话说：“要想发大财，最忌白虎台。”所以，凡是台口朝西的“白虎台”必须“破台”，然后才能演出，否则会无端招来祸事、口角、纷争。

破台形式各有不同，有的比较简单，仅在后台墙壁上挂一红胡须，意为代表判官，以此辟邪祛灾。复杂些的，要由一名旦角扮演“女鬼”，然后把“女鬼”赶跑，再杀一只公鸡，把鸡血洒在戏台四周，然后鞭炮齐鸣，就算破台了。破台的时候演员不可说话，嘴里都叼一个朱砂包，据说可以避免引鬼上身。

不过这个戏班的破台方式颇有些与众不同。

除了戏班班主和那个少年之外，似乎所有人都不苟言笑，无论是身体健硕的武生，还是面貌秀丽的旦角，他们都很顺从地站在班主身后。班主叫过来一个十七八岁的少女，身材修长，可是面孔苍白，眼神黯淡，手指上有点点红斑——可能是有些皮肤病吧，长期接触油彩，多少有些过敏。

“玉，你和国民去准备一下破台。”班主的话虽然轻柔，却充满威严，这个女孩机械地点点头，然后牵着另外一个身材高大的年轻男子的手，两人跟着村长去了准备搭戏台的地方。而其他人则跟随班主去了早已经为他们准备好的住处。

我好奇地跟着那两个前去准备破台的人。临行前，我发现爷爷的目光有些古怪，始终盯着那班主看，班主似乎也略有察觉，总是低头装作没看见，实在躲避不了，就勉强对着他笑笑，然后立即转头和其他人说话去了。

戏台搭起来是很快的，村子里壮劳力很多，不消两个时辰，台子已经初见规模——不同表演的戏台规格也是有要求的，我们这里自然比不上大都会梨园的正规大舞台，但也不能让外人迷了眼睛，小瞧了大家。所以戏台比平日里稍微大了些。

戏台长五丈有余，宽四丈，高三丈，后台有帆布遮盖，演员换服上妆不会被瞧见。台子是竹子搭造的，后山竹林好竹子多，大家前几日已经伐了一些来。

我紧紧跟在那二人身后，他们对搭台的村民说要准备“破台”，这个过程外人必须回避，否则轻则惹恼鬼神，重则容易招鬼。因为戏关于生死鬼神有部分，那时候的人迷信演这样的戏过多会招惹它们上身，所以化装鬼神的时候都要进香叩头，闲杂人等不得在场。大家知道规矩，就一哄而散了。我混在后台的底布旁边，因为布的颜色较深，我又穿了件黑色缎衣，天色已经暗了下来，所以看来没有被发现。

他们向村民要了只公鸡，说是辟邪用。

可是等大家散去，我却看见他们把公鸡宰杀后不是将血泼洒在后台地上，而是倒提了起来，把嘴巴对着鸡脖子处，大口喝起鸡血来。

我从未看见过人喝生鸡血。喝完后，两人又撩起袖子，割开自己的手腕，把自己的血洒在地上，两人的血很稠，如同肉酱一样。做完这些事情以后，他们收拾停当，返回了戏班。

我在后台站了好久，一直等他们走远后才敢跑出来，接着一口气跑回家，心里想着还是把这件事告诉爷爷比较好。

可是回到家里，我发现爷爷已经不在了，说是大家都已经去戏台处准备去了，我也被堂弟拉了过去。

夜色很快沉了下来，戏班子也开始化妆，家伙什儿像锣鼓之类的已经拿出来了，只是那几个人脸色黑乎乎的，面无表情。

下面已经聚集了很多人了，老老少少，宛如过节一般，倒也是，这里一年到头也没有什么娱乐节目，也就是老婆孩子热炕头，常年如此，听听戏可以算是非常奢侈的享受了。

第一出就是当时常香玉的名段《选红》。我对豫剧研究不多，现在都是个半吊子，何况那时候，不过听起来声声入耳，清脆好听，唱戏的人似乎颇得了几分神韵，下面无论听懂的没听懂的都喊个好，听戏嘛，不就图个热闹。那些如我这样稍大些的孩子就蹲在离戏台不远的废土墙上，年纪小的只好骑在男人们的脖子上，大家都聚精会神地听着戏，而我却没有心思。

爷爷坐在中间八仙桌旁，笑嘻嘻地听着戏，我好几次想和他谈那件怪事，可是爷爷似乎并没有太大的兴趣，总是用话打断。我只好独自溜出了人群，往戏台后面走去。

后台甚是热闹，似乎刚才的戏要接近尾声了，班主和那个少年在大声吆喝那些演员抓紧时间换服卸妆，演员们有条不紊地进出搭着帐篷的后台换装，只是走路动作颇为奇怪，仿佛双腿被灌了铅一样，奇怪的是他们在台上的时候却都腿脚灵便、动作灵活。

那少年似乎有些困了，用手捂着嘴巴，转头对班主说了句话："爹，我牙疼。"

话音未落，嘴巴上就挨了一巴掌："我教了你多少次了，不许说那个字，要说柴调子！"班主和白天的样子判若两人，非常急躁。昏黄的灯光照在他本来白净的脸上，蜡黄蜡黄的，加上面庞消瘦，仿佛得了肝炎一样。少年挨了一巴掌，不敢还嘴，低着头走进帐篷，班主看了看他，叹了口气。

后来我才知道，戏班子里不允许说和聋、哑同音的字，一般要用别的词语代替，如龙叫海条子，牙叫柴调子，而且小人书也是不许看的，说是不能和那些画里的"哑人"打交道。

我见班主一直站在门口，也没机会进去瞧瞧，只好回到前台，现在演的是《穆桂英挂帅》了。

台下的人已经有些亢奋了，有几个人开始学着台上人的腔调唱了起来，开始只是低沉地哼哼，后来声音越来越大，有的还加上了动作，场面开始骚乱起来。好几个人都开始模仿台上角色的唱腔动作，而且分得很均匀，男的模仿男的，女的模仿女的，还有模仿台上拉二胡、打鼓点的，动作惟妙惟肖，仿佛台上一出戏，台下也是一出戏一般，爷爷皱了皱眉头，抬头看了看天色。

今天月亮很圆，似乎是十五，我依稀记得爷爷是初一的生日。

旁边的人似乎开始有些异常了，他们一个个睁着突出的眼球，嘴巴流着口水，双手在半空胡乱舞动，仿佛中邪了一样。爷爷把桌子一拍，喊了声"不好"，然后往后台疾步跑去。我和父亲以及几位叔叔也跟了过去。

台上的戏还在继续，他们仿佛根本不受台下观众的影响，但是他们唱戏的声音却越来越空灵，越来越缥缈。

后台班主还不知道发生了什么事情，看见爷爷跑了过来，正奇怪着。

"到底是怎么回事？那些人有问题，明明是在找替身嘛！"爷爷一下冲过去，抓起班主的领子。

"我不知道，我只是班主，希望把每出戏都唱好而已。"班主的脸色冷得让人发抖。

爷爷从未生过这么大的气："我纪某人的生辰触点霉头没关系，半只脚进棺材的人了，怕这些做甚？可是你不能把无辜的乡亲们卷进来！我和你并不相识，若是你与我早有旧怨，对我一人、对我纪家来就是了，何必连累无辜！”爷爷放开他，按下激动的情绪吼道。父亲和几位叔叔一听也往前一步逼近班主，将爷爷护了起来。

“我压根儿不认识您，我说了是一个小子请我们来的，戏班子来这里就是唱戏，何况我们唱得也不错，何错之有？”班主依然是那副调调，听了让人有些生气。

“那周六呢？你们来了一天了，他哪里去了？”父亲问了一句。话音未落，班主冷笑了一声：“一字谓之贪罢了，他拿着定金去赌牌，结果输了大半，回来怕你们责骂，于是花了低价请我们来这里，钱多有钱多的唱法，钱少自然有钱少的唱法。”

“你戏班子里那些人根本就不是活人！”爷爷忽然来了一句，父亲和几位叔叔都惊讶地回头望着爷爷。

“是与不是都不重要，我们的戏唱得不是很好吗？他们生前也喜欢唱戏，死后我能满足他们的心愿，顺便赚点小钱而已。”班主说得很轻松。

“胡扯！你自己去前台看看！”爷爷把他拉了过去。班主来到前台，看见这种光景也吓了一跳。

“怎……怎么会这样？”他马上走到台下，高声喊道：“都停下，别唱了！”可是台上的人似乎完全不把他放在眼里了，依旧继续唱着，打着鼓点，节奏还越来越快，台下的人也越来越疯狂。

“这出戏一结束，他们也就找好替身了。”爷爷叹道。

我当时也从后面走过来，指着班主说：“爷爷，我看见他叫那两人去破台，可那两人却是喝了公鸡血，又把自己的血洒在地上。”

“我也没有办法，他们的血早已经凝固，喝下公鸡血可以催动血脉流动，否则就身体僵硬动不了了，把血洒在后台，是怕他们一下子会失控。”班主无奈地说。

“可是他们已经失控了，这出戏不能停，一旦唱完，这些人就都会失心疯了。没了魂魄，比死还难受。”爷爷非常痛心地说。

班主则低头不语。

“我并非想要害人，实在有说不出的苦衷。”班主似乎很是懊恼，居然抱着头坐在地上哭起来。那个少年忽然走了出来，走过来拉了拉他的衣袖，班主将少年一把抱住，放声痛哭。

“现在还有个办法，只要把他们困住，还能保住大家。”爷爷的声音坚定了许多，立即开始吩咐人手。

他叫几位叔叔赶紧去村口看一下已被雷电劈开但尚未被大雨浇湿的树，而父亲则被吩咐将在场所有未满一轮的小孩全部抱走。

异闻录
Yi Wen Lu
“你戏班子里那些人根本就不是活人！”爷爷忽然来了一句，父亲和几位叔叔都惊讶地回头望着爷爷。

“幼童寿不到十二，易被游魂附体。”这是后来父亲告诉我的，不过当时我刚过了十二，所以被父亲赶到一边。

没过多久，几位叔叔抱来了一大捆木头，各种形状的都有。我好奇地问爷爷这有什么用。

“这个唤作雷击木，上天雷电所劈开，鬼魂深惧之。”爷爷一边收拢木头，将后台整个围成一圈，总共八个角，按照八卦图形，把木头摆放好。

台上的戏已经进入高潮了，扮演穆桂英的演员声音高亢，眼看着就要结束了。

爷爷推开众人，独自走到台下，对着台上的唱戏人大吼一句：

“人也好，鬼也罢，不可贻害世间无辜之人，听老头一句劝，都散了吧。”

不过上面的戏还在唱着，而且很快要结束了。爷爷等了片刻，依旧没有任何反应。

他长叹一口气，接着竟掏出一把匕首，在自己左手手腕割开一个口子，鲜血立即流了出来，父亲和几位叔叔见后大惊，想去阻止，却被爷爷挥手拦住。

“我已是行将就木的人了，不过我的话你们还是要听的。”说完他背对着大家，将匕首抛下，从后台走上前去，居然站在了台上众人之中。

这帮人依旧没有理会，还是在那里自顾自地唱着，爷爷大步上前，血随着他的步伐在戏台上滴落开来。他一把抓住扮演穆桂英的演员的手，两人居然对唱了起来。可惜我对戏曲天生没有兴趣，具体唱些什么我也没有听清楚，只知道到后来爷爷的血越流越多，父亲和叔叔们的脸色也越来越难看，不过奇怪的是本来应该很快结束的戏居然一直唱了下来。

最后爷爷从台上下来了，非常虚弱，脸色惨白，但台下原本跟着一起唱啊跳啊的人没有动静了，原来他们都昏过去了。爷爷说了句照顾好他们，接着也不省人事了。大家立即帮爷爷止住血，然后七手八脚抬回家去了。

那一夜发生的事情太多了，我只记得后来那台戏一直唱着，台上的演员显得非常兴奋，仿佛不知道疲倦一般，他们的声音越唱越高昂，戏文越唱越快。最后我受不了了，开始犯困，大家都散了。临走前，我看见班主泪流满面，跪在台前痛哭。

他们唱戏的声音响彻天际，一直延续到第二天的第一声鸡叫才结束。

早上起来，只剩下空荡荡的戏台，他们都不见了，似乎从未来过一样，村民们也将昨晚的事情忘得一干二净。

不过有一个人回来了，他就是周六。

周六一脸的恐惧之色，如同受了很大刺激一样，跌跌撞撞地跑进我家，口中高喊着：“纪老太爷救我，纪老太爷救我！”

当时爷爷已经稍微好些了，不过依然只能躺在床上进食少量的红糖水、鸡蛋。叔叔们看见周六来了，气不打一处来，纷纷要上前揍他。

“你到底请了些什么乱七八糟的东西回来？”父亲一把揪住他的衣领。周六哭丧着脸，抡起胳膊往自己脸上拼命地扇起来，直扇得脸颊红肿，仿佛两边各贴了块猪膘肉，带着半透明的红色。

爷爷终于说了句“算了”，周六才停下手来，讲起自己的遭遇。

“我是真不知道。那天我拿了钱去了集市，一下子没管住自己的爪子，居然将定金输了大半，本来想回来认错，正在烦恼时，在村口几十里外的荒地遇见了那个戏班。

“当时我就觉得非常奇怪，因为天气热得很，而他们除了那个班主和少年，其他人全身都裹得紧紧的，头上都戴着斗笠和黑色面纱，特别是走起路来，小腿直挺挺的，灌了铅一样，走起来还非常整齐，跟着前面的班主。

“不过我看见他们背着箱子，还有一些唱戏的家伙，于是上前问了问。没想到那班主一听可以唱戏，居然说分文不收，并约好一起上路，让我带他们回村子。

“我一听有这等好事，就没用我的狗脑子多想想有什么不妥，一口答应，带着他们往村口走。

“走到黄昏的时候，忽然下起了大雨，雷电交加，那班主好像非常畏惧，连忙说找个地方避雨，等雨停了再走，于是我带着他们去了离村口不远的破庙。

“进破庙的时候雨已经下了起来，我在最后面，本来要进去，正好一阵闪电，接着一个大雷，震得我耳朵都快聋了，可是等我转头，忽然其中一个人扯下斗笠，朝我扑了过来。

“我借着外面的闪电，看见那人的脸干瘪得如同腌菜一样，皮肤是土黄色的，眼睛直直地凸了出来，面目狰狞。他伸出细长的双手朝我的脖子掐过来，我吓坏了，没命地跑，班主在后面一直喊我：‘莫要跑，不打紧，不打紧。’

“那晚上我怕他们追上我，一直沿着山路乱跑，直到雨停日头出来了，才敢停下来，接着倒在地上累得睡着了。这不我一醒过来就回村子了，那个戏班在这里没出什么事吧？”

周六小心地试探问道，结果得到的自然是众人的唾骂。

“那个班主不是普通的班主，其实是个赶尸人。我最近听说有个戏班在赶戏的时候需要渡河，却因为被众人看不起而租不到大船。那些人向来不与戏子同船同车，以为是折了自己的身份，污了船客的名节。所以班主只好带着他们坐了条破旧小船，几十个人拥挤在船上，那还了得，果然到河心，天气变坏，掌船的马上弃船跑了，剩下的人全部活活淹死在河里，只有班主水性不错，可是拼了性命也只是救起了他儿子。据说后来那河每到晚上就能听见河下锣鼓齐鸣，戏声大作，以至于没人敢过河了，班主雇了人，将所有的尸体和家伙什儿都捞了上来，说是要把众人带回各自的家乡好好埋葬。”爷爷说到这里，开始气喘，休息了一下，接着说道，“我认为班主是怕众人魂魄不散，想唱完最后一出戏才肯罢休，所以才会出此下策吧。至于事情演变到那个地步，也不是他想看见的，所幸最后没有出事，否则，我这个生辰过得可就罪过大了。”

这件事就这样结束了。不过爷爷由于失血过多，本来硬朗的身体一日不如一日，没过多久就去世了，至于那个班主是如何赶尸的，爷爷却只字未曾提过。

第六十六夜
婴牙

“我拿出手机，打开灯，缓缓打开垃圾桶盖子。当手机的灯光即将照进去的时候，一个看上去体形比狗稍微大一点的东西呼的一声从里面蹿出来，吓了我一跳。它用四肢在地面快速地奔跑着，迅速穿过了马路，消失在夜色里。”

被丢弃的就是垃圾，听上去是个极为简单的道理。

虽然每一个垃圾也曾经是一个有用的东西，不过失去作用时当然要被扔进垃圾桶。

在我的旁边就是一个垃圾桶，准确地说应该是个果皮箱，很破旧了，绿色的油漆外壳几乎脱落了，“爱护卫生”四个字也只能看见后面三个，那个“爱”字几乎磨光了。

垃圾桶的开口处粘着一块香蕉皮，还有些干涸的痰迹，稍微靠近一些你几乎可以嗅到阵阵浓重刺鼻的酸味和腐烂的水果味道。不知道这在城市“创卫”活动中是怎样通过验收的，也难怪路人在扔垃圾的时候喜欢表演投篮技巧，毕竟如果扔东西的时候手不小心碰到的话，会恶心很久。

做报纸的一不留神就忙到入夜，这早已经是家常便饭了。我看看手表，快八点了，实在是厌倦了回家吃方便面，于是决定买几个蛋糕随便打发一下。城市开始远离白天的喧嚣，犹如一个少女换下了布满灰尘的外套，穿上了睡衣，安静地睡着了。

路边就有一家叫金冠蛋糕的小店，里面的售货员打着哈欠百无聊赖地看着电视，新闻里似乎在报道最近越来越多的弃婴事件。我走过去问她要了几个蛋糕。

一边往家走，一边咬着蛋糕，不知道实在是太难吃还是不习惯这个味道，我把剩下的半个蛋糕扔进了路边的一个垃圾桶。谁知道高中那点投篮技巧忘光了，手生得厉害，蛋糕落在了垃圾桶外面。路边有很多还未打烊的小店，大人们都顾着生意，有一个小姑娘睁着圆圆的大眼睛站在店门外，也许是老板的女儿，也许她父母正在里面购物，小女孩手里拿着根棒棒糖，好奇地望着我。我心想自己老大一个人了，总要为下一代做个表率，于是对着她尴尬地笑了笑，走过去捡起蛋糕扔进垃圾桶，动作极为夸张，就像是表演哑剧一样。

垃圾桶靠着旁边的路灯，闪着绿光，黑洞洞的入口像一张大嘴。

我刚想转身离开，却感觉自己的衣服好像被人拉了一下。回头一看，一个人也没有。我看了看路边的那个小女孩，她的眼睛里也充满了不解，歪着脑袋望着我。

“大概是错觉吧，可能衣服钩住了什么东西。”我暗自嘀咕了一下，手在衣角摸了摸，可是没有什么线头之类的。我刚想转身，但这次确确实实感觉到了我的衣服被拉扯了一下。

我没有转头。因为我看见旁边的小女孩惊恐地用手指着我，她的嘴巴慢慢变成个O形，接着哇地哭了出来。

“妈妈！垃圾桶长出手来了！”小女孩已经把棒棒糖扔掉了，两只胖乎乎的小手揉着眼睛，朝店里跑去。

我回头一看，根本没有什么手嘛。我蹲下身子，忍着恶臭，朝里面看了一眼。

黑乎乎的，什么也没看见啊。

可是我听见了一阵咀嚼声。我小的时候养过蚕，听大人们说，当夜深人静的时候，把蚕和桑叶放进小纸盒，就是那种以前用来装药品的小盒子，将耳朵贴在盒子上你可以听见蚕咬食桑叶的声音，有点像锯子在木头上来回拉，又有点像咬蚕豆，很脆，很急。

现在听到的声音就是如此。直觉告诉我，垃圾桶里面有东西。我拿出手机，打开灯，缓缓打开垃圾桶盖子。当手机的灯光即将照进去的时候，一个看上去体形比狗稍微大一点的东西呼的一声从里面蹿出来，吓了我一跳。它用四肢在地面快速地奔跑着，迅速穿过了马路，消失在夜色里。

我想去追，不想却被小女孩的母亲拉住了，她硬要说我抢她女儿的棒棒糖吃。可是小女孩却一再强调垃圾桶里伸出了一只手。场面一下子乱成一团。好说歹说，我又给她买了新的棒棒糖，小女孩这才破涕为笑，跟她的母亲离开了。

第二天午休，我把这件事情告诉纪颜，他也非常奇怪。

“从垃圾桶里伸出来的手？”他无比诧异地重复着我说过的话，看来这件事连他也未曾听说过，的确是非常古怪的事情。

“不过我也没有亲眼看到，只是那个小女孩是这样喊的。”我实话实说。

“孩子的眼睛往往比大人更敏锐。”纪颜很确定地说了句。无可否认，人年纪越大，看东西往往越虚。话虽不错，不过这件事却解决不了，像昨天那样的垃圾桶全市少说有上千个，总不可能一个一个去查吧。我原以为事情会不了了之，可是很快，居然陆续有人反映在夜晚被垃圾桶内伸出的手吓到的事情。

纪颜饶有兴致地把所有出事的地点标记到市区地图上，然后高兴地拿给我看。

我看着满地图的红叉，不知道他想告诉我什么。

“没注意到吗，这个家伙只出现在饮食街或者餐馆附近。因为那里丢弃的食物很多。”果然，经他这么一说，倒是的确如此。难道说只是一只被遗弃的饥肠辘辘的小动物？可是问题是，那个女孩明明看见伸出来的是只手。

不过就算知道这个家伙的目的，我们也不可能老蹲守在那里等吧，何况我们也没有这个义务，毕竟不是每个人都像纪颜这家伙一样总是有空闲来研究这个。

当然，这句话我从来没对他说过。

天空中压下来的云如同刚刚抹过桌子的抹布，混合着汽油的水渍在冰冷的阳光下折射着扭曲而又油腻的光。街道上的行人紧抓着手中的黑色皮包，低着头默默地疾行在还没完全风干的地砖上，如同忙着准备过冬食物的蚂蚁。若不是看到步行街两边商家们满脸堆着虚假的笑容，招呼带孩子的家长消费，我还真没发现今天是“六一”儿童节。

孩子的节日吗？或许已经离我太远了，几乎是记忆深处的东西了。儿时的“六一”留给我的印象只有那狭窄、潮湿、闷热的低矮土房和频繁的搬家换房，我抱着廉价的破旧玩具，在一大堆散着霉味的家具前，无聊地看着父母与刻薄的房东为房租的几块钱差价争吵不休。我向来认为这种节日还是多一些的好，国人喜欢用节日约束自己，例如学雷锋日就应该做好事，植树节就应该多栽树，母亲节、父亲节就应该回趟家吃个饭，平日里陪双亲吃饭所得的钱就不要了，儿女们会爽快地当作孝顺之举。不知道有没有吃饭日，人们干脆就在那天才吃饭，其余的日子都喝粥，这样省下来的钱能干多少事啊。国民生产总值肯定翻番，苦了种粮食的农民伯伯，不过也没什么，大力推广种榴莲、仙人掌啊，管他土地适合不适合。

为了写关于儿童节的报道，我和纪颜漫无目的地走着。他说顺便看看，说不定可以遇见那个躲在垃圾桶里的家伙。

我看见许多年轻父母，或搂或抱或牵着兴高采烈的孩子们，整个街道充满了童趣，我仿佛来到了童话世界里的小人国。孩子们在若干年以后都会长大，问题是长大以后的他们，心底是否还残留着孩提时代的一点童真？

接近黄昏的时候，忽然下起了暴雨，在这个城市生活了几十年，这样的事我早已经习惯了，连忙拉着纪颜跑进附近商家的塑料棚下避雨。

“需要买什么东西吗？”老板手里提着一把伞笑容可掬地问我。

“不了，借贵宝地躲一下雨。”我摆了摆手。老板马上转身进店里去了，把伞立在了里面的墙边。

外面的行人少了很多，可是我却看见一位瘦削的女人竟抱着一个襁褓在暴雨中走着，她披着蓝色外套，里面裹着长裙，头发和衣服紧紧地贴在身上，从远处看去就像一根熄灭的火柴。每每路过垃圾桶，她都非常专注地朝里面望望。她麻木地一步步走着，丝毫不在乎路人奇怪的眼神。她一边走，一边号哭着，在雨水击打地面的空旷声音之下显得非常揪心。

“哪有这样的母亲呢？她怀里抱着的该不是她自己的孩子吧？”纪颜皱着眉头说了句，一边说一边冲进店里。“老板，伞借我用一下。”说完，便抄起墙边的伞冲了出去。

“你这人怎么这样？这是新伞，没过水，坏了你要赔钱！”老板气急败坏地从里面冲出来，我笑着拦住了他。

“借用一下，如果你实在觉得亏了我们就买下来，反正回去也要用，这雨又不知道什么时候下完。”

一听买下来，他不再说话，哼了一声，从我手里接过钱，嘟嘟囔囔地走进去了。

再看纪颜，他已经把那个女人拉过来了。

走到近处看，她大概三十岁的样子，虽然面黄肌瘦，脸仿佛被刀剔过一样，但五官还算清秀，只是眼睛里没有多少黑色，看不到多少光芒。

是失去希望的人吗？眼睛无光的只有两种人，瞎子和绝望者。

她似乎没有什么反应，只是死死地抱着那襁褓。

“松开手吧，里面是你的孩子？这样还不把孩子淋坏了？”我走过去，想接过来。可是她仿佛受了很大刺激一样，抱得更紧了。我和纪颜没有办法，忽然那女人眼睛一翻，晕了过去。

她的身体很弱，大概经不住这样的暴雨。纪颜连忙搂住她，为她掐人中，我则拿起了她始终抱着的襁褓。

是婴儿吗？可是我没有听到一声啼哭啊。我好奇地打开襁褓一看，里面居然是一个塑料娃娃，难怪，的确没有哪个正常的母亲会抱着孩子在暴雨中行走。

纪颜也略显惊讶之色。过了一会儿，那女人醒了。

“看来我又发病了。实在对不起。”她显得有些冷，不过却很有礼貌，举止也和刚才不一样了，看来受过很好的教育。

由于雨水把她全身都打湿了，为了避免着风寒，纪颜建议赶快送她回家。

“你的家在哪里？”我问她。

“家？那个地方姑且称之为家吧。”她很失望地抱着身体，低垂着头说。

天色不早，我决定和纪颜先送她回家。

出乎我们的意料，这个女人的家居然如此奢华，在市中心的黄金地段能有这么大的房子应该花了不少钱。

“每次犯病，我都会抱着这个娃娃四处乱走，给你们添麻烦了，真不好意思。”进了屋子，里面的装修更加华丽，全用大理石铺设，只是几乎所有的家具都是铁制的，包括椅子和桌子，还有茶杯。这女人不喜欢木头吗？女人在一个用人的搀扶下进去洗澡换衣，让我和纪颜在客厅里等待。一刻钟后，她出来了，换上了一套嵌着金丝花纹的灰色绸缎睡衣，原本乱糟糟的头发也整齐地梳在脑后。洗过热水澡之后，她的脸色也恢复了几丝红润，和刚才根本是判若两人。

“既然您没事了，我想我们也该走了。”我准备起身，但纪颜却没有动，他直直地望着那个女人。

“可以告诉我们为什么你会抱着那个塑料娃娃吗？如果方便的话。”纪颜缓缓地说。女人没有任何表情，苍白如纸的嘴唇动了动：“因为我思念我的孩子。”

我坐了下来，心想可能她的孩子丢了吧，在这种节日看见别人都带着孩子享受天伦之乐，的确容易产生心病。

“不，与其说是我弄丢了我的孩子，倒不如说是我抛弃了他更为恰当。”女人始终没有太大的情绪波动，冷酷得如同冰雕一样，在她脸上看不到本来该有的温柔。她没有理会我们的讶异，继续说下去。

“你们也该看到了吧，这房子、这富足的生活，以及我现在的社会地位，其实得到这些都是有代价的。

“十年前，我还只是个刚刚毕业参加工作没多久的大学生，我原以为自己是优秀的、出众的，我不知道运气是什么，因为我自己就是好运的代名词。从小到大，伴随我的是赞扬和羡慕。可是当我真正融入这个社会的时候，却发现我原来的想法是如此幼稚可笑，比我厉害、比我能力强的人比比皆是，巨大的落差让我产生了强烈的自卑感。

“就在那个时候我遇见了我现在的先生，一位大我十六岁的台湾男人。或许你们会看不起我，这也没什么，我也不会自欺欺人地说我和他是因为互相爱慕而结合的。从小父母的教育让我非常直爽，的确，我嫁给他就是因为他富有，这有错吗？人生活在世界上总该有个目的，我只想过得舒适些，因为我已经过于习惯生活在别人羡慕或者嫉妒的眼光里，我无法忍受自己受轻视。

“当然，我也不是完全看重他的财产，总的来说他还是十分爱我的，婚姻就是这样，要不找一个你爱的人，要不找一个爱你的人。结果我发现这个世上没有我爱的人，那我只好找一个全心全意爱我的人了。

“可是我错了，我丈夫的母亲是一位相当讲究禁忌的人。而我的孩子，则犯了他们家族所谓的大忌。”

女人十分平静地叙述着，就像是在讲别人的故事，可是说到这里，她的语速居然变快了，鼻孔也因为呼吸加快而张大。

“禁忌？”纪颜很奇怪。

“是的，而且很严厉、无法妥协。那孩子生下来，嘴里就长满了牙齿。”女人痛苦地闭上了眼睛，紧紧地咬住自己的下嘴唇，好半天没有再说话，反倒是纪颜说了起来：“婴孩若诞之怀牙，必克父母？”女人点了点头。

“这不过是讹言罢了，怎么还会有人当真？”纪颜无奈地说。

“可是，那孩子的牙齿犹如锯齿，长满了整个嘴巴，你见过正常的人会长那种牙齿吗？”女人睁开眼睛，反问我们。

“我丈夫祖籍江浙一代，虽然公公去了台湾，但家中风俗一直不变，新生儿在周天前是不可以喝母亲的奶水的，而是要向他人或者邻居‘乞奶’，又叫‘开喉奶’。生的是男孩，就向生女孩的人家讨奶，反过来也一样，意喻为孩子讨个好姻缘。

“可是这个孩子生下来就长满牙齿，谁敢为他喂奶？孩子饿得大哭，我忍着疼为他哺乳，结果被婆婆发现，她高喊着这孩子是妖孽，并警告我，如果不把孩子处理掉，就要丈夫同我离婚。当然，那孩子他们也不会管，而且我也别想要走一分钱。

“这个决定，我的丈夫也默许了。

“于是我面临着一个选择，要么我孤身一人养大这个孩子，要么我就抛弃他，继续一如既往的富足生活。”

外面的暴风雨越来越剧烈了，女人再次停了下来，望着窗外的暴雨出神。

“那天也是‘六一’，也是这么大的暴雨，我做出了一个至今让我悔恨的决定，我将那孩子扔进了路边的垃圾桶。让我吃惊的是，他没有哭泣，也没有号叫，只是瞪着眼睛看着我，拳头握得紧紧的。我感到了一丝恐惧，倒退着离开了那里。那以后我就落下了病根，每次出现暴雨天气，我就会陷入疯癫状态，我的丈夫也开始厌倦我了，为我在这里置办了一处房子，就不再理会我了。”她的神情很漠然，我无法评价她的选择，更不能说她自私，因为我没有经历过这个，我不知道如果是我会怎么做，所以我没有资格以卫道士的口吻去说她。

“你很自私。”纪颜说了四个字。那女人听后却自嘲地笑了笑。

“的确，你说得没错，但是我也得到了应有的惩罚，到头来我失去了丈夫，也没了儿子，一个人空守在这大屋里。”

“但是，我经常有种预感，那孩子还活着。所以我最近时常去找他，希望可以补偿我的过错。”女人说到这里，终于忍不住了，那冷酷和高贵的神情在对孩子的思念面前不堪一击，她捂着脸痛苦地哭泣起来。

“夫人，请不用难过，我们一定会把他找回来的。”纪颜忽然开口说道。

我吃惊地望着纪颜，这么大的城市，到哪里去找啊？可是纪颜的样子不像是开玩笑，他也从不开玩笑。

“那……那真是太感谢你们了，如果你们帮我找到他，无论付多少钱我都愿意。”那女人放下手，一脸喜悦地望着我们。

“不用了，你还是多留些和你的孩子生活吧。”纪颜谢绝了，并且和我一起离开了那里。

路上雨已经停了，我忍不住问他，是否真的能找到那孩子。

“你难道也认为一个婴儿在垃圾堆里真的可以生存下来？”纪颜反问我。

“难道你只是在安慰那个女人吗？”我问道。

“不，我觉得现在应该去找那个垃圾桶里的怪物。另外你去查查那个女人的背景。”我还以为他是一时激动就答应了。

我和纪颜分开了，他去准备陷阱来抓那个待在垃圾桶里的怪物，而我则去查了查那个贵妇人的背景。

结果和她告诉我们的差不多，她的丈夫的确是个台湾富商，不过据说最近重病在身，而且情况很不乐观，大概是怕丈夫走后自己孤独终老吧，所以她想把自己的孩子找回来。

纪颜那边已经准备好了一切，只等着那只怪物落网了。

等待总是让人觉得时间漫长。纪颜说他在怪物曾经出现的各个垃圾桶里都投放了沾有他血液的食物。

“只要他吃下去，我就可以找到他。他不去碰的食物十二小时后就会没有效力，而如果吞下肚子，血液的力量可以维持得更长一些。”纪颜自信地说。接下来则是耐心等待了。

果然，纪颜感觉到了。

我跟着纪颜来到了一家小饮食店的后门，那里堆放着大量还未洗刷的碗筷，我打赌任何人看过之后都会对这里的食物失去信心。很快，我们在附近找到了一个垃圾桶。

一个长方形的、顶盖是弧形的可以掀起的铁制垃圾桶。

“就在里面。”纪颜肯定地说，“不过听你说他跑得很快，我带了丝网来，这是乡下用来捕狼的，应该用得着。”我听从了他的话，两人将丝网盖在垃圾桶的上面，接着掀开了垃圾桶。

一个黑影很迅速地跳了出来，不过这次他撞在了丝网上。捉到了。纪颜赶紧把网束紧，将怪物带回了家中。

我们好不容易把他拖了回来——一路上他都在拼命挣扎。打开灯，我才把他看清楚。

他和普通的小男孩没什么区别，只是身体很脏，手臂很细，但大腿却非常发达，这恐怕也是他用四肢高速奔跑的结果。他的眼睛很漂亮，却带着迷惑、恐惧和愤怒，就像是被惊扰了好梦的孩子一样。我忍不住伸手去摸了摸他的脑袋。

如果不是有丝网，恐怕我的手就没有了。

几乎是一刹那，我看见他的嘴巴猛地张开朝我的手咬过去，我下意识地避开了，牙齿咬在丝网上，断了好几根绳索。

“狼都无法咬断的网居然被轻易咬断了。”纪颜叹了口气，只好找来一个铁笼子暂时把他关起来，笼子里的他显得非常安静，只是盯着我们。

“他到底是如何生存下来的啊？”我不解地问。

“大部分婴儿恐怕都会在被丢弃不久后死去——如果没有好心人收养的话。可是他不一样。带着婴牙出生的人，他们的生命力和适应能力完全超过了普通人。怎么说呢，在某些恶劣的环境下，一个物种可能需要很多年才能进化，而他只需要几年，甚至几个月就可以了。他有蟑螂一般的生命力，靠着吃垃圾桶里的食物竟活了下来，而且养成了动物的本能。

“这种东西叫竜。旧时，一些部落对婴儿的降生有很多规矩，比如六指的婴儿、双胞胎或者多胞胎都被视为不祥，生出这些孩子的家庭会被视为贱民，孩子会被处死，如果是双胞胎，则由孩子的父母选择一个留下来，另外一个就抛弃到荒野喂狼，而且整个部落都要‘竜’多日，可能是一种祭祀。后来将不祥的婴儿都泛称竜。”纪颜望着那孩子，慢慢说着：“我曾经也是竜。”

我以为自己听错了，回过头却发现笼子里的那个孩子正趴在地上与纪颜对视着。

“你说什么？”我问纪颜，他摇头不再说话了。我清楚纪颜的个性，如果第一遍问不出来的事情，再问下去也是多余。

“早点睡吧，明天我们把他交给那个女人，应该没事了。”纪颜打着哈欠，走进了卧室。我见外面天色很晚，于是干脆也在这里住一宿。

只不过夜里总是睡不着。因为一宿都是磨牙的声音和撞击金属声，我觉得好笑，任凭你牙齿再厉害，那笼子可是铁做的。

果然，早上醒来，那家伙很疲倦地躺在里面，嘴角还淌着鲜血。

我们来到了那栋豪宅，接待我们的是先前见到的用人，我将笼子递给她，她看了看，小心地避开了那孩子的嘴，帮我们把笼子提到了客厅，在那里我们再次见到了那位妇人。

和几天前不同，她的气色似乎好多了，听说我们为她找回了儿子，非常高兴，可是等她看见笼子，又吓了一跳。

“这是我儿子？”她往后退着，指着笼子说。

“那当然，难道您认为能在垃圾桶里生活十年多的人还会衣冠楚楚、懂礼识节吗？”我有些不满地说。

“不，我的意思是，我要看看他的嘴巴。”那妇人说。纪颜蹲下去，找来一块面包扔进了笼子。

那孩子张开嘴巴大口吞起来，他的牙齿和普通人没有什么区别啊，只是略脏一些。

“这不是我儿子。”妇人失望地说，“他的牙齿是那种类似鲨鱼一样地连着的锯齿，不是这种人的牙齿。不过还是很感谢你们，虽然他不是我儿子，我还是会好好照顾他，让他能重新变成人。”说完，她朝我们鞠了一躬。

我和纪颜向她告辞，走出了那房子。

“我总觉得有些不对。”纪颜低声说。我则反问他哪里不对了。

“如果这孩子在垃圾堆里生活了十年，为什么我们现在才发现他啊？不可能十年中他从来没被人发现过。你在这里生活了这么久，有听说过吗？”

我当然摇头。

“还有，那用人从你手中接过笼子，却没有一点惊讶的表情。另外，房间里的那些铁制家具，太古怪了。”纪颜说的的确很有道理，不过我实在不明白是为什么。

“对了，那个台湾富商还有别的子女吗？”纪颜忽然问道。

“没有，他只剩下一个八十多岁的老母亲，他如果死了，所有的钱都会归他母亲，而老太太去世后，那遗产都会归政府和慈善机构。”我如实说道。

纪颜皱了皱眉头。

“我觉得我们可能被利用了。”纪颜叹口气，他望了望那栋豪华的房子。

“算了，这些家事也不是我们管得了的，走吧。”纪颜拍了拍我的肩膀。

我一直关注着那个妇人和她重病的丈夫的消息。一个月后，我得到了消息，她丈夫已经去世，绝大多数遗产落到了老太太手里。后来又听说这位妇人带着一个孩子去了台湾，说这是她丈夫仅存的儿子，老太太自然很高兴，在做过了检查后，证明了的确是她儿子的骨血，所以把那孩子留在了身边，并且再次承认了这个儿媳妇的身份。事情的真相是当初这个女人好赌成性，遗失了自己的孩子，而并非生下什么带有婴牙的不祥之子。

可是没过多久，老人被发现死在了家中，喉咙都被咬断了，仿佛是什么野兽干的。那唯一的孙子也不见了，所有的钱全部变成了那妇人的财产。

我把这事告诉了纪颜，他嗯了一声。

“其实我觉得那妇人可能早就找回了自己曾经丢失的孩子，在养育了一段时间后发现无法把他变成正常人，所以又再度抛弃了。那孩子也就逐渐养成了在垃圾桶里寻找食物的习惯。大概最近她发现被她抛弃的儿子又有了利用的价值，才在那天演了出戏，想让我们再次把他找回来。

“具备野性的孩子果然如她所愿将那老人咬死了，所以自然所有的钱都归她了。至于如何使那孩子咬死自己的奶奶，或许是那女人的训练课程之一吧，即便是狮豹一类的野兽，也是会被人类训练出条件反射的行为的。”

原来如此。

不过我觉得很不舒服，被人利用不是什么让人值得骄傲的事情，我决定再去她家一次，和那女人好好说道一下，纪颜没有阻止我。

来到她家的时候已经是傍晚，我忽然看见一道影子飞快地从开着的窗户跳进了客厅。我叫来了用人，她认得我并开了门，说太太在客厅。

我信步走进去，没到客厅就闻到好大一股血腥味。

打开门，我看见那个孩子伏在地上，死死地咬住那女人的喉咙。那女人看样子似乎没救了，眼睛已经泛白，手脚无力地耷拉下来。

那孩子，不，还是叫他竜吧，似乎知道我来了，朝我大张着沾满了鲜血的嘴巴，发出了呜呜的悲鸣。

那一刻，我借着外面透过来的一丝光线，清楚地看见在他那和普通人一样的牙齿后面还长着一层牙齿。密密麻麻，如锯齿一样的婴牙，闪着银色的光。

外面已几近黑暗，他敏捷地跳了出去，旋即消失在夜色之中。

或许有一天，我还能在垃圾桶边遇见他。

第六十七夜
冥婚

“朴素的哥哥哀号起来，他的背上仿佛多了个肉垫一样，我清楚地看见两人的连接处肉芽在不停地疯长，犹如齿轮的绞动一样，两人的身体几乎完全成为一个整体了，而先前还看得到的四肢几乎已经融合了，远远望去，朴素的哥哥背上仿佛长了个巨大的肉瘤。”

冥婚，又叫阴婚，意思是为死了的人找配偶。有的少男少女在订婚后，未等迎娶过门就因故双亡。老人们认为，如果不替他们完婚，他们的鬼魂就会作怪，使家宅不安。因此，一定要为他们举行一个冥婚仪式，最后将他们埋在一起，结为夫妻，并骨合葬。如此也免得男女两家的茔地里出现孤坟。还有的少男少女还没订婚就夭折了。老人们出于疼爱儿女的心情，认为生前没能为他（她）择偶，死后也要为他（她）完婚，尽到做父母的责任。其实，这是人的一种感情寄托。另外，旧时人们普遍迷信所谓坟地“风水”，以为出现一座孤坟会影响家宅后代的昌盛。当时有些“风水家”（古称“堪舆”）为了多挣几个钱，也竭力怂恿搞这种冥婚。冥婚多出现在贵族或富户，贫寒之家绝不搞这种活动。宋代冥婚最为盛行，据康与之《昨梦录》记载，凡未婚男、女死亡，其父母必托“鬼媒人”说亲，然后进行占卦，卜中得到允婚后，就各替鬼魂做冥衣，举行合婚祭，将男女并骨合葬。

当然，也有活人同死人结婚的，按理是相当晦气，但事情的发生总是有一定的道理。

“冥婚吗？当然有，起码我就经历过。”纪颜从一堆书中抬起脑袋。他今天叫我来帮他清理旧书，天气不错，一些书应该拿出去晒晒，发霉或是被虫蛀就可惜了。另外，一些压在箱底的衣服也翻了出来，一并晒晒。

“为什么一定要今天来晒这些书和衣物呢？”我问他。

他说了句“等等”，接着就从一大堆书里面翻着，终于，他找出一个笔记本，红色外壳，大概一个半巴掌大小的样子。纪颜吹掉上面的灰尘，翻开读起来。

“六月初六，俗谓‘晒衣节’，是日家家出晒衣物、书籍，可免霉渍鼠咬，江西德安一带，这一天需要迎接杨泗菩萨，不能说一句笑话，如有违禁犯忌者，谓菩萨必将降灾于其人。在这一天见到太阳则大吉大利，如果天变下雨，则是不祥之兆。”他合上笔记，冲我笑笑。

“我知道了，今天叫晒书节吗？”我边整理书边问。

“放下吧，今天还不是呢，只是告诉你有这样一个传统而已，其实我要和你说的是关于冥婚的事情。”我们去洗了洗手，接着坐在沙发上。

（下面是纪颜的口吻。）

去年六月，我接到朋友的请求，希望我去某个城市近郊的一个村子，说是遇见了很奇怪的事情。他是高中大我一届的学长，后来据说去了警队，平日非常自负，他很少求人，所以他的要求我自然答应。

村子不大，只有一百来户人家，可是土地却很多，真的是地广人稀，而学长说的所谓的奇怪事情，是关于一具女尸。

根据学长的描述，死者大概十三四岁，短发，面庞清秀——这只能说是我在洗干净她的脸之后看到的，看样子似乎还是学生，这么年轻就死了，不禁让人有些心痛。

没有明显的外伤，死因应该是脖子上的紫黑色淤痕。

她是被人掐死的，而且发现的时候下身赤裸，后来鉴定是被奸杀的。她的嘴巴里还含有一些酒精的成分，胃部则没有，可能是凶手强吻时留下的。

这个村子民风向来淳朴，出了这么一件事，当然不好听，村长长得矮黑粗壮，但一脸老实，我们告诉他暂时不要张扬，免得搞得人心惶惶。

尸体是在当地的一个瓜棚附近发现的，死者的身份也查清楚了，是一户瓜农的女儿，女孩是家中独女，正在县里重点中学上初中，这家人是从外地搬来这里的，当初说是这里的土地适合种植西瓜，这件事无疑对这个家庭是个很大的打击。

女孩母亲很早就死了，她和父亲生活在一起，那天也是她和父亲轮流看护瓜棚，发现尸体的正是她父亲。

这个红脸孔的高大男人把宽厚的双手插进头发里，默默地坐在一边。当我们问他话时，他的眼睛都在充血，嘴唇红得厉害，干净洁白的牙齿死死地咬着下嘴唇，现在的他犹如一头发怒受伤的狮子。我没有多问什么，只是让他好好安静一下。

之所以说奇怪，还是因为这具尸体。

首先，我赶来的时候距离女孩死亡已经四五天了，这里已经收拾停当，可是尸体居然一点腐烂的迹象也没有，而且无任何尸斑，柔软如生，割开皮肤，血液居然还可以正常地从伤口流淌出来。

除了冰冷的身体和没有呼吸外，她和睡着的人没有什么两样。

这在我遇见过的事情中毫无先例可循，我只有期待赶紧抓到凶手。

前面说过，村子里人很少，加上这个村子比较偏远，所以村子里的人作案概率比较大。正当紧张排查的时候，凶手却主动自首了。

出乎我们意料，甚至出乎当地村民的意料，凶手由自己父母陪同着来自首，真不敢让人相信，眼前这个稚嫩清秀而且带着书生气的男孩居然是如此残忍的强奸杀人犯。

“是我杀了她，圆圆当时叫得很厉害，我不得不掐着她的脖子，然后，然后强……强奸了她。”这个叫朴素的男孩子断断续续地说着，最后居然还羞愧得红了脸。

一个强奸杀人犯谈到自己的罪行还会红脸吗？我有些奇怪。

死者的父亲自然对他很愤怒，要不是几个强壮的警察拖住，我相信不消几分钟，那男人会把眼前的朴素撕个粉碎。朴素的父母唯唯诺诺地站在一边，显得很慌乱，又带着内疚。

他们一看就是老实巴交的人，而且这个男孩和那个死去的叫圆圆的女孩还是同桌，圆圆经常去朴素家写作业。

“是我杀了她，我有罪，你们把我抓起来吧。”朴素忽然很不耐烦地高喊起来，伸出瘦弱如木柴的双手，在大家面前晃悠了一下。

“你知道自己还未成年吧，根本不会判死刑。”学长忽然冷冷地说了句，朴素和家人当时愣了一下，随即低头不语。

诚如学长所言，如果是十五周岁犯了故意杀人罪，故意伤害致人重伤或者死亡，强奸、抢劫、贩卖毒品、放火、爆炸、投毒罪的，应当负刑事责任，但会从轻发落，而十四周岁以下则不会被判刑。

朴素今年十一月才满十四周岁。

我忽然感觉到了法律的无奈。当朴素的父母面容焦急地确定了这件事后，脸上忽然露出了让人非常厌恶的表情。

可朴素却依旧很悲伤地坐在凳子上，脑袋耷拉着望着地上。圆圆的父亲则大吼着要宰了他。

“朴家人真缺德啊，早就算准了没事，何况朴素的大哥还是市里法院的，说不定交点钱就没什么事了。”

“是啊，前几天他大哥还来了，坐着汽车呢，别提多神气了，也难怪，人家好像是市里最年轻的法官。”

村民们大致都知道事情的原委，这么点人，消息口耳相传，不亚于现代媒体的传播速度了。

果然，经过一系列烦琐的程序后，虽然情节严重，但基于凶手自首和未满十四周岁，朴素被判监管，而朴家人也要对圆圆父亲做出一定的经济上的补偿。当时，学长和他同事也受到了上级的压力，希望此事尽快了结。

当天朴素就又被他父母带回去了，而圆圆的尸体依然停在医院的太平间里，她父亲天天待在那里，和女儿聊天，整个人如同丢了魂一样，只是抓着女儿的手。

三天后，我又听说了一件更奇怪的事情。

朴素要和圆圆结婚，也就是结冥婚。

朴素回家的那天晚上，圆圆的父亲喝了很多酒，在酒精的作用下，他提着菜刀冲进了朴家。他把刀架在朴素纤细的脖子上，要挟说要么朴素和圆圆结冥婚，以慰藉女儿的亡灵，免得玷污她的名誉，要么他豁出这条命也要杀了朴素。朴家人没有办法，本身也是自己理亏，只好答应了这桩非常荒唐的婚事。而我和学长也被邀请作为见证人。

“你们是好人，我知道，所以希望你们能参加这次婚礼，算是我求求你们了。”这个看似面容凶恶、脾气暴躁的男人，居然老泪纵横地央求我们。

“我是外乡人，这里一个亲戚朋友也没有，所以只好让你们暂时充当一下见证人，还希望你们千万不要嫌弃我。”他又再次恳求道。虽然学长略有犹豫，可还是答应了。而圆圆的尸体也从太平间取出来，准备几天后的婚礼。

朴家在这不大的地方算是声名显赫了，所以虽然是如此荒唐的婚礼，却也做得有模有样，该有的礼节倒也是一样不落。

即便是冥婚，也要有媒婆，这种人被称为阴司媒，多是村子里上了年纪的老太太，踮着小脚，蹒跚着来往于两家人之间，所有的前期礼节半天之内全部做完。

接着就是准备酒席和新房。这样的酒席和其他婚礼自然不同，不能有热菜，所有的菜都是凉的，有四凉果：荔枝干、龙眼干、核桃干及连壳花生；四冷盘：腊鸭、腊肠、金银肝、油炸鱼（或皮蛋酥）；四酸果：酸沙梨、酸荞头、酸子姜、酸青梅；四生果：苹果、甜橙、荔枝、沙田柚。另外还有馒头和花卷。如果你以为这些东西是给人预备的，那就大错特错了。

圆圆的父亲准备了一天，并且在自家院子里摆了七桌，每张桌子的菜都一样，全部铺着白布，每桌七个人，取七七四十九之意，表示死者的终结。桌子下面的椅子全都是圆木凳，上面漆着白漆。

另外找来几十个纸人，男女老少都有，房子里、院子里、墙壁旁以及所有座位上都放着。

这就是所谓请过路游魂饮酒吃食，这些鬼魂进来讨了酒水，吃了食物，就不会骚扰死者的亡灵。而院门正中贴着白纸剪成的大大的“喜”字，正对面则摆放着香堂和灵位。

所有的一切布置好后，天色已经渐渐昏暗。我和学长站在里面，满眼都是白纸糊好的只会傻笑的纸人，黑色的夜和白色的纸人晃得人眼睛生疼，心中也觉得很不舒服，本来是六月天，现在居然有了一阵阵寒意，宛如冬天看见了冰块一般，虽然不曾用手去摸，但心中已然升起一股寒意。办冥婚自然没有什么喜悦的调子助兴，偌大的院子听不到一点声音，如果说有的话，也是风吹过纸人发出的哗啦哗啦的响声。

不多久，天色刚刚全黑，朴素的父母以及他的大哥就带着朴素来了。朴素的脸比纸人还要白，穿着黑色的链扣马褂，剪了个平头，看上去非常滑稽，可是我却笑不出来。

他的父母非常紧张，生怕发生什么事，两个老人紧紧地搀着朴素的两只手，那情景倒像是一对夫妻搀扶着自己的长辈一般。

朴素的哥哥非常高大，也很年轻，穿着白色短袖和灰色西裤，脚穿皮鞋，提着个黑色公文包，皱着眉头看着这些东西：“这不是搞封建迷信吗，真是的。”他嘟囔一句。朴素的父亲忽然转过头对着他低吼一句：“你他妈给我闭嘴！”

在我的印象里，这个男人自从知道儿子出了这档子事后一直都显得非常软弱，但今天却又如此暴躁。朴素的哥哥被吼了一句后不再说话，只是低着头跟在后面。

院子里只有圆圆的父亲迎接朴素一家人，当然，还有我和学长。

例行的礼节后，朴素去跪拜老丈人，但圆圆的父亲只是从鼻孔哼了一声，看都不看，然后从后院把女儿抬了出来。

“你要和我女儿照一张相片，留作纪念。”圆圆的父亲闷声说道。朴素的父母只好点头答应，他们看见不远处就摆着一把闪闪发亮的菜刀。

圆圆从里面被他父亲背了出来，她已经打扮了一下，只是苍白而孩子气的脸上涂抹着厚厚的脂粉，看上去极不自然。圆圆的眼睛始终是睁开的，无力而且无神，嘴唇也被涂得很红，不像是十几岁的中学生，显得过于成熟，或者说带着些妖艳。她的皮肤经过冷藏又暴露于炎热的天气，犹如刚刚化开的冻肉，表面上有一道道褶皱，布满了如丝网的紫色东西，不是血管，而是神经。

“坐着拍吗？”朴素小声问。

“站着！”圆圆的父亲把女儿的尸体放下来，怒吼了一声。

我们也奇怪了，这该如何去拍？难道要父亲搀扶着圆圆吗？

正当大家有些奇怪的时候，圆圆的父亲从口袋里掏出一根很长很细的牛皮绳，这种绳子经常用来捆书，非常结实。

圆圆的父亲将绳子打了个结，套在女儿的脖子上，接着搬来张凳子，将绳子另外一头系在房顶屋梁凸起的部位。

这样，从外面看过去，圆圆倒的确是“站”着的。

圆圆的父亲小心地调整绳子的长度，让圆圆的尸体刚好可以脚尖着地，减少一部分拉力，免得给脖子留下过深的印记。然后他扶正尸体，免得她摇晃起来，圆圆的身体看上去很轻，仿佛碰一下就会飘走一样，我看见她父亲的眼睛里充满泪水。

“拉着我女儿的手！”圆圆的父亲把朴素的手扯过来，将自己女儿冰冷的手硬塞进去，然后用自己的大手揉了揉，仿佛要将两人的手如同揉面一样揉在一起，想必他用的力气很大，朴素疼得闭上了眼睛，皱着眉头，却哼都不哼。

我就这样看着朴素拉着一具尸体站在房门外，天色已经完全黑了，大家点上了蜡烛，学长用自己的照相机拍下了这个画面，他的照相机原本只是拍尸体的。

“喝酒！”圆圆的父亲拿过两只酒杯。

“我家小素不会喝酒。”朴素母亲小声说道。

“不会喝也要喝，这是规矩。”圆圆的父亲粗暴地把酒杯往朴素嘴里塞，朴素倒也没反抗，只是被呛得直咳嗽。

“送入洞房。”圆圆的父亲又说了句。这下朴素的父母不干了。

“你别太过分了，以前的事是我家孩子造孽，你要我们做什么都认了，你怎么能让朴素和你家女儿的尸体睡一个晚上？”朴素的母亲哭喊着跑过去，想把儿子拉过来。朴素的哥哥也跑了过去。

“怕报应吗？怕报应就别答应，现在晚了，我女儿死了，如果你不答应，我现在就宰了这个小王八蛋！”圆圆的父亲手里提起菜刀，赤裸上身，光着脚站在院子里，在蜡烛的照耀下，犹如鬼神。

我们一看事情有些闹大了，连忙过去劝阻，可是圆圆的父亲连我们也一并骂了：“你们这些家伙，要是真有本事，就把这个畜生关到牢里去，或者让他去吃枪子。赔那几万块钱算什么？还得回我女儿吗？她才十四岁，还要被那些人议论，说她是被强奸的，你们有考虑过我的感受吗？”圆圆父亲的声音越来越沉闷，带着哭腔，最后也听不清楚他在说什么了，只看见他的眼泪如同决堤一般流了出来。

那不是泪水，而是心里的血吧。

“我明白，但是我不希望看见更大的悲剧。”说着，我往后退了一步。

“你放心，我要好好活着，本来这一步也是按照规矩来的。”他忽然冷笑了一下。

没有办法，大家只好看着他左手拉着朴素，右手扛着尸体走了进去。朴素踉踉跄跄

异闻录

Yi Wen Lu

圆圆的父亲小心地调整绳子的长度，让圆圆的尸体刚好可以脚尖着地……

地，犹如小鸡一般被圆圆的父亲提着后领，但是他的眼睛里没有恐惧，只是茫然地看着圆圆的尸体。

院子里的纸人仿佛都在笑。

那天朴素一家人没有离开，只是坐在院子里，仿佛等着什么事情发生。那一夜看来十分难熬。朴素的大哥倒是伏在桌子上睡了起来，而圆圆的父亲则提着刀站在门口，红着眼睛不准任何人进去。

这样僵持了一夜，白天第一声鸡鸣刚过，房门开了。

朴素安然无恙地走了出来，也没有看出别的不同，只是略有些疲惫，脸上依然带着悲伤。

圆圆的父亲有些惊讶，接着长叹一口气，将菜刀一扔，蹲在地上大哭。

“现在，我们一家不欠你什么了。”朴素的哥哥打着哈欠，望着正哭泣的圆圆的父亲，冷笑一声，扬长而去。

我和学长安慰了一下圆圆的父亲，也只好离去。我们两个离开院子的时候回头看了看，圆圆的父亲蹲在那片白色之中，显得十分扎眼。

第二天，圆圆的尸体开始发硬，出现尸斑，很快便火化了，骨灰由她父亲带回了自己的家乡。

我原以为事情就这么结束了。

半年后，因为另外一桩婚事，我再次来到这个村子。

这次结婚的人是朴素的哥哥。那个年轻的法官意气风发，我之所以会被请来是朴素要求的。他托学长告诉我，既然半年前我们参加了他的婚礼，半年后也要来参加他哥哥的婚礼。

这句话听起来似乎很有道理，但我却觉得很不舒服。

不过我还是来了。比起半年前，村子没有太大变化，不过朴家人的婚礼办得非常奢华，比起城里来丝毫不逊色，据说朴素的父亲是承包鱼塘经营甲鱼生意的。

老子有钱，儿子有权，我不禁笑了笑。

与上一次冥婚相比，这一次真的很热闹，不仅村子里所有人都来了，连外地的也来了，一些朴法官处理过的案件的当事人也来了，带着大小不同的礼盒和厚薄不同的红包。他们绝对不会放过这样的好机会，虽然谁也不知道这位法官还会结多少次婚，不过第一次总要出手阔绰些。

这次的婚礼是在白天举行的。

朴素的哥哥非常得意，手里端着酒杯，到处敬酒。朴素则蹲在一旁，手里拿着一杯白开水，仿佛一切与他无关。

“我不过是大家眼里的强奸杀人犯罢了，我永远比不上哥哥，从小就是这样。”他看见我来了，自嘲地说。

这时候宾客们要求新娘出来，朴素的哥哥也开始叙说他是如何将新娘追到手的。

“真是一个奇怪的姑娘啊，她虽然没有父母，但异常聪明，自从我在湖边认识她就完全被迷住了，又漂亮又大方，而且还有和我一样的家乡口音。”朴素的哥哥高兴地说着，想必有些醉意了，舌头有些打结，我听得不是太清楚。

“哦？新娘的娘家人来了吗？”我看了看四周，问朴素，朴素摇头说自己并不知道。

新娘走了出来，很漂亮、很白，脸颊涂抹着厚厚的脂粉，嘴唇如鲜血般红艳，走路轻盈不带风。

“我娘家人来了。”她忽然掩嘴笑着说道，葱段似的手指指向门外。

外面进来一大帮人，呼呼啦啦，男女老少都有，居然有四十多个，看来这女孩娘家人真不少。这些人嘴巴里都喊着同样一句话“恭喜姑娘新婚”。他们虽然穿着各有不同，却有相同的特点：皮肤都很白，走路很轻巧，面无表情。

这伙人在桌子旁边坐了下来，开始放肆地大口吞咽桌子上的菜肴，场面略有些尴尬，不过很快就过去了。

“新郎新娘照张相！”下面的人酒过三巡，菜过五味，纷纷起哄。朴素的哥哥和新娘也答应了，不过这次负责照相的是我。

朴素的哥哥拉着新娘的手，站在新房大门前——这是朴素父亲花钱新盖的。

当我将镜头对准他们时，忽然发觉哪里不对了。

我仔细一看，镜头里的新娘微笑着，她的头顶上居然有一根似有似无的绳子，直直地从半空中垂了下来，一直到新娘的脑后。我挪开一看，却什么也没有看到。

再去看镜头，我再没看见绳子。我飞快地按下快门，心想可能是自己看错了。

酒席延续到下午，直到朴素的哥哥被灌了个酩酊大醉，新娘笑嘻嘻地把他搀扶进洞房。而那几十个娘家人也忽然一齐起身告辞，风一般离开了，整齐得如同军队。

“真是一伙古怪的人。”朴素忍不住嘀咕了一句。

酒席逐渐散去，大家开始收拾东西。我和朴素聊了聊，大概过了半小时，我正准备离开，这时候洞房传来一阵尖叫，朴素的哥哥光着上身、穿着裤衩跑了出来，惊慌地用手指着自己的背。

“背上好痛！”他转过来对我们说。

我惊讶地看见新娘整个人趴在朴素哥哥的背上，侧着头贴在他的脖子上，双手搂着他的腰，整个人如同一个孩子抱着枕头一样，而那张脸分明属于半年前被奸杀的那个女孩——圆圆。

朴素的哥哥哀号起来，他的背上仿佛多了个肉垫一样，我清楚地看见两人的连接处肉芽在不停地疯长，犹如齿轮的绞动一样，两人的身体几乎完全成为一个整体了，而先前还看得到的四肢几乎已经融合了，远远望去，朴素的哥哥背上仿佛长了个巨大的肉瘤。

“我错了，我错了！是我那天喝醉酒强奸了你，你放过我吧，放过我吧。”朴素的哥哥跪倒在地上，双手合十，如同捣蒜一样往坚硬的石板上磕着头，可背上的肉块依旧往他身体里陷进去，最后只能看见那张带着微笑的脸露在外面。

圆圆的脸，苍白而干净。

朴素冷冷地站在旁边，没有丝毫表情。朴素的母亲当场就昏了过去，而他的父亲也呆滞地站在原地不知所措，至于那些宾客，早就作鸟兽散了。

我这才知道，原来当年朴素是为哥哥顶罪的，因为查出来是他哥的话，就算不死，也要坐一辈子牢，而如果朴素去顶罪，自然没什么事情，顶多只是名声不好罢了。

那天在收拾残局的时候，人们发现桌子下面有很多没动过的菜和洒了一地的酒。

冥婚的故事后来就在那个村子流传开来，朴素一家也败了，他们家的甲鱼塘一夜之间所有甲鱼都死光了，朴素哥哥背上的肉瘤也拿不下来，医生说如果拿下来，即使没有生命危险，恐怕这辈子也要瘫痪在床。朴素的哥哥听完就疯了，天天跑到那个早就荒废的瓜棚里，高喊着：“放过我，放过我。”他背上的肉瘤越来越大，最后身体不堪重负，只能在地上爬行。朴素的双亲不堪打击，不久就病逝了，朴素则下落不明，不知道去了哪里。

最后一次见他，他带着圆圆的灵牌。

“我会一直带着，当她是我真正的妻子。”他苦笑着，摸了摸木制的牌位。

后来，据说在离村子几十里外的一家祭品丧事店，一夜之间所有的纸人都脏了很多，嘴巴上全是油腻。至于是不是真的，就不得而知了。

“这就是冥婚吗？”我问。

纪颜点点头：“这种仪式不知道起源于哪里，但可以肯定的是已经有两千年的历史了，上至皇家，下到百姓，都有为死去的子女举办冥婚的记载，不过到现代，这习俗就渐渐不见了，或许在某个遥远的地方，那里还会有这种冥婚的。”

第六十八夜
玩具

“当我的手握住那个人偶的时候，感觉到的不是干硬的塑料或者是粗糙的木头，而是那种非常滑腻、如同被水浸泡过的肥皂，没错，那是肌肉的感觉。”

枯燥的生活有时候也会有些很有趣的事情，我甚至会想，如果没有遇见纪颜，我一定和普通人一样，过着朝九晚五的日子，当然，偶尔也会遇见一些很讨厌的人，比如刚才在报社门口，一个长相落魄的中年人硬要我买下他的东西。

他的头发很长，胡子拉碴，几乎脏得发黄的衬衣，下摆有一半塞在皮带里，而另外一半则不安分地跑了出来。中年男人告诉我，他失业很久了，在报纸上看过我那些关于有趣故事的文章，觉得他的故事我一定会感兴趣，并希望卖给我，因为他需要钱急用。我本不想答应他，可是他死死拉住我的衣袖，并一再说我一定会出钱。

“你怎么就确定我会花钱来买你的故事？”我好奇地问他，但努力装出一副不屑一顾的样子。

“会的，会的，您一定会的。”见我终于肯和他说话，他非常高兴，把那一摞厚厚的档案夹在腋下，双手使劲在裤子上搓了两下，本来就不成样子的裤子一下子皱得如同腌菜一样。他郑重其事地将那档案袋双手交给我。

“你要先付钱。否则听完故事走了怎么办？”他又说了一句。我当时也有些冲动，竟真的商量了一下价钱，把那档案袋要了过来，等到那个男人笑嘻嘻地拿着钱走远，我才有些懊恼，钱虽然不多，但万一里面是一堆废纸，这不是被别人当傻瓜欺骗了吗？

我打开袋子，还好，真的是一摞手稿，字迹很漂亮，和那男人的样子给人的印象截然不同。或许，本来他也是位穿西装、打领带、身份高贵的人。谁知道呢？这个世界永远比我的想法变化得要快。

我将稿子带回社里，闲暇的时候，拿出来看了看，就是下面这个故事。

在我还没有失业的时候，住在自己祖传的老宅里。那片地方现在已经被我贱卖了，没有办法，我无法还清对银行的欠款。

买我房子的是一对奇怪的人，看上去应该是父子，年纪大的有三十来岁，身材高大，相貌俊秀，而且对人很有礼貌，从他的举止和他的那辆高档轿车还有一次性付清房款来看，一定是位相当富有的人。而那个小孩实在让人无法接受，你难以想象这样一位温文尔雅的男士居然会有这么一个令人讨厌，不，应该是令人作呕的儿子。

男孩大概十二三岁，只有一米二几左右，身上脏兮兮的，头发乱得如同鸟窝，总是一副没有打理的样子，单眼皮下是呆滞的眼球。他的脸如同一块吸饱了过期牛奶的大海绵，蓬松而鼓胀，但是又苍白得很。令人惊奇的是，那孩子的手掌却很大，几乎和成人一般大小了，手指的指节也非常粗大，远甚于同年龄的小孩，他还紧紧抱着一个已经破旧不堪的娃娃。

那个娃娃已经几乎破得不成样子，额头的假发都掉光了，还掉了一条手臂，整个身体带着暗红的铁锈色。

“我的娃娃是最好的娃娃，它笑起来貌美如花，它的手脚灵活自如，它的皮肤不需要修补，你要是问我从哪里买的，我会告诉你这是我做的。”那孩子自从下车就张着嘴巴唱着古怪的歌谣，一刻也不停歇，抱着那残缺的玩具，看着他们家未来的房子。

我和那男士说了一会儿话，叮嘱他一些基本情况，如这儿附近的地理环境、人际关系等，那男人很有礼貌也很诚恳地点头称谢：“实在太感谢了，我和他初来乍到，还生怕有什么地方不了解，经过您的介绍，我已经对这里有了初步认识。如果以后不忙，希望多来这里坐坐，不要客气，既然相识我们就是朋友。您卖这房子一定也非常不忍，所以万一以后有经济上的困难，可以来找我。”他的话让我忽然觉得鼻子一酸，心头一暖，毕竟这样的人很少见了。

我刚要离开，那个抱着破玩具的孩子忽然转过头，睁大了眼睛盯着我，我看见他的嘴巴一张一合，那么不自然，肥厚的嘴唇就像是快要干死的金鱼一样，大口地呼吸着空气。

“你还会过来吗？如果来的话，记得给我带玩具。”他说完显得很激动，脸颊红了起来，胸膛也一起一伏。我一时被他问得不知怎么回答，整个人僵立在原地，下意识地点点头，还好那个男人发现了我的窘迫，笑着拍拍我的肩膀，扶着那孩子进去了。

这个奇怪的人家就这样住进了我的房子。

说来惭愧，虽然将房子卖了出去，我依旧欠着一屁股债。我被剥夺了最基本的消费权利，过着乞丐般的日子，以往的那些称兄道弟的朋友和趋之若鹜的亲戚现在一个个见了我就像见了瘟神一样，避之唯恐不及。而我的妻子也抛弃了我，只将那可爱的儿子留了下来，我既高兴又担忧，高兴的是儿子还在，最重要的东西还在，担忧的是自己吃苦倒没什么，可是要儿子跟着我吃苦就不好了，所以我努力工作，但还是被高额的债务压得喘不过气来。

有一天实在没辙了，我想起了那个男人的话，决定厚着脸皮去找找他。

再次来到自己以前的房子，那是一种奇怪而心酸的感觉，如同看见前妻或者女朋友躺在别的男人怀里一样。许久不来，房子没有太大的变化，只是周围比以前略显安静了些。我叩了叩门，等了半天，开门的是那个孩子。

"这孩子真难看，跟我儿子没法比。"我忍不住心里感叹。

"您果然来了啊。"那孩子没有抱着玩具，他换了一身衣服，可是相貌依旧。我努力压制自己的情绪，故作友好地拍了拍他的脑袋，那头卷曲的黑发硬得如同弯曲的铁丝。

"你父亲在吗？我找他有些事情。"我笑了笑，不料想他非常愤怒地将我的手拍下来。

"您太没有礼貌了，怎么可以随便拍别人的脑袋？在我的家乡，这是非常不礼貌的行为！"他生气地说，忽然又眯着眼睛笑起来，胖胖的脸颊露出两个酒窝，就像下水道的水流的漩涡一样，又像是哪个人在他的脸上用圆规扎了两个大洞。

"原来你找他啊，请等等，他在里面休息，我马上去叫他出来。"孩子笑嘻嘻地答道，请我到里面去坐。

我小心翼翼地走进去，里面所有家具都是黑色的，黑色的木桌、黑色的茶几、罩着黑色外罩的沙发，以及黑色的玻璃杯。墙壁上挂着一幅凡·高的《向日葵》，虽然是仿作，但也活灵活现，在光线不足的地方看去，那花仿佛在随风舞动一样。

"我去喊他。"孩子走进内屋。

"为什么他不叫那男人父亲呢？或许这孩子压根儿不是他的儿子。"我纳闷地想着。没过多久，房间的黑暗处响起一阵轮子咕噜咕噜滚动的声音，似乎是轮椅，铁制的轮子压在木板上，发出一阵咯吱咯吱的声音。

"您果然来了。"我虽然看不清楚他的相貌，但肯定是那个男人，他的声音依旧柔和，充满了磁性。

"哦，是的，实在……实在是难以启齿，我的手头很紧张，自己倒无所谓，关键是不想让我的儿子受苦。这不，马上'六一'儿童节了，他虽然很懂事，不说什么，但我知道他很想去趟游乐场，所以，我才厚着脸皮来找您。"我一口气说了下去。

"这样吗？的确让人心痛，我可以帮助您，因为我也可以体会您的心情啊。"那男人温和地说道，接着我听见一阵小声的说话声，然后是一阵急促的脚步声。

男孩从黑影里走了出来，手里拿着一些钱。

“他说现金不多，暂时只能给您这些了。”男孩又笑了笑，这时候即便是他的笑容，在我眼里也显得可爱了。我收下了钱，对他们千恩万谢，并一再许诺尽快还清。那男人还叮嘱我有困难的话一定要来找他。

孩子将我送到门口，刚要关门的时候，忽然他隔着门缝盯着我，盯得我有些不舒服。

“我不是告诉过您吗，下次来要为我带个玩具。”他忽然收起笑脸，严肃地望着我。

我这才想起来，连忙说对不起，并告诉他我一定会履行承诺。

“好的，我姑且再相信您一次吧。”说着，他一边咯咯笑着，一边合上了门。

有了这笔钱，我和儿子过了一个非常快乐的“六一”儿童节。自从失业后我从来没那么高兴过，当然，我从心底里感谢那个男人，也为自己遇见贵人感到无比幸运。

可是我一直找不到工作，觉得苦闷的时候，一个朋友介绍我去马戏团找点零活。

那是一个不大的马戏团，与其说是马戏团，倒不如说是一群跑江湖的艺人在乡间表演拙劣的魔术和杂技，外加一些略带下流的节目来吸引观众。这种团体大都是临时凑成的，随时可能散掉，就如同用稀泥盖好的建筑，用手指一戳就会碎裂。

我在那里为他们搬运一些杂物和道具，还负责为演员准备伙食。还好这些人都比较和善，对我还算不错，工资是每天结算的，虽然辛苦，但能拿到一笔还算可以的收入，对我来说已经很难得了。

这里的头头是一个上了年纪的老人，大概有六十岁了吧，可是他的嗓音和气魄却一点不像，他总是一副发怒的表情，严厉训斥着戏团里的每一个人，红红的脸庞总是挂着如同京剧演员一样夸张的雪白胡子，据说戏团里大部分女演员都和他有染。他闲暇的时候喜欢大碗喝酒、大块吃肉，总的来说是一位还算豪爽、比较容易接近的人。当然，他见过我儿子，并十分喜爱他，这也是我在这里受到责骂比较少的原因。

团主的左脸和左半身有很严重的烧伤疤痕，每当我问起，他要么闭口不言，要么就长叹一口气，说是很久以前的往事了，不必再提。一次在他的房间里——一处临时搭建的木屋，我看见在他的凌乱不堪的桌子上居然摆着一个相架，里面有张黑白照片，是一个非常美丽的女性，鸭蛋形的脸庞，圆润的下巴，美丽而慈祥的大眼睛，让人看着很舒服，随时都可以感受到她慈爱而富有同情心的目光。

我问过别人，大家都说这是团主以前待的马戏团表演魔术的一个女孩子，这个女孩子团主很少提及，只是在喝醉的时候说起过，在团里一场大火后这个女人也销声匿迹了。据说这女人和那场火，是团主心里永远的伤痛。

由于生意不错，马戏团在这里待的时间稍微长一些，所以我赚够了那份钱，打算还给那个男人。

我虽然失业，虽然落魄，可是我的自尊心还在，既然说了是借的，就应该还，虽然没有限定日期，但自己的心里应该有个明确的时间，所以钱一旦够了数，我立即带着儿子回到了那里，当然，我还特意买了个娃娃，我不会犯两次同样的错误。

儿子坚持要去，说是也要去感谢他们，而且也很想再回家看看，毕竟是长大的地方。我对儿子的懂事非常欣慰，于是父子俩一起去拜访他们。

很幸运，这次是那男人给开的门，虽然眼神略带疲惫，但依旧是充满阳光的笑脸和非常优雅的眼神。

“是您？有事情吗？”他一边和蔼地问我，一边让我和儿子进来。房间如上次一样，不过要稍微亮堂一些。

“你上次是不是生病了？是不是腿脚受了伤，所以才坐着轮椅？”我问他。他一愣，随即笑着点头，不再说话。接着他从里面端来了两杯可乐，我和儿子都喝了些。

我和他稍稍聊了会儿，正准备从口袋里拿钱出来还给他，这时候，那个讨厌的男孩又跑了出来，我不知道为什么，将手又缩了回来。

“哦，是您啊。对了，答应给我的玩具带来了吗？”男孩不客气地说，那神态非常高傲和不屑，仿佛在询问一个下人。

我忍着不快，依旧笑着把娃娃给他，谁知道他拿过去看了看，便扔在了地板上。这时我虽然不至于非常恼怒，但脸上估计也完全变色了。男人非常抱歉地拾起娃娃，小心地塞回到那男孩手里，可是他依旧扔掉了。

“我的娃娃是最好的娃娃，它笑起来貌美如花，它的手脚灵活自如，它的皮肤不需要修补，你要是问我从哪里买的，我会告诉你这是我做的。”他忽然低垂着脑袋，仿佛脖子被人打断了一样，从他的身体里传来上次听过的歌谣，但这次听上去非常阴沉沙哑。

我不知道该说些什么，那男孩忽然又抬起头，满脸兴奋地看着我一旁发呆的儿子，忽然冲了过去将他一把抱了起来，我和儿子来不及反应，一下子竟都说不出话来。

他看上去比我儿子还要瘦弱矮小，却轻易地将他抱了起来。

男孩子高兴地用手捏着我儿子可爱的脸蛋，儿子大声叫痛，我想过去抱回儿子，却发现自己迈不开步子。

“好可爱，好可爱的玩具啊！做……做我的玩具吧，我会把以前的都扔掉。”男孩望着我儿子，忽然说了这么一句。

“不要！”我忽然有种非常不好的感觉，可是眼前一黑，昏了过去。在我失去意识的一刹那，我只听见那男人叹了口气说：“你为什么还要回来？”

不知道睡了多久，我醒了过来，看来那可乐里一定下了药，我的头疼得厉害，仿佛几个强壮的摔跤手用巨大的胳膊从不同方向挤压着一样，眼睛要睁开都非常困难。房子里空荡荡的，我看看手表已经过了好几小时，现在已经接近傍晚了。

我看了看四周，发现自己被抬到了以前的卧室，房子的格局我很熟悉，即便更换了家具我也轻车熟路。我醒来没有看到儿子，于是担心地一边找一边大声叫他的名字，可是找了半天，却没有踪迹。

我一直走到另外一间卧室，那原本是我儿子的，看来现在住着那个讨厌的小鬼。房间很干净，里面有个大柜子，一层一层的，每层五格，我仔细看了看，全都是非常破旧的人偶玩具，各种各样的都有，穿着不同的衣服，有的没了手，有的没了脚，有的没了脑袋，但大多数是和我儿子年龄相近的小孩，不过身体小了几号而已。

我忽然觉得有种非常不舒服的感觉，我走过去，打开柜子，一阵刺鼻的药水夹杂着腐肉的味道扑鼻而来，我捂着鼻子拿起其中一个断了手的人偶。

当我的手握住那个人偶的时候，感觉到的不是干硬的塑料或者是粗糙的木头，而是那种非常滑腻、如同被水浸泡过的肥皂，没错，那是肌肉的感觉。

我又看了看剩余的娃娃，在一些娃娃的手指头上，我看到了指纹。没有哪个玩具会精细到手指头上都刻有指纹。

这些娃娃，这些人偶，这些玩具，用的都是活人的肢体，都是由活着的小孩的身体制成的。

我的儿子！

我的脑袋顿时仿佛被硬物重重击打了一下，几乎窒息过去，我赶紧双手扶住柜子的边缘才没倒下去。走出那个房间的时候，我看了看那书桌，厚重的玻璃下面压着几张照片，我把它们取了出来，放到身上。接着连忙跑出去，继续寻找儿子。

我一定要找到他，我尽量不去想心里那个可怕的念头。我在房子里搜了几次都徒劳无功，当我快要绝望的时候，才想起原来我们家还有个类似半地下室的储藏室。

入口在厨房，我将地板翻起来，靠着打火机微弱的光走下去。

“我的娃娃是最好的娃娃，它笑起来貌美如花，它的手脚灵活自如，它的皮肤不需要修补，你要是问我从哪里买的，我会告诉你这是我做的。”这歌声回荡在地下室里，犹如做好的肉的香味四散开来。火光很弱，弱到仿佛随时会被黑暗吞没。

“爸爸，我在这里，在这里啊。”我忽然听见了儿子清脆的叫喊声，连忙朝那个方向跑过去。

可是我的打火机照过去，看到的却是那个丑陋孩子的脸。

他紧紧闭着嘴，但嘴角抑制不住地向上扬着，眼睛眯成了一道缝，两边的脸颊像肉丘一样鼓了起来，在火光下他就像一个微笑的恶魔。

“你在找你儿子吗？”他开口说，声音却无比干涩，犹如一个上了岁数的老人，发出的声音就像很久没有上过机油的轴轮在转动。

“在这里呢。”地下室忽然亮堂起来。我看见了我儿子。

他抬着头，紧闭着可爱的大眼睛，青紫色的脸上带着夸张而不真实的笑容，嘴角垂下两条细线，手和脚也吊着线，摆成一个抬高手臂的动作，犹如一个木偶一样坐在一张医用的手术台上。

旁边站着那个男人，一直带着和蔼微笑的男人，在他周围的墙壁上挂着很多残缺的人体断肢，旁边的台子上还有很多大玻璃杯，里面浸泡着一些儿童的头颅，一排排整齐地堆放着，还有很多医疗器械，手术台上血迹斑斑。

“你为什么要回来呢？”那男人说道。

“你带来了我的玩具啊。”那孩子哈哈笑了起来。

我终于再次昏了过去，我宁愿自己不要再醒过来。

不过我还是苏醒过来，叫醒我的却是我的儿子。

“爸爸，快醒醒啊。”儿子带着哭腔推搡着我的身体，我恢复了意识，惊喜交加，一把搂住他，直到儿子喊疼才松开手。接着我发疯一样脱光儿子的衣服，到处寻找伤口，很幸运，他的身上依旧光滑细嫩，没有一丁点受伤的痕迹，这时我才松了口气。

地上有一封信，我捡起来一看，是给我的。我来不及细看，就抱起儿子，赶紧离开了那座房子。

第二天，我一边看着信，一边朝马戏团走去。

“不知道应该如何向您叙述这件事情，首先我要为我父亲奇怪而顽劣的举动道歉，他就是这样一个人，虽然年轻的时候做过错事，但他已经不会那样了，所以我才一直看着他。为了满足他几乎有些变态的需要，我不停地收集那些刚刚死去的孩子的身体，加工成他喜欢的玩偶。我必须以我的人格和生命发誓，我绝对没有杀过一个人，这些尸体都是从各个地方买来的，当然，这需要一大笔钱和精力，可是，谁叫他是我父亲呢？

“您听到的孩子般的声音，不过是他的腹语，他是一位腹语天才，这种家传的绝技到我这里已经失传了，当然，这与我不愿意学习有很大关系。虽然我毕业于名牌医科大学，但无法负担这些高额费用，我有自己的生意和事业，我仅仅希望我的父亲过得快乐些，毕竟，他也受到了很多伤害，尤其是自从母亲去世以后，他变得非常焦躁，情绪容易波动。

“这只是他执意要跟您开的一个玩笑，所以我再次向您道歉。为表达歉意，我们搬走了，离开这里，临走前留下这封信，对您和您儿子受到的惊吓再次表示万分的抱歉。”我把信揉成一团，扔了出去，暗暗骂了一句神经病。

回到马戏团，我马上找到团主，将事情的经过讲给他听，并且把那张旧照片拿给他看，他望着照片好久，抽了好几根烟，在我的催促下，才缓缓开口说了起来。

（下面是团主的口吻。）

那个家伙也是个可恨可怜的人。他是个侏儒，一个后天养成的侏儒，他的父母——也就是我以前马戏团的主人，为了能够表演些赚钱的节目，居然给自己最小的儿子从小灌药，并让他常年待在狭小的罐子里，他就变成了现在这个样子。他在团里的节目是最招人喜欢的，整个马戏团都靠着他赚钱，可是他得到的却是最低劣的食物和整个马戏团的人的嘲笑，他总是默默忍受，忍受兄弟和双亲的打骂，他对任何人都报以微笑，他只有我和那个女孩这两个朋友。他的父母和兄弟根本没把他当作亲人，甚至压根儿没把他当作人来看，只是作为工具，赚钱的工具。可是虽然受了这么多苦，他却一直保持着孩子一样的心态，喜欢开玩笑和做游戏。

他相当聪明，总是自学一些知识，还会自己设计节目，孩子们见到他就会笑，大人们看了他的腹语节目也惊叹他表演得如此惟妙惟肖。他和那个美丽的女孩在一起总是惹人嘲笑，可是谁也不曾想到，那女孩真的爱上了他，还为他做了许多人偶玩具。团里所有的男人和女人都对他投以鄙夷的目光，尤其是年轻男演员总是恨不得杀了他，因为他抢走了这些人心里的对象。女人们则嘲笑一朵鲜花插在了牛粪，甚至连牛粪都不如的东西上。

终于这件事被他的父亲——当时的团主知道了，其实这个老家伙也对那女孩垂涎已久，他万万没有想到，如此美丽的姑娘居然和他最瞧不起的傻瓜儿子混在了一起，所有人都把恶毒的言语施加到那女孩身上。他们朝女孩吐口水，撕扯她的衣服和头发，在她的身体上留下各种伤痕，骂她是贱货、婊子。我虽然想救他们，可是人微言轻，最后女孩在众人的殴打咒骂中流产了。那小子也被关进了一个漆黑的房间，终日不见阳光。在这个黑暗的房间里，终于他的心也逐渐变得黑暗了。

最后，他被疏于看管的女孩放了出来，但是常年积压的怨恨让他做了傻事。他模仿团长的声音，叫大家去一个密闭的房间，说是发年底分红奖金。一班人兴高采烈地进去后，却发现里面堆满了干柴，这些人开始怀疑，但为时已晚。他锁上了门，在外面放起了大火。他的双亲和兄弟都不知道去了哪里，后来听说他将那些人全部圈养了起来，永远活在黑暗的地下室里面。

除了我，所有人都被烧死了，我之所以能幸免于难，是因为他良心发现，嘱咐我不要去那个房间，事发后我想去救火却被烧伤了。他们两人安顿了我，并为我治好了烧伤，但是还没等我痊愈，他就带着女孩离开了，再也没有回来过。他走的时候只带走了女孩为他做的所有人偶娃娃和那张整个马戏团的合影。

团主终于说完了，眼里噙着泪，一双大手紧紧攥着那张发黄的照片，全然不像他平日里气哼哼的样子。

“他将这相片留下来，是想忘记那段往事吧。”我接口说道。团主愣了一下，也点了点头，随后将那照片撕得粉碎，扔进了垃圾桶。

我再也没有回过那个宅子，将它闲置起来，带着我的儿子艰苦地生活。虽然难受，但是我坚信什么苦难都有到头的日子。人在最好的时候要想到自己最坏会怎样，真到了最坏的时候，却又要想想好日子可能也不远了，我的儿子聪明懂事，才是最令我开心的。

只是，每当他向我小声提出想买个玩具的时候，我都不免有些心惊肉跳。

我读完了这个故事，略感压抑，向窗外望去，居然看见刚才那个男人，他用刚才得到的钱为儿子买了些零食，父子俩其乐融融地走在一起。虽然他们很贫穷，但相对某些人来说，他们非常富裕。

我这才记起明天就是父亲节了，或许，我也该为我的父亲做些什么，不谈送什么礼物，起码陪他聊聊天、下一盘象棋，或者只是安静地待在他身边，默默地看着他，这样，他就会高兴好一阵子了。

第六十九夜
针眼

“他就像西汉的汗血宝马一样，浑身流着血汗，又像一个装满了水的袋子被扎破了一般。
他不停地尖叫着，让人毛骨悚然，我终于明白为什么古代睡钉床被称为最令人恐惧的酷刑了，最惨烈的刑罚不是五马分尸那种一下子就死，而是慢慢地受折磨。”

每个人都被迫做过自己不愿意做的事情，或是为工作，或是为感情。所以我很羡慕纪颜，他总能无忧无虑地做自己喜欢的事，虽然有时候充满危险和挑战，但这无疑使他的生活变得丰富多彩。

我就不同了，工作就意味着压力，哪个单位都不会花钱买个二大爷来供着。今天运气不好，老总派了个我非常不喜欢的采访任务给我。

其实这种事我在大学就经历过了。那时我是校报的记者，我的第一个采访对象是刚刚在省内某项比赛中获得冠军的某眼镜男。当我笑嘻嘻地准备问他获奖感言的时候，眼镜男忽然大声质问我：“你们校报的女记者都死光了？”

当然，那次的采访让我很不愉快，至今都有阴影，不过这次恐怕我会比吞了苍蝇更难受。

坐在我面前的这个家伙，有着如同婴孩屁股般光滑圆润的双下巴，巨大的鼻孔宛如两个插孔，典型的丹凤眼，头发不多，整齐地梳在油亮的脑门前，双手合十放在前面隆起的肚皮上。

“我很忙，最好快点。”他哼了哼。

这个人叫黄肘子，我深信他的父亲是一个屠夫或者偏爱吃猪脚，把自己的喜好强加在儿子身上的人。不过从他肥硕的外表以及两条仿佛在福尔马林溶液中泡过多时的大腿来看，名字倒也取得不是很过分。他称自己毕业于英国名牌医科大学，在那个具有绅士风度的国家他学会了礼仪和待人接物。其实每年城市里都会增加许多这样那样的海归，我带着后辈的景仰之情问起他毕业于哪所大学，黄肘子却很不耐烦地拒绝回答，说跟我这样的乡巴佬说了也不懂。黄肘子还说，国内的中医就是垃圾，什么经脉、针灸都是扯淡骗人的玩意儿，国人被骗了几千年，大有要靠他拯救世界的态势，他还说要治病救人就应该去外国学西医才对。

“您总该有个英文名吧？”我实在不想再称呼他的名字，这让我有犯罪感。因为他的名字和国内某位倡导中医无用论的著名专家的名字发音颇为相似，感觉有亵渎之嫌。

“有的！”黄肘子终于眼冒精光，一副正中下怀的样子：“在英国他们一般叫我‘拉必须’，听上去很顺耳吧？”拉必须先生得意地晃动着巨大的圆脑袋，激动得两颊绯红，这不禁让我想起大学时代室友聚餐经常吃的一道菜，好像叫红烧胖头鱼。

我搜索脑袋里为数不多的几个英文单词，“拉必须”怎么拼写还真没想起来，不过我不愿多想，毕竟采访时间有限，这个名字听上去更加让人不适应，我只好继续叫他黄肘子。

他是做医疗卫生用具进出口的，将一些国外的药品和医疗器械转卖给国内的医院，说白了就是二道贩子。据说黄肘子做这单子生意靠的是他在英国结识的朋友和关系网。国内医院虽花费不菲，但对于能买下这些“洋”字号的医疗用具还是非常得意的，毕竟能拥有英国产的医疗器械本身是一件荣耀的事，就如同一个乡下妓院，如果来了个进口的货色，老鸨们总是喜上眉梢地向每个进来的客人介绍和推荐一样。

黄肘子先生一面聚敛大笔钱财，一面还获得了帮助国内医疗行业发展的好名声，的确是名利双收。他兴高采烈地向我描绘他的宏伟蓝图，我听得直想睡觉，这时却发现了一件奇怪的事情。

这位留英高材生正说得唾沫横飞时，忽然他那巨大的身躯从已经不堪重负的椅子上弹了起来。这让我想起了电影《食神》里一段关于轻功的点评。

他的脸气成了猪肝色。

“什么破椅子！居然还有钉子！”黄肘子先生用香肠般圆润的手指指着椅子破口大骂。我走过去看了看，很奇怪，椅子非常光滑，根本没有什么钉子。

他看了看，也没有找着钉子，可嘴里还是嘀咕着说刚才屁股上明明有针扎的感觉。又坐下没多久，黄肘子再次跳了起来，这次他死活不肯坐那张椅子了，我只好和他换了一张，但他还是说有钉子扎他。

黄肘子堆满肥肉的脸忽然抽搐了两下，直觉告诉我他一定想到了什么，却不敢说出来。

“我先告辞了，下次有机会再谈吧。”他穿好外衣。我刚把他送到门口，黄肘子忽然转过头来，神色和刚才有些不一样，似乎带着几分讨好的意思，他问：“你好像对解决那些稀奇古怪的事情很拿手是吧？”

我愣了一下，随即摇头。

“不是我，只是我的一个朋友罢了。”

黄肘子很高兴，但他的手机不合时宜地响了起来。他接起电话，一边说一边往外走。出门的时候，我好像听见他说：

“你放心，死不了人的，顶多身体有点不舒服。”

声音渐渐远去，我关上大门。我原本以为不会再与这位知名人士见面了，不过事情往往出人意料。第二天，黄肘子不知道从哪里搞来我的电话号码，居然邀我一起出去吃饭。这种大人物的邀请我可不敢拒绝。

到达饭店之后黄肘子选了张靠窗的桌子。

一阵寒暄之后，他倒是很爽快，直接步入正题。

“我希望你，啊不，是你的那位朋友帮个小忙，事成之后，我可以付给你们一大笔费用。”很少见人找人帮忙口气还这么横，仿佛是他在施舍我一般。我摇摇头，说纪颜很少接触陌生人，更不会为钱去做自己不喜欢做的事情，何况他也并不缺钱。

“那他到底要怎样才能帮忙呢？”对面的黄先生咬了咬肥厚的嘴唇，急促地追问。

“除非这件事能引起他足够的兴趣。”我笑了笑回答。黄肘子很高兴地松了口气，高耸的肚皮像手风琴一样有节奏地起伏了几下。

他的眼神和表情带着谦卑与恭敬。可是我的鼻子不高，头发不卷，也没有波斯猫一般多彩的眼睛，我只是一个普通的黄种中国人，一个普通的小报记者，既没有海外的亲戚，也没有洋朋友，甚至我的那些土哥们儿里连姓杨的都没有，我有些诧异他今天突然转变的态度。

“本来不应该占用欧阳先生的宝贵时间，记者嘛，讲究的是时效，但是我实在没有办法，只好希望您的朋友能帮帮忙了。”他拿出手绢擦了擦汗，然后高声喊来服务员，说空调怎么不开大些。

我觉得以他这种身材，即便是不说话，躺着也会汗流浃背。高声呵斥过服务员后，他对我又恢复了先前的谦逊：“是这样的，不知道为什么，这几天，我不管是身体的哪个部位，只要接触东西，就会时不时地有针扎的感觉。开始我以为是钉子之类的，就像上次在您办公室，我还很不礼貌地朝您发火，我压根儿没有发现什么钉子或者带尖儿的东西。我一直深受其害，就像那些身体带电的人一样，碰到什么都有电击的感觉。”黄先生苦闷地解释。

“哦？这我倒是没有听说过。这样吧，我带您去见见我的朋友吧。”我一听也来了兴趣，估计纪颜也是一样吧。

“那太好了，不知道什么时候您方便带我去见他？”他有点喜出望外。

“就现在吧。”我不喜欢和他浪费口水，正好纪颜也在家。

半小时后，我和黄先生来到了纪颜家。

“把你的手给我看看。”纪颜听完，面无表情地对黄先生说道。后者狐疑地伸出手来，那手掌像陶瓷一样，还泛着光。

“每个地方都有针刺感吗？”纪颜问。

“不是，脸部就没有，但手臂、小腿还有头就很厉害。”黄先生如实回答。纪颜又看了看他的手臂和小腿。

“你先回去吧，明天再来。”纪颜挥了挥手。黄肘子先生试探地问是否没事了，纪颜则不再理会他，径直走进房间。

我安慰了黄先生几句，叮嘱他明天再来。

“到底什么原因？”我回头问纪颜。

“这个胖子，他全身的毛孔都坏掉了，所有的毛发一干燥就变得像毛刺一样，你说他会不会觉得有针刺感？”纪颜反问我说。

“治不好吗？”

“有必要吗？你和他很熟？”我听后摇摇头。

“这不就对了，凡事有前因，才有后果。我叫他明天过来，实际上他可能明天都过不了。”纪颜冷冷地说。我瞟了一下桌子，上面放着一份报纸，黄肘子的头像居然也在上面。

我奇怪那是什么报纸，估计是医学类的，我不太关注，纪颜是医学专业的，家中有这种报纸也不奇怪了。

从纪颜家出来，我忽然对黄肘子有些好奇，又有点不解，以纪颜的为人不至于见死不救，而他又不开口，看来我只好自己去查查了。

我拨打了黄肘子的电话，接通后电话里传来了哼哼唧唧的声音。

“我全身都好痛！”说完这句，电话就挂断了，没有办法，我只好去他家看看。

黄肘子的家很大，而且的确是按照英式房屋布局建造的，只是外面的那层冷灰色加上渐渐远去的阳光，总让人觉得有些黯淡和荒凉。房子外面围着黑铁尖刺的栅栏，窗户都关得死死的。在一堆居民楼中这栋房子显得非常惹眼。这里离车站不远，但已接近郊区，路边走动的人不多，都是住在附近的人。

我按了按门铃，很快门便开了。我没有看到电视剧里常见的那种穿着一袭黑色西装的老管家，也没有系着围裙的年轻女佣，门是遥控的，想必这一套系统价格不菲。

“您快上来吧，我的疼痛越来越厉害了。”我在门口连接里屋的电话里听到黄先生的声音。

黑暗的走廊铺着一层厚实的地毯，踩上去一点声音也没有，越往里越暗，我想在墙壁上找到开关，却没有找到。

据说近视厉害的人，夜里视力反而会很好，这种说法看来是有些依据的。我费劲地走了进去，窗外的光射了进来，一个胖胖的人影出现在正前方的沙发上。

“是黄先生吗？”我大声问道，声音在宽敞的客厅里回荡。

他没有回答，不过我依稀听见了一声呻吟。

我小心地走了过去，脚上好像踩到了什么，拾起来一看是一堆衣物，都是先前黄肘子身上的。

他该不会裸着身子坐在家里吧，难不成这也是英国人的礼节与待客之道?

虽然东晋一些狂士有裸身在家会客、喝酒、作画、集体淫乱的故事，但那也是特定的时期在五石散一类的药物刺激下产生的癫狂之举罢了。传说这种由张仲景发明的药物主要由石钟乳、紫石英、白石英、石硫黄、赤石脂构成，本来用于治疗伤寒和肺炎，却成了那个年代的毒品而流行一时，与现在的摇头丸类似。

我终于在沙发左边的墙壁上摸到了开关，啪的一下，房间瞬间亮堂了，我的眼睛有些不适，抬手稍微遮挡了一下。

沙发上坐着的人果然是黄肘子，只见他浑身上下除了一条内裤就身无他物了，光溜溜的如同待宰一般，胖胖的脑袋低垂着。

我走进去推了推他，手刚触到他的肩膀，忽然感觉像摸到了仙人掌一样，手被扎了一下。

他的皮肤上竟布满了尖刺。我很吃惊，又仔细看了看，不对，与其说是尖刺，倒不如说是他的毛发。他手臂的体毛很多，但是现在看上去却光滑得很，密密麻麻的有很多小孔，像撒了把芝麻在上面似的。

我亲眼看见一根体毛慢慢变直，渐渐如钢针一样，接着居然自己向毛孔里面陷了进去，接着胖子忽然高抬起头，杀猪般地号叫。

他的脸几乎扭曲了，五官夸张地挤在了一起，好像一副上好的素描人物画像被人粗暴地揉搓成一个纸团一样，他淌着口水，瞪着眼睛望着我。几乎如肉山般的身体向我压了过来，还好我及时后退一步，否则就算不死也残废了。

黄肘子跪在地上，抓着我装着文稿的包。

“救……救我！”他就像落水的人抓住了稻草一般。可是我无能为力。

忽然，他的眼睫毛也一根根竖起来，还有他的头发，胖子像电视里摸了静电器的人一样，头发全部立了起来，如同一个胖乎乎的刺猬，那样子有些滑稽，可是我却笑不出来。

眼睫毛一根根地朝他的眼睛扎了下去。随之而来的是那令人反胃的刺耳的尖叫声。

黄肘子的眼睛和手脚的皮肤上，密密麻麻的毛孔里开始慢慢朝外渗出血滴，一粒粒的，晶莹透亮，冒着红光。

他就像西汉的汗血宝马一样，浑身流着血汗，又像一个装满了水的袋子被扎破了一般。

他不停地尖叫着，让人毛骨悚然，我终于明白为什么古代睡钉床被称为最令人恐惧的酷刑了，最惨烈的刑罚不是五马分尸那种一下子就死，而是慢慢地受折磨，就像凌迟。

可是这折磨也快到头了，我呆呆地望着他，却又无能为力。

“这是他自作自受。”身后忽然响起了熟悉的声音。我回头一看，居然是纪颜，他的肩膀上背着一个褡裢。

“是你？你一直跟着我？”我惊讶地问。纪颜没有回答，而是走到胖子面前看了看。

“迟了，他的眼睛保不住了，不过性命还行。如果等头发也一根根插进去，就算我祖父在世也保不住他了。”纪颜摇摇头，把褡裢放下来，从里面拿出一排银针。

“你该不会还要扎下去吧？”我看了看胖子，已经痛得不会叫唤了。

“嗯，他还得受点苦。虽然说我不愿意救这种人，但看着他死，那也就和他一样了。”纪颜认真地将银针一根根地扎进胖子的后颈和肩膀处。

黄肘子的呻吟声逐渐小了些，本来已经坚硬如针的头发也慢慢软了下来。

“他没事了，不过，身体里的那些毛发要全取出来恐怕就有罪受了，而且就算好了，他恐怕出汗都会有问题。”纪颜擦了擦汗，把针重新放回去，并且帮胖子拨通了急救电话。

“走吧，这里没我们什么事情了，我讨厌人多，趁着人还没来，我们回去。”纪颜将褡裢重新背起来，朝我挥了挥手。临走前，他似乎从沙发上拿了一叠东西。

我把胖子费劲地搬到沙发上，披了件衣服，和纪颜走出了那座英式洋房。

外面几乎全黑了，街道上回荡着我们的脚步声。

“你一定知道什么吧？”我还是忍不住问了，虽然我不确定纪颜是否会回答。

“嗯，这个家伙专门把国外的医疗垃圾和过期药品倒卖进来，在外面是垃圾，包装一下就成了走俏的进口货，你看这中间有多少差价利润。药品还好说，但那过期和二次使用的针管……”纪颜忽然不说话了，从口袋里掏出一张折叠整齐的报纸递给我。

靠着路灯，我看见上面登载了一则新闻。

一名十二岁的孩子感冒发烧，在附近的卫生所打了几针后却发现感染了乙肝，据说那针头还是国外进口的，那孩子只得到了一笔少得可怜的医疗赔偿费，至今还在受病痛折磨。

“你再看看这个。”纪颜又递给我一张。这张好像是刚才在纪颜家看到的，上面登了一篇对黄肘子的访问文章。

“我也是为了本国国民着想，人家科技发达，即便是废品也比我们的好啊。大家也经常使用国外淘汰的电脑、汽车之类的，这些不过是过期的而已，没有大碍。”这是胖子回答记者对药品的质疑时所说的。当记者问他，是否会对国人身体健康产生危害的时候，黄肘子这样回答：“没关系，我们大陆的国民身体素质好，能受得了，不像老外那样娇气。”图片上的胖子一脸诚恳。

“你还是让他被扎死算了。”我将报纸还给纪颜。

“有些力量是很神奇的，你无法触摸到，但它造成的后果却是实实在在的。就像那个胖子，可能这辈子也没人治他的罪，但这不意味着他就没有罪。而且，没有人比自己更明白自己的罪孽了。”纪颜说着，将一叠东西递给我看，我接过来，是一沓信件。上面都写着类似的话，如你去死吧，你会有报应的，你迟早会被自己的药吃死之类的。

“他几乎每天都能接到上百张这种东西，一个人生活在这样一栋大房子里，又惧怕别人谋害自己，没有请任何用人，也没有任何朋友，这个家伙就是这种人，他不明白自己赚的那些钱如同毒品，只能带来一刹那的快感。在长期的压力下他的身体起了变化，据说连他在老家的父母都极为恨他，身体发肤，受之父母，没什么比自己双亲的诅咒更有效的了。我的银针只能缓解他身体的症状而已。”纪颜笑了笑，“至于如何根治，得看他自己了，其实正是他瞧不起的中医救了他。”

我也笑了笑。这世上没有什么是绝对的事，你可以大胆地、勇敢地确定一件事，但完全否定一些事却不是那么容易。

几个月后，做了全身手术的黄先生出院了，付清医疗费用后，他把大部分财产都捐献给了医疗基金，而后就消失无踪了，有人说他游走在乡间做了名赤脚医生，我希望这是真的。

第七十夜
桥祭

“四个人形的东西，赤裸着身体，四肢死死地嵌进桥梁下部，张着嘴巴啃咬着桥底，桥已经破了好大一块了，砖墙的碎片和泥土混合着暗红色的血液从他们的嘴巴里溢出来，黑红色的，还夹杂着几颗破碎的牙齿。他们像蝗虫啃食粮食一样疯狂地破坏着桥底。”

离我居住的二手房不远的地方有一座大桥，这座大桥已经有好些个年头了，作为这个省的第一座斜拉桥，还是有几分值得骄傲的资本的。由于紧邻着城市的河流并不十分宽阔，这座连通市区和郊区的桥梁并不长，坐车穿过主桥也不过几分钟的事情，自打我小时候起，这座桥就已经十分破旧了。几年前政府决定对桥梁进行一次大修，一来保护桥梁安全，二来也是一种新气象。

这件事本来没什么好奇怪的，各个地方都有桥，有桥就需要翻新，可是让我惊讶的是，这桥最近出现了异常的事情。有传言说这座桥随时都会坍塌，桥上经常出现不干净的东西。虽说是传言，但俗话说三人成虎，谁也不会傻到拿自己来验证。而这一切，自然吸引了一大堆如我这样的记者，无奈消息封锁得紧，我们得到的不过是官方的大体叙述，事情毫无进展。主编恩威并施，一面大赞我工作能力强，一面暗示我一定要搞到第一手资料，我不禁感叹，如今做记者不仅要专业素质过硬，要有良好的新闻嗅觉，而且还要有詹姆斯·邦德一样过硬的间谍本领了。

我自然是没啥本事，不过事情来了，顺理成章就想起了纪颜。

“闹鬼的大桥？”纪颜狐疑地看着我。我使劲点头，顺便将为数不多的资料递给他，纪颜坐下来翻看着。

“哦，原来是前几年修桥的时候死掉几个工人，现在传说他们回来了？”他的阅读速度很快，八九页的东西一下子就读完了。

“我倒是认得这方面的人，只是不知道他肯不肯告诉我。对了，你找我是想在里面拿什么资料吧？”纪颜忽然转过头朝我怪笑，被猜中心事倒也没什么，我点头承认。

还没等他说话，电话响了起来，纪颜起身去接，聊了一会儿，他放下电话，面有喜色。

“走吧，不用担心了，他已经请我去了，不过去的时候千万别说你是记者，这家伙鬼得很，知道你的身份死也不会开口了。”

下午，我们一起去见了一个名叫老喻的人。

见面的地方就在一个凉亭，离那座桥不远。这个凉亭还是清朝的时候一个中举的乡绅修建的，所幸这一带战乱颇少，保存了下来。离凉亭尚有一段路，远远地就看见一个上身着白色短袖衬衣、下身着西裤皮鞋，体形略胖的男人坐在里面摇扇子。还没进去，纪颜就喊了声老喻”，那个男人看了一下，站了起来，却没有离开凉亭，而是站在里面老远伸着手等我们来握。

走近一看，这个老喻颇有官相，中年人、圆脸大耳、天庭饱满、人中宽厚、肚子略微有些凸起，扇子上写着“为人民服务”五个字，正楷，字很端正。

大家对个照面打过招呼，自然聊到了正题。老喻果然对我有所警惕，虽然纪颜一再解释我是他的助手，但他还是略有顾忌，说话吞吞吐吐，不过从不多的言语中我还是知道了老喻正是几年前大桥翻新工程的几个负责人之一，而且他是专门负责现场施工的。当时日晒雨淋非常辛苦，所以工程结束后他也就享了几年清福，躲在空调间里办公，自然身体也发了福。

“去年不是有罕见的大洪水嘛，这条河的水涨得厉害，几乎要淹到桥面了。自打我记事以来，这河水从未涨到过桥面，那天我在现场真是吓坏了，感觉我们这些人随时都会被水给吞了，还好有惊无险，没出什么事。不过洪水退后，这桥就开始经常出现莫名其妙的怪事了。”今天天气有些闷热，想是许久不曾下雨，我看了看天色，云压得很低，好像随时可以伸手碰到一样。

要下大暴雨了，我用手提着衣领抖了一下，不过进去的全是热风。令我费解的是，为什么老喻偏偏要来这么一个地方谈话，四周望去，几乎没几个人走路，地面被太阳灼得发软，踩上去，热气透过鞋底直到脚心。

老喻不停地扇着扇子，但汗珠如同没关紧的水龙头一样，一个劲地往下掉，摔在地上成了八瓣。

“哦？我也只是略有耳闻，到底有些什么事情？”纪颜好奇地问。老喻又擦了一把汗，然后说道：“你知道，这桥两边是人行道，桥宽26米，双向四车道，设计速度为每小时60公里。我就住在桥边的沿江路上，没事就喜欢入夜前在桥上溜达，一来健身，二来也想看看自己参与修建的桥梁，人嘛，一老起来就很怀念过去。

“洪水刚退的第二个星期，我就扶着桥边的大理石扶手慢慢走，那时候已经过了上班高峰，往来车辆少了许多，桥上显得很安静，桥下的河水也是，这桥的主桥部分大概几十米高，不过从上往下看去河面很漂亮。

“可是那天我走过去，忽然感觉到桥有些许晃动，相当轻微，可是我是个感觉相当灵敏的人，我站在原地等了一会儿，这种感觉又来了。接着，我又听见了咔嚓咔嚓的声音，犹如一堆鹅卵石与砂粒放在搅拌机里搅拌一样。

“这让我非常不解，这桥是在我的监督下完成的，我虽然谈不上是个出类拔萃的工程师，但好歹由我来完成的事是可以让人安心的，再说这东西出点什么纰漏那可是要掉脑袋的，而且还会牵扯到很多人。

“但是这种声音越来越响了，我不由得有些惊慌，很快我联络到桥的维修人员，不过他们检修之后说桥体很结实，压根儿没有异常，我才放下心来。可是没过多久，就有司机说经常在过桥的时候看见几个人驼着背、低着头、手牵着手在桥上走，加上这事总是发生在入夜以后，虽然桥上安了很多漂亮的路灯，但这样反而给司机造成了很大压力。随后，很多人都强调的确遇见了这样奇怪的事情，后来人们宁愿绕道也不肯过桥，或者只敢在白天过去。桥上的收费站收入大大减少，而众多车辆集中在同一个时段过桥也不是件好事情，这样下去，不仅很多人要失业，桥恐怕真的会被压塌了。

“所以我希望你能看在我和你爸爸的交情上帮我调查这件事情，这个事儿不怎么光彩，也上不了台面，这也是我找你的原因，希望你能保守秘密。”

说着，老喻不再摇扇子了，两撇只剩半截的眉毛拧到了眉心。

纪颜听完点点头，忽然又望着我，我当然知道他的意思，也只好尴尬地点点头。

接下来老喻又给我们讲了整个桥体结构和这座桥的历史。以前我总是在晚上向外看去，整座桥非常漂亮，如一条金龙横跨在河道上。

“几年前施工的时候有没有出过什么特殊的事情？”纪颜一边看着桥，一边仔细询问。我注意到老喻的脸色忽然很不好，如同霜打过的茄子，一脸紧张。

“没出过什么事情，只是一些小问题，这座桥每次返修都出过类似的问题，早就解决了。”老喻头上的汗冒得更多了，他不停地摇扇子，速度太快，以至于扇面上那五个字都看不清楚了。

“历来大河上修桥都要准备桥祭，当初做了吗？”纪颜又问。我则奇怪什么是桥祭。

“这个其实当然晓得，这套礼数虽然我们是不屑一顾的，可是施工工人很讲究，他们说逢山开道，遇河搭桥，都要为山神、河伯准备祭品，否则施工艰难，事端很多，即便是路修成、桥搭好，日后也非常麻烦。所以我们也就睁只眼闭只眼，随他们去了，只是要求他们别弄得过于张扬，否则上面会责怪我们搞封建迷信活动。”老喻解释道。我插不上嘴，只好准备待会儿再问纪颜。

“他们准备了很多祭祀贡品，在桥头焚香祷告，说是为了讨生活不得已在河道上动土，说什么桥神、河伯莫怪莫怪之类的。”老喻继续说道。

“老喻，大体上我们知道了，你先回去吧，我们自己在这里看看。”纪颜见天气炎热，怕老喻吃不消。老喻客气地推托了两句，抹着汗回去了。

我和纪颜坐在桥头阴凉处，这里有一片草地，还有些大理石修建的石凳、石桌，坐在那里很舒服。我们决定等太阳下去再上桥看看。

既然闲坐无事，自然要问问关于桥祭的事情。“哦？你不知道吗？”纪颜诧异于我不知道这个习俗，开始给我讲解。

“其实祭桥和祭河是相通的。祭桥习俗最早产生于中国。古代中国人很重视桥梁建设，夸一个人做善事常说‘修桥补路’。桥梁落成必然要来一番隆重的游桥仪式，场面颇为壮观。当地有名望者，如官吏、乡绅、德高望重者都会参加。重要的桥梁都有一年一度的祭桥日，十分庄重。以前，人们必须准备香及金纸，至桥头焚香、烧金、祭祀桥神，以感谢并祈求桥神保佑通行平安。有的地方仅烧香，金纸用绸线绑着放在桥头上，俗称‘压金’，以求保佑桥梁不毁，庇护乡里人。

“而祭河则更早了。以前河流山川都是祭祀崇拜之物，古代皇帝向来先祭河再祭海，意指海由河流汇聚而成，河乃天下水之源头。而且经常把玉器当作祭品供给河伯，视为尊重名贵之意，而且玉通灵，古人相信能送到神灵手中，其实也是因为秦朝时，始皇帝巡狩至洞庭湖，风浪大作，舟将覆之，急投玉玺于湖而止。所以后人相信一旦江河湖海发生灾难，投以名贵玉器可以安抚愤怒的水神。

“不过祭河最出名的当然还是诸葛亮。相传诸葛亮平定孟获后路过泸水，正值秋天九月，河面忽然阴云布合，狂风骤起，诸葛亮询问当地人，皆言此河有神明，必须以活人七七四十九颗人头祭之，方能平息。诸葛亮不肯杀人，于是宰杀牛马，和面为剂，塑成人头，内以牛羊肉代之，唤之曰‘馒头’。当夜在泸水边上设置香案，铺设祭品，列灯四十九盏做招魂之用，将馒头等物放置在河岸边上，诸葛亮亲自念了悼文，再将祭品抛入河中，风雨即时停歇。而所谓馒头，也就是现在的包子的由来了。不过这以后也养成了习惯，凡是要在河道上动土或者返修旧桥，一定要先祭祀一下，拜一下桥神河伯方能开工，否则会大不利。”

纪颜说到这里，停了一下，向桥身望去。

“大不利？”我问。

“是的，也就是会死人，而且死很多人。”纪颜神色黯然道，接着闭上眼睛，将手枕在脑后。

“干脆休息一下，现在天色还早，离天黑还有一个多小时呢，等天凉快些再上桥。再说，老喻不是说了吗，入夜以后那桥才会出现问题。”他说着，居然躺在草地上睡了起来。我叫他他也不再言语，我也只好伏在石桌子上睡了一觉。

我做梦了，很奇怪的梦，我梦见自己站在那桥上，到处都是人，可一点声音也没有，接着那桥竟然从中间塌了下去，四处都是残破的尸体和碎片，那是个非常可怕的梦，当我惊醒过来，脖子上流着一道道冷汗。

“你醒了？”纪颜站在我旁边，我望了望四周，光线暗了不少，看来太阳要下山了。

“走吧，差不多了。”纪颜朝我挥挥手，示意跟上来。天空忽然聚集起了黑云，厚重如黑铁压在桥上，我忽然感觉现在上桥并不是个明智的选择。

桥上的人少了许多，大家都忙着赶在雨下来之前回去。走上桥来才觉得这里的空气压抑得很，好像身处不透气的房间里，我的肺像一个大功率抽风机一样，每呼吸一口空气都很费劲。

桥面经过一天阳光的烘烤，几乎快成铁板烧了，还好我的鞋底不算太薄。桥的扶手很漂亮，每隔几米就有一个圆形的灯泡，桥中间的拉索高高吊着。

“听老喻说，这桥为钢筋混凝土预应力斜拉桥，双独塔双索面，扇形密索体系，桥下的主桥墩可是国内直径最大的，整个桥造价六亿多。一到晚上，所有的桥灯一开，特别漂亮。”纪颜慢慢说着，一边注意观察四周。

“听说修桥的时候死了人。”我小声嘀咕着，一边抚摸着前面的护梁上雕刻着花纹的灯座。

我忽然有种异样的感觉，说不清楚哪里不对，只是感觉。我看了看那个灯座，好像依稀有个手印。我刚想和纪颜说，却发现他早就走到我前面去了，看来他没听见我说什么。

桥下的河水欢快地流淌着，我几乎可以听见它的歌声，抬头看了看，黑云离我们越来越近了，几乎已经触到了桥的斜拉索。

“要下雨了。”我还没说完，鼻尖一凉。

真的下起来了，而且来得非常迅速。纪颜连忙拖着我来到了桥中间斜拉索下面，上面有根桥梁，所以雨淋不到这里。

“那件事情其实我知道。据说修桥的时候正是这个时日，夏日炎炎，几个工人爬到斜拉索上面，本来都系好了钢丝，可是不知道为什么，忽然齐齐地全断了。几个人一起摔了下来。”纪颜缓缓地说着，他的声音和雨声混在了一起。我抬头看了看，上面距离桥面少说也有五六十米。

“有一个人掉在了钢索上，因为从上面摔下来速度很快，整个人被切成了几段，另外几个也没好多少，直接摔在桥面上，或许就摔在我们现在站的地方，他们就如同颜料，啪的一声扔在了画布上，四下里绽开。据说现场相当惨，收殓尸体的人都忍不住流泪。”纪颜也抬

异闻录
Yi Wen Lu
我忽然有种异样的感觉，说不清楚哪里不对，只是感觉。

头看了看。我似乎可以听到，一个人从那么高的地方直接掉落到这水泥地面上，肋骨折断和内脏破裂的声音。

天色变得灰暗起来，雨没有停下来的意思，风也起来了。桥上的风比别的地方要大很多，呼呼的风让我和纪颜无法站立，连说话的声音都听不太清楚。

纪颜对我做了个回去的手势。现在整座桥上几乎都没人了，仿佛是一座死桥。我看了看桥的尽头，一片漆黑，什么也看不见，犹如连接着另外一个空间。好不容易，我们两个顶着风快走到桥头的凉亭了，心想到了那里就可以好好休息一下了。

我的眼镜被雨水打湿了，看不清东西，我索性摘下来，跟着前面纪颜的背影前进。忽然，我听见了啪的一声，虽然雨声很大，但我听得很清楚，好像是什么东西掉了下来。

又一声，而且就在我脚边，我下意识低头看了看。

那是一个人，他大张着手脚夸张地趴在桥上，接着又是一下，另外一个人摔在我面前。我抬起头，头顶上黑乎乎的，不过很快一个人形的东西掉落在我面前。

与其说一个，不如说是几段，整齐地从中间切开。

我想起了那个被钢索切开身体的工人。

我已经无法往前走了，掉下的尸体几乎把我的路封锁了，我只要往前走一步，一具尸体就从头顶掉下来，摔落在我面前。

前面纪颜的背影已经渐渐消失在风雨中看不见了，这座桥只剩下我一个人。风没那么大了，我稍稍可以站住，可是根本无法挪开步子。

我深吸了口气，知道害怕也无用，我只好蹲下来，看了看那尸体，我本想用手抬起尸体的头看看，可是他们仿佛粘在地面上一样，像是已经成了桥的一部分。

前面传来雨水飞溅的声音，我隐约看见一个东西从桥两边的扶手慢慢爬上来，四肢着地，犹如一只蜥蜴。

我忽然明白了先前摸灯座时的不适感。被太阳晒了一天，本该是热得烫手，其他的的确如此，而那个有手印的灯座却是冰凉的。

那家伙离我只有几米远了，每爬一下，手掌就在桥面上重重拍打着。我缓缓站起来，可是却抬不起来腿，甚至张不开嘴喊叫。

那个东西越来越近了，到我面前忽然停了下来。我只能看见一个黑黑的后脑勺和一个人形的身体，不过没有哪个人会以这种方式移动。

风更小了，雨似乎也开始停了。

那家伙慢慢抬起头来，那是一张人脸，我谈不上熟悉，却绝对认识。

老喻！

他的腮帮子一下鼓起一下瘪下来，苍白的眼珠几乎完全突出眼眶，整个人湿漉漉的，无神地望着我，此刻的他就如同一条被抛上岸的鱼。

“欧阳，在吗？”前面传来了纪颜若有若无的呼喊声，老喻——姑且这样称呼吧，灵巧地转了转头。不是左右，而是掉转了脖子，他的头转了180度，我几乎听见了颈椎断裂的声音，非常清脆，接着他的四肢也同样转开来，整个身体像甲鱼一样翻了个身，迅速从旁边跳进河里了，而那些尸体和断肢也如同扔进水里的泥巴化开来，渗到桥面下了。

“你没事吧？”我终于看见了纪颜熟悉的脸，便一下子蹲了下来，等脚稍微适应了些才站起来。

“快去找老喻。”我终于能说出话来了，纪颜没有说什么，只是点了点头。

路上我把看到的事情告诉他，纪颜没有太多的表情，只是略微皱了皱眉头。

“如果你看到的是老喻，恐怕现在也找不到他了。”纪颜说道。我想了想，倒也的确如此。

可是出乎我们意料，老喻居然好好的，而且他还主动打来电话，询问我们是否被雨淋着了。

我们决定再去拜访他。这次去的是他家里。

老喻家中只有他和妻子，女儿前年就去国外读大学了。他年轻的时候与纪颜父亲相熟，纪颜的父母双双出外探险的时候是老喻为纪颜指导功课的，所以说，老喻算得上是纪颜的启蒙老师。

他很关心地询问我们有没有生病，知道无恙后松了口气。

“夏季感冒也很厉害的，要当心，还是把湿衣服换下来吧，喝口热姜汤，我这就叫老伴去煮。”说完，他闪身进了厨房，纪颜若有所思地望着他的背影，等老喻出来的时候，纪颜起身：“喻伯，我真的很想知道当年修桥时到底发生了什么，那几个工人是怎么死的，另外，我现在也很担心您，这几天您最好不要外出，尤其别去那桥。”

老喻听完有些沉默，看了看还在厨房的妻子，对我们招招手，进了他的书房。书房布置得古色古香，挂了很多书画名帖，还摆放了老喻获得的诸多奖状，从年轻的时候的劳模到中年后的嘉奖都有。

“那件事情对我来说简直就是噩梦。”老喻将门带上，瘫软着身体坐到干净整洁的床上，他的额头又开始流汗了，所以又摇起了那把扇子。可是房间里并不热，何况刚才还下了雨。

（下面是老喻的口吻。）

几年前，我得到通知，要我负责修理旧桥。当然，我对于这件事是很看重的，所以立即挑选了最优秀的施工队伍和领导班子。修桥前我们也照例进行了河祭桥祭，可是施工还是很不顺利，因为队伍里传言这桥修不得，据说以前每次修桥都会莫名其妙地死几个人。

我作为带头人，当然对这传言很不满意，所以更加严厉地要求他们赶紧完成施工进度，可是工程一拖再拖，居然拖到了汛期。河水涨得厉害，桥面的风也越来越大，我非常心急，要是等汛期过了再修，那会耽误很多时间，所以我延长了每天的施工时间。虽然出发点是想尽快完成工程，但其中也有我怕受到上面责备的自私想法。

如果只是这样倒也没什么，但是我女儿在这个节骨眼儿要出国了，按照我的家底压根儿拿不出那么一大笔钱，可是这关系到女儿的前途，两下里公事、私事压得我喘不过气来。

这时候一个材料商找到我，希望由他来供应工程下半段的材料，尤其是关于施工安全的产品。我有些犹豫，可是他开出的丰厚回扣正好可以弥补女儿出国的缺口。我亲自去看了看那些缆绳和材料，修桥的建材倒没问题，其他的一些例如灯座、扶梯和副桥引桥部分不太令人满意，但也绝对不会出事，只是修建斜拉索的相关高空安全防护设备钢丝缆绳和安全网强度有些不够，但只要不出现级别太高的大风，就不会有太大风险。

我做了错误的决定，我原以为赶在汛期高峰前结束就不会有事。那天河面的风也可以接受，并不是非常强。本来我们在施工下方铺设了安全网，每个人身上都有一根工作绳和安全绳，工作绳材质为锦纶，直径为二十毫米，安全绳材质为高强丝，直径为十八毫米到二十毫米，是为了配合工作绳用的，以提高安全系数。这些绳索都是经过了测试的，虽然离国家要求的标准有些距离，但只要不出现大的意外就不至于突然断裂，而且河面超过四级风是不允许作业的。可是没想到那天河风突然转强，吹得人都无法站立，我一时心慌，正要下令停止作业的时候，结果出事了。

先是在拉引索那里的三个人的绳子突然断裂了，他们没有掉到安全网上，而是被吹走了，其中一个被细长的钢丝绳切成了几段，另外几个摔到桥面上的惨不忍睹，接着更多的人来不及通过下滑扣滑下来，被风纷纷卷下来，有的掉在石制的侧桥扶手上，有的掉到河里，高高的浪头一卷，声音都没发出来就没影儿了。当时我们都傻了，等反应过来赶紧救下其余的工人，发现当场就已经死了三个人。另外有四个人掉入河里，虽然事后沿河仔细打捞，可无论怎么找，只在下游发现一些衣物和断裂的绳索，却一直没有找到尸体。所以，那次一共死了七个人。有谣言说普通的贡品祭桥没用，还是要用活人的性命才能在桥上动土施工。

后来的日子我几乎每天都在惊恐不安和自责内疚中度过。令我没想到的是，这件事并没有东窗事发，大家都把灾难归咎于风速突然变大，而且历来修桥都要死人，赔偿了死者一笔钱后，事情不了了之，桥也继续修了下去。但是我知道，如果安全绳的材质更牢靠些，他们不一定会死，说不定可以安全地下来，有时候只是差那么一点，却变成了阴阳两隔。

老喻终于说完了，他低着头，手里的扇子也合上了。我们三人默然无语，还是他妻子端着姜汤走进来才打破了这局面。

我们喝完姜汤打算离开的时候，刚停歇了一会儿的雨忽然变成了暴雨，外面的风也极大，好些玻璃和竹棚都被卷起来了。这时老喻忽然接到个电话，电话里的声音很着急，但老喻的神态更急，扇子被紧紧地攥在手心，几乎要掰断了。放下电话，我们才知道大桥出问题了。

“不好了，检测桥梁安全的人通知说，不知道为什么桥上出现了裂缝，虽然不大，但有隐患。我必须马上去一趟，你们就先留在我家，等我回来。”说完，他拍拍我们的肩膀，出门找雨衣，可纪颜忽然一把拉住他：“喻伯，你千万不能这时候出去，更不能上桥！”他的声音很大也很激动，原本苍白的脸泛起了红晕。

老喻拨开纪颜的手，沉默了一会儿，忽然抬头说道：“我已经错了一次，这次如果再错就说不过去了，那桥要是出事，我真的只能以死谢罪了。”说完，他坚持要出去，纪颜见阻止不了，便要求我们一起去，老喻想了想答应了。

在老喻妻子的叮嘱声中，我们三人走进了暴雨中。

外面的能见度已经降到最低，虽然拿着施工专用的TX-3615强光手电筒，也只能照到四五米远的地方，整个世界仿佛要塌陷了一样，耳朵里塞满了轰隆隆的声音，犹如万马奔腾。

好不容易来到桥边，已经来了很多人，他们见到老喻都尊敬地喊他“喻工”，他问了几句，然后决定带人上桥，查看一下桥的状况。

“这不好吧，好像吊拉索的钢缆也有些松动了，我们已经封锁了整座大桥，还是等风稍小些再去吧，喻工。”一个戴着黑框眼镜的中年男人劝道，其余人也附和，可是老喻断然拒绝。

“这桥是我负责修的，出了问题，当然要我亲自上去，什么都别说了，愿意来的就跟在我后面。”说着，他把帽子戴上上了桥。这些人犹豫了一下，还是有两个年轻人跟了过去，我和纪颜也尾随其后。

桥面上的风力比在地面上要大许多，而且相当空旷，没有任何遮蔽物，我们几个都在腰间绑好了安全绳索，顶着风朝出现裂缝的地方慢慢挪过去，每走一步都非常艰难。

忽然，行至一半，我听见啪的一声，相当清脆，我看见老喻的头似乎被什么细长的东西钩住了，接着他整个人飞了起来。

我诧异地望着老喻如同纸糊的风筝被吹到了半空中，脖子上挂着一根断开的钢绳，腰间系着一根安全绳。纪颜连忙冲过去抓住安全绳，可是风速过快，绳索在纪颜手中留下一道血痕，就抓不住了，我们四个人眼睁睁地看着老喻被风卷到河里去了。

事情发生得太过突然，我几乎来不及反应，接着，脚下忽然有摇晃的感觉，我的安全绳也断了。

纪颜和另外两人死死地抓住了断裂的部分，我则像蹦极一样倒挂在桥下。

暴风雨渐渐停息了，风力也小了很多。

“你没事吧？我赶快把你拉上来。”纪颜在上面高喊。我正在庆幸自己安全的同时，低头却发现自己正好在裂缝处。

“等等，等一下把我拉上去！”我喊住了纪颜。

我看见裂缝的地方有东西。

四个人形的东西，赤裸着身体，四肢死死地嵌进桥梁下部，张着嘴巴啃咬着桥底，桥已经破了好大一块了，砖墙的碎片和泥土混合着暗红色的血液从他们的嘴巴里溢出来，黑红色的，还夹杂着几颗破碎的牙齿。他们像蝗虫啃食粮食一样疯狂地破坏着桥底。

其中一个猛地转过头，望着倒吊在旁边的我，咧开嘴巴笑了一下，然后又忘我地继续他的工作，咔嚓咔嚓的声音不停地传到耳边来。

我还看见了老喻的尸体，他整个人躺在桥下隆起的一片沙丘上，头和四肢全部折断了，呈不同角度歪斜着。他张着嘴巴，脸色苍白，和我曾看到的一样，就像一条抛在岸上无法呼吸的鱼。那把他不离手的纸扇也撑开泡在水里，扇子上的字迹已经模糊得看不清楚了。

上去后，我把看到的告诉了他们，这些人惊恐不已，最后还是找来几个胆大的人绑好绳索下去查看，不过那四个怪物已经不动了，像化石一样。那些人费了好大劲也拿不下来，因为手指头和脚指头已经深深插了进去，只好用锯子锯断才拿下来。

这四具尸体，就是当年没有找到的那四个工人。

老喻的尸体也被打捞上来，他被定为因公殉职，妥善安葬。桥梁的裂缝很快修好了，再也没有发生过异常事件。

纪颜神色忧郁，他说他不知道该如何去面对他非常熟悉的老喻的妻子，但是老喻的妻子伤心地告诉纪颜，这件事不要告诉远在国外的女儿，这也是老喻经常嘱咐的，他常面带苦闷地调侃，自己出了什么事情也不要打扰在国外求学的女儿，免得她担心。

“她的女儿会为这个父亲骄傲的，至于老喻犯的错，就和那扇子一样，一起随着他埋进棺材吧，就当作谁也不知道的秘密，永远保持下去。”纪颜望着我说。我点头同意。

事情结束了，不过我的工作还没完，至于那篇报道，我把已经写好的那份撕掉了，扔进了垃圾桶，主编那边，我只好告诉他我一无所获了，反正，我也不是第一次挨骂了。

（未完待续）